CNS PUBLISHING & MEDIA
湖南文艺出版社
HUNAN LITERATURE AND ART PUBLISHING HOUSE

图书在版编目（CIP）数据

救赎剧本. 上卷 / 从温著. -- 长沙 : 湖南文艺出版社, 2023.11
ISBN 978-7-5726-1438-5

Ⅰ. ①救… Ⅱ. ①从… Ⅲ. ①长篇小说 - 中国 - 当代
Ⅳ. ①I247.5

中国国家版本馆CIP数据核字(2023)第207311号

救赎剧本 上卷
JIUSHU JUBEN SHANGJUAN

作　　者：从　温
出 版 人：陈新文
责任编辑：李　阔
出版统筹：邓　理
选题策划：杨　旋　陈　丽
封面绘制：北巷沽酒
装帧设计：罗静颖
内文设计：罗晓芸
出版发行：湖南文艺出版社
（长沙市雨花区东二环一段508号　邮编：410014）
网　　址：www.hnwy.net
印　　刷：湖南天闻新华印务有限公司
经　　销：新华书店
开　　本：880mm x 1230mm　1/32
字　　数：353千字
印　　张：10.5
版　　次：2023年11月第1版
印　　次：2023年11月第1次印刷
书　　号：ISBN 978-7-5726-1438-5
定　　价：49.80元

目录

第一章 焕然新生，脱离虞家

中元节夜半，过了子时，温度似乎骤然降了下来。守在中堂外的仆人猛地打了个寒战，下意识地看向了堂中。

堂中两个人影，一站一跪，站着的一身威严，怒发冲冠；跪着的瘦骨嶙峋，无声无息。两人身旁，当家主母悠然自得地端坐饮茶，对这父女二人的对峙置若罔闻。

仆人看着忍不住叹了口气，也是个可怜人，小姐身子丫鬟命，可惜了。

虞阙近来频频做梦，断断续续在梦里过完了“打工人”的一生。梦里是自由便利的现代社会，现实是处处受限的修真世界，导致她醒来之后，分不清今夕何夕，差点精神分裂了。

回顾梦里的一生，虞阙想来想去，觉得现在活得也太憋屈了。

现实中，当母亲在时，父亲还偶尔过来看看；母亲不在了，父亲火速迎娶继母，还生了个妹妹，立马把她从主院挪到了偏院。

直到查出妹妹灵根有缺，父亲才突然开始对虞阙嘘寒问暖，又搜罗了一堆剑谱给她，一门心思让虞阙学剑。要不是继母她们依旧戴着她娘的遗物来耀武扬威，虞阙差点以为父亲回心转意了。

被逼着练了几年的剑，虞阙硬生生扛到了练气八层。这时刚好赶上沧海宗来到附近收徒，她想起母亲曾对沧海宗一个长老有恩，临死前留下信物让她长大之后拿着信物拜师。

爹不疼，娘早逝，自己在现实中也只是个半大的孩子，在梦里受现代思想熏陶了一生，没道理回到现实还要继续窝囊下去呀。于是，虞阙毫不犹豫地翻出母亲留下的信物，准备拿着信物偷偷离家前往沧海宗拜师。

想着未来在宗门好好修炼，成为一方巨擘，虞阙在路上正美着呢，转眼就被她爹给截了。黑心爹从她身上搜出了信物之后，火速送了继母生的妹妹去拜师，然后让虞阙罚跪直到认错。但这次，虞阙一反常态，一直跪到现在也不曾松口，执意要争回自己的入门资格。

跪着跪着，虞阙又做梦了，这次和以往不同，梦里白茫茫的一片，只有一本书凭空浮在她眼前，一个声音提醒她认真看完，最好背下来。虞阙不明所以地接过书，翻看之后，顿觉心惊。

这是一本修真爱情小说，名为《心途》，标签是“虐恋情深”“升级流”。

女主角虞珏，出身中等世家，天生悟性极佳却灵根有缺陷，机缘巧合之下她进入了修真界第一大宗沧海宗，邂逅了身负血海深仇的大师兄谢千秋。

娇俏可人又自强不息的小师妹遇上心思深沉的大师兄，前半截剧情走的是甜宠救赎风格，后半截剧情急转直下，似乎作者突然想起了自己那“虐恋情深”的标签，没有任何铺垫地给女主角来了个隐藏身份大揭秘——她并不是虞家的亲生女儿，她的母亲是虞家家主的第二任妻子，嫁来虞家时便已经怀孕，而肚子里的孩子是已经陷入沉睡的鬼王的私生女，她灵根有缺也正是人鬼结合的后果。

而男主角谢千秋一家二百口人被鬼王屠戮满门。有情人背负血海深仇，两个人互相虐身虐心，而且作者为了突显爱情的伟大，把两个人身边的人也祸害得不轻，凡是和他们走得近的人，都得为他们的爱情付出代价。

先折腾宗门，后来折腾整个天下，折腾到最后把鬼王折腾醒了。女主角一边不忍心伤害生父，一边又痛苦于鬼王杀人无数。终于，在鬼王屠了好几座城之后，她决定大义灭亲，和男主角一起杀了鬼王，又消灭了隐藏的大反派，两人从此幸福地生活在了一起。

虞阙看完就被弹出了那方空间，一个激灵醒了过来，先是震惊于这书中发生的一切，随后反应过来，这哪里是小说，简直就是这个世界的剧本。她那个病弱的妹妹居然是女主角，而她连女配角都算不上，只是在介绍虞珏时，被一笔带过的路人甲！

书中这个和虞珏“同父”异母的姐姐虞阙正是这本爱情小说里第一个受到祸害的人。人鬼结合造成的灵根有缺必须要换灵根才能解决，换灵根的条件极为苛刻，结果虞阙正好符合。于是她那个脑子有坑的爹在明知道虞珏不是自己孩子的情况下，为了“真爱”毅然决然地决定把自己的亲闺女当成虞珏灵根的容器来养，只待时机合适就拿她的灵根换给虞珏。

虞阙年幼时是渴望过父爱的，但这点渴望被父亲日复一日的冷眼薄待给消耗殆尽了，可能因为从来都没拥有过，所以也谈不上失去。得知他把自己当成别人的灵根培养皿，这个“别人”还是给他戴了绿帽的女人的孩子，虞阙也只是想，黑心爹比自己想的还要丧良心，所作所为也令人费解。

虞阙抬起头，神情复杂地看着自己的黑心爹。

虞检之脸色阴沉，看她的眼神不像在看女儿，倒像是在看仇人。见她没有丝毫驯服的姿态，他冷笑道：“怎么，你到现在还执迷不悟，你不服？”

虞阙尚未来得及回答，一旁那位跟过鬼王，还能让她爹心甘情愿接受了的奇女子便微微笑道：“阙儿，我知道你怨，但你若是怨就怨我吧，珏儿的身体你不是不知，我和你爹没用，十几年来也没治好她，又忽略了你。可珏儿是你亲妹妹啊，沧海宗是第一大宗，她入了沧海宗说不定还能找到一线生机，留在我们身边便真的只有死路一条，你就忍心看她这么年轻就香消玉殒吗？”

一番话说得情真意切滴水不漏，听得虞检之虎目含泪，转头看向她时又恨恨地道：“我早该知道你是个硬心肠的，连血亲之情都不顾，你一出生我就该掐死你，何至于今天养出这么个孽障！”

虞阙听得目瞪口呆，一边感叹这两个人简直天生一对，一边实话实说：“我一出生您估计掐不死我，你要是敢掐死我，娘亲说不定能把整个虞家给掀了。”

没错，虞检之现在也才元婴期，而她娘亲在虞阙出生时可就是化神期了，出身大宗门，整个虞家都找不出比她娘亲更厉害的修士了，可惜娘亲死得早，谁能想到她刚死，这向来温柔小意的夫君就敢往家领回来个大着肚子的女人。

虞检之生平最恨被人说他不如原配，这话如今从原配所生的虞阙口中说出来，他的脸色霎时阴沉了下来，冷冷地道：“你方才说什么？”

虞阙皱眉不解，随即“真诚”地道：“您修为不行，现如今耳力也不行了吗？可要女儿为您请个医修来看看，您如今年纪也大了，身体的事情可耽误不得。”

虞阙反复挑战他的底线，虞检之瞬间暴怒，大袖一挥，整张茶几翻滚了出去，碎瓷落了一地。

虞阙眼睛一眨不眨，就在那儿跪得安然。她倒也不是不怕，而是她知道，虞检之要拿自己换灵根，为了保持灵根的完美无缺，这么多年来哪怕冷待她，也不会真的伤及她身体半分，生怕损伤了灵根。

既然知道了虞检之不敢伤她，那她当然不介意继续挑战虞检之的底线，然后看着他拿她无计可施而气得跳脚。

虞阙索性盘腿坐了下来，随手抓了一把散落在自己身边的瓜子，一边嗑瓜子一边看她爹暴怒的样子，看她继母千方百计地拦着他，生怕他一不小心伤了自己闺女的灵根容器。正在此时，她脑海中突然响起一个声音。

“‘炮灰逆袭系统’为您服务，正在开机……正在检测周围环境……啊——你在干什么！”那声音充满了震惊。

欸？这不是那个在她梦里给她剧本的东西的声音吗？它原来是“炮灰逆袭系统”吗？等会儿，说谁是炮灰呢！自称系统的东西还处在震惊当中，虞阙已经镇定了下来。它仿佛受到了什么打击一般尖叫道：“宿主！我只迟来了不到两分钟，重要配角为什么已经对你起了杀心！你做了什么！”

虞阙笑眯眯地道：“淡定，起了杀心而已，他现在又不可能真的杀了我。”

系统沉默片刻，幽幽地道：“但是本系统的第一个任务和这个重要配角有关，他现在对宿主你的杀意达到了百分之八十，你这样我很难做。”

虞阙现在平等地不爽这世间万物，她“哦”了一声，平静地开口：“难做就不做了，那你就换个任务吧。”

系统八成是第一次见到敢理直气壮让换任务的宿主，整个系统一阵沉默。良久，它幽幽地道：“不做任务，你就得死。”

虞阙面无表情。

“无所谓，死前我会带上大家一起，一家人就是要整整齐齐，谁都别想好过。”

一阵沉默后她脑海中“刺啦刺啦”响了两声，然后就没声了，虞阙猜这个系统八成是被她气晕了。

虞阙顿感舒心，一舒心起来，黑心爹和继母看起来都顺眼多了。

虞检之大概不这么觉得，他暴怒之后阴沉沉地看了她片刻，冷冷地道："把她给我关起来，在我回来之前，不用给她饭食，也该让她练练辟谷了。"

门外走进来一个仆人，动手要拉她。

虞阙拍了拍手上的瓜子皮自己站了起来，诚恳地道："爹，自己的身体还是要多保重，不管是眼睛看不清还是脑子有问题，咱们都得请医生啊。"

那仆人似乎被她的大胆发言吓坏了，一时间居然不敢去拉她，深深地低下头去。虞检之怒吼："滚！不肖女！"

这时，系统幽幽地开口："杀意值百分之九十。"

虞阙麻利地往外走，走到门口，她突然回头往里看，全神贯注地盯着他的头顶。虞检之头上的发冠碧绿，十分衬他。

虞检之还以为她害怕了，冷笑道："你现在若是……"

"爹啊……"她打断他的话，又看了一眼，意味深长地道，"这璧玉发冠可真绿，衬您，真衬您。"

虞家夫妇二人心里都有鬼，闻言霎时间变了脸色。

系统幽幽地道："杀意值百分之九十九。"

虞阙毫不犹豫，扭头就走。走得很远了，她隐约听见继母说："二哥，我们该去找珏儿了，回来再说。"

虞阙被关了小黑屋，但很奇怪，小黑屋外没人守着，仿佛笃定虞阙不会往外跑。是因为她之前的性格吗？虞阙这个念头刚起，就听见系统道："今天中元节，一般人不会在中元节随意往外跑，他们当然放心。"

虞阙正准备说些什么，突然听见系统"叮"的一声。

"主线任务一：逃离虞家别院，限时三十分钟。提示：虞家家主已离开别院，请宿主把握机会。"

虞阙静静地听完，端坐不动。系统提醒："请宿主抓紧时间！"

虞阙没好气地说道："我都没有动力你让我怎么做任务？"

系统沉默片刻，问道："你想要什么？"

虞阙微微一笑："好处。"

又是一阵沉默，系统不情不愿道："积分商城开启，本次任务价值五积分。"

下一刻，全新的世界在虞阙面前展开。一次性雷击符、一次性极速符、一次性火咒、低级回春丹、一次性御剑术——五积分；练气入门、咒术基础、基础御剑术——五十积分；丹药法器、灵石珍宝、符咒法诀，应有尽有。

系统咳了一声，冷静地道：“宿主，这算不算你想要的好处？”

虞阙一拍手，笑眯眯地道：“干了！”

虞阙清点了一下储物袋，储物袋里只有十几块上品灵石和五十几块下品灵石，这点儿钱放在虞家估计连下人都不会多看一眼，却是她作为虞家长女这些年来的全部积蓄。虞阙托着下巴叹了口气，方才虞检之暴怒的时候她还没觉得有什么，这时候倒有些心酸了。

系统来了不过十几分钟就被她折腾得险些死机，这时候一听见她叹气头皮忍不住发麻，小心翼翼地提醒道：“宿主，已经过了五分钟了，虞家别院里有结界的，想出去可不容易，我们得抓紧了。”

虞阙恹恹地说道：“急什么，不还有二十五分钟吗。”

系统正想再劝两句，虞阙像是突然想起什么一般，一拍大腿站了起来。系统吓了一跳，结结巴巴地问道：“怎、怎么了？”

“我得先搞点钱来！”说着她立即起身，开始撬门。虞阙心想，你不仁别怪我不义，给你当了这么多年容器，搞你点儿钱不过分吧！

关虞阙的那个仆人似乎是觉得她肯定不敢擅自出来，小黑屋的门上只随随便便挂了个锁就像被谁撵着一般跑了，以至于虞阙撬锁撬得十分容易，她推开门朝记忆中那对夫妻的卧房摸了过去。

系统这时候终于反应过来她要做什么，急了，忙道：“宿主啊！我们现在最重要的任务是逃离别院，现在就剩二十三分钟了！”

“够我把那夫妻俩的宝贝搜刮一遍的了。”虞阙漫不经心地回它。

系统急忙开口：“别院结界不是好破的，到时候你就来不及破开结界了！”

虞阙嗤之以鼻：“说得我一个练气期现在能破开他一个元婴期的结界似的。”

系统脱口而出：“你可以找我啊！一次性斩击符，百分百斩断结界，优惠期五积分一个，走过路过不要错过！”

虞阙脚步一顿，目光猛然犀利了起来：“你在给我下套！”

虞阙都能想象得到系统的套路，她要是真按它说的来，她一个练气期怎么可能破得了元婴期的结界，等到时间耗尽了，它再来一句使用积分即可通关，她能不买？好家伙，一个任务给五积分，她再花五积分，等于她白忙活半天还啥都没落着，系统血赚！

虞阙沉默而犀利，系统沉默而心虚。

半晌，虞阙不紧不慢地道："系统，解释一下。"

系统慌乱开口："你听我狡辩……不是，你听我解释！"

虞阙笑眯眯地道："你狡辩吧。"

系统咳了一声，严肃地解释："是这样的，这不算下套，这充其量相当于新手引导任务，教你学习怎样做任务和怎样使用积分商城，大家都这样……"说着说着它的声音越来越低，虞阙了然，估计这就是系统之间不可言说的潜规则，但她不准备惯着它。她梦里打工惯着老板，到了现实中还要惯着一个系统？于是她道："我要投诉。"

系统头皮发麻，它从出厂到现在也没碰见过说要举报它的宿主，险些当场死机。而就在此时，它又听见宿主道："除非你收买我。"

系统幽怨地道："你是魔鬼吗？"

"魔鬼"还在逼问："投诉还是收买，你选一个。"

系统不情不愿地道："一次性斩击符已经发放到宿主储物袋，请宿主查收。"

虞阙把手伸进储物袋，摸到了一张薄薄的纸，浑身上下顿时洋溢着薅羊毛的快乐。

系统恹恹地问道："斩击符有了，咱们现在可以走了吗？"

虞阙拒绝："我要薅我那个黑心爹的羊毛。"

这一次，可能是出于"我既然被薅羊毛了那别人也得被薅"的心理，系统居然没有催她，只提醒道："还剩十七分钟。"

虞阙加快速度，可能是因为这是不常住的别院，卧房居然没有什么禁制，她迅速将整个卧室看得上眼的东西洗劫一空——灵石法衣、珠宝首饰，她甚至找到了几件不错的法器。

虞阙翻到最后一个箱子，见里面都是一些没什么用的杂物，正准备关上箱子，突然看见箱子一角躺着一支通体莹白的玉箫。

虞阙一顿，这是娘亲的东西。娘亲是个音修，法器是箫，这是她从小用到大的法器，被赠予了虞检之作为定情信物。而如今，娘亲无比珍惜的东西被人弃之如敝屣，和一堆无用的杂物躺在一起。

虞阙面无表情地把那支玉箫捡了出来，随手别在了自己腰间。

系统读懂了气氛，小心翼翼地提醒她："宿主，还有十分钟。"

"别急。"她问，"这房间里有什么暗格之类的东西吗？"

系统沉默片刻，道："床头有一个暗格。"

不知道为什么，虞阙总觉得它这番话说得有些一言难尽。但她没多想，按系统的指点找到暗格，从里面摸出了一瓶不知道有什么用处的丹药。

系统立刻道："宿主，这瓶药对你没什么用，是……"

虞阙斩钉截铁地道："带上！我用不上就卖掉，放暗格里的肯定不是凡品。"

系统卡壳了，它心说确实不是凡品，卖掉的话，某些心有余而力不足的男人说不定还真愿意出高价，毕竟……是那什么药嘛。

还剩七分钟，虞阙出了卧房也没有立刻就走的意思，她又摸去了库房，可惜库房有禁制，不是她能打开的。

虞阙早有预料，倒也不怎么失望，但她既然决定薅羊毛了就准备一薅到底，哪怕自己用不了也绝对不能给他们留！于是，她一把火把库房给烧了。

经过了虞阙半个多小时的"荼毒"，系统已经不会像刚来时那样，一睁眼看到重要配角对宿主的杀意值达到了百分之八十就差点儿把自己吓死机了。它只冷静提醒道："还剩三分钟，仆从还有一分钟到达现场，请宿主尽快使用斩击符。"

虞阙却不准备使用斩击符——她相当清楚，修真界里哪怕是最厉害的符师也不可能画出能斩断一切结界的斩击符，系统商城里的东西绝非凡品，用在这里太大材小用了，她得留着关键时刻用。

她找出了一张搜刮出来的传送符就准备撕，系统连忙提醒道："传送符的传送距离要人为控制，宿主你现在还不能准确控制……"

"废话少说，走！""刺啦——"一声，虞阙将符纸一撕两半。

熊熊火光中，匆匆赶来的仆从们只能看到那青衫的身影如烟如雾般消失，像是融进了火光里一般。

中元节，虞家长女，跑了。

虞阙在轻微的眩晕之中听到了系统的声音。

"主线任务一：逃离虞家别院。状态：已完成。任务积分：五积分。总积分：五积分，现已结算。”

虞阙松了口气，五积分到手了。薅了系统的羊毛，拿到了五积分，破了她爹的财，这次是她赚翻了！

虞阙睁开眼，正准备庆祝一下，突然觉得不对，她好像被传送到了一片荒地上，目之所及之处雾气浓重，雾气之中隐隐可见一个接一个的小土包，不知道是什么。一阵冷风吹过，吹散了少许的雾气，吹得虞阙脊背上蹿上一股凉意。

她倒吸一口凉气，指着那些小土包，问：“系统，这些……”

系统幽默地道：“你猜？”

虞阙沉默片刻，道：“我猜肯定不是坟墓吧。”

这时月亮从云端露出头来，清冷的月光下，荒原之上野坟一个接着一个连成一片，竟似永远看不到头一般。

系统幽幽地道：“你可真是个小机灵鬼儿。”

虞阙干笑两声，紧接着就听系统缓缓道：“我再提醒你一句，今天是中元节，你猜那些没有自保能力的凡人为什么每到中元节都家家闭户不出？”

系统话音落下，那绵延不断的坟像是感知到了什么一般，爬出了一个又一个黑影，浓雾之中黑影连绵不断，看得人头皮发麻。

中元节，鬼门大开。

在梦里待久了，虞阙差点忘了这一茬，修真界是真有鬼修的！

每年中元节，是恶鬼实力最强盛的时候，也是鬼气最浓郁的时候，平常因为实力不行不能通过鬼门的鬼也能回到人间。

所以虞阙这是撞上了……百鬼夜行。

虞阙扭头就跑。系统在这个时候还是和她一条心的，立刻道：“你现在的实力都不够给那些鬼塞牙缝的，我建议你……”

虞阙知道它什么德行，听到这里都已经做好了掏积分保命甚至赊账的准备了，毕竟她想方设法活下来不是为了给鬼吃的。但是它说到一半又停了下来，虞阙来不及问它，抽出剑就朝后砍去，结果一点儿用都没有！

虞阙不再做无用功，收了剑玩儿命地跑。她见系统还没动静，正准备威胁它两句，突然听见系统喜悦道：“检测到重要人物就在附近，建议宿主求助！”

虞阙这个时候也来不及问什么重要人物了，忙问道：“哪儿？”

系统指明方向，虞阙立刻给自己拍了个极速符。

似隐似现的雾气之中，荒野河畔，白衣身影背对着她。

若是在日光之下、春风之中，这样一个背影想必是极为风姿绰约的，但此时此刻却只让人觉得鬼气森森。疲于奔命的虞阙没有注意到这些，她只看到了“重要人物”的黄色标识。她眼睛一亮，立刻大声道：“英雄！救命！”

“英雄”转过头看，露出一张帅得让人心惊的脸。

那双摄人心魄的眼睛似乎对她身后的百鬼视若无睹，只看着她，片刻之后，那张面无表情的脸突然一笑：“姑娘……来得倒是巧了。”

重要人物——晏行舟。

虞阙坐在火堆旁，看着火苗发呆，旁边的人递过来一个水壶：“姑娘喝一口吧。”

虞阙如梦初醒，忙道：“谢谢英雄。”接过水壶喝了一口，温热的水下肚，虞阙身上暖和起来。她缓缓吐出了一口气，看向救了她的青年，再次郑重地道：“谢谢英雄。”

青年像是听到了什么很开心的事情一般笑了起来，桃花眼水波荡漾。他道：“我叫晏行舟。”

晏行舟，她似乎并没有在小说里看到这个名字，那为什么系统标记是“重要人物”？是她忘了还是系统标记错了？她有心想问问系统，但系统偏偏在这个时候一声不吭，晏行舟还在看她，饶有兴致。

虞阙想着方才这人在百鬼之中如入无人之境的样子，觉得等会儿要好好问问系统。她抬起头，诚恳地道：“我是……虞阙，多谢晏仙君救命之恩。”

晏行舟沉吟片刻问道：“你是虞家长女？”

虞阙吃惊于他为什么会知道她这个虞家小透明，但眼前的人问完这句话就不再说话了，转过头盯着火堆，似乎没准备让她回答，也不准备问虞家长女为什么会在中元节出现在荒野之中，于是气氛又沉默了下来。

虞阙想了想，觉得无论如何，救命之恩还是要报答的。她在储物袋里摸出了自己从暗格里找到的那个小药瓶，能被单独收得这么严实，想必也是值钱的。

该薅羊毛的时候薅羊毛，人家救了自己，也不能什么都不表示。于是虞阙果断掏出药瓶，递到晏行舟面前，诚恳地道：“一点不值钱的小东西，请晏仙君收下吧。”

系统一声“不要”卡在了喉咙里，眼睁睁看着自己愚蠢的宿主把东西送出去。

晏行舟接过来了！

晏行舟打开了！

晏行舟还闻了闻！

系统恨不得死机，晏行舟嗅药的动作一顿，片刻之后，他抬起头，古怪地道："虞姑娘觉得，在下需要这个？"

虞阙诚恳地回他："也许，总有用得着的时候。"毕竟贵呀！

晏行舟听完一笑："那在下便收下了。毕竟这壮阳的丹药中，玉春丹也算是数一数二的。"

壮阳……系统没死机，虞阙先"死机"了，不是她想的那个吧？

她僵硬问道："系统，这个药丸……"

系统打破了她的希望："就是你想的那个意思，壮阳小药丸。"

也就是说她第一次见面就给人送壮阳小药丸……虞阙木着脸，脑海中只有一个念头，爹，你一个元婴真人为什么要吃小药丸？

系统劝解道："只要你不尴尬，尴尬的就是别人。"

虞阙觉得有道理，并且她觉得这位晏兄大概也是这么想的。于是，她点头道："所以现在这位晏仙君并不尴尬，尴尬的就变成了我。"

一人一统的视线同时落在了晏行舟身上。

这位仁兄似乎并不觉得被一个第一次见的女子送壮阳小药丸是什么奇耻大辱，他甚至饶有兴致地就着火光欣赏着药瓶上的花纹。

虞阙默默地移开了视线，怎么说呢，尴尬这种情绪此消彼长，比的就是谁的脸皮更厚一些，而现在很显然，她的脸皮还是厚不过面前这位仁兄。

虞阙觉得这种关乎下半辈子名誉的事情，她必须得把这个"锅"给甩出去。她用力咳了一声，成功吸引了晏行舟的注意力。

晏兄善解人意地道："姑娘有话说？"

虞阙睁眼瞎般忽略了他手中的蓝色小药丸，又假装听不懂他刚刚说的话。

什么壮阳，什么玉春丹，她一个被当成容器养在别院里这么多年的十七岁小姑娘，懂什么玉春丹！她睁大眼睛，十分诚恳地道："我离家匆忙，这是我从我爹的私库里找出来的，我于丹药一道一窍不通，但能被我爹放进私库里的丹药，想来应是好东西。小女子身无长物，晏仙君救命之恩只能以此相赠，看晏仙君的意思，这是有什么不妥吗？"

一番话说完，虞阙先在心里给自己狠狠点了个赞！太机智了，什么叫说话的艺术！先说明这不是自己的东西，顺便推给黑心爹；然后隐隐透露出自己是离家出走，为之后自己和虞家断绝关系做铺垫；最后，一个虞家长女长到十七岁居然对丹药用途一无所知，离家居然也身无长物，有心人肯定能想到虞家苛待长女。

自己怎么会这么机智！她抬头去看晏行舟的反应，却有那么一瞬间，似乎看到了晏行舟那双桃花眼中似乎泛起了兴味的笑意，但当虞阙眨眼时，那笑意又无影无踪，似乎只是她的错觉。

晏行舟的反应也如她所料一般，他看着小药瓶沉吟片刻，似乎有些意想不到般地道："想不到虞家家主居然有这般难言之隐。"

虞阙面上不动声色，内心疯狂点头，对！没错！都是黑心爹的问题，谁能想到他好歹是个元婴真人，居然能虚到靠蓝色小药丸。

晏行舟微微摇头，一副惋惜的模样，随后又如虞阙所想的一般注意到了她离家出走的事，沉吟片刻问道："姑娘在中元节离家，可是有什么难处？"

虞阙明白这是到了自己发挥演技的时候了。

她沉默片刻，眉宇间浮现出一丝哀痛，想说什么，又欲言又止地摇了摇头，缓缓道："没什么，不过是我自作自受罢了，仙君不必在意。"

虞阙懂得点到为止的道理，陌生人最忌交浅言深，大家更相信自己推测出来的东西，你似是而非、半遮半掩地说个一星半点儿，其他的别人自会去想象，而且越想象越会觉得合理。要是真和竹筒倒豆一般不管三七二十一全倒出来了，别人反而会怀疑你的用心。

晏行舟也如她所料，善解人意地道："是在下唐突了。"

虞阙松了口气，顺势转移话题："何来唐突，对了，晏仙君救了我一命，还没问晏仙君出自何门何派，我也好上门报答。"

晏行舟笑道："小门小派罢了，师门上下加上师尊也不过四人，想来虞姑娘也是没听说过的，举手之劳的事，报答就不必了。"

两个人顺着这个话题互相恭维几句，又相视一笑，彼此都觉得十分满意。

虞阙对系统说："你看，这就是智慧。"

系统看了一眼安然坐在火堆旁的晏行舟，对宿主所谓的智慧不敢苟同。所幸虞阙很快转移了话题，问系统："这个晏行舟被你标记成重要人物，但我怎么不记得在小说里看到过他？"

系统哼哧一声不说话，半晌憋出一句："我的核心代码有规定，不能在任务世界向宿主透露原剧情。"

虞阙皱眉问道："你连原剧情都不能给我那叫什么系统？"

系统幽幽地道："要不然为什么要提醒你背下来呢？"

虞阙："那我谢谢你。"

系统："不客气。"

一人一统再次互相伤害完，虞阙皱眉想着晏行舟在小说里的身份。

她确定自己是没在小说里见过这个人的名字的，但系统既然都标注"重要人物"了，那必然也不是蒙她。现在大概处在小说开头阶段，难不成这位重要人物日后改了名字？倒也不是不可能。虞阙思索着，系统问她："宿主刚刚刻意提自己离家的事，是准备日后彻底脱离虞家吗？"

这没什么好隐瞒的，虞阙直接道："是。"

既然离开了那就离得干干净净，让所有人都知道她和虞家脱离关系了，最好是闹得反目成仇，不共戴天的，免得日后虞家想拿她换灵根了，让她悄无声息地死去。越多的人知道虞家苛待长女以至于长女出逃，她活下来的机会就越大；她和虞家闹得越大，她就越安全。

这并不是她危言耸听，她无比清楚自己现在的处境，虞家在小说里或许不值一提，但和虞阙这个练气期的小修士比起来那就是大象和蚂蚁，更何况又有血缘、孝道压制，他们想要虞阙死只需要动动手指。

虽然她并不知道晏行舟的真实身份，但能被系统标记为"重要人物"，那肯定不是简单人，她想让更多人知道和虞家不合的事情，他就是一个很好的突破口。

虞阙并不觉得自己有了系统就能高枕无忧，她觉得信系统还不如信自己，这也是为什么从一开始她就试图让自己在两者的关系中占据主导地位。改任务也好，离开虞家之前把虞家闹得天翻地覆也好，都是虞阙在告诉系统，两个人之间的主导必须是她。

系统还在思考宿主刚刚说的话，就听见自家宿主突然道："系统，你给我派个让我和虞家脱离关系的任务。"

系统原本还顺畅的思路一下子就卡壳了，最开始让换任务就算了，它就当送宿主一个新手大礼包，直接指定任务过分了吧！

系统的自由度很高，主系统也并没有规定不能指定任务，但它觉得自己不能开这个头，不然系统的颜面何在。

系统板着脸道："本系统不支持指派任务……"

虞阙："搞快点，任务二：脱离虞家。快！"

系统不回应，虞阙微笑道："我知道你可以，咱们彼此之间多一点真诚少一点套路，你好我好大家好。不然……我在这个世界没牵挂，你知道我的脾气。"

系统沉默片刻，长叹一声，虞阙就知道有戏了。

"主线任务二：脱离虞家。不限时任务，积分三十。"

虞阙微笑，但她还没笑完，就听见系统又道："支线任务一，赶赴苍荡山，限时两个小时，积分五积分。提示：此为主线任务二的前置任务，支线任务失败即主线任务作废，请宿主尽快执行。"

虞阙笑容一僵，随即她假笑道："你聪明啊。"

系统也假笑："彼此彼此。"

虞阙只僵了这么一瞬，脑海中立刻浮现出苍荡山的信息。

沧海宗这次收徒正是在苍荡山，虞检之夫妇二人也追着虞珏去了。

苍荡山是著名的"鬼山"，这座山早已被鬼气浸透了，恶鬼源源不断。中元节前后，由沧海宗带头，修真界有名望的门派派人跟随，清除苍荡山恶鬼。

今年中元节也是，只不过今年沧海宗的收徒考核出了意外，沧海宗掌门索性就将考核地点定在了苍荡山，让想拜师的人先直面恶鬼。

虞阙思考片刻，她想在和系统的关系中占据主导，但并不代表她要独断专行，于她有利的话她当然会听。虞阙微笑道："干了！"系统闻言松了口气。

不过，苍荡山位置偏僻，系统标注离这里并不近，她要怎么靠两条腿在两个小时之内赶赴苍荡山呢？虞阙的视线落在了在火堆旁静坐的晏行舟身上。

火光之下，少女的表情时怒时喜，不知道在想什么，晏行舟觉得十分有意思。更有意思的是他梦里可没听说过虞家长女曾逃离虞家，而这一次，看这位长女的意思，竟像是要和虞家一刀两断。他梦中对虞家长女的印象十分单薄，只知道她的灵根被亲生父亲换给养女虞珏，本还留着一条命，结果她自焚而亡了。

梦中的虞家长女，从头到尾没从虞家别院里踏出过半步，醒来后为什么不一样了呢？

晏行舟无聊至极的心突然对这新的一切有了兴趣，不一样的东西总是值得期待的，就像眼前这个少女。做梦这事放在别人身上是正常，但放在他晏行舟身上绝对是件值得关注的事，而察觉到师尊和他一般大梦一场后，晏行舟猜测这大概是某种预知。师尊自梦中醒来后就只顾着盯着那个梦中惨死的心上人，试图弥补遗憾的人也是无聊的。

那眼前这个虞家长女是因为什么？也和他们一样做了预知梦？不太像，梦里的虞家长女若有眼前这个少女的心性，也不至于困死虞家，到死都没发觉自己其实只是个容器了。

晏行舟正想着，面前的少女突然抬起头来，对上他的视线，露出了一个大大的笑容，带着讨好的意味。

晏行舟提醒她："我姓晏，晏行舟。"

"哦。"她笑眯眯道，"晏仙君！"

晏行舟露出温和的笑："姑娘有话请说。"

少女踌躇地问道："英雄，不，晏仙君去不去苍荡山？"

苍荡山……更有意思了。他缓缓问道："中元节的苍荡山可不是个好去处，姑娘要去那里？"

少女眉宇间露出一丝哀伤，似乎有万般苦衷难以言说，那双眼睛却灵动极了。她装模作样地说："我也知道我一个练气期去苍荡山等于自寻死路，但，不得不去。"

晏行舟险些笑出声来。哦，对了，现在虞家大妇应当就在苍荡山，他隐约记得虞珏梦中就是在苍荡山入的沧海宗，虞家长女这时候想去苍荡山……

变数总是让人期待的，晏行舟难得宽容，体贴地说道："家师正在苍荡山，在下可以带你一程。"

少女眼睛一亮："多谢英雄！"晏行舟这次没有纠正她的叫法。

虞阙看着眼前还不到一掌宽的长剑，一阵沉默。

晏行舟热心地问道："姑娘，可用我拉你上来？"

虞阙一个练气期，御剑都不会，让这个深不可测的"重要人物"带自己去，简直不能更方便了——这一开始是她的打算，但谁能想到……

"我恐高。"她对系统说。

系统险些被她给急死，吼道："修真界出门全靠御剑，你告诉我你恐高？以后别人出门御剑你出门两条腿跑？"

虞阙不说话，她觉得这不能怪她，恐高是她能控制得了的吗？而且……她恐高其实并不严重，更多的是恐惧那把细细的剑，一看就很容易掉下去的好吧！她以后就算御剑也要找把巨剑！

晏行舟等不到她的回应，不解地道："姑娘？"

虞阙心一横，站了上去。

系统给她打气："就是这样！好样的，恐高算个啥！"

长剑升到两米高，虞阙往下一看，火速跳了下去。

系统幽幽地道："已经过了十五分钟。"

虞阙不理它，蹲在地上调整心态。

晏行舟也跳下剑，善解人意地道："姑娘可是怕高？"

虞阙连忙点了点头，期待地看着他。

晏行舟沉吟道："在下有一计，只不过……"

虞阙大手一挥："英雄尽管说，只要不御剑，啥都好说。"

晏行舟一脸难色："方才姑娘向我奔来，用的是极速符，不知道那个符咒姑娘觉得如何？"

虞阙摸不着头脑，回答道："挺好的啊。"

晏行舟露出舒心的笑容："如此便好。"

如此便好？

片刻之后，虞阙背后贴着极速符，在荒野之中玩儿命狂奔。

半空中，晏行舟那真诚的声音传来："姑娘，这是在下的极速符加强版，速度抵得上一般御剑飞行，时效一个时辰，足够姑娘从这里跑到苍荡山了，在下就在空中护着姑娘，没有恶鬼敢拦路，姑娘就尽管跑吧！"

尽管跑吧！跑吧！

虞阙跑得翻起了死鱼眼，系统幽幽地问她："不用御剑了，你开不开心？"

虞阙感觉自己跑出了一辆汽车的速度，人形汽车非同凡响，她咬牙道："我……开心！"

懂了，这件事了结了她先练御剑！

系统呵呵一笑："开心就继续跑吧，加油哦。"

旷野之中，只见一年轻姑娘向着月光，迎着狂风，面色狰狞，奔跑不休，迎面而来的身影竟比恶鬼更可怕，一时间吓得这条路上的鬼纷纷四散奔逃。

不到半个小时，从这里到苍荡山的一路上，所有的鬼都得知前面来了个人，看见鬼就撞，让它们赶紧让路。

晏行舟飞得潇洒肆意，虞阙跑得白眼直翻。

系统在她耳边叭叭叭给她报距离："还剩一千五百米！不远了，不远了！一千三百米……一千一百米!漂亮！下面就是激动人心的千米冲刺！九百米！七百米！五百米……一百米！终点！"

虞阙一屁股坐在了地上，耳边传来系统模拟出来的烟花爆炸声，随即她的视野就被彩带烟花占了一大半，系统热泪盈眶地道："宿主！你做到了！你成功了！"

虞阙本来就跑得头昏眼花，这下更是看不清了，她忍了忍没忍住，怒吼道："你是不是有病？"

系统："没有呢，亲。"

虞阙不说话。系统见好就收，一本正经地开始报任务："前置任务赶赴苍荡山已完成，奖励积分五，总积分十，望宿主再接再厉，再创佳绩！"随即出现一片占据了她整个视野的烟花，似乎在给她庆祝。

虞阙："你把烟花给收了。"

系统从善如流，满屏的烟花从虞阙眼前消失，晏行舟那张恨不能让天下女人都惭愧的脸就这么猝不及防地出现在了她面前。毫不夸张地说，有那么一瞬间，虞阙的心跳都停住了。

美得似妖似鬼的脸上满是担忧，晏行舟忧心地道："姑娘，虞姑娘！你能听得到我说话吗？"

"我能呢。"虞阙不着痕迹地往后仰了仰头，不行了，这张脸她扛不住！

听见她回答，晏行舟顿时松了口气，笑道："姑娘猛然停下不动又不言不语，我还以为是在下的极速符出了什么问题伤到了姑娘，若真是这样，行舟万死难辞其咎。"

一个大美人在自己面前说什么死不死的，虞阙忍不住，立刻道："英雄说的是什么话！怎么会是极速符的问题，这可是我用过的最好用的极速符了，英雄可是帮了我大忙了。"

晏行舟笑了，虞阙见状忍不住也笑了。然后她就听见晏行舟说："如此便好。"

熟悉的话语，熟悉的表情，虞阙突然有一种不妙的预感，下一刻，一沓极速符出现在了虞阙面前。虞阙看着眼前少说上百张的极速符，眼睛发直。

劲竹一般清瘦的指节捏着那沓符咒，晏行舟的声音不紧不慢："怕高也不是姑娘的过错，但出门在外，不能御剑确实是个大问题，这些极速符便赠予姑娘，希望能帮上姑娘一二。"

虞阙脑海中下意识地浮现出了方才自己一路狂奔时的情景，打了个寒战。她推辞道："不用了，怎好一直麻烦晏仙君，这么多极速符想必也耗费了仙君不少心力。"

晏行舟笑得温和："这不过是我闲来无事随手画的，姑娘要是嫌少的话我还有更多。"

虞阙火速将他手里的符咒给接了过来，强颜欢笑道："够了够了！这些足够了！"她低头看了一眼，"我可太喜欢了。"

晏行舟笑得十分开心。虞阙想，这大概就是好人吧，帮了别人自己这么开心，晏仙君也是一片好意啊，她只能将这沉甸甸的好意收入囊中。

虞阙从地上起身，打量着四周。这是一片稀疏的丛林，远处隐隐约约能看到似乎有一座山，那山在雾气之中显得有些阴森森的，静谧得吓人。这想必就是传说中的"鬼山"。

虞阙看着鬼山沉思着，一旁的晏行舟递给她一个水囊。

虞阙婉拒："我不渴。"用极速符狼狈是狼狈了点儿，但好在不耗费体力，虞阙也不觉得累。

晏行舟解释："不渴的话，姑娘也可以用它来梳洗一番。"

虞阙一时间没听懂他什么意思。

系统幽幽地道："我让你看看你现在的尊容。"

虞阙眼前立刻出现了自己现在的样子——头发乱如鸡窝，尘土满面，活像是刚捡垃圾回来。她就这样和晏行舟说了这么久的话？虞阙火速接过水囊背过身。

晏行舟也背过身不看她。像是为了缓解尴尬一般，他问道："姑娘是用剑吗？"

虞阙腰间除了她娘的那根玉箫，就只有一把剑，她以前确实是用剑的，便应了一声。

晏行舟沉吟片刻，道："恕在下直言，姑娘应当是不适合习剑的。"

虞阙一顿，表情晦暗了下去。她当然不适合习剑，她继承了自己母亲的天赋，原本应当是个音修的好苗子，可谁让虞珏是个习剑的。虞检之拿她当容器在养，为了确保她的灵根能契合虞珏，虞珏习剑，她便也只能习剑。

她正想说点儿什么转移话题，林中突然传来了一声冷喝："什么人！"

虞阙来不及多想，火速整理好自己的仪容。她转过头的那一刻，浓雾之中走出来一个人。那人一身墨衣似要隐入浓雾之中，腰间悬挂着一把铁剑，俊美的脸庞也如那铁剑一般冷清。

虞阙的视线一下子就定住了。

不是因为这人长得有多好看，而是系统给他的那个大大的鲜红标注——男主角：谢千秋。

天哪天哪天哪！这就是那个和她妹妹玩虐恋情深把整个世界差点儿玩崩的男主角?！虞阙的目光瞬间变得敬佩了起来。

男主角的视线落在了晏行舟身上，他一顿，皱眉道："是你。"

晏行舟微笑道："谢兄，许久未见了。"

谢千秋没说什么，只不过嘴唇微微抿了起来，似乎并不待见晏行舟。

这两个人认识？不过也对，谢千秋好歹是第一大宗门的首席弟子，年纪轻轻便已经名满天下，交际自然广泛。晏行舟既然被标记为重要人物，那两个人也不是没有认识的可能。

虞阙开始细想和谢千秋有交集的重要配角中哪个像晏行舟。她还没想出个所以然，谢千秋就看向了她，微微一皱眉又松开，淡淡地问道："这位是谁？"

晏行舟没等她说话便微笑着道："我的朋友。"

"朋友……"谢千秋似乎觉得从晏行舟口中说出这句话显得十分可笑，冷哧一声便转过了头，淡淡地道，"既然是你的朋友，那我便不多事了，随我入苍荡山吧。"他转身就走。

晏行舟转头看虞阙，真诚地道："在下想着姑娘孤身一人实在危险，便自作主张邀请姑娘一道进入苍荡山，还望姑娘不要怪我多管闲事。"

虞阙万万没想到能这么轻易进入苍荡山，庆幸还来不及，连忙道："是晏仙君考虑周全。"说着，她连忙跟上。

晏行舟和虞阙并肩而行，落在谢千秋身后，谢千秋似乎并没有想搭理他们的意思，更将虞阙无视了个彻底，虞阙乐得这样。

不多时，穿过了疏林，又过了一层结界，便到了苍荡山山脚下。

苍荡山被一层巨大的结界所笼罩，但仍挡不住鬼气森森，结界之内阴冷得像进入了鬼域，好在结界之外有不少门派弟子安营扎寨，添了不少人气。

谢千秋把他们带进来便道："师尊嘱咐我还有其他事，在下先告辞。"

晏行舟没说话，环视了一周，沉吟道："在下师尊呢？"

谢千秋抿唇道："这是中元夜，以防万一，令师尊和其他人一起进入了结界加固封印清理鬼气，明日一早会出来。"

晏行舟应了一声，看向结界。谢千秋见他没其他的要说的了，转身离开，毫不留恋。

等他走远，虞阙才斟酌着问道："晏仙君和那位仙君关系不太好？"

晏行舟笑得温和："性格不合罢了。"随即他问道，"在下师尊进了结界还未出来，师兄师姐又都未到，姑娘要是没有去处的话，便随在下来，可好？"

虞阙迷迷瞪瞪就被忽悠进了晏行舟的门派所在驻地，因为雾气太重，虞阙进入那个驻地时只看到驻地的旗帜上写着一个"七"字，直到进入了一个空帐篷，躺在了软乎乎的锦被上，虞阙才突然反应过来不对。她大惊失色："不对啊！我不是来找虞家恩断义绝的吗？为什么现在会在这里躺着？"

系统："你现在才反应过来？"

虞阙立刻就要起身,系统"啧"了一声："你安心躺着吧，虞家夫妇还没到，现在只有女主角在沧海宗的营地休息，她刚来就拿着你的信物拜师成功了，咱们急也急不来了。"

虞阙又倒了回去，困惑地道："可是黑心爹应该是比我先走的吧,他为什么还没我快？"

系统闻言嗤笑一声，道："不是他慢，而是他怕死。"

虞阙立刻摆正姿态："细说。"

系统解释道："按照规矩，虞家家主要是在中元节当夜来，那就有责任跟随沧海宗进入结界加固封印清除鬼气，虞检之都虚得需要蓝色小药丸了，怎么可能有那个胆子，所以还不如走慢一点，过了中元节再来，就不需要进结界了。不然你觉得他为什么拿了信物只把女主角送过去拜师而自己不来？你等着吧，说不定到了明天天一亮，嘿！他就来了。"

虞阙听得哈哈直乐,既然知道虞家夫妇今晚不会来，她就没了顾忌，闭眼准备睡觉。闭上眼睛的那一刻，她突然反应了过来，猛然睁开眼睛，在黑夜之中幽幽地道："那系统，既然虞家夫妇明天才能到，我为什么还要在两个小时之内玩儿命跑到苍荡山。"

系统沉默不语。

“你解释一下。”

“你睡吧，该睡了。”

“呵！”

虞阙醒得早，在晏行舟的营地里转悠了一圈，不见晏行舟，她晃晃悠悠出了营地，准备找人。

此时天刚蒙蒙亮，营地里已经有许多人在活动，但是都没发出多大声音，十分安静。虞阙经过，听到零星几个修士在谈论昨夜的结界，猜测他们的师尊什么时候能出来。

她正想凑近听听，系统突然道：“宿主，你往西走二百米，有惊喜！”

虞阙眯起眼睛不动。

系统道：“我这次不骗你，咱们之间要有最基本的信任。”

虞阙这才抬脚,往西走二百米是一片竹林，但因为鬼气侵袭，这片竹林每一根竹子都发黑。虞阙一靠近就明白了系统所说的惊喜是什么。

竹林里，有一男一女在说话。那个男的道：“小师妹，你昨日拜师，师兄也没什么好送你的，这个玉佩就送你防身。”

女的推辞道：“我还没准备给师兄们的礼物，又怎么好要师兄的东西。”

两个人开始就礼物推辞来推辞去。

系统小声对她说：“是女主角虞珏和男配角程青，惊不惊喜？”

虞阙笑道：“可太惊喜了！”

男配角程青，长老独子、张扬大少爷，后期虞珏得知自己被换的灵根来自于长姐，“非常痛苦”，就是这厮说得天花乱坠，把“换长姐的灵根天理不容”变成了“为了对付鬼王、为了天下大义而不得不做出的牺牲”，然后虞珏就十分心安理得地接受了这个说法。

系统正准备问自己宿主准备怎么把握这次机会，就听见宿主在外面分外刻意地咳了两声。竹林里飞快钻出两个人来。

三人一照面，虞珏一脸震惊地道：“怎么是你！”

程青皱眉警惕地看着虞阙。

虞阙张开手臂，笑容夸张地道：“当当当！我亲爱的妹妹，惊不惊喜！”

虞珏终于失声唤道：“长姐！”

虞阙放下手臂，笑眯眯地道：“想不到吧，我听说你拜了师，特来恭喜你呢。”

虞珏有些惊慌：“长姐，我……”

程青立刻将虞珏拦到了自己身后，皱眉问道：“你是阿珏的姐姐？”

虞阙笑眯眯地点头。程青看着因为这边的动静开始探头探脑的修士们，皱眉道：“那就请随我去沧海宗的营地吧，你们姐妹二人慢慢说话。”

虞阙咳了一声，声音略微提高：“那就不必了，那个……妹妹啊，我来只是想说一件事，你既然已经拿着我母亲的遗物拜师成功了，那能不能把遗物还给我？毕竟咱们不同母，拜师的事让你也就让你了，我母亲的遗物，你继续拿着就不合适了吧。”

修士耳聪目明，一听这动静，立刻就不困了，自四面八方悄悄地靠近，竖起耳朵来。

虞珏急忙道：“长姐！你误会了！我不是……”她还没说完，程青立刻道：“无礼！”立刻拔剑对准虞阙。

虞阙吓了一跳，在脑海中问系统：“系统系统，我打不打得过他？”

系统立刻道：“他花架子一个，不过我建议你使用音修的手段，你本就不适合习剑，剑的威力发挥不出十分之一，你用音修的手段说不定还强一点。”

虞阙紧张地道：“可我没学过音修的功法啊！”

系统相当自信：“没关系，音修基础，只需五积分，立学立掌握。”

虞阙四下看了看，看到一把不知道被谁丢弃的二胡，立刻捡了起来，举着二胡对准了程青，语气坚定地道：“买！”

系统反应飞快：“已扣除五积分，音修基础已传送宿主大脑。”

虞阙看着眼前的长剑，自信地想：好吧，就让我看看这个音修基础……欸。

她僵硬地道：“系统，这就是基础？”

系统回答：“这可不就是基础！”

虞阙沉默片刻，表情突然狰狞了起来。她双手握住二胡柄，高高举起，用尽全力朝面前的花架子抡了过去：“物理魔咒，昏昏倒地！”

嘭！程青带着惊愕的表情，被砸了个结结实实。四周一片安静，片刻之后，程青白眼一翻，昏倒在了地上。

虞珏惊慌失措地唤道：“师兄！”

虞阙死死地盯着他，面色依旧狰狞，都怪这个二愣子让她买了这个见鬼的功法！隐隐约约间，她听到有人震惊道：“原来，这就是音修啊。”

“最花里胡哨的招式只需要最简单的破解方法，音修基础，简单易学、省时省力、因地制宜，是您居家旅行、杀人越货的不二之选！”

系统用没感情的语气念着广告词，虞阙看着震得手臂发麻的二胡，又看了看倒地不起的程青，一时间不知道是想通了还是气疯了，居然有些想笑。然后她就笑了出来。

将亮未亮的日光之下，鬼竹的影子落在手抡二胡的少女身上，一声意味不明的笑声中，众人纷纷回过神来，吸气声接二连三地响起。

离得最近的一个仙君看得最清楚，他震惊地看了一眼倒地不起的程青，又看了一眼貌似瘦弱的虞阙，喃喃道：“我还以为音修都是些体质柔弱之辈，谁承想原来音修也能这般勇猛非凡，乐器居然还有如此用法，刻板印象果然要不得！原来这才是真正的音修！”

勇猛非凡——虞阙听到有人夸自己，回头冲那位仙君笑了一下，礼貌地道：“谢谢。”

不远处，因为年幼的小师妹丢失了乐器而陪同寻找的一群音修见证了全过程，真正身体娇弱的音修们见这些人一口一个“原来这才是真正的音修”，险些三观尽毁，几乎要怀疑自己的职业素养。

一个忍不住自我怀疑：“难不成这才是真正的音修？音修的尽头是抡锤子？”

有人看到自家大师姐盯着那位抡二胡的猛士一脸若有所思，忍不住问道：“师姐，你在看什么？”

师姐摸了摸下巴，道：“原来，乐器还真能这样用。”

问话的人一脸震惊，师姐，你在想什么！

只有丢了二胡的小师妹，见没人理她，只能扁着嘴看着自己的二胡被别人举在手里，委屈地道：“我的二胡……”

在众人越来越多的议论声中，虞珏终于从震惊中回过神来，她愣怔地看着虞阙，仿佛不认识她了一般。虞阙提醒她：“你师兄还晕着呢。”

虞珏终于反应过来，看着昏迷在地的师兄，她慌乱地扑倒在他身上，带着哭腔喊道：“师兄！”

虞阙眼睁睁看着她师兄差点醒了，被她这么一扑，白眼一翻又昏了过去，于是她就开始疯狂摇晃。虞阙长见识了。

过了好一会儿，虞珏似乎发觉这样没用，她停下了动作抬起头，终于从刚刚的震惊中冷静了下来。她看着虞阙，闭眼又睁眼，冷静地道："长姐，我不知道我们之间有什么误会，但程师兄和你无冤无仇，你不该牵连他。"

虞阙上下打量着她，突然颇有兴味地笑了起来。她问系统："你说我这个妹妹知不知道自己拜师的信物是怎么来的。"

系统客观地回答："这个小说有写。"

小说当然有写。小说中，虞珏深受人鬼混血之苦，不仅灵根有缺，还连累身体也一天天衰弱下去。虞检之眼看着自己救不了女儿，又知道自己前任妻子曾有恩于第一大宗的程长老，死前给虞阙留下了沧海宗的信物，便打上了这个信物的主意。可虞阙虽然事事驯服，但唯独在母亲留下的这个信物上寸步不让，把信物藏得严严实实。虞检之找了数次，几番威逼利诱，她就是不松口。

虞检之便趁着沧海宗收徒，刻意将这个消息透露给了虞阙，在她准备悄悄离家拜师之际捉住她，从她身上搜出了信物，又送虞珏拜师。他对虞珏说，这是她长姐自愿让给她的，因不忍自己妹妹身体一天天垮下去，所以拿出了信物让妹妹进第一大宗找一条活路。

虞珏没有丝毫怀疑，开开心心去了苍荡山。她离开之际，曾在长姐住过的那个小屋外感谢过她，未等到她回应，仆人便说虞阙已经睡了，让虞珏别打扰长姐了，虞珏毫不怀疑，而那时，虞阙正跪在中堂。

这是小说里的虞阙第一次试图反抗父亲，也是她最后一次对父亲抱有期待，从那以后虞阙便彻底沉寂了下去。在此之前她在虞家别院还勉强可以自由出入，在这之后，黑心爹觉得她不服管教，彻底将她幽禁在了别院中，直到死去。

总之在小说之中，虞珏既不知道自己的信物到底是怎么来的，也不知道自己的灵根是怎么来的，从头到尾清清白白，直到最后知道了自己的灵根来自于长姐，为了天下大义、为了消灭鬼王，她又"不得不"接受这个灵根。

但说真的，虞阙觉得，作为一个正常人，那个信物早不来晚不来，偏偏它来的时候长姐就不见了，虞珏难道就不会怀疑一下吗？但她不仅没有怀疑，如今虞阙找来了，虞珏一不提信物，二不问虞阙刚刚那番话什么意思，开口就先把矛盾转移到了虞阙和程青身上。

程青是谁？就是那个给母亲信物的程长老的独子，虞珏现在的师兄。

下一刻虞珏又说："长姐，你无缘无故把程师兄打成这样，师尊要是怪罪下来，我也无法为长姐开脱。"

虞阙笑眯眯地回复她："那就等程长老回来，我亲自道歉吧。哦，对了，妹妹既然拜师成功，那信物应当也归还程长老了，那可不行，那信物可是我母亲的遗物，我还要向程长老当面讨回呢。"

虞珏比虞阙小一岁，被这么一吓唬，她的脸色顿时一白。她试图说点什么，人群外却突然传来一个清冷的声音："什么遗物？"

一个身影越过众人走了过来，吸引了所有人的注意力。

虞珏看到那人时脸色更是惨白，失声道："大师兄！"

虞阙闻言立刻扭头看。

男主角谢千秋，他也看到了她，似乎是认出了她，微微皱起眉头。他走了过来，虞珏飞快地看了虞阙一眼，立刻说："大师兄快想想办法！程师兄昏过去了！"

谢千秋像是现在才发现程青一般，低头看了过去，却连眉毛都没动一下。他淡淡地道："程师弟没有大碍，师妹，刚刚说的遗物是怎么回事？"

虞珏一愣，这才发觉程青和大师兄的关系或许并不好，心中一阵懊悔。但她既然说了，也只能讷讷地道："大师兄，还是先把程师兄救醒吧。"

谢千秋便不再看她，转而问虞阙："你来说。"

虞阙见状大呼不对劲，连忙问："系统系统，他不是男主角吗？虞珏是女主角，他为什么这么冷淡？"

系统解释："这对男女主角是日久生情型的啊，没感情之前男主角就是这么个人设，要不然后面怎么虐恋情深。"

虞阙便放心了。而正在此时，虞阙的余光突然看到自从男主角来了之后便一直没什么动作的虞珏突然伸出手，飞快地在程青身上点了两下。昏迷不醒的程青呻吟一声，幽幽转醒，他一睁眼就看到了面前的虞阙，昏迷前的记忆回笼，只觉得奇耻大辱，拿起长剑起身就朝虞阙刺了过去！

好在虞阙反应飞快，拿起二胡就往前一挡。

"物理魔咒：除你武器！"

二胡琴弦准确无误地卡住了刺过来的长剑，琴杆顺着剑身撞上剑柄，琴头卡住了对方的手腕让他动弹不得，锋利的琴弦顺势割破了对方的手背。

程青惨叫一声，下意识地松开了长剑，虞阙立刻握住琴杆，再度施法。

"物理魔咒：昏昏倒地！"

嘭！程青再次倒地。虞阙转身看向虞珏，笑眯眯地道："这下我能说了吗？"

谢千秋探究地看向虞珏，虞珏咬了咬嘴唇，偏过了脸。

人群中突然响起一道叫好声。虞阙转过头看到一个背着长琴的姑娘用力给她鼓掌。她看到虞阙看过来，热情地问道："敢问姑娘刚才那招叫什么名字？"

虞阙回答："你可以称之为音修基础。"

姑娘恍然大悟："我曾以为音修基础理应是识乐，但如今想来，善于运用乐器本身才是音修基础啊！姑娘，我悟了。敢问姑娘解决完这个麻烦之后可有兴趣与我详谈？"

虞阙点头："要得、要得！"

虞阙和那个姑娘聊得开心的时候，谢千秋看着虞珏，方才虞阙都能发现的动作，他不可能没有发现，今日的事情，理亏的怕是自己这个新师妹，他冷冷地看着她。虞珏眼中似有泪光闪过，微微冲他摇了摇头，低声道："大师兄，求你了。"

谢千秋一愣神，恍然之间，脑海中似有电光闪过，眼前这双泪眼和只存在于幼年记忆中的那双眼睛缓缓重合。

谢千秋闭了闭眼睛，终究缓缓地道："既然事关沧海宗，那便等师尊归来后，于沧海宗营地请师尊定夺，我沧海宗的事情，还轮不着外人看笑话！"

他的视线扫过周围一众聚集而来的修士。众人抬头的抬头，低头的低头，假装自己没在听。

谢千秋淡淡看向虞阙："在此之前，这位姑娘便先随我去沧海宗营地。"

虞阙闻言顿时一阵紧张，然而下一刻，一只手突然按住了她的肩膀，带着笑意的声音缓缓道："谢兄要带我的客人去哪儿？"

虞阙惊喜地回头，便看到晏行舟正站在自己身后，她顿时高兴起来，唤道："英雄！"

晏行舟没有看她，只看向谢千秋，淡淡地道："谢兄不妨把我也带过去如何？"

谢千秋肉眼可见地警惕起来。晏行舟意味不明地轻笑一声，抬头看向人群外，突然问虞阙："如果现在你父亲突然出现，你会怎么做？"

虞阙一愣，随即狰狞道："那当然是主动出击！"

晏行舟笑道："记住了。"

话音刚落，虞阙便听到了她那个黑心爹气愤到发抖的声音："虞阙！你为什么在这里？”

虞阙回头，就见虞家夫妇带着一大群护卫气势汹汹地走了过来，大概是想把她抓走。那声“记住了”莫名在她耳边响起，她戳了戳晏行舟的腰。

晏行舟被戳得一愣，声音不自觉地冷了下来：“怎么？”

虞阙小声道：“你把蓝色小药丸给我。”

晏行舟一愣，冷意如雪消融，甚至想大笑，兴致勃勃地将玉春丹递给她。

虞阙立刻接过，于是，等虞检之气势汹汹地走过来，想推开挡在她面前的男人抓住她时，就见那向来沉默寡言的女儿这次居然自己走了出来，手里拿着……虞检之顿感不妙，但他还没来得及阻止，就听见虞阙“深情”地道：“爹爹您可算来了，您身体本来就不好，匆匆离家又不带常用的药怎么能行，女儿特来给您送药。”她伸手递过去，递到一半手一抖，蓝色的小丸子撒了一地，浓郁的香气弥散开来。

黑心爹立刻就要扑过来收起小药丸，不知为何却不能动弹，只能面目狰狞地看着散落一地的小药丸。

在场有不少医修、丹修，精通丹药之人，认出这特殊的香味，众人一阵沉默。有人从地上捻起一粒小药丸，难以置信地问道：“这是你父亲经常吃的药？”

虞阙诚恳地点了点头。

那人沉默了一下，同情地道：“那你爹挺不容易的。”

虞检之白眼一翻，昏了过去。虞珏慌忙扑了上去：“爹爹！”

虞阙也跟着装模作样喊了两声，但晏行舟回头，只能看到她那双灵动的眼睛里快活的笑意。晏行舟沉默片刻，也跟着笑了出来。

虞检之和程青齐齐躺进了营地里的公用医疗帐篷。虞珏和继母悲痛欲绝般跟进了帐篷，活像她爹不是气昏了，而是人没了。但饶是悲痛成这样了，继母还不忘在进去前留了四个侍卫看住了虞阙，不许她乱跑乱说话。顾及这里不是虞家，没敢当着这么多人的面禁足虞阙。

黑心爹进去了半个小时，在这半个小时里，虞阙充分见识了修真界人民的八卦之力。具体表现在，尚且还太平的医疗营地里陆陆续续出现了因各种原因受伤求医的修士，包括但不限于头疼发热、和自己的剑打架被划伤、便秘、痔疮、吃自己的丹药中毒等等。

没有最离谱，只有更离谱，这些修士们为了更接近八卦第一线铆着劲儿地往医疗帐篷钻，一个个来的时候都哭天抢地，活像自己马上就命不久矣；走的时候面带微笑，心满意足。

虞阙在半个小时里见证了一场流言的诞生。

甲："听说虞家家主肾阳亏虚，已然是一刻也离不开那不可言说之药了，以至于虞家女儿不得不千里迢迢给父亲送药。"

乙："听说是虞家家主因走火入魔已经与太监无异，如今只靠那不可言说之药才能不露端倪，这次送小女儿拜师正是为了窥探第一大宗可有让他重振雄风之法！"

丙："据说虞家家主派了小女儿卧底第一大宗，只为了窃取第一大宗那从不外传的助肾之药配方。"

丁："据说第一大宗有不可言说之功法，门下弟子各个龙精虎猛！"

戊："据说虞家和第一大宗要合作卖那不可言说之药！"

己："……"

流言甚嚣尘上，愈演愈烈，以至于不久之后沧海宗一众长老从结界里出来，迎接他们的不是恭贺声，而是一众弟子复杂的眼神。一个长老门下最小的弟子哭哭啼啼地问："师尊，我还这么小，也要吃那玉春丹吗？"

知道玉春丹是个什么鬼东西的师尊一头雾水："啊？"

虞阙哈哈大笑，告诉她这些的正是方才在人群中给她鼓掌喝彩的音修姑娘，她在得知八卦的第一时间就跑过来和虞阙分享。

她们光明正大地当着那四个侍卫的面聊虞家的八卦，那四个侍卫试图阻止，音修姑娘亮了个令牌，四个侍卫顿时不敢动了，一副敢怒不敢言的模样。

虞阙震惊地问道："什么令牌这么厉害？"

音修姑娘轻描淡写道："我们门派的弟子令牌罢了，虞姑娘对我胃口，要是想要的话我把我这个给你，以后出门在外你就报我沈七七的名字，我罩着你！"

她把弟子令牌递到虞阙身前，虞阙终于看清了什么弟子令牌有这么大威力。

长音宗，好家伙，音修第一大宗长音宗！

虞阙觉得自己受不起这么大的福分，连忙拒绝。

沈七七一副十分遗憾的模样。送令牌不成，她又递给虞阙一块表面无比光滑的玄铁令牌，道："这是玄铁令，产自千机阁，输入灵力即可打开，天下修士都可以在上面交流，你进去看看，这个更好玩！"

好家伙！这不就是修真界版手机吗？虞阙大受震撼，立刻接过输入了灵力。

平平无奇的玄铁令牌上立刻出现了密密麻麻的字，最上面一行红体加粗的字映入虞阙眼帘——

惊！虞家家主当场昏迷，沧海宗弟子三缄其口，虞家与沧海宗竟有这般交易！揭秘大宗背后不可言说的爱恨情仇！

这是修真界版"震惊体"？虞阙整个人都震惊了，沉迷于玄铁令无法自拔，连沈七七什么时候离开的都不知道。

沈七七一离开，那四个侍卫立刻就想把她手中的玄铁令给收走。虞阙反应飞快地收回玄铁令，起身就走，一个侍卫拦住她，冷冷地道："大小姐要去哪儿？"

虞阙看了一眼至今没有动静的帐篷，顿时表情一变，悲悲切切道："父亲昏迷不醒，我采点儿蘑菇为父亲煮汤尽孝，你还要拦我不成。"

几个侍卫面面相觑，一时间不知道是拦还是不拦，犹豫间，虞阙已经溜了出去，他们只能跟上。

"红伞伞，白杆杆，吃完你就躺板板，躺板板，埋山山，亲朋都来吃饭饭……"虞阙口中唱着欢快的歌，将一个个鲜红色的蘑菇摘进小挎篮里。

晏行舟在不远处站了有一会儿，听得津津有味，等她唱完了一段，无视四个侍卫直接走了过去，赞美道："姑娘这个歌谣倒是唱得有趣。"

虞阙猛然扭头，一副找到知音的模样，道："是吧是吧！真是又好听又有哲理对不对。"

晏行舟看着那一篮子鲜红的蘑菇，又听她嘴里唱道"吃完你就躺板板"，面不改色地点头，赞同："虽然简拙，但确实朗朗上口又发人深省，不知出自何人之手？"

虞阙放下篮子，正经答道："出自人民艺术家。"

晏行舟不解，又问："那姑娘采这些蘑菇……"

虞阙温柔地说道："给我爹爹补身体。"

"姑娘真是个纯孝之人。"

话音落下，两人相视一笑。

笑完，虞阙轻松地问道："刚刚晏兄去了哪儿？早上也没见晏兄。"

他稍稍正色道："早上去接了师姐，她有事误了行程，方才接到了师尊传讯，他从结界里出来了，我去安排了一番。哦，对了，沧海宗的那位程长老是和在下师尊一起出来的，算算时间，他现在差不多也该到了……哦，已经到了。”

虞阙下意识抬头，见不远处一身青衣的英俊男子正一脸复杂地看着她。作为一个长老，他的相貌年轻得有些过分了，一眼看过去只三十几岁的样子。他走到虞阙身前，开口第一句便是：“你和你母亲长得很像。”

虞阙茫然地应道：“嗯，谢谢？”

他不在意虞阙的反应，自顾自道：“性格也像她，刚烈。这次的事情我听千秋说过了，是我急着进结界没仔细询问身份就贸然收徒，若是换作你母亲遇见了这样的事，她大概也会像你这样做。”

虞阙仍旧不在状态：“嗯，您英明？”

他也不在意虞阙回了什么，视线落在她腰间的玉箫上定住，久久未曾开口。

虞阙腰间的玉箫是母亲的，虞阙到这时候开始觉得不对劲了。这位程长老能刚一回来就弄清楚事情原委她不奇怪，毕竟她似是而非透露出来的消息已经不算少了，他稍微调查一下就知道发生了什么，但是，这人三句话不离她母亲……

他又道：“这是你母亲的东西。”

虞阙点了点头，这人就叹了口气，道：“你随我来吧。”话毕顿了顿，看向了一旁的晏行舟。晏行舟脸上还是带着笑，但不知道为什么，虞阙莫名觉得这笑容让人觉得有些冷。

程长老丝毫不掩饰自己对晏行舟的不待见，他冷冷地道：“晏师侄，接下来是我沧海宗的事情，你就不必跟过来了。”

晏行舟笑容未变，一旁的虞阙一听不让晏行舟跟过来，立马急眼了。开玩笑，她孤身一人过去岂不是孤立无援！她飞快拉住晏行舟的衣袖，强调道：“这是我朋友！”

被拉住的那一刻，晏行舟浑身的肌肉下意识地紧绷，有那么一瞬间，杀意不可抑制地外泄。但不知为何，这杀意在触碰到虞阙之前强行被收了回去。

几乎已经准备出手的程长老睁大了眼睛，他最清楚眼前这人是何等随心所欲的。晏行舟对上程长老几乎称得上震惊的神情，温和一笑。一旁，虞阙怕他们不信一般，又强调道：“是好朋友，我现在最好的朋友。”

程长老沉默片刻，压着声音道：“你若想来，便来吧。”

晏行舟笑道：“那是自然，毕竟我是虞姑娘的朋友。”

三人一路沉默地走到了医疗营地，然后就被医疗营地的热闹景象给震惊了到了。虞阙走时这里还好好的，她一回来，整个营地像是变了天一般。虞检之和程青不知道什么时候都醒了，两个人一个比一个暴躁，一个暴跳如雷，说白养了她这个不肖女，一个叫嚣着要让她好看。

继母和虞珏拦都拦不过来，医疗营地的医修和众人一起看热闹。

谢千秋在一旁脸色铁青。

虞阙看了一会儿，突然问程长老："长老，我那个信物还能兑换吗？"

程长老看了她一眼，点头道："那信物若不是你自愿交出，自然可以。"

虞阙点了点头，快步跑了过去，感动地道："爹爹，没想到你醒了这么惦记我，给，这是我采的蘑菇，给您炖汤喝，保管吃下病就好了。"

剧毒的蘑菇递到虞检之面前。虞检之脸色铁青，怒吼道："你还想要我死？！"

虞阙温温柔柔道："怎么会呢？这叫以毒攻毒，爹爹的心可比这蘑菇毒得多，吃下它，还指不定谁会毒死谁呢。"

虞检之扬手就要打她，虞阙早有预判，飞快一退。于是场面又乱了起来。

程长老皱着眉头，冷声道："虞家主，当着我的面，你也要动手？"

虞检之动作一顿，虞阙趁机全身而退，他像是终于冷静了下来，深吸了一口气，道："不敢。"

程长老冷笑道："不敢？你虞检之还有不敢的事情？我可从未想过若干年后拿着我信物来的，居然不是她的女儿。"

虞检之像是被人戳到了痛处，眼中闪过一丝阴霾，他阴冷地看向了虞阙，虞阙的身体不由自主地微微颤抖。

察觉到了身体的反应，虞阙嘴角的笑意淡了下来。

虞检之却畅快地笑了起来，他含笑道："长老说的什么话，那信物是先妻留给虞家的，也是我这大女儿自愿让给妹妹的，阙儿，你说是吗？"

所有人都看向了她，虞阙却不动不言，只在心里对系统道："打开商城一次性用品页。"系统不问缘由，飞快地打开商城，虞阙立刻用五积分买了自己早就看好的一个一次性产品。她一边买一边在心里嫌弃，为这么个垃圾费了五积分，太不值了。

购买成功的声音响起后，虞阙温和地对晏行舟道："我的朋友，你往后站站。"

晏行舟一愣，随即从善如流。虞阙深吸一口气，上前一步站在黑心爹面前，冲他笑了笑。

渣爹虞检之眼神冷漠又轻蔑，居高临下地等着这个向来懦弱的女儿低头，像以前很多次一样，而这一次，他再也不会给她抬起头的机会。想到这里，他心里一阵畅快。

下一刻，他脸上却突然风云色变，他以为的懦弱女儿收起了笑容，面容逐渐狰狞，将装满了剧毒蘑菇的篮子高高举起，在所有人都没反应过来之前重重地砸在了他头上，这一砸直接破开了元婴真人的防御，砸得他眼冒金星。

“你个老东西，脑袋发昏了吧，谁给你的胆子这么看老娘，眼珠子给你抠出来当球玩！”

剧毒的红色蘑菇纷纷落下，系统的声音从未如此悦耳：“一次性体质：力大无穷已兑换，可压制元婴及以下，限时一分钟，请宿主尽快使用。”

虞阙心说好啊，一分钟也行，她当即抓起一个蘑菇强行塞到黑心爹嘴里，冷笑道：“你给老娘吃，这都是老娘的孝心！”

剧毒蘑菇塞进嘴里，众人终于反应过来，惊呼的惊呼，拉架的拉架。可再多的人也拉不开一个加了“力大无穷”效果的虞阙。她将黑心爹死死按住，左一个巴掌打得他口吐白沫——“这是替我自己打的，抢自己闺女的信物，真有能耐啊！”

右一个巴掌打得他眼冒金星——“这是替我死去的娘打的，糟践亲闺女替别人养孩子，活该你头上绿油油！”

两个巴掌下去，虞阙被人强行拉开。她也不留恋，被拉开的一瞬间抬脚朝着黑心爹脐下三寸处猛地一踹！

“啊！！！”惨叫声响彻整个营地。

虞阙终于爽了，在系统提醒时间已到的通知声中冷笑道：“既然你这么爱糟践亲生女儿，却给别人养孩子，想必这玩意儿也不需要了吧。”

她环视呆若木鸡的众人，大声宣布：“虞家不仁，虐待亲女，抢我拜师信物，辱我生母，虞阙今日和虞家恩断义绝，从此碧落黄泉，不复相见！”

“主线任务二脱离虞家已完成，积分三十，总积分三十。”

虞阙一笑，看向呆若木鸡的程长老，笑道：“长老，听闻我母亲曾经救了您一命，那我便拿这信物换您保我一命，如何？”

第二章 拜入师门，觉醒音修

沧海宗主帐中。虞阙揣着手站在主帐正中央，对周围打量的视线视若无睹，仿佛是入定了。

虞珏母女俩抱在一起哭哭啼啼，不多时，一个医者擦着汗走了进来，刚进来就被无数视线盯住，他险些不敢动弹。

程长老开口给他解了围，问道："闵医师，虞家家主情况如何？"

闵医师这才回过神来，敬畏地看了一眼虞阙，支支吾吾道："虞家主他……已然伤及根本，虽说在下已经尽力医治不至于影响正常生活，但于男女之事上，恐怕虞家主已是无能为力，是在下医术有限。"

话音落下，在场的男修齐齐倒吸了一口冷气，只觉得两腿之间凉飕飕的，一时间都像闵医师一样，看向虞阙的目光敬畏了起来。

只有虞阙，她像是大大松了口气一般，忍不住道："太好了，太好了！"系统终于靠谱了一次，这五积分花得不亏！但她这句"太好了"也着实显眼，虞珏顿时难以置信地看了过来，带着哭腔道：“长姐，父亲哪里对不住你，你要害他至此！”

虞阙同样难以置信地看过去，比她还诧异道：“你不知道那老东西哪里对不住我？”

她不等虞珏反驳就掰着手指数道：“我周岁时母亲去世，守孝未满一个月就被那老东西从主宅赶到了别院，从一岁到十七岁，这十六年里，除了每月二十灵石的月俸再未得到过虞家任何资源。母亲死前留给我的东西至今未见踪影，反倒是两年前我见你用过一个刻有我母亲名号的法宝，不知道你还记不记得。”

虞阙犀利的目光扫过去，看得虞珏忍不住后退了一步。

她当然记得，那是一个莲花印，漂亮又强大，她一见就喜欢，向父亲讨要，父亲随手就给了她，后来她才知道那是父亲上一任妻子的东西。那时她十四岁，不知道抱着什么心态，鬼使神差地把那莲花印挂在身上，去见了长姐。

她至今记得长姐看向那莲花印的目光，渴慕又痛苦。

虞珏躲避的态度自然逃不过在场众人的视线，他们便知道，这虞家长女说的居然是真的。

主帐里大多是沧海宗里和程长老一辈的修士，因为知道了这次的事情闹得不怎么好看还特意来给程长老助阵，本来事不关己，还觉得这位虞家长女做得不免有些过了，丝毫不顾念生恩养恩，难免有些恶毒，这时却都说不出话来了。

这样对待长女，这虞家家主是脑袋被驴踢了吗？虽说当父母的都有偏爱，但偏爱成这样，已经称得上恶毒了，换作他们被这样对待，指不定会做出比虞家长女还过分的事情来。他们一个个都觉得不可思议，而虞阙的下一句话更是震碎了他们的三观。

她说：“况且，你还不是那老东西的亲生女儿。”

好家伙，这姑娘刚刚踹人的时候说“别人女儿”，原来就是程长老这个新收的弟子，居然还有这般内情！众人一个个都竖起了耳朵。

反应最激烈的是虞珏，她下意识地反驳：“你胡说！我怎么可能不是父亲的亲生女儿？”

虞阙呵呵一笑：“我母亲在我周岁时去世的，你比我小一岁，你的意思是我这位继母在我母亲缠绵病榻之际就和那老东西怀了你？”

要么她不是亲生，要么那老东西在原配生病之时出轨，总之都不是什么好名声。虞珏脑子乱成一团，下意识地摇了摇头：“不可能……”

一旁的男配角程青看不下去，立刻道："你不要太咄咄逼人！"

虞阙那个继母立刻将自己女儿拉了过去，她知道不能再让女儿说下去了，他们都小看了虞阙。虞检之那个没用的因为小看了她已经付出了代价，还连累她们母女也跟着丢人，她必须得保住自己的女儿。

虞阙没理会她们母女的眉眼官司，而是看向了出头的程青。她的目光意味不明地往他脐下看了一眼。

程青这时候终于想起这女人的"丰功伟绩"，腿间似乎一凉，下意识地后退了一步。

继母见这个强出头的程青也没什么用，暗骂了一句，只能起身，冷冷地看向虞阙。她不像自己心机不深的女儿，只会被对方牵着鼻子走。她不论亲情，不说大义，只道："你伤了虞家家主，不论你是不是虞家儿女，虞家都不可能就这么放你离开。"

虞阙知道这是图穷匕见了，她立刻看向了程长老。

拿信物，换你保我一命。越是实力高深的修士越不会轻易做下承诺，因为他们的每一个承诺都会引动天意，若是完不成承诺，轻则损伤修为，重则生出心魔。程长老既然做出了承诺，虞阙就不怕他违约。

而程长老也果然没有违背承诺的意思，他看了虞阙片刻，突然问道："我收你做弟子，如何？"

虞阙整个人呆住了，不敢相信自己听到了什么，她震惊地问系统："这人什么眼光？我都在他面前这样了，他还要收我做弟子？"

系统也震惊："这人瞎了吧！"

虞阙瞬间变脸："你什么意思？我不配？"

系统不敢作声，然而有人比她还震惊。

继母大呼："不可！"

程青道："父亲三思！"

程长老却只看了他们一眼，继续道："你母亲救过我一命，我留下那信物之时便承诺过日后收你为徒，没有什么不可的。"

程青急了："父亲，那阿珏怎么办！"

程长老淡淡地看了虞珏一眼，平静地道："我本就是以为她是虞阙才收的她，如今，自然是让她回虞家。"

虞珏不敢相信地抬头："师尊！"

程青当即跪下："父亲，这怎么行，阿珏魂灯已经入了沧海宗，名字已经记在了弟子录里，怎么能说不收就不收？"

程长老不言不语，虞珏咬了咬唇，看向了谢千秋。谢千秋对上她的目光，闭了闭眼，终究走出来，道："师尊，这收徒一事，确实不能儿戏。"

程长老只看向虞阙问道："你要不要当我徒弟？虞珏是去是留，你说了算。"

虞阙要的只不过是程长老能在虞家手里保她一命，而现在，她这继母看她的目光像是要把她活剥了，男配角也仇视着她，男主角神色平静无波。

虞阙几乎能预料到，拜师之后若是有这么两个师兄，她以后的日子一定会很精彩，说不定还会死得更快一点，毕竟程长老只承诺了从虞家手里保她一命，可没说从别人手里也要保她。若是日后程青这浑不懔的一怒之下把她杀了，程长老是杀了亲生儿子为她报仇还是假装无事发生？萍水相逢，上一辈留下来的恩惠而已，虞阙可不敢用命去试一试这恩惠的分量。

程长老貌似给了她一个很好的选择，这却是虞阙最不想选的，她绝对不能拜师沧海宗，远离男女主角保平安！

虞阙深吸一口气，道："程长老，晚辈自知资质愚钝，恐怕要辜负厚爱了。"

这已经是婉拒了，但程长老好像真的非常想收她的样子，他犹豫了片刻，只道："我知道你在顾及什么，不妨等我处理好虞珏的事情，你再回答我。"然后他们就开始商量一个已经记名的弟子该如何处置。

因为程青力保虞珏，这个章程商量得十分艰难。虞阙不想留下来被人扎眼刀，就想出去转转，走到虞珏身前，她突然停了下来，低头问道："妹妹，很多事情，你真的不知道怎么回事吗？"

虞珏像是受到了惊吓一般，猛然睁大了眼睛。虞阙轻笑一声，起身离去。

津津有味地看了一场热闹的晏行舟看了看热闹非凡的帐篷，又看了看离开的虞阙，想了想，跟了上去。他颇有些惊奇，这姑娘方才过来的时候还一口一个"朋友"，非要拽他一起来，如今胸有成竹了，他这个"朋友"居然也被忘了。这可真是新奇，他这经常将他人弃之脑后的人，居然有朝一日被别人抛在身后。

虞阙并没有发觉自己身后有人跟着，因为今天众目睽睽之下的惊人之举，她不得不避着人走，发觉从刚刚开始系统就一直没说话，她有些不习惯，问道："你怎么不说话。"

系统沉默片刻，真诚地道："我在想你这么能干，我以后该给你发布什么任务。”

虞阙：“过奖过奖。”

一人一系统一路唇枪舌剑，走到了一个小土丘旁。

小土丘上站着一个人，一身墨衣，迎风而立，硬生生把一个小土丘给烘托成了高山之巅。

虞阙一看就觉得这不是个普通人。

系统：“废话！我都给你标注出来了，这怎么可能是普通人！”

那墨衣人头上有一个大大的标注——重要人物：江寒。

虞阙满脑袋问号：又一个她不认识的重要人物？

虞阙不信邪，走了过去。虞阙上去之前以为这人是在装模作样，上去之后才发觉，这位兄台可能是在看热闹。

小土丘之下的另一面，一男一女侧对着他们，说话内容非常有意思。虞阙见这位墨衣兄台没有拒绝她一起分享八卦的意思，就心安理得地留下来听。

那一男一女之中，女子长相是不同于修真界主流审美的野性帅气，一举一动都有一种洒脱的飒爽。男的……帅，但帅得有些油腻，尤其是他现在正对着帅气大美人姐姐满嘴跑火车。男子说：“在你之前，我遇到过很多漂亮女子，但我最终选择了你，你知道为什么吗？”

大美人姐姐思考片刻，诚实地道：“大概是因为我家实力比你家强吧。”

虞阙哈哈一笑，她来了兴趣，凑近一点，小声对那位一动不动的兄台道：“兄台你往旁边一点，让我也看看。”

那位兄台似乎看了她一眼，然后往旁边让开了一步，虞阙莫名感觉一股冷意，但没在意，占据有利位置，继续听下去。

“油腻男”一朝失利，想继续对她洗脑：“我知道你还在为昨天的事情生气，但那个人只是我妹妹而已。”

虞阙冷笑，经典“渣男”语录——那个女的是我妹。她看向大美人姐姐，大美人姐姐诧异地道：“原来宋家还有个异姓女儿吗？抱歉，我不太清楚。”

“油腻男”噎住，转而坚强地继续说道：“我不想和你吵，但我真的不喜欢别人不信任我，我很爱你，但我既感受不到你对我的爱，也感受不到你对我的信任。”

美人姐姐诧异道：“你当然感受不到，因为我本来就不爱你啊，不是说好了特殊时期为了家族各取所需，事后我们桥归桥，路归路吗？为什么会扯到爱情？”

"油腻男"终于闭嘴。美人姐姐摇了摇头："你想太多了，走吧，他们还等着我们。"美人姐姐毫不犹豫地离开，"油腻男"只能跟上。他们走远了，虞阙终于放声大笑，她笑完了，就看到那位黑衣兄台定定地看着她。

他问："你为什么笑？"

虞阙想了想，说："笑那个男的没有'男德'！"

兄台困惑地问道："何为'男德'？"

虞阙深沉地道："所谓'男德'，自然是指所有男人的贤良美德，简称为'男德'。像那种野性大美人，大概只有'男德学院'优秀毕业生才有追求的资格，人渣给我死！"

不知道为什么，虞阙感觉面前兄台的眼睛亮了亮。他问："你懂'男德'？"

虞阙心说我好歹在梦里那个现代世界生活了那么久，能不懂？她点点头。

他又问："懂了'男德'，真的能让她对我另眼相待？"

虞阙答道："总比那个人渣强。"

兄台闭了闭眼睛，似乎在思索什么。虞阙准备回去了，突然听见他问："沧海宗的那个老东西想让你拜师，你不想拜，对不对？"

虞阙下意识地点了点头，然后她就见面前的兄台缓缓道："我只有三个徒弟，小门小派，师门简单，你拜我为师如何？程不深欠我一个人情，你拜我为师，他不会逼你。"

虞阙被这话弄昏了头，缓缓睁大了眼睛。

那人循循善诱："你适合音修，我正好懂音修，我可以给你法器，教你乐理，我所会的都能教你。"

"我只有一个条件——你教我，何为'男德'。"

虞阙看着面前口口声声要学"男德"的仁兄，忍不住陷入了沉思。

系统小心翼翼地问道："宿主，你在想什么？"

虞阙沉吟。

系统下意识地屏住呼吸，心想，它的宿主是发现不对劲了吗？也是，有它的标注和对面透露出来的信息，哪怕是一头猪也该发觉……

"我在想。"虞阙打断了它的思路，若有所思道，"一天之内两个人要收我为徒，我怎么会有这么大的魅力？"

破案了，它的宿主就是一头猪！

它呵呵冷笑："你清醒一点，他是想学'男德'！"

虞阙不管，毕竟学"男德"也得找她学，四舍五入还是她有魅力。

系统如今算是看清了自己宿主清奇的脑回路，它已经不对宿主能主动看出点儿什么抱有希望了，听见她的不要脸发言也只嘀咕了两句，问："所以呢，你现在怎么想？"

怎么想？虞阙觉得她现在根本就不用想，或者说，她的弱小根本就没有给她更多的选择机会。

首先她根本不可能拜师程长老，选择拜师程长老就等于选择在男女主角和男配角的眼皮子底下过活，届时她绑定的就不是"炮灰逆袭系统"了，而是"炮灰自杀系统"。

其次，她还不能主动拒绝程长老。

不管有没有母亲的救命之恩，程长老时隔多年还肯因为一个信物收徒，在他们看来就是有情有义，是施恩，虞阙拒绝一次可以说是有气节，拒绝第二次就会被别人认为是心存怨恨，不识抬举。作为上位者，他要收徒，只有他想收或者不想收，根本不存在她能不能拒绝。最后，不管系统再怎么好用，能提供给她再多的秘籍，她也需要一个老师，毕竟没听说过谁能拿着本微积分就能直接学成数学家的。一言概之，弱是原罪。

所以现在唯一的办法，还真就只有让别人出面，让程长老不能收她。

虞阙为这个显而易见的结果一言不发。

系统心惊胆战，总觉得此刻宿主的心态和暴打黑心爹之前一模一样。只不过黑心爹她还能拉出来暴打一顿，现在这个局面，她连能拉出来打一顿的人都没有，毕竟就算是程长老，也是为了她好，只不过他高高在上太久，从没想过他的施恩别人想不想要。

系统难得乖巧。虞阙抬起头，看向了那位要学"男德"的仁兄。她刚刚沉默了这么久，这位仁兄就这么一直等着她，也没有催促。

虞阙问道："程长老欠你的人情，真能让你从他手里抢徒弟？"

"能。"

"是什么恩情？"

"阴差阳错的恩情，你不需要知道。"

“那你们门派……”

他接道：“小门小派，实力有限，你若拜师便是我第四个徒弟，你有一个师姐两个师兄，都是好相处之人，你小师兄为人别扭了些，但心地不坏，你相处久了就知道了。”

虞阙不由自主地在脑海中构想出了一个温馨和谐的门派。师尊看似清冷却很有耐心，师姐温柔，师兄就像邻家哥哥，性格别扭，但时时刻刻都会关心你。

虞阙越想越觉得不错。小门派好啊！小门派人少是非少，哪怕这位仁兄明说了师门实力有限，但实力可以慢慢提，真进了沧海宗可就竖着进去横着出来了！

这时候，那仁兄又补充了一句：“师门简陋，可能比不上沧海宗。”

虞阙顿时又想象了一个破破烂烂的宗门。哦，对了，若是只有几个人的话，可能都不能说是一个宗门，说不定就是师徒几个在深山里扎的小木屋。虞阙看自己未来师尊的目光瞬间就怜爱了起来。

系统忍不住道：“这就未来师尊了？”

虞阙：“我决定了！我拜师之后的第一个目标就是先让师门富起来、强起来，建设新时代新师门！”

系统忍不住提醒：“这就拜师了？！你就不怕他骗你！”

虞阙呵呵冷笑：“说得我好像有什么值得骗的一样，不管那师门怎么样，总比进沧海宗等死强。”

系统不说话了。

虞阙问：“你怎么了？”

系统虚弱地道：“我在想你拜师之后我怎么安排主线任务。”

虞阙立刻上心了：“我们小门小派，实力低微，你多安排些有用的任务。”

小门小派，实力低微……系统觉得它需要静静。

虞阙抬起头，问了未来师尊最后一个问题：“你是想学……”

师尊接道：“‘男德’。”

虞阙忍不住笑了：“噗——”

师尊斜眼看了过去，虞阙立刻收住笑，问道：“可是为什么呢？”

师尊沉默片刻，他淡淡地道：“可能是想惜取眼前人吧。”

虞阙愣了片刻，下一刻，她向他行了一礼：“请您收我！”

这一瞬间，师尊脸上流露出一抹几乎称得上温和的笑意。

“下去吧。”他说。

虞阙应声，转身下山。师尊落后了半步，突然往身后看，可他想看的人早已经不见踪影了。

他记得梦中他最后一次见她，是她向自己辞行回家，并约定了明年落雪之时再见。那时候他因她有婚约在身，连追上去问一问都不敢。三天之后他得知了她的死讯，凶手是那所谓的未婚夫。

他记得自己听闻这个消息时，似乎并未多伤心，他只是擦好了长剑，趁着夜色来到了她死去的地方，从天黑杀到了天亮。

在那之前他是所有人眼中的端方君子，在那之后他是人人谈之色变的魔头。

不是时候，他告诉自己，不是时候，这次他要的，是她。

师尊名叫江寒。

虞阙在下山时一路和他闲谈，微微觉得有些不妙。

这人的“男德”水平放在“男德班”里都能直接毕业了啊，这还学什么？

虞阙感觉自己的职业生涯尚未开始就遭遇了严重危机，偏偏师尊还一本正经地向她请教着何为“男德”，学习的姿态十分认真。

虞阙能猜到她未来师尊大概是想勾引那个美人姐姐，但她觉得勾引这件事吧，“男德”固然十分重要，最重要的还是得“闷骚”。

所谓“男德”为表，“闷骚”为里。师尊颇有些温润如玉的君子范，“男德”是撑起来了，“闷骚”的话……

虞阙问道：“师尊可知何为‘闷骚’？”

师尊脚步一顿，脸上的表情更加困惑：“‘闷骚’为何意？”

虞阙微笑道：“没什么，师尊，快到帐篷了。”

师尊点头：“等回师门，你再教我何为‘闷骚’。”

虞阙：“好。”

两人走近，虞阙这才发现虞珏正失魂落魄地站在帐篷外，虞阙脚步下意识地一顿。师尊见状便道：“你在外面等着我吧，我进去要人。”

于是帐篷外面便多了个虞阙。

师尊进去时，虞珏正抬头死死地看着她。她眼眶通红，声音沙哑地问：“你是回来看我笑话的？但可惜，要让你失望了，程长老不收我了不假，但我还是沧海宗的外门弟子。长姐，假以时日，我不会比你差！”

虞阙闻言淡淡地“哦”了一声，对这个结果并不意外。长老亲儿子和大弟子联手保她，她要是真被逐出师门了，那才有鬼。

她平静地道：“恭喜，还有，我不会拜师沧海宗，刚刚那个才是我师尊。”

虞珏一下子愣住了，不敢相信自己听到了什么。她下意识地问道：“那个人，他比程长老更强？”

虞阙淡淡地道：“小门小派，实力有限，当然比不上沧海宗。”

虞珏一愣，看上去竟有些失魂落魄。片刻之后，她突然捂住眼睛：“你连要都不肯要，你连要都不肯要！长姐，我在你眼里是个小人吧，可是我也只是想活着而已啊，活着有错吗？”

虞阙心说我管你有没有错，但关我屁事。

鲁迅曾告诉我们，离这种人要远一点，免得她被雷劈也牵连到你。虞阙深以为然，动了动脚，准备和她拉开距离。然而晚了——

雷劈没牵连到她，但她忘了，女主角要开始走剧情了！

下一刻，整个苍荡山突然风云色变，牢固的结界化作了一个漩涡，虞阙还没反应过来，整个人都被吸了进去。

前后不过十几秒，苍荡山又变得风轻云淡，仿佛什么都没发生，只有一片狼藉的营地预示着这里发生了什么。

江寒一把拨开帐篷门帘走了出来，帐篷外空荡荡的。一个弟子跌跌撞撞地跑了过来，对着江寒身后的程长老悲呛道：“长老，不好了！结界生变，整个营地三分之一的弟子被卷了进去！我们现在进不去结界了！”

江寒闻言猛然抬头看向了苍荡山，也就是说，他那么大个弟子，还没暖热乎，就这么没了？他抬脚走向苍荡山。

程长老见状连忙道：“江……你要干什么！”

“捞人。”捞他徒弟。

程长老劝道：“不行！现在结界生变，你若贸贸然进去不知道会发生干什么，我们要顾全大局！”

江寒根本不听，他想，梦中的他就是太顾全大局了，才会落得那个下场。

“宿主！宿主！”

虞阙在系统焦急的呼唤中醒了过来。她一睁眼，毫无预兆地对上一张惨白惨白的鬼脸。鬼看着她，她看着鬼。

虞阙眨眨眼，后知后觉地问系统："这是什么？"

系统："鬼。"

虞阙一点点睁大了眼睛。

"啊！"她惨叫。

"啊——"鬼也惨叫。

虞阙本来想跑，闻声反而停了下来，奇怪地道："你叫个什么劲儿！"

那鬼一脸惊恐，问道："你是不是中元夜月下狂奔的那个人？"

虞阙："啊？我是啊。"

鬼闻言更加惊恐，拔腿就跑，边跑边喊："快跑啊！那个吓唬鬼的人又来了！"

虞阙："……"

系统缓缓道："恭喜宿主在鬼中的名声达成万鬼嫌的成就。"

虞阙：大可不必！

她想起来这是个什么剧情了，女主角拜师之后苍荡山结界被大鬼和大妖联手埋伏，以至于结界生变吸走了三分之一的弟子进苍荡山！她怎么忘了这段剧情！

虞阙一脸懊悔，她起身，打量着周围，然后就对上了身后一双绿油油的眼睛。她吓了一跳，猛地一后退，那双眼睛的主人就从黑夜中走了出来，是一条通体洁白的……狗？

但这不是最重要的，最重要的是……虞阙看着那条狗头顶大大的"重要狗物"四个字，回不过神来。你有毛病吗系统？你真不是出漏洞了吗？重要狗物是啥？

系统不说话。

那条狗已经走到了她面前，足足有半人高，它冲虞阙轻轻叫了两声。

虞阙莫名感觉它是想让她跟它走，她想了想，试探着跟了上去。那条狗立刻小跑往前，边跑边回头看她有没有跟上来。

虞阙这才确定它是真的让她跟它走！她立刻跟了上去。

她被这条狗带着跑了有五六分钟，跑到了一条小溪旁，小溪旁躺了一个人，生死不明。那人头上被系统标注了几个大字——"将死的重要人物"。

虞阙倒吸了一口冷气，立刻走了过去。

那是个美人，一张脸清冷又妩媚，但虞阙现在完全没有了花痴的心思，因为美人的脉搏都快摸不到了！

虞阙立刻道："系统，你有没有救命的药？"

系统答得迅速："有，但你买不起。"

虞阙咬牙，摸了摸她的心跳和呼吸，想着自己脑子里有没有救命的功法。

当然是没有，没办法，那就只有用她在梦里学到的救命办法了！

虞阙立刻双手交叠放在的美人的胸口，用力按压。身后的"重要狗物"看着虞阙放在自己主人胸口上的手，缓缓睁大了狗眼。

系统不解地道："宿主，你在干什么？"

虞阙："心肺复苏！没想到我梦里学的心肺复苏在这里派上了用场！"

她做了几组按压，看了看美人的口鼻，准备做人工呼吸。她摆出标准的人工呼吸的姿势，一张脸缓缓靠近那美人。

系统声嘶力竭："不行！"

"重要狗物"猛然捂住了狗眼！

虞阙被吵得耳朵疼，心说有必要吗，然后她转眼就看到，那美人醒了。此时此刻，美人的脸和她的脸不过寸许，美人睁开的眼睛里似有星光流转，十足的清冷，却又带着让人抗拒不了的妩媚。虞阙看呆了。

美人看着她的呆样，突然一笑，抬手捏住了她的下巴。

"想亲我？"她问。

虞阙傻了，手下是绵软的触感，面前是绝美的脸蛋，她下意识地捏了捏。

啊啊啊！好幸福！

她还想再捏一下，就听见系统咬牙切齿道："宿主！你在干什么！"

虞阙一下子清醒了，抬眼只见面前的美人姐姐微微有些讶异地看着她，似乎没料到她还有胆子这么干一般。她似笑非笑的时候整个人妩媚十足，收起了笑意那张脸又清冷得像是高不可攀的仙子，让人不忍亵渎。

虞阙一下子就羞愧了起来，向系统忏悔道："我错了，我胆大包天，但我还敢！"

系统心想：还胆大包天，等你知道你面前的人是谁你就不敢了。

美人姐姐捏着她的下巴左右看了看，轻笑了一声，道："看你年纪不大，胆子倒不小。"

冰凉的手指触及虞阙的下巴，虞阙一激灵，赶紧松开她，结结巴巴解释道：

“美人姐姐你误会了，其实我是想救你来着。”

美人姐姐也不起身，只半坐起来歪着头看着她，也不知道信不信她的话。看了虞阙片刻后，她突然一笑，风情万种。

虞阙便听她问道：“小丫头，这里是哪儿，谁让你带我来的？”

她说话的时候，系统眼尖地看到她指尖已经泛起了莹白色的光，似乎只要虞阙的回答稍有不对劲，这葱白的指尖就能随时穿透她的脖子。

危险！宿主，危险啊！

系统在她识海里看得心惊胆战，但它愚蠢的宿主已然是迷失在美色里，丝毫没察觉到危险来临，她还以为面前的美人也是骤然被结界吸进来才搞不清状况，想到方才美人的惨状，她顿时怜爱了起来。

这么好看的大美人，怎么能遭受如此对待？她的责任感当即就上来了。她立刻解释道：“这里是苍荡山结界内啊，姐姐你可能不记得了，方才苍荡山的结界有变，一下子把我们都吸进来了，不过你不用担心，我会保护你的！”

虞阙拍着胸口大包大揽，丝毫没发觉当“苍荡山”这三个字说出口时，面前的美人脸色就变了。她只觉得美人惨白的脸色似乎更加没有血色了，透出了一股无措来，只看着都让人怜爱。

虞阙看见美人还穿着湿漉漉的衣服，立刻从储物袋里扒出了一件法衣，准备披在美人肩头。

这时，从自家主人被调戏起就呆滞起来的“重要狗物”终于看不下去了，立刻跑过来挤开了虞阙，挡在自家主人面前冲她龇牙。

当那条大白狗出现在美人面前时，美人突然浑身一颤，脸上的表情似悲似喜，失态地抬手抱住了大白狗的脖子。

刚刚还龇牙咧嘴的大白狗被猛然一抱，失措地呜呜了两声，整条狗都乖顺了下来，尾巴摇得十分欢快。

美人肩头微微耸动着，像是在哭一般，却又无声无息。

虞阙不知所措，两步走过去，正想安慰，美人却又突然平静了下来。她抬起头来，眼角没有一滴泪，仿佛方才那一刻的脆弱只是虞阙的幻想。

虞阙小心翼翼地道：“姐姐你没事吧？”

美人不答，只问道：“小妹妹，你叫什么名字。”

虞阙老老实实道：“虞阙。”

“虞阙。”美人姐姐重复了一下这个名字，若有所思。

她问：“方才你说，你救了我？”

虞阙点头：“方才你昏迷在小溪边，你的狗带我来的。”

美人粲然一笑：“小妹妹，多谢你了，我叫盛鸾，欠你一个人情。”

虞阙连连摆手：“应该的，应该的。”

盛鸾的视线落在了她拿出的法衣上：“这个是给我的？”

虞阙羞涩点头。盛鸾一笑，细白的手指钩起那件衣服，另一只手点在虞阙的胸口，声音带着蛊惑道：“你可要好好等我，不要乱跑哦。”

系统从这句话里听出了威胁的意味，头皮一炸。

虞阙从这句话里听出了楚楚可怜的意味，心头一软。

她立刻道：“美人姐姐你放心，有我帮你守着，你安心去换衣服，不会有人靠近你的！”

系统：没救了。

盛鸾却直接笑了出来，道：“你可真可爱。”

被美人赞美可爱的虞阙晕乎乎地看着美人走进了一旁的树林，呆坐了片刻，开始嘿嘿嘿地傻笑起来。

系统沉默片刻，道：“宿主。”

虞阙回过神来：“嗯？”

系统：“我想到一个新任务，很适合你。”

虞阙立刻收心，正襟危坐：“来！”

系统：“主线任务三：请在苍荡山完美存活，积分三十。”

虞阙心说系统现在真是越来越啰唆了，存活就存活，还完美存活。她记得苍荡山这个剧情不算很长，主要是为了引出女主角的秘密武器，存活难度不大，她小心一点应该没问题。

于是她自信满满道：“我接了！”

察觉到她在想什么的系统只想呵呵一声。

苍荡山在小说里相当于是一个初级副本，存活难度当然不大，但关键是你身边这个“美人姐姐”是小说里的魔女，于是存活难度翻倍。

如果说女主角在苍荡山的存活难度是普通级别，那直面魔女的虞阙现在面对的就是地狱级别，而且这个魔女还是刚从预知梦里走了一遭醒来的。

小说对一众反派的称呼和他们的名字并不一样，毕竟修真界的人爱给人起外号，宿主不能靠名字认出反派来，它理解；但它不能理解的是宿主一个女的为什么还能对美女沉迷成这样，它到底绑定了个什么东西？现在，她一朝拜师，小说里有名有姓的几个反派，全都和她扯上了关系。它倒要看看她之后要怎么办。

盛鸢出来的时候，虞阙被冻得直打哆嗦，她进来不过半个时辰，却觉得周围越来越冷了，明明是七月的天气，冷得却像进入了寒冬。

她见美人姐姐出来穿得单薄，便忧虑道："不知道怎么回事，越来越冷了，鸢姐姐等一下，我找一找我储物袋里有没有厚衣服，你先忍一忍。"

盛鸢见虞阙冻得嘴唇都有些发白的样子，一愣。她眼眸之中飞快闪过一丝懊恼，不知道是在气自己还是在气别人。

她按住了虞阙的手，声音莫名有些冷："不必，这是鬼气侵蚀，你不知道吗？"

虞阙一愣，摇了摇头。

面前的少女个头不高，十分瘦弱的模样，浑身都在不由自主地打哆嗦。盛鸢原本还想说什么，见状不由得将话咽了下去。她言简意赅道："你感觉到冷是因为鬼气侵蚀，我念一段咒语，你好好记住，等下调动灵力和我一起念，知道了吗？"

虞阙立刻点头："明白！"

然后她就看到面前的美人双手结印，不笑的时候似九天神女，高不可攀。她缓缓道："天地玄宗，万炁本根。广修亿劫，证吾神通。三界内外，唯道独尊……"

长长的一段咒语念完，虞阙只觉得周围那股阴冷的气息为之一散，简直神奇。

盛鸢念完睁开眼，见她只顾着惊叹，皱眉道："调动灵力，念。"

虞阙：实不相瞒，她一个字都没记住，天地什么来着？

她梦里上学的时候一篇《岳阳楼记》都要背三天，美人姐姐为什么会觉得这么绕口的咒语她听一遍就能记住？

但没办法，美人姐姐在一旁虎视眈眈，一副她今天非念不可的样子，虞阙只能拼命调动记忆力："天地……"天地什么？什么天地？算了不管了，管它什么天地，不就是驱鬼吗，她懂！

虞阙把眼一闭，把心一横，大声道："自由平等和谐友爱……"管它什么阴气，在"二十四字真言"面前通通滚蛋！

不知道是不是她的错觉，二十四字落下，她还真感觉周身猛然一暖，仿佛骨子里的凉气都被驱散了出去。

四周一片寂静，静得过头了。她觉得有些不对劲，悄悄地睁开了眼睛，只见一圈金光从她周身四散开来，传出很远很远，美人姐姐目瞪口呆地看着她。

不是错觉，而是真的不冷了！她看了看自己的手，颤颤巍巍地问系统："发生了什么？"

系统沉默良久，缓缓道："恭喜宿主触发法咒：二十四字真言。"

虞阙闻言倒吸一口凉气，这还真能驱鬼？这不科学！

系统开始给她解释："语言本来就有力量，修真界之所以有种种法咒，都是在以语言借天地之力，无天赋者需要借助语言，而有天赋者往往只需要一个念头就能引动天地。这二十四字在现代世界有那么多人信仰，本身就是一种力量，所以，这很科学。"

虞阙信了。于是盛鸢就看到面前的少女表情越来越严肃，她忍不住问道："刚刚那个法咒是？"

虞阙缓缓道："它是二十四字真言。"

二十四字真言，盛鸢把这个名字在心里念一遍，心里一凛。她梦中可没见过什么驱逐阴气的法咒威力能这么大，这样的威力，几乎可以称得上恶鬼的克星。

盛鸢神情一顿。她忍不住眯了眯眼睛，看来这少女不容小觑，只不过不知道眼前这个虞阙，是不是她所知道的那个虞阙。

她试探道："这二十四字真言出自何处？"

虞阙正襟危坐道："出自现代社会的普世价值观。"

盛鸢的脑子里缓缓出现了一个问号。

盛鸢狐疑地看着她，目光中带着考量。虞阙真诚地回望。

这丫头不像是在骗她。盛鸢在梦中世界被称为魔女，世上没有人比她更懂人心，她不至于看不出一个黄毛丫头的真假。

她不仅没骗她，目光中甚至还带着期待，像是在催促着她多问一些。

这……难不成这世上真有一本如此厉害的典籍，却至今不为人知？盛鸢陷入了沉思。

而此时，系统正在胆战心惊地劝虞阙："宿主，你稍微收敛一些，我怕你顶不住啊！"

虞阙觉得自己能顶得住："你就瞧好吧！组织考验我的时候到了！"

系统现在开始担心自己能不能顶得住。

而盛鸢斟酌片刻，决定试探一二。她轻笑道："这二十四字真言倒是通俗易懂，很容易理解，不过威力倒是不小。"

虞阙当即点头："那是自然，因为这是上至家国下至个人，事关每一个人的殷殷期望，怎能不通俗易懂，又怎能不威力巨大！"

盛鸢沉默片刻，忽然叹息。

是啊，自由平等，这修真界若是能做到如此，又何来种种斗争；和谐友爱，每个人都能做到这般，又能少多少纷争。

每个人的殷殷期望，她倒是没说错。而盛鸢也隐隐有些理解这法咒为何威力巨大了，它若是承载着每个人的希望的话，威力又怎么能小了去，只是不知道，这黄毛小丫头，是哪里得来的这般蕴含万千的法咒，倒是好运。

她叹了口气，道："能使出这法咒，也是你的运道，好好珍惜它吧。"

虞阙当即肃穆道："我一定会将它发扬光大的！"

于是，两个人明明在两个频道，却实现了完美交流。一个觉得自己成功完成了价值推广，一个觉得自己明白了二十四字真言的来历。

彼此都很满意，只有系统擦着额头上并不存在的汗，一阵心塞。

当着魔女的面，换个人解释不通，可能都得喝一壶了，谁知道宿主胡说八道居然解释通了！

魔女满意之余，正想多问些什么，一眼看到那丫头一副全然无知的神情，又卡壳了。自己问什么，她便说什么，不管是能说还是不能说的，这丫头蠢笨成这样，真不怕出去被人连骨头都啃了吗？得了强大的传承却没有足够的实力，稍有不慎是会被人杀人夺宝的。

她自有功法，自然不屑于觊觎一个小丫头的东西，可那些伪君子未必会这样想。但那又如何，这和她有什么关系。

可是……盛鸢看了那丫头一眼。那丫头悄悄靠近她，还以为她不会发觉，小声问她冷不冷。

罢了。盛鸢突然道："日后，你不可再对别人提及你那二十四字真言的来历。"

虞阙满脸疑惑："为什么？"她还想继续大力推广呢。

盛鸢轻笑一声，点了点她的胸口，淡淡地道："没有为什么，我说不准，就是不准。”

盛鸢说完这番话，料定那丫头会生气。这个年纪的女孩，没有谁会喜欢别人对自己指手画脚的。但她不在乎，该说的都已经说了，若是她不听……盛鸢一愣。却见虞阙满脸通红，一副羞涩极了的模样。

她非但没有生气，反而连连点头，小声道：“我都听鸢姐姐的，这二十四字真言的来历只说给鸢姐姐听。”

盛鸢：这丫头什么毛病。

而另一边，虞阙在脑海里对系统尖叫：“啊啊啊，她好霸道，我好爱！”

系统麻木了。

两个人鸡同鸭讲顺畅地交流完，决定先离开这里。这里毕竟阴气太重，说不定会引来其他东西。

这时候问题来了，虞阙不会御剑，而且她恐高；盛鸢倒是会御剑，但她现在受着伤，御剑还勉强了些。

虞阙有些着急。盛鸢的那条大白狗也急，它是契约兽，自然更能感受得到自己主人的状态。主人现在急需治疗，他们要赶紧出去！它围着两人绕了一圈又一圈，虞阙就盯着它的尾巴看。

好大的白狗啊，半人多高，直起身子估计能有两米，她和美人姐姐一起坐上去估计都绰绰有余，等等！坐上去？

虞阙看白狗的眼神一下子火热了起来。

白狗背对着她仍感到汗毛倒立，当即转过身，冲她龇牙。

虞阙冲白狗露出一个“慈祥”的笑来。

盛鸢看出了她想干什么，提醒道：“阿郎是战斗契约兽，当坐骑的话耐力不够，你别打它的主意。”

虞阙“慈祥”道：“哦，它叫小白啊。”

盛鸢纠正道：“它叫阿郎。”

虞阙：“知道了，小白。”

盛鸢：“……”

虞阙看它的眼神更加“慈祥”，一番打量之后，大手一挥道：“这都不是问题！我有办法！”

盛鸢和阿郎一起疑惑：你能有什么办法？

只有系统意识到了什么，战战兢兢地问道："你该不会是……"

"就是这样！"她低头摸了一把白狗光滑的皮毛，亲切地道，"小白，你准备好了吗？"

大白狗：我叫阿郎！

片刻之后，虞阙和盛鸢一前一后地坐在了小白的背上。

盛鸢欲言又止："这样行吗？"

虞阙笃定："行，怎么不行！我亲自试过！"

盛鸢十分想问你是怎么试过的，但还没来得及问出口，虞阙便十分兴奋地说了句："走起！"

下一刻，一张极速符被贴到了大白狗屁股上。一瞬间，大白狗几乎无法抑制地大叫一声，狂奔出去。

虞阙高呼："小白，冲啊！"

阿郎：咱们两个之间到底谁是狗！

盛鸢心道，等等，刚刚那个极速符好像她小师弟画的……哕，不行，她好像"晕狗"！

月色之下，一条大白狗驮着两个人狂奔，仿佛历史重演。

两人一狗离去的地方，一只鬼呆呆地看着，片刻之后突然狂叫道："回来了！那个吓唬鬼的女人又回来了！"

两人一狗狂奔了四十多里，直接从山脉这头贯穿到另一头，最终也没找到出去的方法，只能找了个清静的地方停了下来。小白刚停下来就扭头撕了自己屁股上的极速符。

虞阙深情地道："小白，你辛苦了。"

大白狗直接扭过头不理她。

盛鸢这次却没纠正虞阙，她看着被大白狗撕下来的符咒，片刻后，道："这个极速符挺好用的。"

"我一个朋友送给我的！"虞阙还以为这辈子用不到它了，没想到这么快又用到了，自己贴极速符和别人贴极速符就是不一样。

盛鸢看着虞阙的脸色，只说了一句"原来如此"，就没有再问下去。怎么可能是小师弟，他那样的人也会有朋友？她失笑，摸着阿郎光滑的皮毛，道："好好休息一会儿吧。"

虞阙在一旁跟着凑热闹："对啊小白，好好休息吧，一会儿还要辛苦你呢。"

大白狗沉默片刻，拿屁股对着她。再说一遍，它叫阿郎！

二人一狗互相依偎着休息。然而没一会儿，盛鸢突然睁开了眼睛，眼眸之中闪过一丝寒光。她道："虞阙，起来。"

虞阙被惊醒，连忙爬起来："怎么了怎么了！"

盛鸢道："麻烦来了。"

虞阙这次没问什么麻烦，因为她已经看到了——不远处，几十只鬼影从四面八方围了过来，目标正是她们！

虞阙当即抓住了盛鸢的手："我们拼一拼，看能不能冲出去，冲出去立刻贴着极速符跑！"

盛鸢却一把拨开了虞阙的手："小丫头，自己跑吧，这点儿鬼还不至于奈何得了我，别留下来碍手碍脚了。"

虞阙一愣，她也不知道自己的脑子怎么转得这么快，这时候突然意识到什么，立刻问道："你的伤加重了？"

盛鸢没说话。这丫头这次猜得倒没错，她梦醒之前经脉寸断，重新修炼时用的功法颇为邪门，梦醒之后虽然获得了完整的身体，但不知道是不是梦中的功法已经侵入了灵魂，方才她用正道的功法疗伤，伤势反而加重了。

她轻笑一声，道："知道了还不快走，留下来等死吗？"

她似乎笃定了虞阙会走，笑容妩媚中透着凉薄。虞阙甚至有种感觉，仿佛盛鸢方才让她自己跑不是为了能让她活下来，而是不想在自己无力之时有一个能对她造成威胁的人在她身旁，仿佛相比于鬼，她更忌惮人。

虞阙当即就感觉自己热血上头了，她二话不说就把大白狗推到了盛鸢身前，道："小白！好好保护你家主人！"然后挡在一人一狗面前……开始腿打战。

几十只鬼从四面八方冲到近前。虞阙听见有鬼大声道："没错，就是她！中元节那天吓鬼的人！她又出现了！"

众鬼顿时齐呼："撕碎她！让她见识见识什么叫鬼修！"

虞阙听了欲哭无泪，这居然还是她自己惹出来的祸，你们当鬼的怎么一个个这么小心眼！

盛鸢被她挡在身后，有些失神，明明生死攸关，她却不知道自己在想什么。直到阿郎的呜呜声唤醒了她，她一抬眼就看到面前的少女背影，还发着抖。

盛鸾下意识开口："用你的二十四字真言，别傻站着！"

虞阙如梦初醒，连忙运转灵力，念出二十四字真言。靠近的几个鬼修当即像是被人剐了一层皮一般，惨叫了起来。

有用，但是他们数量太多了，而虞阙的灵力太少了，她用了两轮二十四字真言就知道不能再这么下去了，因为她的灵力已经耗了大半。

她趁着他们被真言震慑，立刻道："系统，打开商城。"

另一边，虞珏和程青远远地看到虞阙被鬼包围，虞珏不由自主地抓紧了手里的剑。程青误以为她要救人，立刻道："管她们干什么，她这么对我们，今天就看看她们有什么能耐，等着她来求我们！"

虞珏沉默片刻，道："嗯，听你的。"

而此时，系统再次确认道："宿主，确认二十五积分换这首歌吗？"

"确认，音修没有攻击性的曲子就是垃圾，我要换首曲子来！"

系统心想，道理它都懂，但它曲库里的歌曲千千万，为什么选这个？它深吸一口气，道："开启红名模式，方圆百米之内，除队友盛鸾、小白以外，是否都加入红名。"

虞阙看了一眼地图，上面除了围在他们周围的鬼修，外围还有两个小点点，不知道是不是埋伏的鬼修。她点头："加入。"

下一刻，虞阙手拿二胡，表情肃穆，严阵以待，拉动二胡，如泣如诉。

"天哪，恨啊，挨饿，

"多冷的隆冬，多冷的隆冬嗒嗒嗒！多冷啊，

"我在东北玩泥巴，虽然东北也不大，我在大连没有家……"

系统的声音虚弱地响起："《我在东北玩泥巴》已兑换……"

音乐可以接地气，但不能接地府。虞阙把这首《我在东北玩泥巴》拉得是既接地气又接地府。

修真界的音修们主要的攻击手段是以曲传情，以七情六欲影响对手的神志乃至六情，以达到伤人的目的，只要音修对乐曲理解得足够透彻，乐曲中的情感就能十倍百倍伤人。而众所周知，神曲之所以称为神曲，不是因为它有多好听，而是因为它足够魔性。虞阙这个神曲爱好者恰好非常能理解神曲中的"魔性"，于是，魔性提升了十倍。

魔性这种情绪能有什么威力呢？它没什么威力，只不过是想让人抖腿跳舞。

一大半鬼修不是被伤到而撤退的，它们是怕自己再留下来就会忍不住当场跳舞。反正虞阙在拉到一半的时候就找系统兑换了个耳塞把自己的耳朵给堵上了。等她闭眼拉完，再睁眼看，面前已经空空荡荡干干净净，别说鬼了，鬼影都没有一个。

虞阙十分地高兴，她感叹道："果然，全世界都无法抵抗神曲的威力。"

系统不吭声，它觉得这不是能不能抵抗的问题，而是修真界无论人或鬼都没见识过这阵仗。

如今修真界竞争激烈，鬼修也不好当，能在修真界每年一度的剿鬼活动中幸存下来的鬼修可以说是个个身经百战。

音修？它们被音修围攻又不止一次了，从《兰陵王破阵曲》到《十面埋伏》，个个都是置鬼于死地的大杀阵，它们什么阵仗没见过。

——当虞阙拿出二胡时，在场所有鬼修都这么想。然而当二胡声响起时……抱歉，这阵仗他们真没见过。

虞阙高高兴兴地收起了二胡，转头一看就见美人姐姐正一脸痛苦地揉着自己的耳朵。她立刻关切地问道："鸢姐姐，是刚刚有鬼修伤到你了吗？"

盛鸢看着自己方才不由自主地跟着抖动的腿，沉默片刻后，真诚地建议道："以后你还是少拉这首曲子为妙。"

虞阙疑惑："为什么？"这效果不是挺好的吗？

盛鸢心想，没有为什么，她怕不分敌我的时候，大家一起抖腿跳舞，场面不太好看。

虞阙依旧一副一无所知的模样。盛鸢觉得不管她是大智若愚还是真的一无所知，这丫头都是个人才。

她问道："这是谁所创？"

虞阙支支吾吾地回答："是……外邦传来的！"

这丫头身上居然还有外邦修士的传承！盛鸢沉吟片刻，不再多问，只指了指一旁的低矮灌木，说："那里面有两个人，把他们给弄出来。"

虞阙立刻看过去，就见盛鸢所指的方向正好是方才系统地图上那两个游离在外的"鬼"埋伏的地方。

怎么别的鬼修都走了，这两个鬼修还没走？这么敬业吗？

虞阙提起二胡走了过去，小心翼翼地走进灌木丛。虞阙已经做好了被袭击的准备了，然而面前的景象让她倒吸了一口冷气。

是男配角和女主角！只见这两个人并排躺在灌木之后，都是一副昏迷的模样，浑身上下都是脚印，简直凄惨至极。

虞阙立刻把他们两个给拉了出来。

系统提醒她："宿主你收敛一点，你快笑出声了。"

虞阙立刻换上了一副悲痛的表情。她轻手轻脚地把他们摆放整齐，见程青昏迷了眼睛还半睁着，特意贴心地伸手合上了他的眼皮，然后起身，冲他三鞠躬，神情肃穆。

她唉声叹气："居然是被鬼踩晕的，太惨了，太惨了。"

系统道："你把笑收一收我还能相信你的话。"

虞阙拒绝："我就不！我被鬼围攻的时候他们躲在外围看着，你以为我傻啊，不知道他们想干什么。"

系统想，她在某些地方真是聪明得要命！

这时盛鸾已经走了过来，她看了一眼，视线凝住。片刻之后，她笑道："这是你认识的人吗？"

虞阙立刻撇开关系："交情一般。"

盛鸾追问道："那你准备把他们怎么办？"

虞阙抖了个机灵："你看他们都昏迷了，那我们不如……"

美人姐姐笑得温柔："那我们不如把他们埋了吧。"

虞阙："嗯？"

美人姐姐看着一脸蒙的虞阙，温柔似水："我们两个弱女子在这遍地恶鬼的地方何其危险，他们两个昏迷不醒，我们带上他们只会四个人都有危险，不如我们把他们埋进土里，留个通气孔让他们呼吸，土能遮掩气味，恶鬼也找不到他们，我们四个都安全。等他们醒来，他们自己就能出来了。"她说着，不着痕迹地踢了一脚迷迷糊糊要睁开眼睛的程青。程青白眼一翻，又晕了。

虞阙听到了动静低头想看，被美人姐姐一把抬起了下巴，她蛊惑般开口问道："我这个方法，可行？"

虞阙被迷得五迷三道："……行，行，当然行。"

美人姐姐立刻松开了她，转身道："阿郎，挖洞。"

片刻之后，虞珏和程青被埋进了土里，上面还留着两个浅浅的呼吸孔。

虞阙尚有良心，担忧道："这样……真不会憋死吗？"

盛鸾起身，淡淡地道：“当然不会，这是为他们好。”

她看着新埋的土，心想，怎么会憋死，梦里的她被这样埋进土里半个月，不也活得好好的。

两个人刚忙活完，虞阙想着要不要先离开这个是非之地，毕竟第一次埋活人，感觉怪怪的。然而还没等她说，远处又有鬼来了。

这次人数不多，只有几个，但穿着很豪华，看起来不像普通鬼修。

虞阙第一反应就是掏二胡。

那几个鬼修却几乎一瞬就到了近前，为首的一副凡间无常鬼的打扮，伸手就按住虞阙的二胡。

虞阙瞬间发现自己几乎动弹不得了。她心里明白，这是碰见硬茬子了。她当即就打开了系统商城，准备一有不对立刻买保命的东西。

而这时，那个“无常鬼”不紧不慢道：“今日家中主人迎娶夫君，还差一位乐师，主人听闻这里有一位音修使得一手好二胡，特意请您来吹喜乐。”

无常鬼、主人、娶妻，虞阙马上就想起来这是哪段剧情了。

她记得小说里男主角是刚进苍荡山就被苍荡山里一个大鬼抓了，那个大鬼是个死了三百多年的女鬼，一眼就看上了男主角的俊秀容颜，当场就决定成亲迎娶夫君，还正儿八经地办了一场喜宴。

只不过在那段剧情里，女鬼是想要几个人族宾客见证自己和人族夫君的婚礼，所以特意派这个“无常鬼”去抓误入苍荡山里的修士，正好抓到了女主角。女主角成了宾客，然后就是机智女主角救下被强抢的男主角的剧情。

难不成是因为她把女主角给埋了，所以这剧情就落到了她身上？

虞阙的目光僵硬地落在了地上的新土上。系统满嘴跑火车：“不，也有可能是女鬼喜欢听你拉二胡，不然怎么会请你当乐师。”

但她已经来不来想更多了，因为那“无常鬼”已经在催促了：“仙子，考虑得如何了？”

虞阙回头看了盛鸾一眼，她的脸上已经没有了笑意，目光冷淡，不知道在看谁。虞阙立刻说：“行，我跟你走，但那位姑娘你不能带走！”

“无常鬼”看了盛鸾一眼，淡淡地笑道：“那是自然，我们只要乐师。”

虞阙深吸了一口气，对盛鸾说：“你等我回来。”她没等到盛鸾回答就被几只鬼拥簇着离开了。

身后，盛鸾眼睛里像是结了冰一样冷。

“敢动我的人，很好。”

虞阙僵硬地走进了金碧辉煌的府邸，被那个“无常鬼”一路带进了正堂。

一路上张灯结彩，到处都是红布和喜字，倒真像是凡间大户人家要成亲的模样。虞阙走进正堂时，被那无常鬼挡着，只能看到一个穿着喜服的男子铁青着脸坐在席上，正是男主角谢千秋。

谢千秋也看见了她，他估计是没想到自己这般狼狈的模样正好被熟人看见，失态之下打翻了酒杯。

正和无常鬼说话的鬼新娘当即停住了话，关切地问道：“夫君怎么了？”

谢千秋不说话，只是脸色更加难看了。那位鬼新娘估计习惯了谢千秋的态度，不以为意地一笑，道：“那就先让我看看我们请来的乐师吧。”

无常鬼闻言顺势让开，露出了被挡在身后的虞阙。

虞阙也终于看清了这位鬼新娘的长相。怎么说呢，是个鬼气森森的病美人。

病美人一身和谢千秋同款的喜服，托着下巴看着她，轻笑一声，道：“长得倒是可爱，我听手底下的小鬼说你一首曲子击退了我五十几个小鬼，想来也是有些实力的，请你做乐师，我估计能一饱耳福了。”

虞阙心道，这是让她在喜宴上拉《我在东北玩泥巴》？她怕自己有命拉没命活啊！虞阙一头冷汗，一边应付着这位大鬼，一边注意着谢千秋。

你想不想结婚我不知道，但这位估计挺想结婚的，我要是真在你们的婚宴上拉了神曲……我还没活够啊！我那妹妹不在，你自己支棱起来啊！还真准备当别人夫君？

可能是因为她的眼神太过灼热，可能是因为现在的男主角太过年轻，虞阙发现他开始坐立难安了起来，在座席上动来动去，仿佛恨不得下一刻就消失在众人面前。

虞阙心道不妙，果然，下一刻鬼新娘就停住了话，笑容淡了下来。她看了看虞阙，又看了看谢千秋，面色阴沉地问：“你们认识？”

看她这个反应，仿佛只要有人敢说认识，她就能让虞阙血溅当场。

那必然不认识！虞阙飞快否认：“不认识！第一次见！”

鬼新娘似笑非笑：“哦？那夫君为何坐立难安？”她看着谢千秋。

谢千秋也知道现在不能说认识，不然虞阙就倒大霉了，但他毕竟年轻，不知道如何解释，就只能沉默。

看着鬼新娘的脸色越来越冷，虞阙心说这样不行，当即举手道：“我知道！”

鬼新娘和谢千秋齐齐看向了她。

谢千秋想说什么，鬼新娘淡淡地笑道：“你说。”

虞阙深吸了一口气，道：“这位大人，您的夫君坐立难安又难以开口，您有没有想过一个可能。”

鬼新娘疑惑：“什么可能？”

虞阙不看谢千秋，语气笃定道：“他有痔疮！”

鬼新娘和谢千秋的表情齐齐呆滞。半晌，鬼新娘梦游般问道：“他有什么？”

虞阙看着谢千秋，笃定：“痔疮！十人九痔，他这坐立难安的模样，难道不是痔疮犯了吗？”

谢千秋脸色逐渐变得铁青。

鬼新娘沉默片刻后，饱含期待地问道：“夫君，你告诉我，你有没有痔疮？”

他是该说有，还是没有？谢千秋觉得，不管是“有”还是“没有”，他都说不出口，只能铁青着脸沉默了下来。

然而在这种指控之下，没有当场否认，那几乎就已经是默认了。

女鬼满心的期待破碎，一手捂住胸口，“嘤”的一声，居然当场哭了出来。

她痛哭道：“我的夫君怎么可能会有痔疮！”

虞阙看着痛哭的女鬼，不由得一阵唏嘘。她忍不住劝道：“别哭了，不就是痔疮嘛，你和他成亲之后说不定还会发现他吃饭吧唧嘴，睡觉打呼噜，早上不爱刷牙，晚上不喜欢洗脚，头发能一个星期不洗，衣服能半个月不换呢。”虞阙说得天花乱坠，哭声不知道什么时候停了下来，所有人都目瞪口呆地看着她。

女鬼沉默片刻后，颤抖着声音问她：“你刚刚说什么？不刷牙不洗脸？睡觉打呼噜？”她不可思议地看向谢千秋。

个人生活习惯良好的谢千秋紧紧地闭上了眼，告诫自己这不是沧海宗，无论如何他得忍耐。然后他就听见虞阙真诚的声音：“但是，这就是生活啊！爱他就要接受他的全部！包容的婚姻才是幸福的，我祝福你们！”

女鬼沉默片刻，声音突然冷漠了下来，带着股嫌弃的意味。她说：“婚礼暂时延后，先把我夫……先把他送下去吧。哦，对了，还有这个乐师。”顿了顿，她补充道，“然后你们找找苍荡山里有没有医修，能治痔疮和打呼噜的。”

谢千秋无言以对。

片刻之后，谢千秋和虞阙一起被关进了一个空房间里，房间里只有一盏烛光摇曳，两个人分别坐在房间的斜对角，远远地看着对方。虞阙胆战心惊地抬眼看，然后就从谢千秋那面无表情的脸上看出了一股避之不及的意味。

虞阙震惊地问系统：“他、他这是什么意思！”

系统说道：“是你把人家搞出了心理阴影的意思。”

虞阙正准备反驳，谢千秋突然开口：“虞姑娘。”

虞阙沉默片刻，胆战心惊地应了一声，接着她就听见谢千秋端着一张面无表情的脸平静地说道：“虞姑娘可知那个女鬼的来历。”

虞阙回应：“不知。”

谢千秋解释道：“那女鬼正是这次中元节我师尊要镇压的鬼物。”

这个她知道，她还知道在小说里，中元节的这次封印本来就是个局，那女鬼早已经和一只大妖勾结在一起，准备将苍荡山所有修士一网打尽呢。

谢千秋冷笑出声：“鬼到底是鬼，哪怕表现得再怎么像人，她也是鬼。”

这是在提醒她不要被女鬼迷惑。虞阙心说自己怎么可能被迷惑。不管她表现得再怎么像妙龄少女，该杀的人她可是一个没少杀。

大概是她脸上的神情太过明显，谢千秋的脸色肉眼可见地缓和了下来。

然后虞阙就听见他道：“多谢虞姑娘。”

虞阙心想，等等，你谢我做什么？

谢千秋斟酌片刻，缓缓道：“我知道方才姑娘是故意说……痔疮，好从那只女鬼手里救我一命，乃至之后的刷牙、打呼……”他似乎是说不下去了，闭了闭眼，神色沉重，但男主角不愧是男主角，他深吸一口气，继续道，“种种这些，都是姑娘为了让那女鬼放松警惕故意说的。姑娘，在下猜得对是不对？”

虞阙一愣，旋即点头：“对！你猜得没错，就是这样！”

系统：“你难道不是为了不让女鬼发现你们俩认识才故意抹黑男主角的？”

虞阙呵斥道：“你闭嘴！”

她抬起头，温柔地道：“没错，谢仙君不愧是沧海宗高徒，猜得真是一点儿没错。”

虞阙这句话说出口，谢千秋就松了口气，仿佛放下了心里的大石头。虞阙忍不住怜爱地看着他，这就是男主角的自我修养吗？哪怕是在这种情况下都能给彼此找出一个合理的解释，爱了，爱了。

她小声问道："那谢仙君不会怪我吧？"

谢千秋道："在下不是不知好歹之人。"

虞阙鼓掌："仙君大气！"

谢千秋道："姑娘谬赞。"

气氛一时间其乐融融。

系统在一旁幽幽地道："男主角也不好当。"

虞阙反驳："你懂个啥啊，这是为了我吗？这是为了他自己啊！你是愿意被别人以这种方法救一命，还是愿意被别人以为是真有痔疮？"

系统沉默片刻，问道："所以谢千秋到底有没有痔疮？"

一人一系统齐齐盯住了他，好不容易放松下来的谢千秋突然感到一阵恶寒。

两个人不知道被关了多久，只知道烛火已经燃了一半了。

渐渐地没有人说话了。谢千秋抱臂靠在墙上闭目养神，虞阙摸着肚子唉声叹气，折腾了这么久，她除了刚逃出虞家时碰见晏行舟吃了一点东西外，就没再吃过东西了。

可能是她折腾的声音大了一些，谢千秋抬头看了她一眼，问道："姑娘饿了？"

虞阙点了点头。他便道："我被抓进来的时候储物戒指也一同被收走了，抱歉，我现在没有辟谷丹。"

虞阙翻了翻自己的储物袋，唉声叹气："我离开虞家的时候也没有带辟谷丹。"

这句话不知道那个字戳中了谢千秋，他突然沉默了下来。片刻之后，他艰涩道："结界之外，我为虞珏说话，姑娘可曾怪我？"

虞阙不知道为什么话题突然就转到了这里。她抬头看谢千秋，只能看到他脸上一片晦涩。

说真的，她饿着肚子，根本不想聊这么沉重的话题，而且在她眼里，谢千秋身上的标签始终是"男主角"，男主角向着女主角本来就天经地义，虞阙谈不上怪也谈不上恨，只能说命中注定、果然如此。就像现在，哪怕她和男主角也算是"共患难"过了，她也不觉得男主角从此就能站在她这一边。

于是她面色平静地道："立场不同罢了。"

"立场不同……"谢千秋缓缓地重复，不知道是想到了什么，逐渐出神。

虞阙没有理他，闭上眼睛保存体力。不知道过了多久，她突然感觉有什么东西在拱她的储物袋。

虞阙一下子就睁开了眼，就看到一只毛茸茸的垂耳兔不知道什么时候出现在这里的，正一下一下拱着她的储物袋，像是在找吃的。

虞阙眼睛里爆发出了巨大的惊喜，她直接伸手揪住了那兔子的耳朵，语气温柔地道："兔兔这么可爱，一定要吃兔兔！"她的晚饭有了！

那兔子像是听懂了她在说什么一般，整只兔子猛然一僵，剧烈地挣扎了起来，劲儿还不小。虞阙为了自己的晚饭，被迫开始和兔子搏斗。

等她终于把这只兔子按住了，一旁看了不知道多久的谢千秋开口："姑娘，在这里见血的话会把外面的鬼都引过来的，还请姑娘暂且忍耐一下吧。"

虞阙一愣，可惜地看着自己好不容易抓到的兔子。她叹了口气："那就只能出去之后再吃了。"一边说着，她一边把兔子塞进了自己的储物袋。

就在这时，那只被她揍得一动不动的兔子突然张嘴，一口咬在了她的手指上！

嘶，出血了！虞阙赶紧一甩，直接把兔子甩进了自己的储物袋里，受伤的手指上一滴血落下，正好落在了那兔子的眉心。

虞阙不管它，一边吸气一边把手指含进了嘴里。正想帮忙处理的谢千秋动作一僵，别开了眼。

虞阙还记得谢千秋那句血腥味会引来鬼的话，等手指终于不出血了，这才把手指拿了出来。她道："幸好幸好。"

而这时，许久不说话的系统突然道："宿主，我建议你看看自己的储物袋。"

虞阙不明所以，满头雾水地打开了自己的储物袋，然后浑身一僵，目瞪口呆。

她、她从虞家带出来装满了好东西的储物袋，如今变得空空荡荡的，就只剩下了一只兔子蹲在里面，嘴里面好像还在咀嚼着什么东西。

电光石火间，虞阙突然想到了什么，她颤抖着声音问道："系统……这、这不会是……"

系统语气沉重地道："吞金兽，正是女主角进苍荡山获得的秘密武器，以灵石法宝为生，吃得越多实力越强，女主角得到它的时候从虞家带出来的大半身家都被吃干净了，不知道为什么，它本不该出现在这里，却意外出现，还认你做主了。"顿了顿，它补充道，"然后把你的东西都吃光了。"

虞阙面色逐渐狰狞，她一把将兔子从储物袋里拎出来："我要吃了它！"

系统赶紧劝道：“宿主，冷静，冷静！想想你被吃掉的东西，沉没成本！这么金贵的兔子你舍得吃？它还认你做主了啊！”

虞阙道：“我养不起它！”

系统立刻使出必杀技：“它说不定能帮你逃出去。”

虞阙冷静了一点：“它现在能帮我逃出去？”

系统干笑道：“现在……还不能，它刚醒来，胃口比较大，现在这点儿东西还不够它塞牙缝的。但是，你只要能让它吃饱，化神期它都能放手一搏。宿主，这是花钱出奇迹啊，神兽你要不要！”

虞阙泪流满面：“我一个穷人为什么要花钱买神兽。”

系统干笑道：“但是，花都花了……”

虞阙逐渐冷静了下来，视线落在了一脸发蒙的谢千秋身上，他这身法衣不错，扣子都是灵石做的，她眯起了眼睛：“对啊，花都花了……”

晏行舟推开门走进来时，险些以为自己进错了门。

昏暗的房间里，梳着双丫髻的少女正一手拎着兔子，一手拽着面前男子的衣服扣子，一脸的凶神恶煞，一副要强买强卖的模样。

男子想推又不敢推的样子，额角青筋直跳。

开门的动静惊动两人，两人齐齐转头，六目相对，死寂般的沉默。

片刻之后，晏行舟微笑道：“你们在干什么？”

虞阙如梦初醒，火烧一般松开手：“没什么没什么！”

谢千秋脸上一阵红一阵白，反问道：“你为什么在这里！”

晏行舟微笑道：“我被人找来给你治痔疮。”

谢千秋和虞阙：“……”

又是一室死寂。

谢千秋沉默良久，闭了闭眼，沉声道：“我没有……痔疮。”

这一刻，虞阙硬生生从他那还算平静的脸上看出了一丝无可奈何。

晏行舟面色不变，只挑了挑眉，道：“没有吗？那正好，他们好像正急着举行婚礼，要是你没病的话……”

婚礼！虞阙顿时抬起头，眼睛“唰”地一下瞪大了。

谢千秋还没什么反应，虞阙先跳了起来，两步上前抓住晏行舟的手，大声道：“他有！他当然有病，他有那个大病！他不仅有痔疮，还打呼噜，你快给他治病！”

开玩笑，好不容易从那个女鬼眼皮子底下跑出来，他要是又跑去成亲了她这个乐师怎么办？真到他们婚礼上拉《我在东北玩泥巴》？这不找死吗！

一番慷慨激昂的话音落下，两个男人反应不一。谢千秋听得脸色铁青，忍不住厉声道："虞姑娘，士可杀不可辱！我怎么能……"

"哦。"虞阙冷漠地打断他，"痔疮还是成亲，你选一个。"

谢千秋一下子卡壳了。半晌，他揉了揉眉头，闭目道："姑娘一番好意，是我失态了。"然后他就没再睁开眼睛，眼不见为净一般，胸膛不停地起伏。

晏行舟在一旁看着，嘴角的笑容不知不觉淡了下来。他顿了顿，漫不经心地问道："虞姑娘很不想让谢兄成亲？"

虞阙长叹一声，心有戚戚焉地点点头。

这世上最不想让谢千秋和那女鬼成亲的除了谢千秋自己，怕就是她了，谁让她是一个假乐师，还正好被那女鬼看上了，届时他们成亲，她仅会的一首《我在东北玩泥巴》一拉……嚯！她都不敢想自己最后是怎么死的。

而晏行舟看她点头，嘴角的笑意更加淡了。他来时满心兴味，这时候却觉得连谢千秋那吃瘪的样子都没那么有趣了，一股淡淡的厌倦在他心里横冲直撞。

谢千秋不知道什么时候睁开了眼睛，看到晏行舟那一脸虚假得都懒得维持的笑容，嗤笑一声，反问道："晏师兄问了这么多，我倒是还没问，你是如何被那群人搜罗到这儿来的，那群人也请得动你？"

晏行舟抬头看了他一眼，轻笑一声，饶有兴致地道："有一群鬼正满苍荡山地找能治痔疮的医修，正好在下略懂岐黄之术，又实在好奇到底是谁得了痔疮需要出动那么多鬼，就主动请缨跟着过来了。"他说完上下打量谢千秋，"来之后才发现居然是谢兄，还真是惊喜极了。"

谢千秋的笑容逐渐消失，他沉默片刻，平静地问道："他们正漫山遍野找……医修？"

晏行舟好整以暇地点了点头："我现在有两个时辰来治你的痔疮，两个时辰之后要是治不好的话，他们估计还会再找医修，直到你的痔疮好了为止，所以现在谢兄需要在有限的时间里考虑考虑，你这个痔疮，还要不要让它好。"

好的话，他就得成亲；不好的话，整个苍荡山结界内的修士迟早都会知道苍荡山有个女鬼正在为她的人族夫君找医修治痔疮。

要么死名节，要么卖身。谢千秋二话不说，抬脚就往外走。

虞阙头皮一麻，当即上前拽住他，问道："谢兄！你要去干吗？"

谢千秋平静地道："同归于尽。"

"冷静！冷静！你看……"虞阙顿了顿，突然意识到这是个好机会。他都想要同归于尽了，还怕身上少几颗灵石，衣服少几颗扣子吗？

她当即改口："你看……这是什么！"她举起了怀里的兔子。

谢千秋和晏行舟不约而同地看了过去，一个一脸疑惑，一个满脸兴味。

谢千秋突然想起来，方才，虞阙就是为了这只兔子不断拉扯他的衣裳。他迟疑道："这是……"

虞阙摸了摸兔子耳朵，一脸高深莫测："吞金兽。"她的眼睛瞄着谢千秋那一身华丽喜服上大颗灵石做的扣子，一时间觉得那女鬼的审美真是不错。

"谢兄，我再给你两个选择，你是要衣服，还是要贞操！"

谢千秋想，他就不能两个都要？

痔疮还是成亲？

死名节还是卖身？

衣服还是贞操？

谢千秋当场对选择题都产生应激反应了。

但最后他还是选了。

谢千秋仅着一身里衣，面无表情地看着那只兔子趴在自己衣服上啃，三瓣唇所到之处连刺绣的金线都没放过。

兔子在那里啃着，兔子主人的视线还一下一下往他身上瞄。

他里衣上还有一颗宝石。但这宝石很不一样，大概是为了照顾那女鬼的情趣，这整件里衣只由那颗宝石固定，只要将那宝石轻轻拽落，这一身里衣和一块破布也没什么区别。

谢千秋觉得，人不能，至少不应该连件衣服也不给其他人留。但他显然高估了虞阙的节操，她犹犹豫豫，终于开口："谢兄，你看你那颗宝石……"

谢千秋睁开眼睛："虞姑娘，要不然我还是去同归于尽吧。"

虞阙立刻转开眼："不了，不了！"

虞阙眼看着这个"羊"身上已经没有羊毛了，视线转而落在了晏行舟身上。

晏行舟一身干净的白衣，别说灵石了，身上连根金线都没有。

晏行舟注意到她的视线，歉然一笑，真诚地道："在下出自小门小派，本就比不上谢兄富裕，而且在下的储物戒方才也被拿走了，倒是没有灵石给姑娘的爱宠吃，不过他们似乎以为在下只是个医修，并没有如谢兄一样封住我的经脉，稍后姑娘出手时，在下倒也可以跟着放手一搏。"

虞阙有点遗憾，但她一想到自己初见晏行舟时这人在一群鬼物之中杀个几进几出的画面，又不觉得遗憾了。

不过该薅的羊毛还是要薅的，她又上下扫视了两遍，眼尖地定在了他的头冠上。那头冠想必是由上好的灵玉制成的，散发着浓重的灵气。

虞阙提醒："晏兄，你看你的头冠……"

晏行舟一顿。

谢千秋顿时毫不客气地笑出了声："非常时刻，想必晏兄也是肯割爱的吧？"

晏行舟缓缓微笑道："那是自然。"他抬手摘下了头冠，一头柔顺的黑发顺势散落，如瀑布一般垂在脸侧。

虞阙向来觉得男人哪怕长得再怎么俊美，披头散发的时候都是不会好看的，但眼前这人强势打破了她的偏见，她捂住胸口，对系统道："啊！真是该死地好看！"

系统道："……你多少收敛一点吧。"

此时晏行舟已经递来了发冠。面对如此美色，虞阙几乎有些不忍心接。

系统道："但我看你接得还挺顺手。"

虞阙顿时正色道："你知道比美色更撩动人心的是什么吗？"

"你说。"

"那就是薅别人的羊毛给自己花钱！"

系统觉得自己就不该对这个人抱有期待！

兔子啃完了衣服上的灵石，"咔嚓咔嚓"又把晏行舟的发冠给啃了。

虞阙问道："现在这兔子有几分饱？"

系统算了算："八分饱，足够了！"

虞阙顿时振奋起来，一把抱起兔子。而正在此时，女鬼的声音从门外传来。

"夫君，你准备好了吗？"

三个人齐齐看向门外。门被推开，一身喜服的女鬼从外面走了进来……然后看到了一个衣衫不整的小美人和一个披头散发的大美人。

女鬼捂着胸口，噔噔后退了两步，她忍不住喃喃道："我原以为谢郎已经是世上难有之绝色……”

虞阙突然感到不妙，紧接着她就见从那女鬼身后走出一个小鬼，一脸担忧地扶住了她，问道：“主人，你怎么了？”

女鬼一把抓住了小鬼，指着晏行舟道：“一盏茶！我要这个男人的全部资料！”

小鬼看向晏行舟，一脸为难地道：“这，这是我们找来给谢郎君治病的医修，只知道是姓晏。”

女鬼顿时甜甜蜜蜜地道：“晏郎——”

虞阙脸上的笑容逐渐消失，谢千秋毫不犹豫地嗤笑一声，晏行舟常带笑意的脸上终于面无表情。

那小鬼看看这个看看那个，懂了，恍然大悟道：“主人，那属下立刻把婚礼的夫君换成晏郎君！”

女鬼柔声道：“说什么呢？我怎么可能会抛弃谢郎呢，我对他可是一见钟情。”

谢千秋脸上的笑容逐渐消失。

小鬼闻言则为难地道：“那、那主人这次是要娶谁啊？”

“小孩子才做选择，我当然是全都要！”女鬼大手一挥，“马上举行婚礼，今晚我要迎娶两位夫君，大家生活在一起不好吗！”

虞阙顿时震惊！她结结巴巴对系统道：“这、这姐们儿玩得还挺花！”

系统暗自焦急：你快别说了，你也看一看男主角和反派的脸色啊！小说里的灭世之战马上就要提前打响了啊！

她犹在震惊中没反应过来，一旁有人温和地说道：“虞姑娘，兔子给我。”

虞阙下意识地递了过去，然后她立刻反应了过来，睁大眼睛看过去，只见晏行舟毫不犹豫地将兔子丢出，兔子在半空中猛然变大，直接撑破了整个房间。

虞阙躲着落下来的碎木头和灰尘，被呛得不行，等她咳嗽完终于站稳了，就见庞然大物般的兔子挡在了众人面前，极具压迫感。

而比那庞然巨物更具压迫感的，是手持长剑的晏行舟，他单手提剑，又随手找了一把剑扔给谢千秋，他偏头看过去，淡淡地问道：“你总还提得起剑吧。”

谢千秋冷笑道：“不在话下。”

此时此刻，晏行舟和谢千秋居然统一了战线。而系统在疯狂拍照留念。

是什么让小说里不死不休的男主角和反派一朝联手的？

哦，是贞操。

而此时，鬼府之外，清俊的剑仙一人一剑劈开了大门，面对着气势汹汹的鬼众，淡淡地道："我来找我徒弟。"

鬼府后门，数百只野兽匍匐在地，清冷又美艳的女修坐在一只白狗身上，缓缓道："我倒要看看，是谁抢了我的人。"

史上最强正反派联盟即将达成。

当代青年路遇街头大型械斗，第一反应是什么？

报警，然后录视频发朋友圈。

虞阙如今身在修真界，报警她是做不了了，所以她的第一反应是掏出那个相当于修真界手机的玄铁令，飞快调出留影功能，找好角度，开录。

这就是她虞阙打进修真界的第一条朋友圈！

她开录的时候，那个女鬼已经进入了放狠话环节，她的一众鬼弟拥簇在她身边跟着放狠话。

不知道打架之前放狠话是不是修真界的规矩，谢千秋和晏行舟居然都没打断她，就连那只巨兔都乖乖地蹲在两个人身边听，时不时舔一舔毛。

总而言之虞阙看到的情景大概是这样的。

女鬼："你们已经被困在结界中，我劝你们还是不要自不量力，我对你们还有几分怜惜的，你们若是顺从的话我大可既往不咎……"

谢千秋一脸冷漠，晏行舟随口敷衍，兔子头也不抬地舔毛。

女鬼："我的耐心有限，你们惊动了我还有一条活路，若是换作我的同伴……"

谢千秋保持冷漠，晏行舟继续敷衍，兔子持续舔毛。

两人一兔集体漠视她，他们漠视得女鬼连狠话都说不下去了，她恼怒非常，一转眼又看到虞阙正拿着一块黑色的东西对着她。

当时虞阙为了给她心里盛世美颜的晏行舟找一个好的拍照角度，正以经典的双腿扎马步双手仰角45度的姿势举着玄铁令，见女鬼看过来，下意识地就说了一句："你们不用管我，继续，继续。"

这一下彻底点燃了女鬼的怒火。

她冷笑道："敬酒不吃吃罚酒，谁给我抓住这个女人，我让他连升三级。"

话音落下，那些鬼像是闻到了肉味的恶狗一样，齐齐朝虞阙扑了过来。

虞阙万万没想到战火能先在她身上烧起来，惊呼一声，立刻掏出二胡。

然而她的二胡刚掏出来，冰冷的一剑便先劈了过来，径直劈在她身前，霎时间靠近的鬼顿时灰飞烟灭。所有鬼齐齐一顿。身后，晏行舟不紧不慢地收起剑。

虞阙看着地上的剑痕，缓缓张大了嘴巴。

女鬼的神情猛然冷了下来，她看了晏行舟片刻，却突然温柔一笑。她缓缓地道："夫君若是有这般实力，我只要你一个，也不是不可以。"

晏行舟温和一笑："抱歉，我还看不上你。"

这句话成了这场大型械斗的导火索。女鬼和晏行舟毫无预兆地打了起来，虞阙反应过来，立刻指挥兔子去帮忙。

兔子还没插手两招就被晏行舟踹了回来，他的声音甚至还很平静："别让这只兔子捣乱，让它跟着你吧。"

兔子被踹回了虞阙身边，委屈地哼唧了两声。虞阙赶紧安抚它，然后指挥它去对付周围源源不绝的小鬼。兔子体型大，打起小鬼来又快又狠，虞阙看了一会儿，问系统："现在这兔子相当于什么段位？"

系统算了一下，道："大概是金丹三层，没办法，它刚醒，又没吃饱，能有这样的实力已经很不错了。"

虞阙道："我花了这么多宝贝的神兽到头来只能打小怪？！"

系统赶紧说："这是成长型神兽啊，你别看它现在鸡肋了些，你想想小说后期吞金兽毁天灭地的模样。"

虞阙微笑道："不可能，绝对不可能！"

系统问道："为什么？"

虞阙继续微笑道："因为我穷。"

小说里女主角作为第一宗门长老的亲传弟子，那自然有大把的灵石喂兔子，怎么造都行。可虞阙穷啊，她刚拜师的还是个只有四个人的小宗门。这就注定了兔子若是跟着她，那往后余生就只有一个挨穷，一个挨饿的份儿。

吃灵石……虞阙几乎能想象出自己从今以后贫穷的一生了，她感到一阵窒息，难受地后退了两步，正好撞上提剑杀到这里的谢千秋。

谢千秋扶了她一把，言简意赅道："姑娘留心。"

虞阙看到他，惊讶道："你没去帮晏行舟？"

谢千秋顿了顿，视线落在了远处的晏行舟身上，平静地道："我插不上手。"

虞阙看了看他又看了看晏行舟，终于感觉不对劲。看起来差不多的年纪，两人又是同辈，对付那个女鬼，晏行舟能上，沧海宗首徒插不上手？

这晏行舟究竟是什么人物？

虞阙的视线不由自主地落在了他头顶那大大的“重要人物”标注上，她迟疑地问道：“是因为谢兄现在还被封着经脉吗？”

谢千秋平静地回复道：“我没有被封经脉时也插不上手。”他顿了顿，问，“你认识晏行舟，他没有对你说过……”

话说到一半，他突然愣住了。

片刻后，他迟疑地道：“虞姑娘，你的兔子……”

虞阙下意识地顺着他的视线看了过去，目之所及处，只见她的吞金神兽英勇奋战在群鬼之间，一爪一个小鬼头，端的是凶悍异常。然后……以肉眼可见的速度越变越小、越变越小，最后“噗”的一声，漏气了。

漏气了的兔子浑身一僵，但它反应飞快，转头在鬼群里疯狂逃窜，以迅雷不及掩耳之势窜进虞阙腰间的储物袋中瑟瑟发抖。

虞阙缓缓张大了嘴巴，她在心里尖叫：“系统！它怎么漏气了！”

系统干笑道：“这大概是使用时间到了，不过没关系，你可以充值后继续使用。”

我充你个鬼！垃圾游戏，耗我钱财，毁我青春！但她已经来不及和系统争辩了，没有兔子的阻挡，四周的鬼都围了上来。

晏行舟和那只女鬼越打越远，虞阙和谢千秋则孤立无援。谢千秋到这时还很冷静，看着围过来的恶鬼，问道：“虞姑娘，你那兔子怎么了？”

虞阙深吸一口气：“没什么，只不过是我又被骗了。”她拿起了二胡，此时此刻，居然只有手里的二胡还有些温度。

谢千秋见状，当即就说：“你来辅助，我来杀敌。”

虞阙点头：“你放心，我拉二胡很厉害的！”

谢千秋见她难得靠谱的模样，不由自主地放心了下来。

然而事实证明，他放心得早了！

《我在东北玩泥巴》的曲调响起来的第一声，谢千秋脚下一个踉跄，惊愕地回头看她。然而虞阙已然塞上了耳塞，对神曲的杀伤力一无所知，闭目拉得很投入。曲调幽幽响起，谢千秋不由自主地想抖腿。

在二胡声无差别的攻击下，一声声节奏仿佛敲在了众鬼心里，魔性又洗脑，让所有鬼都不由自主地想跟着抖腿。于是一时之间，本该剑拔弩张的战场之上只能看到一双双抖动的大腿。

片刻之后，有鬼按着自己不由自主抖动的大腿，悲愤道：“那个得痔疮的居然使用如此下作的攻击方式！兄弟们，不要放过他！”

谢千秋的脸上一阵扭曲，他带着前所未有的杀意，转身冲进了鬼群——伴着魔性的背景音乐。

虞阙塞上耳塞之后沉浸在二胡的世界，对周围的一切一无所知。她偶尔抬头，只能看到谢千秋杀敌杀得格外奋勇，忍不住一阵欣慰。

她道：“幸好男主角还是靠谱的，你看他在我的二胡声中多么一往无前。”

系统道：“你高兴就好。”

虞阙把《我在东北玩泥巴》拉到第二遍的时候，逐渐感觉到不对。

拉二胡的手感不对。

怎么说呢，虞阙以前并没有接触过二胡，她甚至都没学过音乐，她从系统那里买来了一首曲子，就相当于系统直接把这首曲子的演奏过程和配合的灵力运转方式塞进了她脑子里，她这才能拉出来，但使出来的时候，总有一种游戏里开了托管模式的感觉，能拉，但她觉得这不是她自己在拉，而且拉得非常死板。虞阙总觉得用系统托管的模式对付小鬼怪还好，要真和人对打，她估计连变通都不会。

而这次拉……总感觉有点像是自己在拉了，而不是自己被托管了。

虞阙问了下系统怎么回事。

系统淡淡地解释：“我们是‘炮灰逆袭系统’，又不是‘无脑成功系统’。我一开始就说过，你买的时候，买的只是那个曲子，等你什么时候真正理解了这首曲子，不靠系统提供的灵力运转也能发挥出它的威力，甚至懂得变通，变换杀机，那时候你才真正拥有了它。”

它顿了顿，平静地道：“否则的话，你就只是个会拉曲子的，如果你不了解它，等来一个和你同等级的拿着剑都能打败你。”

虞阙一次次拉这首曲子，就是不断理解的过程。没有师父，她只能这么理解。

虞阙若有所思，下一刻，她拉二胡的手势突然一变，体内的灵力随之改变运行，一阵刺耳的尖锐声音流出，魔性洗脑的乐声一变！

系统惊呼：“你在干什么？”

虞阙两眼发光：“我虽然还没理解，但我先自己变通试试！”然后就是一阵更刺耳的声音，活像锯木头。

系统喊道：“你先睁开眼睛看看。”

虞阙不明所以地睁开眼睛，然后被吓了一跳。晏行舟和谢千秋齐齐站得离她老远，面无表情地看着她。整个院子里已经一个鬼影都没有了。

虞阙吓了一跳：“你们怎么都在这儿？鬼呢？”

晏行舟沉默片刻，缓缓微笑道：“已经结束了，你可以不用拉了。”

虞阙又问：“女鬼呢？”

不想听虞阙拉二胡而快速解决对手的晏行舟道：“死了。”

虞阙又看向谢千秋：“刚刚那么多鬼呢？”

被那刺耳的二胡声刺激得一下子气血逆流冲破经脉的谢千秋道：“也死了。”

虞阙一阵欣喜，正想庆祝，从后门突然走进来一个人。

那人身姿窈窕，抱着一条大白狗，她问：“虞阙，是不是你拉的二胡！”

虞阙惊喜地唤道：“美人姐姐！”

美人姐姐却没理她，她看着晏行舟，震惊地道：“师弟！”

晏行舟微笑道：“师姐。”

虞阙一愣，你们俩是师姐弟？但她还没来得及问，又一个人从正门走入。

来人一身白衣，清冷的声音响起：“是谁拉的二胡？”

虞阙看过去，顿时惊喜喊道：“师尊！”

晏行舟：“师尊。”

美人姐姐：“……师尊。”

三个声音前后响起。虞阙缓缓睁大了眼睛，她看了看晏行舟，又看了看美人姐姐，怎么回事，咱们的师尊是同一个？

这时，师尊道：“这是你大师姐和你小师兄，既然遇到了，就认识一下吧。”

虞阙恍恍惚惚道：“好巧哦，既然如此，我要不要拉个二胡庆祝一下？”

“不必！”三个声音一齐响起，然后一阵沉默，众人面面相觑。

最终，师尊咳了一声，道：“先出去再说吧。”

虞阙迷迷瞪瞪地跟着众人走了出去，走着走着，她突然一愣，抬起头。

每个人头上都有标注，除了谢千秋的是“男主角”外，另外几个人——

江寒，“重要人物”。

盛鸢，“重要人物”。

晏行舟，“重要人物”。

还有只狗都是“重要狗物”。

试问如果是一个师门的话，满门上下从人到狗都被标记为“重要”的可能性有多大？虞阙顿了顿，问道：“系统，我是不是忘记了什么？”

眼看着宿主踏进反派窝的系统心想，你终于发现了。

虞阙满怀希望地问道：“系统，你那个重要人物的评判标准是什么？是不是在小说里出现过的都算重要人物？”

系统怜悯地道：“本系统不搞虚假宣传，重要人物仅指能够影响小说进程的非主角人物。”

虞阙心道，也就是说，她满门上下从人到狗都改变过小说进程？

人还好说，但小说男女主角到底是有多无能才会被一条狗改变了进程？虞阙看了看躺在她新任师姐怀里的大白狗，又看了看自己身旁的男主角，一阵沉默。

她觉得不是她疯了，就是系统疯了。

系统提醒她：“我的核心代码运行很正常。”

哦，那就是她疯了。她开始考虑做梦这件事影不影响脑子。

或许这所谓的小说根本就是不存在的，只是她自己的幻想？还是说她自己也是不存在的，她只是个缸中之脑，系统也只是她幻想出来的？

她还在头脑风暴中，师姐终于注意到她的沉默，停下脚步关切问道：“虞……师妹，你怎么了？”

闻言，众人脚步纷纷慢了下来，不动声色地竖起耳朵。然后他们便听到少女沉默片刻后，真诚又困惑地道：“我在想我的脑子是不是有什么问题。”

众人心想，你都能那么认真地去想这件事了，那你的脑子八成是有点问题的。

盛鸾看着面前一脸苦恼皱着眉头的少女，突然发觉她是真的在认真思考这件事。她在梦境和现实两个世界中，都没碰见过蠢得这么别开生面的人物，很好，虞阙成功地吸引了她的注意！

盛鸾温柔地摸着她头道：“好师妹，别想太多，人生没有过不去的坎儿，你就算脑子不聪明，难道就没有别的优点了吗？”

虞阙被美人摸得整个人飘飘然，点头赞同道：“对！就比如我拉二胡就很好！”

盛鸾摸她头的手一顿，她想，自己这个梦中没有过的新师妹可能真的不大聪明。她微笑道：“你说得对，我们走吧。”

虞阙重新拾起自信，大踏步跟上去。

系统幽幽地道：“宿主，你是不是忘了什么？”

虞阙一顿，抬头看了看几个人头顶上鲜明的标注，又看了看自己师尊的盛世美颜、师姐的盛世美颜，和小师兄的盛世美颜。

她坚定地道：“我不记得自己在小说里看到过他们的名字，所以这件事一定还有猫腻！而且相由心生，他们长得都这么好看，怎么可能是坏人！”

虞阙说完，坚定地跟了上去。

系统心道，很好，彻底没救了。

只有男主角谢千秋，走在虞阙身后，神情复杂地看着她。在结界外帐篷里时，他亲眼看到这个让自己师尊都忌惮的人物漫不经心地索要一个疯疯癫癫的女孩当弟子。那时他就该想到的，这个人的弟子，怎么会是简单人物。

离开被打成一片废墟的正院，一路上一个鬼影都没有。虞阙感叹道：“这里清理得可真干净，师尊、师姐，你们打进来的时候一定费了不少力气吧。”

师尊闻言一顿，转过身神情古怪地看着她。片刻之后，他缓缓道：“这里能清理得这么干净，可不是我们的功劳。”

虞阙问道：“嗯？你们一个从前门进来一个从后门进来，难道不是打进来的吗？”哈哈哈，不是他们的功劳，难不成还是她的功劳？

师尊却没有再说话，只是转过了头。他想，他可能这辈子也忘不掉那锯木头一般的二胡声响起时，一众恶鬼抱头鼠窜的情景。他甚至目睹了一株刚成精的大树在二胡响起的瞬间拔起树根当场逃离。

某种程度上，他这个新徒弟确实挺适合当音修的，毕竟，能拉得难听成这样也是个人才。

师兄既然不说话，虞阙就去关心师姐。她心疼地道：“美人……咳！师姐，我来的时候你身上还有伤，你进来的时候没受什么伤吧？”

盛鸢心里微微一暖，这丫头蠢是蠢了些，但她在梦中见惯了聪明人，若是做自己小师妹的话，这样似乎刚刚好。她的语气下意识地就温和了一些：“我是御兽师，只要我御兽的本事还在，控制几只鬼兽还是不成问题的。”

虞阙闻言眼睛一亮：“鬼兽？在哪儿？”

“跑了。”她淡淡地道。她从来没见过被她控制住的兽类能被一首曲子难听到当场挣脱开的。

还是那句话，从某个角度讲，虞阙确实挺适合当音修的。

三句话未必能让总裁打给她五十万，但可以让两个大佬当场沉默。

虞阙还一无所知，只觉得自己既赞美了师尊，又关心了师姐，努力打好同门关系，简直是当代好徒弟好师妹的标杆。

只有晏行舟，他看着眼前这一切，忍不住笑了出来。他想，这一次有了这么一个师妹，肯定会好玩许多，真是让人期待。

而谢千秋从最开始就警惕着他，看他这会儿的表情，立刻道："晏行舟，虞姑娘虽然不着调一些，但好歹也是你师妹，你若是还有一丁点儿人性，就别动她。"

晏行舟的笑容淡了下来。他看了谢千秋一眼，轻飘飘地道："是啊，虞姑娘现在是我师妹，而不是你师妹。"

"而你若是一开始没有为你那个好师妹说话，她现在就是你的师妹了。"

谢千秋一愣，脚步顿住。晏行舟轻笑一声，轻飘飘地看了他一眼，像是在嘲讽。几个人各怀心思，穿过庭院，一路走向正门，然而他们刚到正门就发现正门被人给围了，而这次，是一个脑袋上长着豹耳的男子和一群妖。

虞阙震惊地盯着那个豹耳男，"嘶"了一声，悄悄对系统说："原来这就是传说中的兽耳娘，长见识了！"

系统道："你清醒一点，请不要给'兽耳娘'这个群体抹黑！你想想他是谁！"

虞阙当然知道这豹耳男子是谁。

在小说里，苍荡山结界出问题是一只大妖和一个大鬼联手的杰作。

那只大鬼正是要娶夫君的那个女鬼，她是苍荡山被封印的鬼之一，大妖潜入苍荡山动了对她的封印，于是两个人联手对苍荡山的结界动了手脚。

苍荡山下三分之一的弟子被吸进了结界，这结界成了困住他们反而保护那一鬼一妖的东西。而他们的目的就是以这些修士为筹码，换取被修真界封印的一个先代鬼王的信物，眼前这个豹耳男子就是那个大妖。

虞阙突然反应了过来，妈呀，大妖！她很想紧张一下，然而左看看一脸平静的师尊，右看看一脸淡定的师兄师姐……就完全没有那个紧张的氛围。

她只能别别扭扭地揣着手站好，然后豹耳男子进入了放狠话环节："就是你们杀了那个女鬼？呵！倒是有点儿本事，报上门派来，我不杀无名之人！"

师尊平静地等他放完了狠话，这才微微点头道："小门小派，不足挂齿。"

话毕，他反问道，“你问完了吗？”

豹耳男子愣了一下，下意识道：“问完了……”

师尊平静地道：“那该我了。”

下一刻，一剑划破了黑夜，惊艳绝伦。虞阙目瞪口呆地看着那一剑，久久回不过神来，她适合当一个音修，但在这一切发生之前，都是习剑的，虞阙十分清楚这样一剑对一个剑修来说意味着什么。

小门小派？不足挂齿？她看着这一剑，周身的灵力仿佛被引动了一般，让她很想运转灵力跟着做什么。她立刻掏出二胡，道：“我拉二胡给师尊助兴！”

“不必！”

“住手！”

“师妹！”

三道声音不分先后地响起，但已经晚了，虞阙拿着二胡仿佛进入了一种玄妙的状态，对周围的一切充耳不闻，她拿着二胡，闭着眼睛，久久没有动手拉下去。

几个人对视一眼，晏行舟先轻笑了一声，道：“师妹可能是要突破了。”

若是如此的话，那更不能打断一个修士的突破，他们非但不能打断，还得帮她守着，几个人满脸纠结。

下一刻，虞阙动了，二胡声响起。这次不是那刺耳得像是锯木头一般的声音，而是仿佛一个病入膏肓的人在呻吟一般，听着就令人全身不适，只想赶紧逃开。总之，和好听两个字扯不上半毛钱关系。

晏行舟先发制人，道：“我去帮师尊。”

盛鸢紧随其后：“我也去。”

转瞬只剩下了谢千秋。高高低低呻吟一般的声音萦绕在四周，谢千秋深吸一口气，痛苦地捂住了耳朵。

虞阙用了半个时辰从那种玄妙的感觉里醒来。她好歹是个修士，意识刚清醒过来还没睁开眼就发觉自己体内的灵力更加充盈了，甚至连身体都更为轻盈，一直如影随形的饥饿感也消失殆尽。

她立刻就意识到自己筑基了。自己天资上佳，练着不适合自己的剑法整整十年，都能硬生生练到炼气八层，如今一朝突破，简直连瓶颈都没有。

虞阙第一反应就是要和自己的师兄师姐分享这个好消息，然而她一睁开眼，却发现自己亲爱的师兄师姐师尊一个站得比一个远，角落里还有一个谢千秋蹲在地上揉着耳朵。

干吗？她知道自己的二胡现在拉得难听了那么一点点，但有那么难听吗？男主角你可是高冷仙君啊，居然蹲在地上，难不成还能难听得让你打破人设限制不成？虞阙有“亿”点点委屈。

这时师尊看了过来，问道：“突破了？”

虞阙扭扭捏捏地说道：“嗯呐。”

师尊轻笑了一声。他走过来摸了摸她的头，淡淡地道：“那走吧。”

虞阙不知为何开心了一点，她立刻追上去，追问道：“师尊，我突破了，你不给我奖励就算了，都不夸我一句吗？”

师尊平静地道：“这不会是你最后一次突破，等你什么时候让我满意了，我再夸不迟。”

虞阙愣了一下，然后缓缓笑了出来。直到这一刻她才意识到，她拜师了，有了师门，而眼前这些人是她的师尊和同门，往后余生，她的苦难荣耀都将与他们共担。

晏行舟跟在众人身后，看着围着师尊问东问西的虞阙，突然一笑。

第三章 手握剧本，救赎反派

此时此刻，就在不远处，虞珏和程青正一身泥土地站在原地。

他们刚刚目睹了虞阙的突破。

虞珏有些失神，因为她发觉自己已经想不起在虞家时，虞阙是什么模样了。仿佛她那个姐姐生来就是个隐形人，一年又一年地活在阴影里。

而此刻，虞珏当着她的面突破了筑基——她耗费了无数灵宝丹药，求也求不来的筑基。

虞阙什么时候变得……这么耀眼了呢？而她，仿佛仍在原地停留。

程青在一旁安慰她："没事，回去之后我就求父亲给我一枚筑基丹，不就是筑基吗！她虞阙算什么！"

虞珏闭了闭眼，摇头道："没事的，师兄。"

程青见她仿佛真的不怎么在意一般，松了口气，拉着她朝远处那群人追去。

虞珏一下子顿住了，声音紧绷地问道："你要干什么？"

程青不解道："谢千秋在那里，他好歹是我父亲的大弟子，和那群人混在一起算什么，我让他过来保护我们。"

"不。"她闭了闭眼睛，摇头道，"不了，我们自己走吧。"

小说里耗费了男女主角不少精力的剧情就这么被翻篇了。他们只需要再打开苍荡山的封印，所有人就都能安然无恙地走出去。

虞阙原本以为这次仍旧是师尊出手，然而没想到站在结界前，师尊扫了一眼，就直接让晏行舟出手，他道："你把结界撕开。"

他说的是"撕开"，仿佛笃定了晏行舟破开结界就像撕一块布这么简单。

但虞阙明明记得没那么简单。小说里最难的就是困住男女主角的这个结界，这结界浸透了鬼气，早已成为了"鬼界"，普通修士触之即死。

她正想提醒一下，就见晏行舟缓步走了出来，然后抬手撕开了结界！

虞阙目瞪口呆地看着那号称触之即死的结界被晏行舟徒手撕开了一个大口子，随后他随手一扬，整个结界尽数粉碎，仿佛真的比撕一块布还容易。

可能是她震惊的表情太夸张，谢千秋看了她一会儿，突然问道："你既然拜师了，难道还不知道晏行舟是什么人吗？"

是什么人？不是"重要人物"吗？

虞阙下意识问道："你知道？"

谢千秋这才明白她是真的不知道，他皱起眉头，正想说什么，晏行舟走了过来。他看着谢千秋，平静地道："谢兄，结界已开，师尊让你出去带沧海宗的人进来，我们在这里守着，省得有恶鬼外逃。"

谢千秋看向了江寒，江寒冲他点了点头，他便道："是，寒月仙尊。"

等等！寒月仙尊？虞阙立刻问晏行舟："师尊不是叫江寒吗？这个寒月仙尊……"

晏行舟看了她一眼，轻笑道："师尊的道号。"

虞阙沉默了，恨不得抽自己一大耳刮子。

她明白师尊头上为什么有标注了。她不认识江寒，但她认识寒月仙尊！

这不是小说里，那个因为挚爱被人设计惨死而灭人满门，最终成为反派之一的那个又强又惨的美人仙尊吗？

她怎么就忘了修真界除了名字还有道号。反派啊反派，她怎么也想不到这么好看的师尊竟然是反派，这合理吗？

系统幽幽地道："宿主，你顺着这个思路再想一下你的师兄师姐。"

顺着这个思路？虞阙看了看两个师兄师姐头上的标注，沉默片刻后，问道："满门反派？"

系统道："你真聪明。"

虞阙沉默良久。系统劝她："宿主，你现在要是拒绝拜师还是来得及的，要不然我们……"

"不！我为什么要拒绝拜师！"虞阙反对。

"那你……"

虞阙幽幽地道："不如你改个名。"

"嗯？"

"你从此以后就不叫'炮灰逆袭系统'了，你叫'反派救赎系统'。我师尊和同门怎么能是反派？我师姐这么好看，我师兄也这么好看，他们这么好看！"

"可是……"

"我明白了。"虞阙突然端正神色。

"你明白什么了？"

虞阙缓缓道："我拿的才不是'炮灰逆袭'剧本，我拿的是——"

"反派救赎剧本！"

虞阙在梦里阅文无数，各种套路如数家珍。而按照经典救赎文的套路，则必然有一个"美强惨"反派的男主角，一个心地善良的"傻白甜"女主角。

男主角长得一定要帅，身世一定要惨，结局一定是因为种种磨难导致崩溃后走向人性的深渊；而善良可爱又智慧的女主角就是反派深渊中的那道阳光，是反派的救赎。

虞阙将自己现在的情况和救赎文套路一一对照，越看越觉得系统是给她拿错了剧本。

"美强惨"反派男主角？有！她一个师门连人带狗连男带女足足有五个，而且一个比一个长得好看，就算是狗也是那万狗之中最亮眼的一条狗。

虽然她与那传说中的二师兄素未谋面，但她相信长得不好看的话不可能在她这集齐了盛世美颜的师门待得下去。

整整五个"美强惨"反派，这不比救赎文更救赎文？

心地善良的“傻白甜”女主角？有，她虞阙难道还不够善良不够傻帽儿不够貌白不够甜美？

系统心道，你就只占了一个傻！

至于身世悲惨遭遇磨难而崩溃成了反派，她的师尊挚爱被杀还不够悲惨？他灭人满门成为反派还不够狠？

那可太够了！这哪里是“炮灰逆袭”剧本，她这拿的分明是救赎文剧本！

而且别人只救赎男主角一个，可系统都暗示了她师门上下都是反派，她这一救赎就要连人带狗救赎五个，这还是救赎文强化版本！

虞阙越想越觉得靠谱。

系统辩道：“我越想越觉得离谱！”

虞阙不理它，自顾自道：“所以你什么时候改名字，我一个拿了救赎文剧本的女主角有你这么个‘炮灰逆袭系统’的剧本，能不离谱吗？”

系统道：“不，离谱的只有你自己。”

它觉得自己快被这个宿主搞疯了，摸着自己并不存在的脑门冷静冷静。它原本以为自己的宿主在得知了她拜师的师门是满门反派之后会退缩，毕竟人类的本性就是趋利避害。

但谁知道她非但不害怕，反而更兴奋了？她现在还不知道，这些反派可不只是未来的反派，他们可全都在梦中走了一遍小说里的完整剧情。要是想凭借着熟知剧情来拿捏他们，那还不知道谁拿捏谁呢！

宿主的选择它根本无法理解。

它幽幽地道：“宿主，你可要想清楚。”

虞阙抬头看了一眼，她的师尊和同门们离她不远不近，仿佛并不亲近的样子，可都不约而同地把她围在了中间。

她的头上还残留着师尊摸她头时温热的触感。

师姐明明不久前还伤重不能动弹，自己被抓走后师姐却驱使鬼兽来救她。

她的小师兄一路慷慨相助，她才来到苍荡山。

她虞阙这辈子没感受过被呵护的温暖，受人冷待长大，没心没肺。于是这世上每一分善意对她而言都是珍贵的、值得珍藏的。哪怕那善意只有一分，也值得她回以十分的报答。

她在心里戳了戳系统，催促道：“改名字，搞快点！我这次必须得当上救赎文的女主角！”

“得，我明白了。”然后系统它就不说话了。

直到沧海宗的人被带进来，师尊带他们下山后，系统才终于愿意吭一声。

师尊把虞阙给安排进了一个空帐篷，正好是虞阙刚被晏行舟带到苍荡山时住的那个帐篷。

他道：“这是你二师兄的帐篷，他这次怕是来不了了，苍荡山的事情没完，我们估计也走不了，你就先住这里。”说着就给她布下一个隔音结界让她睡觉。

但虞阙哪里睡得着，她躺在帐篷里，决定从这一刻开始尽自己救赎文女主角的责任，开始复盘小说里自己师尊的生平。

寒月仙尊指向性太明显了，他是小说中后期的一个反派，出场的时候已经被整个正道通缉了，因为某个据说可以召唤死者亡灵的法器和男女主角对上，打了二十几章，几次三番险些置男女主角于死地。

最终他发现那个法器实际上并没有召唤亡灵的功能之后，自暴自弃地死在了男主角手里。

而到他死了之后小说才开始揭秘，原来这个反派也曾是正道修士，他曾有一个未曾告白的心上人，因为那心上人有未婚夫，端方君子寒月仙尊便从未开口表达过爱慕。

谁知时隔经年，他再次听到心上人的消息时，却是心上人被未婚夫的家族设计，满门死在妖兽手里，心上人更是惨死。

寒月仙尊当晚奔袭千里，灭了那人满门。他从黑夜杀到白日，本命剑因沾染太多同族的鲜血而失去灵气，被闻讯赶来的正道修士重重围困。他便直接弃了自己的本命剑，靠着蛮力突破正道修士的包围，大笑着扬长而去。

虞阙复盘完，心痛到难以呼吸。她想起了那天小山坡下间接让自己拜师成功了的帅气大美人和她身旁那个满嘴跑火车的人渣。

那个美人姐姐想必就是师尊未曾告白的心上人，那满嘴跑火车的“油腻男”应该就是让他心上人惨死的未婚夫了。

她可记得清清楚楚，在那个帅气姐姐嘴里，他们可不是真正的未婚夫妻，而只是因为某种原因两个家族暂时结盟。

那么现在既然知道了悲剧的源头，接下来就是破局。虞阙开始思考她看过的所有救赎文中，历代女主角是怎么面对这种场面的。

思考片刻之后，她选择放弃。她直接问道："系统系统，你说我要是趁现在正乱，出去把人渣绑起来给他一记'断子绝孙脚'，那是不是也算是破局了？"

装死半天的系统终于出声，声音虚弱："宿主，我劝你最好不要这么做。"

虞阙想了想，深以为然："也是，苦主是师尊和未来师娘，就算是踹，这一脚也该由师尊和师娘来踹才合适。"

系统不由自主地想象着小说里的反派踹"断子绝孙脚"的模样，它打了个冷战，赶紧转移话题："你不如再想想师门里的其他人。"

其他人……虞阙仔细想过了，既然师门里都是反派角色，她要找师门里的其他人在小说里对应的角色，只能从反派里找了。

但她没找到一个像晏行舟或者和晏行舟有关的反派，而自己那个素未谋面的二师兄……

系统提醒她："你二师兄其实不是人。"

虞阙震惊："不是人？他现在就已经不做人了？"

系统道："不，我的意思是，他是个人妖混血。"

虞阙了然："哦，兽耳娘。"她的脑海里一瞬间浮现出苍荡山里那个长着豹耳的大妖。也就是说，她的二师兄有可能是个人妖混血的兽耳娘。

一个人高马大长着兽耳的男子形象在虞阙脑海中浮现。她觉得自己对于二师兄的印象更为立体了，但小说里似乎没有兽耳男子反派，出于谨慎，她问道："我不是歧视，但我还是想问一下，二师兄他……是猪妖吗？"

兽耳男子她能接受，但是长着猪耳朵的兽耳男子……不行！

系统似乎很困惑："为什么二师兄会是猪妖？"

虞阙高深莫测地开口："因为《西游记》告诉我们，二师兄不仅是猪妖，还可能叫八戒。"

小说里一代妖皇的形象逐渐转变成长着猪耳朵的兽耳娘。

系统深吸了一口气，缓缓道："宿主，我觉得我可能要做一个升级，用时一天，但是系统商城照常开放，任务三的奖励积分已经发放。"

虞阙闻言有些舍不得："怎么突然升级啊？"

系统安详地道："可能是核心程序里的垃圾信息太多了吧。"

虞阙只能依依不舍地送别了系统。

系统走后，她躺在帐篷里，仰头看了许久，心想，小师兄和猪耳二师兄她虽然不确定，但是，师姐她感觉是能确定的。

御兽师……小说里，有一个被人称为“魔女”的女反派，擅长御兽，最爱的玩弄人心。据说她曾经有一个从小一起长大的青梅竹马，那青梅竹马为了她家中祖传御兽功法将她害得全身经脉寸断。魔女有一条忠犬，为了护主自愿变成了没有理智的鬼兽。

第二天一早，虞阙怀着一腔怜爱去找小白。

阿郎一脸蒙地被虞阙从自家主人的帐篷里弄了出来。此时盛鸾刚醒来，慵懒地看着不知为何对阿郎格外热情的虞阙，想了想，打了个哈欠，道：“今天估计整个营地都要乱一些，我们还要进苍荡山一趟，都顾不上你，你既然想和阿郎玩，那就不要乱跑，明白吗？”

虞阙立刻同意：“没问题！”

小白眼睁睁看着自己被主人给卖了。

虞阙因为小说，对小白是一腔怜惜，把小白哄进了自己的帐篷后，决定拿出自己最擅长的东西招待它，她拉起了二胡。

于是，进了虞阙的帐篷不到一盏茶的时间，小白一脸痛苦地夺路狂奔。虞阙没办法，只能提着二胡跟在大白狗背后玩命地追。

于是今天的营地，几乎所有人都看到一个少女提着二胡撵着一条半人高的大白狗追。

有点儿眼力的人都能看出来那条大白狗估计有修士金丹期的修为，一只金丹实力的灵兽被一个拿着二胡的少女追得慌不择路，众人目瞪口呆之余，只能感叹不愧是能拿乐器当锤砸的音修，果然不容小觑、恐怖如斯！

路过的正儿八经的音修心道，我们音修真不砸乐器！

虞阙好不容易把大白狗追回来，又费劲地把它拖回了自己的帐篷，大白狗一脸无奈。

既然小白不喜欢二胡，虞阙退而求其次，只能拿出她第二拿手的东西：做宠物衣。在梦里，这玩意可是她赚钱的副业，但凡养宠物的叔叔阿姨爷爷奶奶，就没有不喜欢的！

于是她满怀自信地找到了一匹花布，对着小白比比画画，道：“眼看着天都冷了，小白你居然没有衣服穿，没关系，我这就给你做两身漂亮小裙裙，我做宠物衣服可是很拿手的哦！”

虞阙怀着满腔无处发泄的怜爱，操起剪刀就开干。

身为一只雄性犬，小白看着那块至少有八种以上花色的布料，震惊地后退了两步。虞阙拿着布料走了过来：“让我量一下你的腰围，你放心，小裙裙马上就做好了！”

小白拔腿就跑！它深恨主人为什么要让它陪着这货。我是狗吗？不！虞阙你比狗更不做人！

但它最终没逃过虞阙的魔爪。小白无奈地被量了浑身尺寸，眼看着小裙裙只用了一天的时间就在虞阙手下成形，并且她做出了配套的帽子、蝴蝶结和项圈，都是一模一样的花色。

大白狗头皮发麻，它这次誓死不从，虞阙两条腿终究追不上四条腿，她只能放弃，宣布小白和自己的小裙裙没缘分。

她拿着自己东北大棉袄配色的花裙裙哀叹，深恨自己这能俘获一众爷爷奶奶欢心的宠物衣为何在这里就得不到欣赏。

虞阙满以为自己在修真界制作的第一套宠物衣就要压箱底了，谁知道当天晚上，虞阙睡得正熟，一个不知道什么的东西突然闯进了帐篷，一下就扑到了虞阙肚子上，硬生生把她砸醒，然后那东西就一动不动了。

虞阙手忙脚乱地点起了蜡烛，幽幽的火光下，虞阙看到自己被子上趴着一只……很像狼的狗。

这么像狼，这是哈士奇吧？

虞阙确定了那只狗的品种，立刻去看这一动不动的狗到底怎么了，她一番检查，发现这哈士奇身上一丝外伤都没有，之所以一动不动，仿佛只是力竭睡着了。

是狗狗欸。虞阙小心翼翼地抱起了它，心说不愧是最像狼的狗，还挺沉。但是，既然是狗狗的话……虞阙的目光落在了床边自己本要压箱底的小裙裙上。

第二天清晨，历时一天已经更新完毕的系统在虞阙脑海中重启。

这一次，它信心满满，因为它从主系统那里加载了更为强劲的核心代码，只要它自己不主动崩溃，它相信这世界上已经没有什么东西能让它代码崩溃，或者核心过载了。

它要给宿主见识一个全新的自己，一个强化版的超级系统！

系统信心满满地开机，微笑道：“更新成功，宿主您好，本系统……啊——”

系统目瞪口呆地看着眼前这一幕，恍然间以为自己不是加载了全新的核心，而是加载了杀不死的病毒。

它看见了什么？

它看见了一只穿着东北大棉袄配色小裙裙的独狼，正被自己的宿主一只手困在怀里不断地挣扎，那本该孤傲的独狼头上戴着同款配色的大花、脖子上戴着同款配色蝴蝶结，甚至连爪子上都穿上了精致的小鞋子。

宿主手里不知道从那里弄来一碗奶，要往独狼的嘴里灌。

恍惚间，系统仿佛看到了那曾经的妖皇，如今孤傲的独狼眼睛里的极度绝望。它的宿主还道："你回来了？能不能想办法给我按住这只哈士奇！他力竭了还不肯吃东西！"

"哈、哈士奇？"

"你看它多像狼。"

系统沉默了，随即它冷静地道："抱歉，我这次加载的核心代码可能碰见了假货，我回去再看看，哈哈哈……"

不是假货的话，它怎么可能出现这么离谱的幻觉呢？简直比看到妖皇变成了"二师兄"还可怕。

萧灼被谢千秋斩于剑下时，无论如何也想不到自己还有从头再来的机会。再一睁眼，他却是在赶往苍荡山的路上，手中还拿着师尊的传信，问他因何事在路上耽搁了。

他脑海中的记忆告诉他，这是神都十八年，中元节后第三天，他因在路上捉了几只作恶的妖，误了苍荡山的行程。

神都十八年，这是一个多么和平的年岁。此时的师尊还是修真界温润如玉的端方君子，而他还会因作恶的妖而停下脚步救助凡人。

若是让那些枉死在他手上的修士知道他萧灼也做过这些，大概亡灵都会发笑吧。萧灼轻笑一声，撕碎了手中的传信。

他并没有因突然发现一切可以从头再来而狂喜；与之相反，充斥在他心中的是仿佛压抑了一辈子的暴戾与厌倦。

若是梦醒了代表着一切可以从头再来，那他无人记得的梦中世界又算什么？是神明玩弄时间的游戏，还是命运给他开的一个恶劣的玩笑？

但他甚至来不及去质问一句，一阵突如其来的剧痛就席卷了全身。

在那几乎将全身血液燃尽的剧痛之中，眉宇间带着一丝阴郁的青年几乎瞬间便跌倒在地，浑身骨骼噼里啪啦地响动，痛到意识都开始模糊。

可萧灼知道他现在必须保持清醒，因为他很清楚这熟悉的疼痛意味着什么。

妖化。他生来是半妖，是这世间最卑贱的血脉，而这样的血脉就注定了他从出生起就既做不成人，也做不成妖。

作为半妖，他修炼功法要时刻都忍受着反噬的痛苦，注定不能在修道路上走得很远，他甚至活不了多久。除非他将自己彻底变成人，或者彻底变成妖。

梦里，在一切变故尚未发生之前，他选择将自己变成人。

后来，想成为人的那个萧灼做了妖皇。妖皇萧灼选择了吞下上一任妖皇的妖脉，彻底成了妖。

但是此时的萧灼并没有吞下妖脉，他还只是半妖而已，为什么也会妖化?

就仿佛……他在梦醒的同时，把梦中的妖脉也一起带回来了一般。

但萧灼没有时间想更多了，他知道一旦妖化开始，他将会变得脆弱又危险。他属于妖的血脉取代了人的血脉，他将彻底变回妖型，其间无法动用任何灵力，甚至不能说话，就像一只野兽一样。而妖化时间少则几天，多则几个月。

现在最重要的，是要找到一个足够安全的地方，让自己完成妖化。

灰色的巨狼从地上站了起来，忍着剧痛，在月色之下狂奔。

这个时候的萧灼……他知道有一个地方，于他而言绝对安全。

萧灼全凭本能，循着记忆中的路奔向了苍荡山。

鼻端的气味逐渐浓烈，他尚有两分理智，还记得自己常用的帐篷是哪一个。

巨狼雄壮的身体扑进了帐篷。此刻的萧灼还不知道，于他而言最危险的生物即将到来，他甚至亲手将自己送进了人家手里。他只感觉到自己似乎扑到了什么东西上，而那东西不像是棉被。

下一刻，一声惨叫响起："什么鬼东西！砸死你爹了！"

有人？他的帐篷里为什么有人?

但此刻的萧灼早已经是强弩之末，他只能怀着疑惑和警惕，在一个自称"爹"的不知名人物身旁昏迷过去。

妖化过程中，萧灼时而有意识，时而深度昏迷。有意识时，他能感觉得到有人将他放在了柔软的棉被上，用柔软的布料给他擦干净身上的枯叶、尘土，甚至给他喂食。

那人时而安静，时而低声说着什么，模模糊糊的，听不太清，但应该是个年纪不大的女孩。那女孩在照顾自己，她对自己没有恶意，给他喂了一整碗的流食，甚至给他穿了衣服。

萧灼昏昏沉沉的大脑突然有些困惑，他觉得有些不对，但又想不起哪里不对。

在意识再次陷入昏迷之前，萧灼猛然反应过来到底是哪里不对。

他现在是妖身啊！为什么会有人给一头狼穿衣服？

萧灼突然感觉不妙。

萧灼再次醒来时，身上已经恢复了些许力气。他立刻警惕地站了起来，但因为还控制不住狼的身体，踉跄之下差点儿摔倒。

随即一只手温柔地扶住了他，萧灼听到一个声音兴致勃勃道："呀！你醒了，正好我端了热牛奶来。"

萧灼抬起头，看到了一个年岁不大的女孩，约莫十五六岁的模样，除了有些瘦小外，长得十分讨喜可爱。她一只手扶着他，一只手端着一碗热牛奶。

就是这个女孩昨晚一直在照顾他。他虽然不知道他的帐篷里为什么会出现一个陌生女孩，但这个女孩没有恶意，她救了他。

萧灼微微松了一口气。如此也好，昨夜他不得已之下才求助同门，既然阴差阳错被一个陌生女孩救了，他大可以找个机会悄悄离开。

哪怕是他，也不想在此时让同门知道自己突然妖化。

梦中他是当了妖皇之后才完成妖化，这醒来他又要如何解释一心想当人的自己为何突然妖化？

萧灼想着自己等会儿要如何离开，这时那女孩突然戳了他一下。

萧灼抬起眼，就听见那女孩叫道："小哈。"

萧灼不解，小哈是谁？

然后他就听见那女孩若有所思道："你既然是只哈士奇，那我以后就叫你小哈了！"

哈士奇？他不是狼吗？萧灼一脸困惑。

女孩伸手要摸他的头，被他躲开了她也不伤心，只欣喜地道："哈士奇可是最像狼的狗狗了，你长得这么像狼，一看就是纯种哈士奇。来小哈，表演一个拆家给我看看！”女孩跃跃欲试。

哈士奇、狗狗，所以这丫头是把他当成一种名为哈士奇的狗了吗？

萧灼听得一脸木然。而一心想让他“拆家”的女孩没有得到他的回应也不失望，只一脸好奇地道：“不拆家也行，没想到你还是只稳重的哈士奇，那你叫一声给我听听，汪汪！来，叫一声，你该不会是只哑巴狗吧？”

萧灼这下彻底明白了，这丫头是拿他当狗了。

萧灼没兴趣陪一个小女孩玩过家家，他得在同门发现他之前离开。

他抬脚就走。床榻附近放了一面巨大的铜镜，萧灼经过时，下意识地看了一眼铜镜。只这一眼，他整只狼都僵住了。

他看到了什么？

铜镜里，毛发苍灰的巨狼身上裹着一件花里胡哨的小裙子，那裙子至少有八种以上颜色混合在一起，乡土气息十分浓厚，直接把威风凛凛的巨狼裹成了看家护院的土狗。

不止如此，他头上戴着同款花色的巨大花饰，脖子上拴着蝴蝶结，甚至连脚上都是同款花色的小鞋子，浑身姹紫嫣红。

萧灼大脑霎时间一片空白，他的狼腿开始抖啊抖，仿佛已经承受不住身体的重量。

此时此刻，他脑海里只有一个念头：原来他昨晚昏迷时的感觉没有错，原来真的有人能闲得无聊到给狗做衣服，原来真的有人的品位能土成这样！

身后，那女孩喋喋不休道：“小哈你要去哪儿啊？是要嘘嘘吗？不行啊，不能胡乱找地方嘘嘘哦。来，喝了这碗牛奶，我带你去嘘嘘。”

一声声中，她逐渐靠近。

萧灼看着铜镜里姹紫嫣红的自己，听着背后女孩一口一个的“嘘嘘”。那一刻，他突然明白了，自己梦醒之后最大的挑战不是毫无预兆的妖化，而是一念之差进了这个帐篷。

萧灼拔腿就跑。女孩反应飞快，一把扑过来抱住自己。可怜他体力连半成都没恢复，一时间居然被一个小女孩抱住动弹不得。

萧灼疯狂挣扎。

女孩憋红了脸说：“小哈，你是不想喝牛奶吗？不行啊，你身体这么虚弱怎么能不吃东西。你乖乖的，喝了牛奶我就带你嘘嘘！”

萧灼更加疯狂，场面一时间十分混乱。

突然之间，帐篷门被人掀开，光亮透了进来，一人一狼同时看了过去。

帐篷外，晏行舟背光站着，看着眼前的情景，缓缓地眨了眨眼睛，他的视线落在了虞阙身上，又落在了萧灼身上。他缓缓问道："师妹，你这是在干什么？"

这一刻，萧灼甚至都来不及细究自己的小师弟为什么叫这个女孩师妹。

他看了看自己身上的东北大花裙，又看了看一身风姿绰约的师弟。

他想起了自从小师弟拜入师门后，两人明里暗里的较量。

他想起了梦中小师弟一声招呼都不打就失踪了。

此时此刻，他只有一个念头。

他绝不能让小师弟知道眼前这条土里土气的大花狗就是他萧灼！

幸好，幸好他梦中妖化是在成为妖皇之后，那时候师门已散，应该没有一个人见过自己的原形。以前想起来都会自伤的事情，他这次却只觉得幸好。

小女孩一把抱起了他，十分开心地说："师兄，你看我昨晚捡到的狗，他叫小哈！"

晏行舟和那"狗"对视片刻。

晏行舟一脸兴味，"狗"一脸严肃，甚至还有点儿紧张，仿佛连呼吸都忘记了。

他突然一笑："是吗？那真是太好了，正好大师姐也养了狗，我们把小哈带给她看看吧。"他说着，一只手抚摸着狗头。

虞阙觉得自己小师兄的提议真不错。同为"铲屎官"交流铲屎心得，还有比这更能促进同门情谊的方法吗？

小师兄非常热心，兴致勃勃地领路，虞阙抱着狗跟着他。

小哈这次不闹了，就是浑身僵硬，瞅着空当儿就想跑。

虞阙小声安抚："乖啊小哈，师姐那里肯定有嘘嘘的地方，我马上带你嘘嘘。"

小哈顿时更加僵硬了，而不知道为什么，连走在前面的小师兄也脚步一顿。

虞阙没怎么在意，倒是觉得一路太安静，想了片刻才想起来问系统："对了，你不是说你升级什么的？我刚刚为了制服小哈没注意，你再说一遍？"

差点儿程序崩溃的系统麻木地答道："没什么，我觉得我白更新一场。"

虞阙深以为然："虚假宣传要不得，这就是套路啊，骗你去花钱更新，花完之后才告诉你图片仅供参考。"

系统心想，倒也不是，只不过他觉得再硬核的程序也硬核不过宿主了，更新也是白更新。

这么想着，它的视线忍不住落在了妖皇身上。因为虞阙遇到妖皇的时候，它正好去更新系统，所以妖皇头上并没有标注“重要人物”，否则的话宿主不可能一心认为他是哈士奇。

那么问题来了，现在它回来了，要不要标注一下。

系统沉思片刻，选择沉默是金。这种一说出来彼此都不好收场的事情，还是能拖一天是一天吧。万一今天晚上妖皇就逃了呢？它说出来岂不是徒增尴尬？

就这样吧。

虞阙来到大师姐的帐篷时，正好师尊也在。

虞阙十分兴奋，立刻抱着小哈跑到他们面前，炫耀道：“师尊、师姐，你们看，我也有狗了！”

师尊和师姐放下了手里的事情，看向了小哈。

不知道为什么，小哈的身体似乎更加僵硬了。

师姐和师尊反应不一。

师姐看着小哈，沉吟片刻，问：“这个衣服……”

虞阙看了小白一眼，意有所指道：“我本来是给小白做的，但小白似乎不太想穿，我觉得给小哈穿也挺合适。”

师姐诚恳地道：“挺适合你的小哈的。”

萧灼在一旁听着，忍不住松了口气。幸好他们将目光集中在了衣服上，而不是穿了衣服的他身上。

然而下一刻，他就知道自己这口气松早了。

师尊沉默着看了他片刻，问道：“这是狗吗？为什么长得这么像狼？说起来，你二师兄也有一半狼妖血统。”

萧灼顿时心一提，然后他就听见虞阙困惑地道：“二师兄是狼？二师兄不应该是猪吗？”

师尊比她还困惑：“你师兄为什么会是猪？”

“不是啊？”虞阙遗憾地叹了口气。

她还想着二师兄要是猪，他们还能扮演一回《西游记》呢，正好连白龙马都有了，就让小白来演，可惜。

然后她立刻为自己的小哈正名："它不是狼，它是一种名为哈士奇的狗，哈士奇长得像狼，但其实是有区别的。"

萧灼木着脸，觉得自己差点儿都信了。

他师尊显然不信，皱着眉问道："哈士奇？未曾听说过，你手里的这只哈士奇和狼有什么区别？"

小师妹想了想，拍了拍萧灼的头。她道："小哈，证明你自己血统的时候到了，来！给他们叫一声，汪汪，证明你是纯种哈士奇！"

萧灼他抬头看了一眼，满室的人，他的师尊、他的同门，和他不知道什么时候多出来的小师妹齐齐看着他，似乎都在等他叫。

他开始沉思，事情为什么会变成这样。他一开始想过梦醒之后再见师尊他们会是什么情景，但千万种假设，没有一个是眼前的情景。

他的同门，等着他"汪汪"叫。

那么问题来了，他是该叫，还是不该叫？

若是他们现在得知了这个穿着大花袄的傻狗就是自己……

他其实大可以今晚逃出去……

所以的话……

威风凛凛的巨狼闭了闭眼，一脸严肃，然后他张开了嘴。

"汪。"

虞阙炫耀完了自己的哈士奇，心满意足地抱着狗走了，晏行舟兴致勃勃地跟了上去。整个帐篷里就只剩下师尊和师姐二人。

两个人沉默无言地将目光落在那条"哈士奇"上，直到虞阙渐行渐远，再也看不见。

师徒二人对视一眼，欲言又止，相顾无言，唯有沉默。

师尊："你……"

师姐："我……"

两个人又同时闭了嘴。

此时此刻，两个人心里只有同一个疑惑。刚刚那个穿着花棉袄配色小裙裙的"哈士奇"，它怎么就这么像梦中妖化之后的二弟子、二师弟？

可是梦里的萧灼是成了妖皇之后才妖化的。而且最重要的是，那只"哈士奇”……它“汪”了。

想起那声“汪”，两个人的神情同时变得微妙起来。

此时此刻，梦里那一世加在一起差点儿灭掉男女主角半条命的反派二人不约而同觉得有些棘手。

原本，他们大可以不动声色地把那只疑似自己弟子、师弟的巨狼给带出来，给它一个安全的环境度过妖化。

但是它“汪”了一声。

它不学狗叫之前，他们怎么做都有可操作的空间，但是它叫了之后，他们哪怕在心里再怎么觉得不对劲，也只得把它当成“哈士奇”。

毕竟，他们要怎么解释自己能一眼看出对方的原形，他们又要怎么面对一个不惜装狗子的弟子、同门？

两个人看向门外，同时想，反正现在二弟子、二师弟待在小弟子、小师妹身边，又有他们在身边照看着，虽然那丫头顽皮爱折腾了一些，但总不至于有性命之忧吧。

应该……吧？师徒二人又对视了一眼。

师尊想，他在梦境中终究没护住他们，这一次，他不能再让自己的弟子们陷入噩梦般的境地。

师姐想，她是从地狱里爬出来的人，但她的师尊没有遭逢大变之前是个端方君子，她的师弟是个赤诚之人，她无论如何也要护住他们。

都觉得只有自己做了噩梦一场的反派二人决定守护师门。

师尊道：“鸢儿，你是个御兽师，总比你师妹懂如何养狗，你若得闲就去照看着些。”

师姐同时道：“师尊，小师妹第一次养狗怕是不熟练，不妨我照看些？”

总不能真让那丫头把萧灼折腾出毛病来。

出了师姐帐篷的虞阙却并没有回自己帐篷，而是找了个没有人的僻静地方，把小哈放了下来。

萧灼还沉浸在方才的那声“汪”中，回不过神来。

晏行舟好奇地道：“小师妹这是要干什么？”

虞阙解释道：“刚刚小哈不是要嘘嘘吗，我给它找地方嘘嘘。来，小哈，这里没有人了，你可以嘘嘘啦！”

晏行舟沉默片刻之后，缓缓点头：“原来如此，还是师妹考虑得周到。”

这一瞬间，萧灼甚至觉得死在谢千秋手里才是自己最好的结局。而且更令人窒息的是，不知道是不是那丫头一直在说“嘘嘘”，他现在真的有一种想要如厕的感觉了。

但是人不能，至少不应该如此丢脸。萧灼只能僵立在原地一动不动。

虞阙看到他不动弹，忍不住挠了挠头：“我喂了两碗牛奶，居然还不想嘘嘘吗？是不是泌尿系统出了什么问题。”

她越说，巨狼的脸色越难看。

看得晏行舟甚至都开始怜悯了起来，他好心开口道：“也可能是你的小哈不习惯被人看着吧，我们不妨离远一点看看。”

虞阙沉吟片刻后，点头：“也行，那小哈，等你嘘嘘完了之后，记得汪一声哦。”

萧灼闻言顿时松了口气。太好了！他完全可以趁着这个机会离开，届时等他熬过妖化期恢复人形，不会有任何人知道这件事，到时他再调查为什么一觉醒来他多了个师妹。

萧灼几乎是迫不及待地等着他们离开。

虞阙毫无防备地想离远一点，晏行舟却突然道：“对了，这狗对你还不熟悉，万一跑了就麻烦了，它身体还这么虚弱。”

虞阙恍然：“对哦。”

晏行舟便顺势道：“我这里有个东西，正好适合你。”他说着，从储物戒里拿出了一根长长的细线。

虞阙还在好奇地看着细线，巨狼的表情就难看了起来。

晏行舟像是没注意到一样，解释道：“一线牵，绑在你们两个人身上，既不会影响行动，你又能随时知道它在哪里。”

话音落下，巨狼当机立断，拔腿就跑。

晏行舟一步上前，轻轻松松地把他按住，轻笑道：“跑什么啊，这可是为了你好啊。”

他在巨狼似乎要吃了他的凶狠目光中，缓缓将线的一端系在了巨狼爪子上，然后起身，将另一端系在虞阙的手腕上。

黑色的丝线随之消失，虞阙动了动手腕，发现没有任何感觉，也不会影响行动。但她抬手又能摸得到那根绳子，甚至能把它解开。这绝对是好东西，用来当狗绳简直是大材小用。

虞阙犹豫了："这……"

晏行舟拍了拍她的头，宠溺地道："给你你就用着吧。"他又看了一眼巨狼，再看了看虞阙，笑道，"师妹开心就好。"

然后，破了大财的师兄就这么走了，仿佛跟过来就是为了送她这根绳子，背影看起来非常愉悦。

虞阙看了一会儿，缓缓皱起了眉头。

系统以为她是看出了什么，心惊胆战，然后就听见她真情实感地感叹道："师兄可真有钱。"

她长吁短叹地转过头，看到小哈，又高兴了起来。面对自己人生中第一条狗，她愉快地道："来吧小哈，我们嘘嘘。"

巨狼沉默片刻，转过了身，走到了虞阙看不到的地方。良久，它才走了出来，走出来的时候，脸色灰败。

系统不敢去想这位以半妖之身成为妖皇的大佬到底是嘘了，还是没嘘。

只有它那一无所知的宿主，仍旧嘟囔着："小哈嘘嘘用了这么久，难不成真的是泌尿系统出了问题？"

系统都不敢看巨狼的脸色。

虞阙不急着回帐篷，便在营地里遛狗。经过了昨天的混乱，今天的营地显然有序了起来，被困在结界里的人都被救了出来。

虞阙经过医疗营地时，便听见一群老弱病残的伤员聚在一起聊八卦。

虞阙有时候是真的佩服这些修士的生命力，她眼睁睁看着一个修士两只手臂都被缠得严严实实的，但照样处于人群的最中心说得眉飞色舞。

虞阙好奇，从储物戒里抓了一把瓜子……没抓到。

欸，她瓜子呢？她立刻打开储物袋看，就看到储物袋里只有一只兔子，兔子身旁一堆的瓜子壳。

虞阙："……"

她深吸了一口气："系统，你没告诉我它连瓜子都吃！"

系统讷讷道："你要是给它灵石，它也不会饿到吃瓜子。"

那它还是吃瓜子吧。虞阙想要听八卦却没有瓜子助兴，微微不爽地挤进了八卦的人群中，还拉上了小哈。

巨狼被挤得无可奈何，但为了不继续被挤，他还得帮虞阙挤开其他人，让她赶紧进去。萧灼被迫合作，所向披靡，很快挤到了八卦第一线。

这时，那位吊着两只手臂的修士正好说道："……那豹妖一看这老头不行啊，当即就要把他送进妖皇那里当太监，我们闯进去的时候，老头已经被捆在了台子上，那刀子离他还剩一寸，差点儿就被阉了！"

这话题太过劲爆，四周齐齐"嘶"了一声，连萧灼都下意识地竖起了耳朵。

虞阙闻言，立刻举手问道："谁谁谁？是谁差点儿被阉了？"

吊着手臂的兄弟下意识地回答道："就是虞家家主啊，吃小药丸的那个你不知道？听闻他亲闺女还……"他边说边抬起头，正好对上虞阙的脸。

这这这！这不就是虞家那个亲闺女？

说八卦说到了正主头上，想到传说中这人一脚踹断亲爹命根子的壮举，这位兄弟下意识地缩了一下。但虞阙可没注意到，她一听见是虞家那老头差点儿被阉了，当即兴奋起来。她觉得自己有必要慰问慰问亲爹，而且为了表达自己的孝心，这慰问自然是越早越好。

虞阙立刻挤出人群："让一让，让一让。"

众人带着敬畏，自发给她让路，虞阙立刻拽上小哈一起走。

萧灼被"虞检之差点儿被阉了"这个消息震惊了，差点儿没反应过来，迷迷瞪瞪地跟了上去。

身后，有人见虞阙似乎并没有传说中那样可怕，想了想，壮着胆子问了一句："虞仙子，我听说您和沧海宗首徒一起被一个大鬼所抓，谢千秋因为钟情于您所以对那大鬼抵死不从，最终才逃离虎口，是不是真的？"

虞阙听了大吃一惊，心说这是什么乱七八糟的传言。她当即澄清："假的，谢千秋是因为痔疮才逃脱魔爪的！"

跟在她身后的萧灼猛然睁大了眼睛，整头狼打了一个踉跄。

痔、痔疮？谢千秋他居然有痔疮？

想到梦中自己被斩于谢千秋剑下，那时他还觉得能死在一个值得敬重的对手剑下大概是他最好的归宿了，如今……他微妙地觉得自己有些没有面子。

自己居然连一个得了痔疮的人都打不过？

这一整天，萧灼的三观濒临崩塌，他跟着虞阙，深一脚浅一脚地走了，留下身后一群被震惊到失语的人。

良久良久，终于有人反应了过来。

“乖乖。”有人感叹，“原来沧海宗首徒，也会有这般难言之隐。”

不知为何，他们突然觉得这个首徒接地气了起来。

虞阙去找了医疗营地的一个医修，将他拉到一旁嘀嘀咕咕说了什么，萧灼并没有听清。他只看到最后那个医修神色微妙地递给了虞阙一瓶什么东西，最后欲言又止道：“你用的时候悠着点儿。”

虞阙拍着胸口保证：“你放心，我有谱！”

萧灼看了一眼，发现好像是一瓶药。

她身上有伤吗？巨狼不由自主地皱起了眉头。

直到虞阙拉着他走到了虞家营地，他终于知道了这瓶药的用途。他听到虞阙对虞家的护卫说：“听闻爹爹险些遭遇不测，这瓶药就送给爹爹。”

她是虞家的女儿？萧灼一下子顿住了。对了，他想起来了，虞家除了那个虞珏，还有一个被抽了灵根的女儿，就叫虞阙。

他的脑子一时间乱糟糟的。师尊收了虞家嫡女为徒，而这个小姑娘将来会被人抽去灵根？

而此时，虞阙已经靠着自己的三寸不烂之舌把药送了进去。

她送进去之后抱起小哈就跑，萧灼还没有反应过来，就听见里面传来暴怒的喝声，几个侍卫立刻冲了出来。

虞阙见状大声道：“真是的，我自费买的玉春丹，你居然还不领情！”

知道玉春丹是个什么玩意的萧灼沉默了。好了，看来他不用担心师尊收这个徒弟会不会被虞家利用了，他现在只担心这个人会不会被虞家打死。

萧灼当即一蹬腿，从虞阙怀里跳了出来。

虞阙大惊，正准备赶紧把它拉回来，就见它叼起她的衣服一把把她甩到背上，驮着虞阙开始狂奔。

好歹是自己的小师妹，要真因为给亲爹送玉春丹被虞家抓回去了算怎么回事？

虞阙坐在狼背上，愣了一下，然后立刻欢呼：“好呀！”

说完她就拿出一张极速符，二话不说往萧灼背上一贴，大声道：“小哈，快快快！我给你加把劲儿！”

萧灼一下子睁大了眼睛，几乎无法控制一般，撒腿狂奔，绝尘而去。

整整一天，虞阙打着遛狗的名义，把整个营地逛了一遍。

虞阙逛得神清气爽，入夜回了帐篷之后还有些意犹未尽。

萧灼回到帐篷之后却直接瘫倒了。一整天下来，他不仅要帮虞阙挤进人群里听八卦，带虞阙狂奔，还要在她捅了马蜂窝之后带她逃命，在她惹了别人家灵兽时和灵猫互撕，在灵猫的主人找罪魁祸首时带她打游击，他甚至还要在她饿的时候负责给她抓兔子。

萧灼，一个没成过亲、没带过娃的人，却在此时此刻感受到了一个“熊孩子”的威力。

曾经的他，和上一任妖皇打了三天三夜之后还能站着走到妖皇的宝座上。

如今的他，被“熊孩子”遛了一天之后恨不得自己没醒来过。

那“熊孩子”还很感动。

萧灼一抬头，就看到自己那小师妹捧着脸，满脸感动。

“小哈，你知道吗，我活了这么多年，从来没有人对我这么好。”

萧灼愣了愣，忍不住有些心软。

梦中那个叫虞阙的女孩被抽了灵根，死得无声无息。被当作容器养起来的人，谁能对她有多好呢？罢了，还是个十七岁的孩子而已。

萧灼抬起爪子，想安慰她一下。

然后他就听见虞阙道：“你对我这么好，我也要对你好一些。对了，我拉二胡哄你睡吧！”说着，她就掏出了二胡。

哦，对了，她是个音修，那听一听倒也无妨。他摆了个舒服的姿势，准备听二胡。此时的他，还没有意识到问题的严重性。直到虞阙像模像样地摆好姿势，拉动琴弦……

魔音入脑。有那么一瞬间，萧灼蒙了一下，甚至开始怀疑这个世界的真实性。反应过来他开始夺命狂奔，跑出了一股仓皇的意味。

虞阙立刻扑了上来，她甚至控诉道：“居然连你也不懂得欣赏我的音乐！”

萧灼心道，我欣赏个鬼！

折腾了有一刻钟，虞阙才终于放弃了她的二胡，不情不愿地睡下。

萧灼见她躺下便立刻转身，准备出去。虞阙见状起身，把它拉了回来：“你干吗？要睡觉了啊，干吗往外跑。”

外形是一只狼的萧灼在虞阙这里连男女授受不亲的资格都没有。萧灼被迫团在了虞阙被角上，唯一幸运的是，在他几次三番觉得绑着绳子不舒服的暗示下，虞阙终于在睡觉之前把那该死的绳子给解开了。萧灼顿时大大地松了口气。

太好了，只要绳子解开了，等虞阙睡熟，他就能逃了。所以，现在只需要再忍耐片刻，等到她睡熟。

萧灼在黑夜里睁大了眼睛。从梦中醒来已过了一天一夜，他却仿佛过了一辈子一样。不，可以说，哪怕是梦中的那辈子，他也从来没有这么无语过。

梦中的他足够幸运，和其他活得不人不鬼的半妖比起来，他最起码遇到了一个愿意拿他当人看的师尊。师尊教导他如何成为人，他却彻头彻尾做了妖。

白日的时候尚不觉得有什么，四下安静下来，萧灼却不可避免地陷入了自厌自弃的情绪里，直到……

“砰！”虞阙翻了个身，一脚蹬开了被子，顺势踹在了萧灼身上。

萧灼无奈地想，又来了。

自厌自弃的情绪如潮水般消退，近乎熟悉的无奈涌上心头。

萧灼睁开了眼睛，果然见那小丫头睡得四仰八叉，被子被她蹬在了一旁。

萧灼叹息一声，认命地起身，衔起被子盖在了虞阙身上。

虞阙已经睡熟了。

萧灼看了她片刻。再见了，小师妹，等我再回来时重新认识你吧。

萧灼轻巧又迅速地跑了出去，而虞阙睡得正香。跑出帐篷之后，他辨认了一下方向便奔跑起来。但刚跑出他们宗门的营地，他的脚步便停住了。

他们营地之外，一男一女正站在一棵树下，月色之下，那两张脸格外熟悉。

虞珏，程青。

萧灼的面色冷了下来，他听到程青那个蠢货正侃侃而谈：“阿珏，你别伤心，你先进沧海宗再说，进了沧海宗，我一定有办法让爹爹收你，那个贱人她不会得逞的！”

萧灼在一旁听得发笑。

蠢货不愧是蠢货，哪怕梦醒了都是蠢货。他不欲在这个时候碰见他们，转身想离开，这时候却突然响起一声鸦叫，那两个人不约而同地看了过来。

两人一狼在月色之下对视。

程青愣了片刻，突然冷笑道：“这不是今天跟在那贱人身边的那条狗吗，呵，狗仗人势的东西，等我剥了你的狗皮，看你还能不能嚣张！”

萧灼的脸色猛然冷了下来，从喉咙中发出威胁的吼声，属于妖的嗜血本性被激发。

而此时此刻，系统正在疯狂地叫虞阙。它大声道：“宿主你快醒醒！你再不醒，不是大佬提前把男配角和女主角弄死，就是男配角和女主角把虚弱的大佬给弄死了！”

虞阙一激灵坐了起来。坐起来时她还有些懵懂，喃喃道：“大佬……”

系统忙道：“你的狗和男配角、女主角对上了，男配角要剥了你狗的皮！”

虞阙一下子就清醒了：“我先剥了他的皮！”她当即起身，随便裹上了外衣，见帐篷里果然没有小哈，立刻问道，“哪儿？”

系统答道：“出门，右拐。”

虞阙大踏步走了出去。她甚至不需刻意去寻找，走出去没多久，她就看到了自家狗的身影，而眼前的这一幕险些让她气血上涌。

她看到自家狗子正狠狠咬住程青的手臂往外拖拽，而在一旁，虞珏抽出剑就要往自家狗身上砍。

月色之下，虞阙头发凌乱，面色阴沉。

她大踏步走了过去，她的气势太盛，所有人都不约而同地停了下来。

她在程青身前站定，无视了虞珏，只冷冷看着程青抓住自家狗子的那只手，冷冷地道：“放手。”

程青反应过来：“你……”

虞阙一巴掌扇了过去：“我让你放手，你是聋了还是瞎了！”

程青被打得一蒙。

虞珏立刻道：“长姐，是这只狗先……”

虞阙转过身，十分平静地道：“你刚刚若是砍它一剑，我就敢还你两剑，你信不信？”

虞珏看着她的眼神，下意识地后退了一步。

程青尤不知死活，叫嚣道：“你敢动她一下试试？我不只要剥这只狗的皮，你信不信我就算剥你的皮，我爹也不可能动我，你以为你是谁。”

虞阙反手又是一巴掌：“那我今天就让你看看我要是打死了你，你爹能把我怎么样！”

说罢虞阙直接掏出二胡，将二胡当锤抡，用二胡抽飞了扑过来的虞珏。要说这筑基了之后确实不一样，她这么一砸，虞珏直接飞出去两米远。

虞阙回过头继续揍程青，一抬眼看见自家狗不知为何还傻乎乎地站着，当即不满道："别傻站着，咬他，使劲咬，咬死了我负责。"

萧灼如梦初醒一般，扑过来就开始帮虞阙。

于是，系统就眼睁睁地看着眼前一个男配角，一个女主角，一个未来反派，被虞阙带得像一群街头混混一样，扭打撕咬，拳拳到肉。

这场街头斗殴最终止于两边"家长"来了。

程青和虞珏的脸上像打翻的调色盘一样，一个比一个难看，身上也在撕扯得乱糟糟的。而程长老脸色更难看，站在两人身旁。

虞阙有萧灼护着，反而没受什么伤，但江寒的脸色仍旧不好看。

虞阙看着自家师尊的脸色，这才感到心虚。

完犊子，她该不会被逐出师门吧？

萧灼更心虚，他不明白自己好歹做过妖皇，为什么还和混混一样撕咬打架？

虞阙本来以为要挨训了，却突然听见自家师尊道："鸢儿、行舟，将你师妹和……和小哈带走，暂时别让他们待一块儿。"

两人二话不说，一人领走了一个。

这是不准备训斥她了，还是准备私下训斥她？

萧灼被盛鸢带走，虞阙被晏行舟带走。

萧灼走之前频频回头，看着虞阙，满脸担忧。

虞阙垂头丧气地跟着晏行舟来到了师尊的帐篷，小师兄给她倒了杯茶之后，突然说："做得不错。"

虞阙一下子抬起了头。晏行舟平静地道："我们师门没有被欺负了还不还手的道理，所以，你做得不错。"

虞阙闻言眼睛亮了起来："那师尊……"

晏行舟轻笑一声："师尊要是想罚你，就不会让我带你走了。"

虞阙心里一下子美滋滋的。

晏行舟摇头道："但你也别太得意，你做得不错，不代表你的手段也不错。有筑基的实力不知道用，用拳头和两个练气期扭打，伤敌一千自损八百，你也好意思？"

"可能是因为这样打起来比较爽吧。"其实关键是她还没养成修士的习惯，只要一打架，虞阙的第一反应还是抡拳头。

她和晏行舟有一搭没一搭地聊着，不到半炷香的时间师尊就回来了。

师尊一回来，晏行舟便出去了，虞阙不由得有些忐忑。

但师尊仿佛忘了她打架斗殴的事情，坐下来第一句话便是问她："你以后，想当什么修士？"

虞阙愣了一下才道："我想当音修。"

师尊想起自家小弟子惊天地，泣鬼神的二胡表演，沉默了一下，委婉地暗示："不考虑换换？"

虞阙坚定地回答："不换。"

师尊揉了揉额头。片刻之后，他说："你要当音修，那我教你的第一件事，就是和别人打架时，第一反应不是抡拳头，而是靠你的乐器。"

抡拳头的虞阙羞愧地低下了头。

师尊继续说："等可以离开这里了，我带你铸造一把新的乐器。"

虞阙又抬起头，师尊默默地看着她。

他缓缓道："所以，该你了。"

该她什么？虞阙愣了片刻，迟疑地道："那，谢谢师尊？"

师尊缓缓摇了摇头，严肃地道："我的意思是，'男德'。"

虞阙就知道，总会有这么一天，幸好她已经准备好了。

她沉声道："系统，打开商城。"同时，她将手伸进了储物袋。

一本书出现在她手里。虞阙将书抽出，推到师尊面前，沉声道："师尊，只要抓住它，你就抓住了师娘的心，你要不要？"

师尊缓缓道："我要。"

虞阙缓缓移开了手，师尊的视线落下，一瞬间，瞳孔不自觉放大。

这次师尊亲自送了虞阙离开。

两个人离开帐篷之后，萧灼立刻从外面钻了进来。他原本是担心虞阙被师尊训斥，悄悄跑出来之后，却正好看到虞阙将一本书放在师尊面前，师尊震惊不已的模样。什么书能让向来喜怒不形于色的师尊这般失态？

说是担忧师尊也好，说是担忧小师妹也好，他进来了。巨狼走到桌前，抬起前爪，按在了书桌上，狼眼落在了那本书上。一瞬间，他也被震惊了。

与此同时，帐篷外一片阴影落下。师尊站在门外，视线落在巨狼身上，缓缓道："你在干吗？"

狼爪一抖，那本书直接掉在了地上，封面上的书名映入眼帘。

《三十天让她爱上你》。

虞阙回来之后不久，她的狗也被送了回来。

她和狗现在是一起打过架的战友，一见到狗平安无事便十分激动，亲热道："小哈！"说完便扑过去抱住了它的脖子。

按照小哈原来的性格，必然会一脸惊恐地原地躲闪，虞阙都已经做好扑个空的准备了，可谁知道这次小哈就这么安安静静地站在原地，一脸麻木地让她抱了个爽。等她松开手，他自己平静地走向角落，卧下，然后就不动弹了，背影看上去十分消沉，很像刚被做了绝育的伤心小狗。

虞阙盯了一会儿，有点儿怀疑他们背着自己给狗做了绝育手术。她看向送小哈回来的师姐，眼中的控诉意味十分明显。

师姐神色古怪。虞阙一看她的脸色就心说坏了，他们绝对是背着自己给小哈做了绝育手术！

虞阙抖着手，声音发颤道："你们、你们难不成真的这么做了？是我带小哈一起打架的，小哈何错之有啊！"

角落里的萧灼抬起了头，支起了耳朵。师姐看了她片刻，缓缓道："原来你已经知道了，但这个不是我做的，是师尊做的。"

虞阙悲痛欲绝："师尊给小哈做的绝育？！"

这句话实在太过劲爆，刚刚悄悄站起身的萧灼打了一个踉跄又倒了下去，转过头难以置信地看着虞阙。

盛鸢的脑子霎时间一片空白。良久，她恍惚地问道："你为什么会觉得师尊他……会做这种事？"好歹是他弟子，不管做了什么，直接断子绝孙也未免太过残忍了吧！师尊在小师妹眼里，居然是这种形象吗？

虞阙疑惑道："刚刚难道你不是在说……"

"不是！"为了避免虞阙再把"绝育"二字说出来，师姐飞快地打断了她。

她深吸一口气，道："师尊只是……给了你这个。"她飞快地掏出三尺锦缎，那锦缎的颜色比虞阙见过的最花的花布还要花，花得晃眼睛。而最重要的是，那块布正中间还被人用毛笔写了两个大字——“狗德”！

师姐有些难以启齿：“你家小哈……弄坏了师尊的东西，师尊说，既然男有‘男德’，那狗应该也有‘狗德’，他让你把写了‘狗德’的这块布做成衣服给小哈穿，让他时时刻刻铭记‘狗德’。”

虞阙抖着手接过布料，花布上的两个大字晃人眼睛。说实在的，这布料花得虞阙都觉得晃眼睛，更何况……虞阙转头看向了狗。

萧灼充满希冀地回望她，似乎在期待着她拒绝。

虞阙顿时内心挣扎起来，一个是刚出炉的战友，一个是她未来一段时间的衣食父母。

啊，这……虞阙转过头，当机立断出卖战友：“师姐你放心！我做衣服很快的！”

萧灼闻言心如死灰。

虞阙送走了师姐，转头，她就看到小哈一动不动地趴在角落。虞阙因背叛战友有点儿心虚，但仍旧坚强地走过去，苦口婆心安慰他：“小哈，事情已经发生了，你要往前看，往好处想想，被绝育和穿件花裙裙，你想选哪个？”

萧灼心想，我两个都不想选！

虞阙语重心长地道：“狗德穿在身上，从此以后咱们就好好学狗德，师尊那么厉害都要学‘男德’呢，学个‘狗德’怎么了！”

萧灼听完更加垂头丧气，他不明白这个世界到底是怎么了。

梦醒重来一次，堂堂妖皇成了狗，印象中清冷端方的师尊背着他学“男德”。他不由得又想起了师尊当时看他的表情，他毫不怀疑，那一刻，师尊估计真的有给他绝育的心思。

但幸好，幸好他现在被当成一条狗子。没关系，只要忍过了这段时间，只要恢复了人形，不会有人知道现在的小哈是他！

萧灼闭了闭眼睛，不去看拿了剪刀就开始做衣服的虞阙。

没关系，穿衣服的是狗，不是他，就不可能有人知道这狗是他萧灼！

绝对不可能！

虞阙一边做衣服，一边在脑海里翻《三十天让她爱上你》。

系统忧心忡忡地问道：“宿主，那书真的有用吗？”

虞阙信誓旦旦回答：“这可是我利用大数据分析出来的最有用的书了，包含了方方面面，你都收我十积分了，怎么可能没有用！”

《三十天让她爱上你》收录了《“男德”守则100条（最新版）》和《成为十佳男友的二十五个“必须”（修真界版）》。

师尊本身就个德才兼备的君子，虞阙相信，只要吃透了这两部分，师尊直接就能从“男德班”毕业当讲师，从此成为一代“贤良淑德”的“居家好男人”。

这本书主章节全都是教新手获得异姓好感的方法，虞阙虽然没有谈过恋爱，但看过之后也觉得干货满满。

从《相识篇》《情敌篇》《谈话的技巧》到《如何抓住她的胃》《展现个人魅力的十种方法》《从习惯到相爱》《稳定关系的确立》等等，虞阙看完之后觉得自己分分钟勾搭个男人不在话下。

最重要的是……虞阙这里还有个番外篇。虞阙匆匆扫了一遍，内容让她整个人在“离谱”和“会玩”之间反复摇摆。她觉得书名里的那个“欲罢不能”大概就体现在这里了。

当然，番外虞阙现在是肯定不能给师尊的，不然不是她在耍流氓，就是她在鼓励师尊向师娘耍流氓。虞阙决定等师尊追到了师娘，那个番外就是她送给师尊成亲的贺礼了，完美！

此时天还没亮，虞阙做了一会儿衣服之后就信心满满地睡了。

而同一时间，师尊正一脸严肃地捧着书本，挑灯夜读。

“……九天从相识到陪伴，二十一天形成一个习惯，爱情开端于陪伴，相爱来源于习惯，优秀的男人只需要三十天便能让她习惯你的陪伴，视你为生活的一部分……”师尊拿出了钻研最艰涩的功法典籍的恒心往下读，面色逐渐变化。从微微皱眉，到逐渐困惑，再到恍然大悟。

月落日升，天色微白，书页在师尊手里一一翻过。见识过大风大浪的师尊觉得自己的三观仿佛经历了一次洗礼，观念受到了强烈冲击的师尊紧紧捏着书页，恍恍惚惚地想：原来，还能这样！

虞阙起身出门，刚掀开门帘，便撞见了等在她门口的师尊。

白衣剑仙神情淡然地站在门外，手里紧紧捏着一本书。

虞阙吓了一跳：“师尊，怎么了？”

师尊瞥了一眼听见动静跟出来的萧灼，萧灼条件反射般地转身跑回了帐篷。

师尊这才淡淡地道："我有地方不懂。"

自认连番外篇都钻研透了的虞阙立刻道："师尊哪里不懂？我给你解释。"

师尊把书递到了她的面前，书上还做了标注。

——相识篇：……如果你的那个她是个强势的人的话，那么一个优秀的男人就要学会示弱，让你们的相遇从你的示弱开始，她便会下意识地降低对你的抵触……

虞阙若有所思，她问："未来师娘是一个强势的人吗？"

师尊骄傲地道："她是个炼器师，性格干脆利落，最讨厌拖泥带水。"

虞阙打了个响指："明白了！你等着，我给你演示！"然后她二话不说，拉着师尊去找未来师娘。

师尊不由得紧张起来："这、这是否太过唐突？"

"我让你看个不唐突的。"虞阙她拉着师尊在营地里转了一圈，在一个湖边找到了未来师娘。未来师娘身边还有一个人渣在说个不停。

虞阙一见顿时火大，她可没忘了小说里师娘是怎么死的！

小说里，师娘和这狗东西的家族都遭遇了其他家族的夹击，两个家族被迫合作。对方家族更为弱小，为了以防万一，便想联姻。

师娘身为嫡女，权衡利弊之后提出假订婚，等度过危机后便桥归桥，路归路。对方当时同意了，谁知道他们想度过危机不假，可看到师娘这一代只有师娘一个嫡女，便起了吃绝户的念头，让那个人渣把师娘骗到手之后蚕食她的家族。

可谁知道师娘不吃这一套，人渣一边觉得自己勾引一个一点儿都不像女人的人，很是委屈；一边又觉得对方不识抬举，恼羞成怒之下找了个机会便和夹击他们的那个家族联合，背后设计了师娘家族，以至于师娘满门惨死，整个家族产业被人瓜分。他现在还有脸在这里啰里啰唆！

虞阙火气上头，丝毫没发现师尊的脸色阴沉得可怕，那双眼睛里面，是毫不掩饰的杀意。她现在只觉得三十天还是太长了，干吗打那么长的拉锯战，十天师尊就该踹飞那人渣，然后转头拉着师娘进洞房。

于是，虞阙二话不说拿出了自己珍藏的《三十天让她爱上你》番外篇，往师尊手里一塞，语重心长道："仔细学这个，有用得着的时候！"

师尊满腔杀意被虞阙弄得一顿，他看了看手里的书，下意识地翻开，下一刻瞳孔放大，猛然合上书！

虞阙丝毫没有发觉自家师尊的神色不对，语重心长道："接下来，是我表演的时候了。"她昂首挺胸地往湖边走，走近了，突然神情一变，嚣张的表情变得柔弱了起来。

柔弱的虞阙走到了未来师娘身旁，当场表演了个"平地摔"，十分精确地摔进了未来师娘怀里。

躲在一旁看着的师尊万万没想到还有这种方式，一下子睁大了眼睛。

而此时，身高少说有一米七五的帅气师娘顺手接住了她，困惑地道："小姑娘，你怎么了？"

虞阙的眼泪顺势冒了出来，抽抽搭搭地道："我、我好像脚崴了。"

师娘还没怎么样，一旁的人渣露出了了然的表情。他没少被其他人以这样的方式投怀送抱，此刻下意识地觉得这姑娘是冲着他来的，他不免有些得意。

他想，也就这男人婆似的女人不识货，如此，便让她看看自己在女人堆里有多受欢迎。他一脸关切地凑了过去："姑娘，在下……"

虞阙顿时脸色一变，一头扎进了师娘怀里，顺势抱住了师娘的腰，呜咽道："姐姐，他好可怕啊，他不会伤害我吧。"

师娘立刻皱起了眉头，看向笑得一脸油腻的人渣，说道："你离远一点，你吓到她了。"

人渣一脸发蒙，他吓到人了？不应该是这个男人婆更可怕吗？这丫头……

这时候，虞阙从师娘手臂下露出脸，冲人渣露出一个挑衅的笑。她依旧一副楚楚可怜的模样："姐姐，你能让他离开吗？我害怕。"抬起头，露出一张梨花带雨的脸。帅气姐姐看得心头一软，她抬头，对人渣毫不客气地呵斥道："离远一点。"

人渣恍恍惚惚地起身，走得很远了，他还能听见那邪门的丫头满嘴胡言乱语："姐姐，刚刚那个是你未婚夫吗？我这么做，你未婚夫不会怪我吧？呀，他会打人吗？他好可怕！"

帅气姐姐柔声安慰道："你别怕，我让他走了，来，小妹妹，我看看你的脚怎么样了。"

"姐姐真好……"

人渣满腹疑惑，怎么回事！世道变了吗？为什么会有姑娘勾引那男人婆而不是他！

最终，虞阙凭借着可爱的长相和满口甜言蜜语，获得了被帅气姐姐“公主抱”的待遇。

一米七五的帅气师娘抱着一米六出头的虞阙，目不斜视地从师尊身旁走过。

师尊表情呆滞，虞阙冲他眨了眨眼，他才猛然回过神来！那一瞬间，新世界的大门在他面前缓缓打开。

原来……还能这样。他看着心上人抱着自己的徒弟回了营地，眼睛越来越亮，他知道自己该怎么做了！

《相识篇》——示弱。

当天下午，师尊面不改色地把自己弄了一身伤，为了逼真，还跑到苍荡山抓了两只鬼，添了些冒阴气的伤。

俊美的男子踉踉跄跄地从苍荡山走出来，一身白衣染血，唇边的鲜血衬得他容貌艳丽非常，身上的伤让他看起来十分脆弱，惹人怜惜。

“战损版”美男踉跄地走过心上人身边，仿佛力竭一般，毫无预兆地倒下，顺势歪进了对方怀里。

急促的声音在他耳边响起：“仙君？仙君！你怎么了？”

这一身伤于他而言并无大碍，他意识清醒，这时候却感觉自己好像醉了。梦里直到最后，他也没能离她这么近过。

他不言，对方便以为他伤势太重，一把抱起他，准备往医疗营地送。师尊顺势靠在了对方肩头。

梦中在他剑下死得很惨的人渣不赞同地道：“不行，我们别多管闲事。”

师尊闻言假装虚弱地咳嗽了两声。

充满磁性的女声冷淡地道：“你若不想惹事，便离我远一点。”

这一刻，师尊突然想大笑，他抓住对方的衣袖，轻声问道：“你叫什么名字？”

“莫寒苼。”

“真巧，我叫江寒。”

真好，在这个世界，又认识了你。

师尊在医疗营地成功与心上人交换了姓名。这次实验成功，他觉得自己对那本《三十天让她爱上你》有了全新的理解。

《情敌篇》——展示自己的优点，用自己的优势让对方不战而败。

他的优势是什么？能打！

师尊觉得自己悟了，于是当天晚上，宋家嫡子在起夜时被不知名人士套上麻袋打了一顿，不仅两条腿被打断，“男德”也差点不保，还被人扔进了茅厕，第二天才被要上茅厕的人发现。

宋家为了保住嫡子的命，紧急将人送回老家。师尊知道现在暂时不能杀那混账，但他不介意先展示展示自己的优点。没了那人渣，他更加如鱼得水。

《展示个人魅力的十种方法》：你的优点不仅能震慑情敌，还能让她喜欢。

师尊下午“重伤”，第二天早上就从医疗营地出来前往苍荡山，在心上人面前当场表演了一个打十个。

《谈话的技巧》：师尊给心上人讲了一上午的道。

《抓住她的胃》：中午，师尊沉默不语地抓了一只野兔，表演了一兔十八吃。

终于，到了下午，由于师尊的存在感过于强烈，莫寒茬不注意也不行了。她主动走到了正在休息的剑仙面前，语气无奈地道：“这位仙君，我出身小门小户，除了炼器没有一技之长，不加入其他门派，不信仰什么乱七八糟的宗教，也不买什么保健品，仙君总跟着我到底意欲何为？”

她走到了自己面前，活生生的。

师尊突然一笑。他不经常笑，但笑的时候，美得能让人愣神。

莫寒茬便在愣怔中听见对方道：“巧了，我是小门小派，我有一个徒弟，正好需要法器，想请姑娘为我徒弟炼制法器。”

莫寒茬顿时松了口气：“请我炼器啊，你直说就好了，不用做这么多。”

师尊道：“也是为了报答姑娘的救命之恩。”

莫寒茬摆手道：“小事而已。”

师尊摸着怀里的《三十天让她爱上你·番外篇》，有些脸红地想：这本书……或许不久之后也能派上用场了。

于是，当天下午，虞阙正拼尽全力给狗子套上了“狗德”新衣服，师尊便上门了。师尊一脸淡然地道：“阙儿，我已经给你找好炼器师，不日就可以开炉了。”

“炼器师是你……是莫姑娘，我们要随莫姑娘去一趟她的炼器室，为你开炉。”

虞阙沉默片刻后，疑惑地问道："师尊这是决定入赘了吗？"

莫寒茬是个炼器师，但她整个家族历代祖传的都是体修，个个都是膀大腰圆，身高两米的壮汉，哪怕是妹子们也都是体型健美的一米八超模身材，她一米七五的身高，在修真界里足够俯视一众女修，但在自己家族里还算娇小的。

所以，身为炼器师的莫寒茬基本上不住都是体修的家族里，而是另投师门，当她炼器炼出了名头之后，家族出资给她包下了一座矿山，她便在矿山附近建了一个炼器室。

炼器室离苍荡山不远，御剑两个小时就能到，但是现在有那么一个问题——

虞阙她不会御剑。

但从师尊和师姐都不觉得这是个问题。师尊神情淡然道："那就现在开始学御剑吧，半个时辰能学会的话，咱们还能赶在午时之前出发。"

师姐深以为然地点了点头，她甚至道："师妹聪慧，或许都用不了半个时辰。"

从摸车到拿驾照只用一个小时，还能拿着驾照飙高速，这绝对不是人干得出来的事！虞阙觉得可能是人与人之间天赋上会有一定区别，于是谨慎问道："当初师姐学御剑用了多久？"

师姐温温柔柔地笑了笑，说："当年学会御剑用了半个时辰，那时候年少，一时激动，御剑一天一夜去了雪山，结果到了雪山之后力竭，差点儿回不来。"

一个小时"拿到驾照"还"开长途"，这简直不是人！

虞阙觉得这可能只是个例，沉默片刻之后又看向小师兄。

晏行舟微微一笑，道："我当年拿起剑时，便已经会御剑了。"

这更不是人！

这时候师尊还在一旁补充道："你二师兄悟性差一些，人族的功法又不怎么适合他，他当年用了一个时辰才学会。"

师尊用一种老师评价差生的语气，说着一个两小时拿驾照的人，于是站在一旁的巨狼脸上露出了格外羞愧的表情。

这个世界逐渐开始变得魔幻了起来。虞阙还没来得及展示自己历经两个世界的优势，就先被这些"学霸"彻底碾压了。

虞阙现在的心情和她刚遇见师姐时，师姐张嘴一长串的法咒念完让她重复一遍时一模一样。

为什么那么长的法咒你们重复一遍就记得住?

为什么“驾照”你们一两个小时就能拿!

虞阙开始怀疑是不是整个修真界都是这样，只有她是个“菜鸟”。她悄悄问道：“系统，大数据告诉我修真界的修士们都是多久学会御剑的?”

系统安慰她：“宿主你不用担心，大数据显示，正常修士学会御剑的时间一般是十天到一个月，平均时间十七天左右。”

虞阙顿时松了口气。还好还好，还好不是整个修真界都这么厉害，而是她的同门实在是厉害得太变态!

但她要如何告诉她的天才同门们，你们的小师妹不仅不可能半个时辰学会御剑，还恐高。

是的，虞阙为什么笃定自己半个时辰绝对学不会，因为她半个时辰绝对不可能克服恐高!这到底是什么人间疾苦，作为修真人士，她居然恐高……

其实她也不算是严格意义上的恐高，因为在梦里她站在十八楼往下看也没事。她主要是害怕站在高处，脚下悬空还四下没有依靠的感觉。

虞阙满脸的痛苦，而这时，系统突然冷不丁道：“成长任务一：十天之内学会御剑，奖励十积分。”

虞阙猛地一抬头，震惊道：“什么叫成长任务?”

系统振振有词：“我们‘炮灰逆袭系统’当然会有成长任务。宿主，我可是卡在修真界御剑标准时间以内布置的任务，你可要加油啊。”

虞阙更加不可思议：“什么，你居然还是‘炮灰逆袭系统’?你更新过一次之后还没有变成‘反派救赎系统’吗?”

系统沉默片刻，冷酷地道：“没有，不会!是你自己理解错了剧本!请宿主认真完成任务，拒绝推托!”

虞阙觉得系统简直不可理喻，不由得一脸郁闷。而这时，唯一知道她恐高的晏行舟见她沉默良久，便兴致勃勃道：“对了，小师妹想要一把什么样的飞剑呢?我这里还有几把多余的剑。”

虞阙想了想，一本正经道：“我想要一把足够一个人躺下还能打个滚的巨剑。”

师尊无奈地道：“那你是想御剑，还是想御床?”

虞阙心说一张床飞总比一把细剑飞来得安全。她期待地道：“那修真界有御床飞行的吗?”

师尊回答道："没有。"

虞阙顿时蔫了下来，她恹恹道："那就随便吧，反正都差不多。"

师尊道："那我就……"

"师尊。"刚才还看热闹似的晏行舟突然开口，"我来教小师妹御剑吧。"

师尊沉思片刻，点头道："如此也好，为师手里正有一本比较晦涩的典籍，那你师妹便交给你了。"

于是师尊便去啃他的"晦涩典籍"了，师姐看了看，拉着小哈也走了。

人走了个干净，虞阙便无精打采道："小师兄说的飞剑呢？我来挑一把。"她看看能不能挑一把宽一点的。

晏行舟没有拿出飞剑，突然问道："小师妹明明怕高，为什么不告诉他们呢？"

虞阙苦着脸道："我不能因为怕高就这辈子都不御剑了啊，那我还怎么做修士，先试一试，说不定我突然就会了呢。"

晏行舟追问道："那要是不会呢？我们这次出来没有带其他的飞行法器，我们要是带你的话，还是要上剑的。"

虞阙沉默片刻，说道："那就得看小哈的了。"

晏行舟问道："怎么说？"

虞阙："你们在天上飞，小哈贴上极速符驮着我在地上跑，那也是很不错的！"

晏行舟沉默片刻之后，鼓掌："不错，不错。"

然后，晏行舟亲自给她挑了一把最宽的剑，手把手教她御剑。而虞阙站在剑上，只要剑升空两米以上，就必然头昏眼花，恶心想吐。

晏行舟这才看出来，她怕高不是惧怕高处，而是一旦到了高处整个人都会生理不适。

但饶是如此，在他开口说下来之前，他这个小师妹从来没有主动说不干了。

有一次晏行舟没注意，剑升空了三丈之上，他久久没有听到身后那个一紧张就叭叭说个不停地小师妹说话，转头一看才发现她早已经脸色发白，唇上没有一丝血色，双手抓着他的衣服不停地抖。

晏行舟立刻降下剑，刚落剑，虞阙抓着他的衣服就哭了。在他印象之中，这个小师妹一直是欢快又不着调的，甚至有些无法无天。就像他没想到这个仿佛永远也安静不下来的女孩会有这么大毅力一样，他也没想到她会哭。

晏行舟向来带笑的脸上此刻一片阴沉，严厉地说道："既然不舒服，为何不和我说！”

虞阙难以置信：“师兄你居然还凶我！”

晏行舟：“……”

他再上剑，直接把人放在了自己身前。他不习惯和他人这样身体接触，上剑之后浑身便紧绷了起来，没再带过笑，但比他还紧绷的虞阙显然没发现，她甚至不由自主地抓紧了对方胸口的衣服。

晏行舟身体猛然一僵，他闭了闭眼，却意外地没有任何动作。

晏行舟带着她，紧绷着脸又飞了一刻钟。

一刻钟之后，虞阙还是举手投降了，她觉得自己今天绝对学不会御剑了，但是怎么去师娘那里拿她的乐器，她还是得想个办法。

她借口休息一会儿支开了晏行舟，晏行舟逃难似的离开了。

虞阙看得怀疑人生：“难道我真的这么废物？小师兄都不想教我了？”

系统想，这次大概真的不是你的问题。

虞阙怀疑了一会儿人生，往储物袋里摸了摸，想摸把瓜子，却摸到了一手兔子毛。这一刻，虞阙福至心灵，突然问道：“对了！吞金兽能变得这么大，那能不能飞啊！”

系统答道：“能是能，但……”

虞阙不等它说完“但”，拍板道：“妥了！”

兔子变大之后体型可不是开玩笑的，虞阙骑着她在天上飞，那和骑着床飞也差不多。她不止怕高，她怕的更是四下空荡没有依靠，这么大的兔子……她觉得她可以，先把这段时间混过去，剩下的以后再说。

虞阙算盘打得啪啪响，系统却不得不提醒她：“但是让吞金兽变成这么大的体型飞行两个小时，大概需要三十块灵石，而你现在兜里一分钱都没有！”

它叹了口气：“你想这样的话，只能找你师尊要了。”

虞阙一脸倔强：“不行，救赎文女主角怎么能向救赎对象要钱！”

系统暗道，再说一遍，你没拿救赎剧本！

虞阙却已经不管了，她决定靠自己的双手挣钱。她四下看着，看到一个十一二岁的小姑娘，眼睛突然一亮！

而这时，那小姑娘也期期艾艾地朝她走过来。

虞阙顿时觉得钱上门了。她看着那小姑娘挪到她面前，一脸想说什么又不知道怎么开口的模样，露出大灰狼般的微笑，温柔地道：“小妹妹，怎么了？”

小萝莉小声道：“仙子，我是长音宗弟子。”

虞阙点头，长音宗好啊，长音宗有钱。

小姑娘继续说：“仙子姐姐，前几天，我的二胡丢在了竹林附近，被您捡到了，您还拿那个二胡当锤子打人，您还记得吗？”

虞阙唇角的笑容一寸寸僵硬。二胡……对了，她的二胡是捡的，也就是说，她还没赚钱，就得先损失一个二胡。

虞阙深吸了一口气，对自己说：没关系，新二胡会有的！她强笑着将二胡拿了出来，温柔地道：“小妹妹，这是你的吗？”

小姑娘眼睛一亮：“谢谢仙子姐姐！”

虞阙温柔地摸了摸她的头，看她的目光活像下一刻就要拐小孩。

拐小孩的魔鬼低语：“小妹妹，我这里有个好玩的东西，你要看一看吗？”

小姑娘懵懂地抬头。

一刻钟后，晏行舟整理好心情回来。回来之前，他想，今天教师妹御剑这个任务，大概是接错了，而若是不想再让事态失控，他接下来就该速战速决了。回来之后，他看着眼前的情景，脑海中霎时一片空白。

一长队的小萝卜头在虞阙面前排成一排，一个个手里高高地举着灵石，迫不及待地要塞给她。一旁甚至有个小萝卜头抓着自己家长的衣袖哭诉道：“师尊！我还要再玩一次！最后一次！”

那位师尊看着虞阙，面色不善。他的小师妹则一脸喜气洋洋，温柔地对小萝卜头道：“大家排好队啊，一个一个都有份儿！”

那梦中甚至让他吃过亏的吞金兽，此时体型放大成了一匹马大小，刚好能让一个小萝卜头坐得稳稳当当。

它带着一个欢呼的小萝卜头，在他们营地之上一圈一圈地转啊转。

吞金兽脖子上挂着一个玄铁令，玄铁令的留声功能一遍一遍地放着同一首在他听来蠢透了的歌。

“爹爹的爹爹叫什么？爹爹的爹爹叫爷爷！爹爹的娘亲叫什么？爹爹的娘亲叫奶奶……”

他身旁一个五六岁大的小娃娃扭着身子大声跟着一起唱：“娘亲的爹爹叫什么？娘亲的爹爹叫外公！娘亲的娘亲叫什么？娘亲的娘亲叫外婆！”

小娃娃脆生生的声音和师妹留声里傻乎乎的声音混在一起，一时间居然让他分不清哪一个更蠢。

这时，虞阙看了过来，惊喜地道："师兄，快过来帮我收钱！"

说完立刻转过头，大声道："三个灵石！只要三个灵石就可以坐一次！"

这时，正好兔子驮着一个小娃娃下来了，另一个小娃娃迫不及待地给了灵石就爬上去。

晏行舟亲眼看着虞阙给她的兔子喂了一个灵石，自己净赚两个灵石。

兔子再次升空。晏行舟走过去，道："你用这种方法赚灵石？"

虞阙激动地说："我终于找到这兔子的正确用法了！从今以后它自己赚灵石养活自己！不亏！"

晏行舟想着梦中被虞珏拿灵石堆出来的吞金兽，又看着此刻这个一脸蠢样的兔子，突然间恍然大悟。原来，这才是吞金兽正确的用法！此时此刻，那满脑子"爹爹的爹爹"似乎也不怎么难听了。

虞阙一整个上午，净赚整个营地十一岁以下的小娃娃三百灵石。

当天下午，那首"爹爹的爹爹叫什么"以迅雷不及掩耳之势火遍了整个营地，谁不会唱这首歌，甚至都和同龄人没有共同语言。

家长们查看了自家孩子的储物袋，火速把自家娃娃都关在帐篷里，不让他们去见那个"奸商"。

不过他们想见也见不了了，因为虞阙过了午时就要走。

会御剑的同门一个个上了剑，不会御剑的虞阙豪气地把三十块灵石塞进吞金兽嘴里，吞金兽慢慢变大，虞阙瞅准时机跳了上去，在兔子背上幸福地趴下。

当天，虞阙在柔软的兔子毛上一路躺到了师娘的炼器室，同门们则在冷风中一路潇洒地御剑。虞阙甚至中途把对兔子感到好奇的师娘也拉了上来。

往日里御剑一天一夜也没感觉有什么不对，这一次，看着舒舒服服躺在兔子毛里的两个女孩，他们突然觉得自己这一趟御剑既凄楚又难熬。

路程过了三分之二，盛鸢看了看虞阙，又看了看同门，突然觉得自己很蠢。她立刻靠了过去，温柔地道："小师妹，我有些冷。"

虞阙立刻心疼了起来，迅速道："师姐，你快上来，冻到了吗？"

盛鸢柔柔地点头："好像有些头疼。"

虞阙拍了拍腿："师姐，躺我腿上，我给你按摩。"

盛鸢从善如流，舒舒服服地躺了下来。

于是一只兔子上，虞阙腿上躺着师姐，背后靠着未来师娘。

师姐温温柔柔地道："小师妹，你累不累啊？"

未来师娘心疼地道："小姑娘，你之前崴到的脚好了吗？现在还疼不疼，冷不冷？"

师姐清冷又美艳，未来师娘帅气又野性，虞阙坐在两个世间难寻的美人之间，只觉得自己马上就要得道成仙。

另一边，师尊和小师兄沉默地看着这边，被师尊带上剑的还有一条沉默的狗，不知道为什么，往日里似乎转眼间就到的路程，此时两人一狗却都觉得漫长了起来。

到达目的地之后，虞阙意犹未尽，甚至觉得这路程实在太短了，她甚至都来不及享受旅途的快乐。

吞金兽降落在地面上，一米七五的莫寒[illegible]潇洒地跳了下来，转过身就伸手去接一米六出头的虞阙。

虞阙幸福地扑进了莫寒茎的怀抱，被对方亲手抱了下来。

盛鸢也随之跳了下来，温柔地摸了摸虞阙的头，柔声道："走了这么久，小师妹饿不饿？还有半个时辰差不多是晚膳时间了，今天大师姐亲自下厨，小师妹想吃什么？"

虞阙惊喜地道："师姐还会下厨？"

师姐自信一笑："不在话下。"

只会番茄炒蛋的虞阙狠狠地羡慕了！而且，还有什么比美人为你洗手做羹汤更幸福的事情吗？

虞阙脸上露出幸福的神色："师姐做什么我都吃！"

师姐怜爱地摸了摸她的脑袋："小师妹真可爱。"

虞阙心里美滋滋的。

而这时，帅气的未来师娘也一脸微笑道："既然有了美食，没有美酒岂不可惜？三十年前我亲手酿了一壶梨花白，如今也到了开封的时候，我与两位姑娘一见如故，不如今夜便不醉不归，可好？"

虞阙心里乐开了花，她连忙点头："好好好！"

师姐拊掌大笑："大善！"

于是三个女孩三言两语约定了今晚一起吃饭喝酒熬夜。

良久她们才想起这里还有其他人。虞阙连忙转头，就看到二人一狗沉默不语地站在不远处，不知为何，那身影看起来居然有两分萧瑟。

莫寒茬莫名觉得这二人一狗看起来居然有些可怜。她犹豫了片刻，迟疑道："要不然……两位仙君也一起过来？"

师尊看了看傻乐的小徒弟，又看了看明显已经对小徒弟充满好感的心上人，满腹困惑。

他明明已经按照书上的来了，而且他和小徒弟是前后脚认识的心上人，为何他一顿操作下来和心上人的进度还卡在"初相识"上，她对自己印象还只是"刚认识的陌生人"，而小徒弟只和心上人坐了一路的兔子就"一见如故"了？

难不成小徒弟还有什么不得了的书没给他看？师尊不由得沉吟，但是他还牢牢记得《三十天让她爱上你》中《"男德"守则一百条》第二十三条的告诫：一个懂事的男人不能给女人添麻烦，女人之间的聚会，男人最好不要插手。

于是师尊露出了一个懂事的微笑，道："你们玩得开心就好。"

而晏行舟，默默地看着眼前这一幕。

梦中的魔女洗手做羹汤，魔头立志要做贤良淑德的"居家好男人"，妖皇变成了狗。此时此刻，整个师门似乎就只剩下他还算是个正常人了。

莫寒茬的炼器室在矿山的不远处，独占一座清秀的小山头，说是炼器室，其实整座山头都是她的地盘，住下他们几个绰绰有余。

啊，还是个富婆。虞阙此时分外嫉妒，觉得帅气又脾气好的富婆要是真被师尊追到手了，那师尊还真是占了大便宜。

为什么就没有富婆小姐姐能让她这辈子都不用努力了！

系统终于忍无可忍，问道："所以，继反派救赎剧本之后，你还准备拿赘婿剧本？"

虞阙沉吟："也行。"

系统无语。虞阙看了看时间，满怀期待地等着赴两个小姐姐的宴会，正在此时，师尊突然传音让她过去。

虞阙满头雾水地跑了过去。一进门，就见白衣师尊风轻云淡地背身站着，光背影就能让人想到"人间谪仙"这四个字。谪仙师尊转过头，问道："阙儿，那本《三十天让她爱上你》是否还有第二部？”

虞阙不明所以：“第二部？没有了啊，就只有一个番外篇我已经给师尊了啊。”

想起番外篇都是些什么内容的师尊老脸一红，但转头看到自家小弟子正一脸好奇地看着他，他强撑着斥责道：“你年纪还小，这些乱七八糟的东西以后少看！”

虞阙乖乖地应了声是。

师尊咳了一声，问道：“所以，没有其他的书了吗？”

虞阙便问道：“师尊那一本已经看完了吗？”

师尊风轻云淡道：“倒背如流。”他平静的脸上流露出些许的自信。

虞阙心道，不愧是师尊！

然后她便听见她这个能将三百页书倒背如流的学霸师尊问道：“若是没有其他书的话，阙儿用的是书上的哪一招，才能让莫姑娘对你一见如故的？”

这次轮到虞阙挺胸抬头了，她自信地道：“师尊，这叫人格魅力！”

师尊平静地道：“好了，没事了，你走吧。”

虞阙满头雾水地跑过来，又满头雾水地回去。

走到门口时，师尊突然又叫住她：“阙儿。”

虞阙回头，她背着光，看不清师尊的面容，只能听到他平静地道：“那壶梨花白，喜欢的话，就好好喝个尽兴吧。”

虞阙迟疑着，不明所以地点了点头。

师尊看着自己的小徒弟脚步欢快地走了出去。挺好的，他想。梦中，他也曾约定等她归来后就一起喝了那壶梨花白，可他到底没有喝上那壶酒。

这梦醒了，自己的徒弟能替自己喝了那壶梨花白，也算是个圆满的结局。

师姐亲手做的饭菜香气扑鼻，师娘亲手酿的酒醇香无比。三个女人就着月色坐在凉亭下玩修真界版“大富翁”。这是虞阙特意用了两个积分从系统那里换过来的，一出场就受到了热烈欢迎。

开局每个人都是练气期，手里都有三十个灵石，抛骰子决定在棋盘上走的步数，可以随机遇到的事件有“拜师”“比武获胜赚取若干灵石”“契约兽”“坠崖”等等。

师娘和师姐都没见过这样的玩法，一时间十分新奇，三个人各执一枚颜色不一的棋子就玩了起来。接着虞阙就发现，未来师娘和师姐的运气似乎都不太好。

玩到一半，虞阙都已经成功拜师，修为从练气期升级到了筑基期，还继承了某个远房亲戚的遗产，资产一下子飙升到了两万灵石。

而师姐和未来师娘，一个因为打架斗殴锒铛入狱，一个被妖族抓去挖灵石。好不容易两个人都逃了出来，再次抛骰子，未来师娘随机到了“成亲”事件。

虞阙啧啧感叹：“成亲需要结灵契，修为下降三层。”

莫寒苼脸色一下就变了。

然后轮到了师姐。师姐骰子一抛，随机到了事件“闪婚”。

虞阙顿时一脸同情：“你和一个男人一见钟情闪婚，然后被男人骗婚，财产减半。”

这次师姐脸色也变了。两个同时栽在“男人”手上的女人对视了一眼。

莫寒苼道：“啧，男人影响我炼器的速度。”

盛鸢道：“呵，男人影响我赚钱的脚步。”

于是两个人游戏也不玩了，开始吐槽男人。

莫寒苼道：“我有一个未婚夫。”

盛鸢道：“我有一个青梅竹马。”

莫寒苼道：“我那个未婚夫并不是我真正的未婚夫，我们约定度过家族危机之后桥归桥路归路，谁知道他……啧！”

盛鸢道：“呵，我倒是以为他是我真正的青梅竹马，但谁知道……果然还是人心难测。”

莫寒苼道：“他实在太过蠢笨。”

盛鸢道：“他也着实庸俗。”

虞阙在一旁瑟瑟发抖地端着酒杯，目瞪口呆地看着两个人从各自的未婚夫、青梅竹马，嘲讽到这全天下的男人，她不敢说一句话。

最终，两个女人对“男人”达成了一致看法——

莫寒苼道：“真女子果然还是应该远离男人。”

盛鸢道：“靠近男人会变得不幸。”

于是想来看看她们喝得怎么样的师尊刚好听到了自己心上人和自己大徒弟这般发言。

师尊心想，可能他来得不是时候？

师尊怀疑人生。然而看到说起“男人”就一脸不耐烦的心上人，他顿了顿，默默地走了。他想，果然还是得继续修炼“男德”。

而另一边，眼看着师尊来了又走了的虞阙颤颤巍巍地举起了手：“其实……”她想给师尊说说好话，刚开口，两个漂亮姐姐一齐看了过来，虞阙顿时不敢说话了。

两个漂亮女人对视了一眼，不约而同地一左一右揽住了她的肩膀。

师姐声音微哑：“小师妹，以后可千万不能被男人骗了。你要是有出息些能骗几个男人，师姐支持你，你要是被男人骗了，小心师姐在你犯蠢之前先把你关小黑屋哦。”

未来师娘语气真诚地道：“小丫头，记住我的话，堂堂女子不可被感情左右！”

虞阙应道：“好、好的。”

两个人都满意了，又拉着虞阙继续喝酒。从入夜一直喝到子时，师姐和未来师娘喝多了，两个人一时兴起决定比试比试，结果就把整个凉亭都给拆了。

虞阙脸色通红地坐在废墟之上给她们鼓掌，满地找二胡。

“二胡呢？我的二胡。我要拉首曲子给她们助助兴！师姐，你要不要听听《青藏高原》？我直接给你唱好不好！”

师姐听不清：“你要上什么高原？不行，你连御剑都不会，怎么上高原？”

虞阙不满地道：“不会御剑怎么不能唱《青藏高原》？我要让兔子带着我高空托马斯旋转唱‘哈利波特骑着扫帚飞！’”

师娘听到兔子抬起了头：“扫帚？扫帚不是扫地的吗，能飞吗？”

虞阙一本正经地点了点头：“能！我可以教你们，这叫魔法。”

三个人驴唇不对马嘴说得十分起劲。听见动静跑过来看看的师尊和晏行舟目瞪口呆。

狼形的萧灼叹了口气，上前咬住虞阙的衣服将她往废墟外拉。虞阙扭头一看，顿时惊喜：“小哈！我又给你做了一套衣服！”说着伸手就要拉它的尾巴。

萧灼疯狂挣扎，晏行舟啧啧两声，上前揪着虞阙的后领把她拎了起来，他道：“还不去睡觉？”

虞阙大声道：“不睡觉！师姐、莫姐姐，不是说要骑着扫帚去青藏高原吗，有人不让我去，你们快来救我！”

师姐和莫寒芷十分讲义气，立刻跑过来要解救虞阙。师尊和萧灼赶紧上前拦，现场顿时乱作一团。最后，几人费了九牛二虎之力，终于把三个女人分开。

而此时，虞阙抱着酒杯，早已睡得不省人事了。

晏行舟看着被自己拎在手里，哈喇子流了他一袖子的虞阙，闭了闭眼，在心里告诉自己这好歹是小师妹，不能打也不能杀。

师尊抱着莫寒荎，姿势僵硬又守礼地将她送回去。

萧灼看了看，认命地驮着自己师姐回去。

晏行舟单手拎起虞阙，脸色铁青地往回走。他把虞阙送回她的房间，往床上一扔，扭头就要走。

背后，虞阙不由自主地瑟缩了一下，嘟囔着："冷……"

晏行舟脚步一顿。片刻之后，他又转过身，将被子盖在了她身上。

虞阙抬脚一蹬。

晏行舟："……"

他再盖，她继续蹬！

晏行舟瞪着床上的虞阙，直接将被子四个角都施咒固定在了床上，盖得严严实实的，然后他冷眼看着她蹬。

蹬，蹬，蹬不开，虞阙憋红了脸。晏行舟拍了拍手，满意地离开。

于是第二天，虞阙是被热醒的。她做了一个掉进岩浆里的可怕的梦，满头大汗地醒来，发现自己被严严实实地封在了被子里。

虞阙立刻掀被子，掀不动，虞阙大惊："系统，我被被子封印了！"

系统有气无力道："四个角掀不开，你可以从上面爬出来。"

虞阙把自己扭成一条虫，蠕动着出来了。

接着记忆回笼，想起自己做了什么蠢事的虞阙："……"

系统幸灾乐祸地问道："你还记得昨晚……"

虞阙飞快答道："不记得！"

这一天，昨夜酗酒发疯的三个女孩不约而同地决定失忆。

第四章 另类修真之药王谷

虞阙起床洗漱过之后，避开师尊他们，去找了莫寒芷。

不知道未来师娘昨夜被师尊带走之后经历了什么，一大早就跑去炼器室打铁。

虞阙进炼器室的时候，整个房间被炉子烧得通红，莫寒芷的脸也通红，不知道是不是热的。莫寒芷抬手，挥锤，动作间露出流畅的肌肉曲线，但动作不知道为什么总有些呆滞，她甚至没发现虞阙进来了。虞阙在背后叫她，她这才反应过来，赶紧回头。

虞阙狐疑地看着她：“莫姐姐，你昨晚……”

莫寒芷立刻否认：“不是！没有！什么都没发生！”

哦，那就绝对是发生什么了。

虞阙贴心地没有问下去，而是一本正经地道：“嗯，我明白，我其实有正事。”

莫寒芷也一本正经：“什么正事？”

虞阙说道：“我想让你先帮我打造一个飞行法器。”

莫寒茎问道："飞剑吗？"

虞阙摇头："不是。"

虞阙很清楚，她用飞剑飞不起来，其实是迈不过去心里那道坎。

但昨天晚上那场醉酒给了她灵感。修真界的飞行法器，不止飞剑，要是有那么一个飞行法器能消除飞剑给她造成的心理阴影的话……她刚好知道有一个。

她如此这般说了，莫寒茎惊愕地抬起头："真的要做成……那个造型？"

虞阙一本正经地点头："你信我！"

莫寒茎一脸为难："好吧，这个造型的话……应该很快。"

于是，两个人闭关做飞行法器。

知道这件事，也知道虞阙对飞剑的心理阴影的师门们干脆在外面等着。

两个时辰后，法器出炉。

炼器室内，莫寒茎心情复杂地将法器交给虞阙，忧虑道："这……真的行吗？"

虞阙笃定："行！不信你看我给你飞一个！我觉得我这次都不用学，我现在就能飞！"说着，她跨上了法器。

下一刻，法器起飞，"咻"的一声飞出炼器室，一骑绝尘。

等在炼器室外的众人见虞阙飞了出来，还没来得及欣慰，看到她的法器，脸色都是一变，众人纷纷站起身。

头上，虞阙唱着古怪的歌渐行渐远——

"哈利波特骑着扫帚飞……"

骑着扫帚飞……

扫帚飞……

飞……

莫寒茎从炼器室里出来，四下一片死寂，唯有虞阙渐行渐远的歌声。

半晌，晏行舟冷静下来，问："她为什么骑了个扫帚？"

莫寒茎沉默片刻，道："因为她说骑扫帚是她从小的梦想，能骑扫帚飞行，飞得再高再快她都没有心理阴影。"

"她还给自己的扫帚起了个名字。

"叫光轮2000。"

虞阙，女，现代社会梦中版二十四岁，修真界实际版十七岁，梦里没在自己十一岁时等到魔法学院的录取通知书，这辈子在修真界实现了自己的魔法少女梦。

她低头怜爱地看着自己的扫帚，语气温柔地道：“乖乖宝贝，我一辈子都不会离开你的！”

系统沉默良久，终于平静地道：“宿主，你骑这个扫帚……”

虞阙义正词严地纠正它：“请叫它光轮2000！”

代码组成的系统无法理解一个魔法少女的坚持，顿了顿，自暴自弃地妥协道：“行，你骑个光轮2000当飞行法器，真的不觉得自己有病吗？”

虞阙语重心长道：“既然有御剑飞行，那我御扫帚飞行又有什么不行？系统啊，做人最重要的就是不要在意别人的目光。”

系统能看得出她是十分不在意别人的眼光了。

想想看吧，都是赶路，这个仙君御剑飞行英俊潇洒，那个仙子彩带凌空翩若惊鸿，它的宿主众目睽睽之下掏出一把扫帚……嚯！那想必是极有面子的。

系统看着虞阙坐在扫帚之上呼啸而过的身影，这一刻，突然对自己的眼光产生了严重的质疑。

它当初到底是怎么看上这么一个憨货的？它挫败地道：“成长任务一：学会御剑已完成，奖励积分十积分，总积分三十五积分。”

虞阙得意地道：“我果然是个小天才！”

系统看着这个傻傻的“小天才”，平静地道：“好了，你现在可以停下来了。”它实在不想再看她骑扫帚“污染”自己的眼睛了！

虞阙撩了撩头发，语气同样平静：“停不下来了。”

系统一惊：“什么意思？”

意思就是虞阙可以在情绪极度激动之下骑着扫帚一跃而起，但她显然还不具备控制扫帚停下的能力。而且她好像还不知道怎么转弯，就只能沿直线往前飞。

她说得风轻云淡，系统听完愣了片刻，突然尖叫：“这样你都敢飞？！”

虞阙冷静地道：“怕什么，等我灵力耗尽它不就自己停下来了？放心，我有谱！”有谱的虞阙回过头，眼看着扫帚越飞越高，越飞越远，视线尽头她的同门们都变成小山头上的小黑影。

她用力挥手，大声唱道：“再见了妈妈，今晚我就要远航！别为我担心，我用快乐和智慧做桨！”然后扫帚“咻”的一声，没影了。

地面上，几个人齐刷刷地仰着脖子，看着虞阙渐行渐远的身影。

师尊困惑问道："她在唱什么？"

莫寒芷听了一耳朵，喃喃道："好像是什么她要去远航，还有什么快乐和智慧的。"

师尊皱眉，快乐他是看出来真的很快乐了，但他这个徒弟真的有智慧这个玩意吗？眼看着自己小徒弟一丁点儿停下来的意思都没有，师尊又困惑了："她怎么飞了这么远？为什么不回来？"

师姐猜测："大概是太兴奋了？"虽然她也不知道骑个扫帚有什么好兴奋的。

唯独晏行舟冷静地说出了真相："因为她停不下来了。"

几个人齐刷刷地看了过去。

晏行舟相当平静地抱起了萧灼，解下了被虞阙当成狗绳用的一线牵，冷静地道："我去把那个小傻……小师妹带回来。"

把这个一线牵给那个小傻子当狗绳时，他是怎么也想不到，第一个需要用到这狗绳寻找的"狗子"居然是她。

晏行舟召唤出了飞剑，不知道是不是被那小傻子"荼毒"太深，飞剑出现的一瞬间，晏行舟几乎下意识地想跨坐上去。

他姿势僵硬地愣了片刻才踏上飞剑。俊美似妖的青年迎风而立，冲自己的师尊和同门们淡淡点头道："别担心，我去把人带回来。"

晏行舟也走了。地上的几人沉默片刻。半晌，师尊恍惚问道："刚刚，行舟是不是想跨坐上去？"

碧蓝晴空之上，两个赶路的修士优哉游哉地踏着飞剑不紧不慢地飞着，迎面飞来一个不知名物体，飞快地从二人之间穿过，穿过的那一瞬间，他们仿佛还听到了一声"借过"，两个人不约而同地愣住，回头看过去。

其中一个修士犹豫地道："刚刚过去的那是个人？"

另一个修士更困惑："我好像看到一个骑着扫帚的人。"

他的同伴觉得不可能："我从未听说过谁的飞行法器是扫帚。"

那修士却越想越笃定："我没看错，就是一个人骑着扫帚飞了过去！"

说着，热衷"网上冲浪"的少年修士飞快地掏出玄铁令对着那人的背影来了个留影，留影中只能看到一个小黑点背影。

这修士火速把留影分享到了玄铁令上，并配文道：今日与师兄同游，居然看到一修士御扫帚飞行，奇哉怪哉，果然修真界之大无奇不有……

他的分享很快得到了许多人留言。

被人赞同最多的留言道："这人绝对是个骗子，接下来估计就要卖御剑教程了，大家绝对不要上当受骗！御扫帚飞行？你好歹编得靠谱一点！这修真界若是真有人御扫帚飞行，我谷佑箴直播表演吞剑！"

谷佑箴乃是药王谷少谷主，名气颇大，他一说话，顿时有不少人赞同，这个发帖的兄弟当即被人当成了骗子。

大兄弟委屈，愤恨道："那行！要是修真界真有人御扫帚飞行，我等着少谷主表演吞剑！"

说完，大兄弟把玄铁令一关："有病！"

而此时，另一个地方，谷佑箴也把玄铁令一关，骂道："有病！"

虞阙对由她而起的一场风波全然不知，此刻，她正以超越修真界百分之九十的修士的飞行速度飞行着，然后很快耗空了灵力，从半空中坠落。

所幸虞阙早有准备，当即打开商城，一张悬浮符拍了出来，在离地面还有一米的地方停了下来，有惊无险。她轻巧地跳了下来，捡起掉在地上的扫帚，抬眼一看，不远处正好是一座城。她当即决定先进城吃吃喝喝恢复灵力，然后等自己的灵力恢复再飞回去，或者等同门来找她。于是虞阙拎着一把扫帚就进了城。

系统问她："骑扫帚的感觉什么样？"

虞阙揉了揉生疼的屁股，冷静地道："感觉非常好，一点儿也不硌得慌。"

在她身后，目睹了她从一把扫帚上跳下来的谷佑箴惊呆了。他看了看那女修的背影，又看了看她手里的扫帚。

扫帚，飞行法器，随后他飞快地打开了玄铁令。玄铁令的界面还停留在自己发出的最后一句话上——

"这修真界若是真有人御扫帚飞行，我谷佑箴直播表演吞剑！"

"啪嗒"一声，玄铁令掉在了地上。

虞阙进城之后，径直奔向了这座城里最大的一家酒楼。还没踏进去，酒楼小二就一脸笑容地拦住了她，抱歉说道："不好意思啊姑娘，咱们酒楼不缺扫地的。"

虞阙顿时感觉自己的光轮2000受到了侮辱。

系统心道，难道不应该是你受到了侮辱吗？

她当即掏出了几颗灵石，大声道："这是我的法器！怎么可能是普通扫帚！"

小二捧着灵石，笑容顿时一僵。半晌，他强笑道：“这……仙子的法器，还真是别具一格。”

虞阙就这么昂首挺胸，大摇大摆地走进了酒楼。她在一楼找了个空位坐下，等着上菜。托着下巴等菜的时候，虞阙一直觉得好像有人在看自己。她不明所以地抬起头，就见二楼靠着栏杆的一个桌子旁，她在苍荡山认识的好朋友沈七七正看着她！

虞阙对她印象深刻，毕竟同为音修，这个长音宗的音修能够理解并接受自己拿乐器当锤抡的做法，甚至请教了一番，可谓十分难得。

她当即就要抬手打招呼，却看到沈七七一个劲地冲自己眨眼睛，眨得眼睛跟抽搐了似的。

虞阙一顿，不由自主地看向了沈七七周围。

她身旁似乎坐了不少人，但都看不出是谁。他们桌子上的酒菜都用得差不多了，估计马上要走。

虞阙又朝周围看了看，既没有认识的人，也没有能信任的修士。若是让他们带沈七七走了……虞阙想了想，无视了疯狂眨眼的沈七七，提起扫帚，上了二楼。与此同时，她道：“系统，打开商城。”

此时此刻，二楼，沈七七身旁一个黑衣修士突然道：“沈姑娘，你在看什么？”

沈七七一僵，立刻转过头，冷淡地道：“没什么。”

黑衣修士看了她片刻，嗤笑道：“最好是没什么。”

一旁，另一个黑衣修士抱着一个仿佛已经睡着了的小姑娘，笑眯眯地道：“沈姑娘这么心疼师妹，想来也必然是没什么的。”

沈七七状似冷淡地看了他一眼，心里却火烧火燎。她就不该看虞姑娘那一眼，这两个人能在不惊动师门的情况下，把她和师妹掳出来，虞姑娘若是对上他们，岂能落好？

她本意是让虞姑娘快走，谁知道，她居然过来了。

沈七七满心焦急没有办法，一个劲地往楼梯口看，然后她突然睁大了眼睛。

她看到了什么？

她看到虞阙戴着一顶跑堂的帽子，手里拿着一把扫帚，正像模像样地扫着地。她先扫楼梯口，扫干净之后，就一点一点朝这边靠近，她跑到了离他们的桌子一步之远的地方。沈七七心中突然又升起了希望。

而此时，虞阙心里在滴血，她的宝贝光轮2000，居然被拿来扫地，要让她知道这两个黑衣人是谁，他们就完了！虞阙悄无声息地掏出了从商城里兑换回来的药粉，冲沈七七做了个捏鼻子的动作。

沈七七立刻屏住了呼吸。虞阙不耽搁，屏住呼吸，不着痕迹地打开药粉包，扫帚挥动之间，药粉被轻轻扫向黑衣人。

强力昏睡粉，只要吸入一口，不管是人是鬼都得当场睡着，虞阙亲眼看着两个黑衣人毫无防备地吸入了药粉，前后脚打了个哈欠。

虞阙屏住了呼吸，三秒钟，只要三秒钟！

正在此时，一个黑影突然毫无预兆地出现在虞阙身后，一掌击打在了虞阙脖颈后，虞阙连吭都没吭一声，当即软倒在了地上。

黑影一挥手，弥散在空中的药粉消散得一干二净，两个黑衣人顿时清醒，诚惶诚恐地跪在了地上。

黑影嗤笑道："我若是没及时来，你们两个就被这么一个刚筑基的小丫头阴了？"说着他顿了顿，突然看向了楼梯口。谷佑箴刚从楼梯口探出头看，正睁大眼睛看着他们。

黑影轻笑一声："还有一个……"

几十里之外，晏行舟顺着一线牵飞到半途，突然停了下来。

一线牵没有动静了。

一线牵的另一端没有动静，除非主人没有了意识。

一瞬间，晏行舟的脸色冷了下来，变得非常可怕，有谁动了他的人。

片刻之后，城外的一处废宅之中，虞阙、谷佑箴和沈七七师姐妹四个倒霉蛋排排躺平，意识全无。黑影坐在唯一的凳子上，两个黑衣人默不作声地跪着。

黑影看着他们，冷笑道："主人亲自交代的事情也敢懈怠，若是坏了主人的大事，你们可知道有什么后果？"

两人诚惶诚恐道："请您责罚。"

黑影看着他们，厌烦地道："既然露了行踪，就把尾巴处理干净。"

两人对视一眼："什、什么尾巴？"

黑影看这两人蠢笨的样子，已经认定这两个人绝对不能再用。

他厉声道："无缘无故凭空失踪两个人怎么能行，你们搜出他们的玄铁令，给他们亲近之人发送消息，就说这两个人被绑了，让他们交赎金，赎金往高价谈，谈不拢顺势撕票，把他们的失踪定性成绑架！”

两个人恍然大悟，立刻去搜他们的玄铁令。

一个黑衣人拿到了谷佑箴的玄铁令，一打开玄铁令，那上面密密麻麻几百个联系人看得他头皮发麻。他犹豫半晌，选择将绑架信息群发。于是片刻之后，几乎所有宗门都知道药王谷少谷主谷佑箴被绑架了。

其中一个人飞快地回了信息：“你们要多少？”

黑衣人想到“狮子大开口”这四个字，回复：“三万灵石！”

那边顿都不顿一下就道：“你从他储物戒里搜，他储物戒里有五万灵石，你们直接拿走就行，多出来的两万灵石麻烦你们多跑一趟把那十年没回过家的浑小子给我送回来！”

黑衣人一愣：“欸？”

另一个黑衣人拿到了虞阙的玄铁令。虞阙玄铁令上就四个联系人——小白脸师尊、漂亮师姐、帅气师娘和古古怪怪小师兄。

都是师门的人？那就好办了！这个黑衣人也选择了群发。

于是，同一时间，那些在未来差点儿弄死男女主角好几回的反派们同时收到消息，说有人绑架了他们小师妹、小徒弟。沉默片刻之后，师尊回复道：“你们要什么？”

黑衣人如法炮制，张口就是三万灵石。

与此同时，炼器室内，未来的魔头师尊起身，擦了擦自己的剑；未来成为魔女的师姐盘点着手里能用的妖兽；未来师娘同时通知了家族和师门，地头蛇当即行动了起来；未来的妖皇磨着爪子；刚找到了酒楼的晏行舟看着玄铁令，轻笑一声：“倒省得我找了。”

四个加在一起能把整个修真界翻个个儿的反派，同一时间行动了。

黑衣人们尚且不知道自己的处境。

虞阙刚一清醒，就知道自己大概率是玩脱了。

她一激灵从床上坐了起来。她身旁是还没清醒的沈七七和她的那个小师妹，另一边还有一个不认识的陌生男人。

不见那两个黑衣人，她托着下巴，一脸严肃地开始思考人生。

系统问她：“宿主，此时此刻，你有什么想说的？”

虞阙冷静地道："我觉得这应该是救赎文中女主角的正常剧情。"

系统觉得宿主死鸭子嘴硬的样子真可爱——才怪！它微笑道："你开心就好。"

而这时，沈七七也醒了过来。她一睁开眼就看到了虞阙，心里顿时愧疚极了。她道："虞姑娘，都怪我，连累了你。"

虞阙这辈子最见不得漂亮姑娘哭了，一见她内疚得仿佛下一刻就要哭出来的模样，立马拍着胸口安慰道："没关系！这怎么能怪你！这只是现实对我这个救赎文女主角的考验罢了！"

沈七七虽然听不太懂她在说什么，但她能看出来这位虞姑娘是在安慰她。她大义凛然地道："虞姑娘，你放心，我是绝对不会让他们伤害你的！"

两个姑娘之间的气氛一时间分外和谐。

而这时，她们身旁那个虞阙不认识的男子突然惊叫一声，也醒了。

两个人一齐看了过去。只见那男子半坐起身，一脸见鬼了的模样看着虞阙，手指颤颤巍巍指着她，抖啊抖，抖啊抖。

虞阙纳闷，迟疑地道："这位仙君认识我？"

男子满脸悲愤："居然真的是你！"

虞阙感觉莫名其妙："我不认识你啊。"

男子不说话，一副哀莫大于心死的模样。

沈七七端详他半晌，迟疑道："这位仙君……可是药王谷少谷主谷佑箴？"

谷佑箴打起了些精神："正是在下。"

虞阙好奇问道："七七，你认识他？"

沈七七摇头："我并未见过少谷主，但是少谷主在修真界十分有名气，咱们年轻一代应该少有人不认识他。"

一听到这么高的评价，再加上药王谷少谷主这个身份，虞阙心里顿时飞快地闪过了诸如青年才俊、丹师大家、年纪轻轻的医修高手、活人不医等等形象，于是她给这个不知为何好像认识她的少谷主头上贴上了一个深藏不露的标签。

然后她就听见沈七七感慨道："当年少谷主在玄铁令上直播用炼丹炉熬鸡汤，被药王谷谷主发现后满药王谷追着打，那场直播观看人数足有数万众，少谷主一战成名！"

虞阙心想，哦，原来是这么个成名法。她不由得看向了谷佑箴。

谷佑箴仿佛对自己的这段功绩非常得意，挺起胸膛矜持地道："我熬汤的那只鸡，还是父亲用来试药的鸡。”

沈七七顿时一副听到了什么不得了内幕的表情，恍然大悟道：“原来如此，我说谷主为何如此恼怒。”然后她小声对虞阙说，“少谷主经常在玄铁令上直播做菜，受人关注度堪比沧海宗宗主！”

虞阙心道，哦，原来是个美食博主。

沈七七又说：“他还挑战过一口气吃下一整头牛，那天连我父亲都背着我们偷偷看了直播。”

虞阙想，还是个大胃王吃播！

能在这个修真界拥有如此前卫的思想，虞阙看谷佑箴的眼神顿时充满了敬意！但她还是不解，纳闷儿道：“但是少谷主是怎么认识我的啊？”她可是个刚刚“通网”的小土妞！

这句话问出来，谷佑箴的表情肉眼可见的灰败了下去。他心如死灰地问道：“姑娘，我方才在城外看到有人御扫帚飞行，那人是不是你？”

虞阙一听扫帚顿时骄傲了起来，矜持地点头：“是，还有，它叫光轮2000。”

谷佑箴闻言满脸郁结，仿佛陷入了生死抉择般。

而虞阙听他提扫帚，顿时想起来，问道：“对了！我的扫帚呢？”摸摸储物袋，没有，再看看自己周围，也没有扫帚之类的东西。

这时，沈七七举起了手，问道：“虞姑娘说的那个扫帚，是不是你来救我时手里拿的那个？”

虞阙看了过去：“对呀，对呀。”

沈七七回答道：“那两个黑衣人说没有打扫工具，就用你的扫帚扫了地。”

虞阙的表情顿时狰狞了起来，她咬牙问道：“他们不会除尘术吗？！”

沈七七怯怯地道：“说是怕除尘术留下什么灵力痕迹。”

虞阙顿时冷笑了起来：“那就太好了！我保证从今以后他们是什么痕迹都不会在这人间留下了！”

沈七七立刻拉住了她：“姑娘，你冷静啊！咱们现在都被封了灵力。”

虞阙冷静了一下，问系统：“我的灵石全部喂给吞金兽的话，它能到什么境界？”

系统回答道：“大概能恢复到金丹期然后打个五分钟，不够外面那三个人塞牙缝的。”

虞阙当即转头问沈七七：“我现在要使用超能力了，你们谁有灵石？”

沈七七不知道什么是超能力，但也明白虞姑娘大概是有什么办法能逃出去。但她愧疚地道：“我被抓来得突然，连储物戒都没带。”

而这时，那位做吃播的少谷主弱弱地举起了手。他声音微弱道：“这位姑娘，我有灵石。”虞阙立刻看了过去。谷佑箴露出了憨厚的微笑，挠了挠头。

虞阙问道：“你有多少灵石？”

谷佑箴反问道：“你要多少灵石？”

虞阙说道：“你有多少灵石我要多少灵石。”

谷佑箴则道：“你要多少灵石我有多少灵石。”

虞阙回道：“啧，你给个准数。”

谷佑箴举起了手，比了一个“五”的手势。

虞阙倒吸一口冷气：“五千？！”大手笔啊！出门带这么多灵石！这位少谷主难不成是出门谈生意正好被抓了？

谷佑箴却微微一笑，道：“五万。”

虞阙倒吸了第二口冷气，做梦一般问系统：“系统，五万灵石够不够吞金兽吃？”

系统道：“够！够它吃到撑死。”

虞阙沉默片刻，笑容突然变态了起来。

而此时，一墙之隔的另一个房间，三个黑衣人坐在一张桌子旁，看着面前的两个玄铁令，神情严肃，如临大敌。其中一个黑衣人一脸凝重：“首领，到目前为止，那个男修那边已经有二百一十五人回复了我的绑架消息。”

首领问道：“他们都怎么说？”

黑衣人顿了顿，语气中充满了困惑：“有一半问什么这是不是开直播的新灵感，另一半非要我们开个直播，否则他们不信。”

首领不理解，但他尚且能冷静下来，又问：“最开始回复的那个人呢？”

黑衣人答道：“他刚刚又回复了，说愿意再追加一万灵石给我们凑个六六大顺，只求我们能把他的腿打断再送回来。”

六万灵石。这一刻，饶是见多识广的首领也狠狠地心动了！他告诉自己，主人的大计不能破坏，这才问另一个黑衣人：“那女修那边怎么回复的？”

黑衣人回答道：“这女修只有四个联系人，都是师门。”

首领思索片刻，道：“那个联系人好几百的家伙估计是个不好对付的，这只有四个人的师门怕是没什么大能耐，四个人而已，先从这边入手吧，打听出来这四个人的位置，斩草除根，不留后患！”

黑衣人正准备说是，那边突然又有回复了。

没什么大能耐的师尊回复道：“马上到。”

马上到？什么马上到？首领正想回复让他们别耍花招，其中一个黑衣人突然看向了窗外，缓缓睁大了眼睛，道：“那是什么？”

三个人一起往外看。

半空中，只见一白衣人御剑而来；地面上，成百上千的灵兽奔涌而来。

首领当机立断，说道：“从后门把他们转移出去！”

三个人立刻翻窗要跑，脚刚落地，就见一个容貌昳丽的青年突然出现在他们面前。青年脸上带着笑，漫不经心地擦拭着手中的剑。青年身旁的巨狼身上穿着可笑的衣服，却散发出骇人的气势，一下一下慢慢地磨着爪子。

首领的直觉疯狂叫嚣着让他迅速逃跑，他强撑着问道：“你们是谁？”

青年微笑道：“听闻我家师妹在这里，我们是来交赎金的。”

首领不由得想起了那句“马上到”。他冷笑着威胁道：“想要你们师妹？你最好别轻举妄动！”

那人轻笑道：“是吗？”他手中的剑轻巧地挥动，甚至没怎么用灵力，他身旁两个黑衣人就毫无预兆地倒下了。

首领猛地睁大了眼睛：“你是谁……”

此时此刻，被下了隔音咒的房间里，虞阙还在疯狂地给兔子喂灵石。

一块块灵石下去，兔子的胃仿佛无底洞一般。喂着喂着，虞阙都开始心惊胆战了起来，心想兔子是不是吃得太多了。

谷佑箴却面不改色道：“继续喂，我不缺这点儿灵石。”

虞阙看了一眼，觉得差不多了，立刻道：“你们让开，该兔子出场了！”

三个人顿时齐刷刷地闪到了一边，然后他们就眼睁睁地看着兔子越变越大、越变越大，把整个房间撑爆了！

纷纷扬扬的尘土落下，虞阙躲过了碎石，终于见了天日，就这么毫无预兆地看到了她全师门暴打黑衣人的场景。虞阙眼睛一亮。

她的师尊和同门们全都看了过来。这时，其中一个黑衣人还在师尊脚底下挣扎着。虞阙看着自己师尊一脚踢晕了黑衣人，看着她，一脸不赞同道：“出去飞一圈，怎么把自己搞得这么狼狈？”

师姐带着最温柔的笑说出了最狠的话：“没关系啊，小师妹，师姐一定让他们后悔出生在这个世上。”

小师兄轻笑着问道：“没来晚吧？”

连小哈都从喉咙里发出温柔的叫声。

虞阙知道自己被抓了之后，第一反应是自救，而不是想办法求助她的师门。她甚至不觉得当她遇到困难时，会有人帮她，而他们就这样毫无预兆地来了。

虞阙突然飞奔上前，一把扑进了师姐的怀里。师姐一愣，怀里的小师妹发出小孩子一般的“呜呜”声，胡乱地在她怀里蹭。

师姐愣了愣，面色真正地温柔了下来，对黑衣人的杀意也更加强烈。

这时，那个首领煞风景地喊着：“你们到底是谁！让我死个明白！”

师尊淡淡地道：“小门小派，不足挂齿。”

这一天，师尊他们在废宅和不远处的城里抓到了十一个黑衣人。师尊却没动他们，只说先带回去慢慢审，便把这些人捆成一团，扔在了兔子上。

这时候问题就来了。能飞的现在有五个，兔子、师尊、师姐、小师兄，找到了自己扫帚的虞阙。

虞阙的扫帚因为他们要扫地而保留了下来，沈七七和谷佑箴的飞剑可都没了。兔子背上挤了十一个人，师尊御剑带着小哈，小哈驮着沈七七的师妹，师姐御剑带着沈七七，那么谷佑箴就得由虞阙或者小师兄其中一个带着。

谷佑箴理所当然地就想和小师兄挤一挤。

而不知道为什么，虞阙觉得小师兄仿佛不太情愿的样子。虞阙刚刚被自己伟大的同门情谊感动了一把，当即给师兄解围：“少谷主，要不然你来坐我的扫帚，我带你一程！”直线飞回去她是没问题的！

谷佑箴看了看虞阙的扫帚，沉默了。

而这时，晏行舟突然说：“不行。”他微笑道，“我带少谷主一程吧。”

他虽然笑着，虞阙却觉得他仿佛更不情愿了。小师兄讨厌少谷主吗？虞阙也不好问，她看了看，突然一拍手，建议道：“那要不小师兄你坐我的扫帚，我带着你！”这样小师兄不必带着谷佑箴，他们又都能回去了！她可真是聪明！

晏行舟的视线下意识地落在了虞阙的扫帚上。

虞阙以为他对自己的技术不信任，立刻道：“你放心，直线飞回去没问题，只是到时候需要小师兄帮我降落一下。”

说着，她跨上了自己的扫帚，自信地道：“我的扫帚可稳了！”顿了顿，补充道，“就是有点儿卡裆。”说着，她的视线落在了小师兄腿上。

她邀请道：“小师兄！和我一起吧！”

晏行舟愣了半晌。

梦中掀起灭世之战的隐藏大佬，生平第一次这么纠结，他到底是忍着和陌生人接触的不适带上谷佑箴，还是坐上自己小师妹的扫帚……被卡裆？

晏行舟看了虞阙半晌，终究还是沉默不语地坐上了虞阙的扫帚。

接着虞阙就发现她这个小师兄“偶像包袱”还挺重。他上了扫帚，但没完全坐上。因为虞阙是正常跨坐在扫帚上，他则是像御剑飞行一般，站在扫帚柄上。

虞阙坐在前面，身后就是小师兄的大长腿。

虞阙见他站在扫帚上的时候整个人都傻了。

可恶啊！扫帚当然是骑着飞才是正统，站在扫帚上飞简直是异端！

难道小师兄真的是怕卡裆？不行，这次回去之后她一定得解决她的光轮2000卡裆的问题！

虞阙只能关切地问道：“小师兄，扫帚柄有点儿滑，你站得稳吗？”御剑的剑身再怎么细好歹也是扁平的，扫帚柄可是圆的，站在上面真的不会脚滑吗？

往日里爱说爱笑的小师兄这次学起了师尊的高冷样儿，言简意赅道：“能。”

真的吗？虞阙不信。她真诚地建议道：“小师兄，你要不然站在扫帚头上，那个地方落脚的地方大一些。”而且它是平的！

小师兄没说话，沉默不语地看了她半晌。终于，他温和地笑道：“小师妹，我们该走了。”

虞阙莫名怂了，连忙应声：“好、好的。”然后扫帚“咻”的一声起飞。

扫帚飞得很快，今天的风也很大，晏行舟被这迎面而来的风吹了一脸，脑子里面的水也被吹干了，他突然自我怀疑了起来，他刚刚是被虞阙的傻劲给传染了吗，为什么非要在她给出的两个选择中选一个？

他明明可以两个都不选，大可以给那个谷佑箴一张极速符，让他一路跑回炼器室或者一路跑回他们药王谷都行。再不济给小师妹一张极速符，让谷佑箴去骑扫帚。她又不是没跑过，应该很熟练才对。

再或者将那些黑衣人搜魂之后弄死，空出一只兔子，大家都有座位。总之，不管怎样他都不应该像个傻子一样站在扫帚上，被另一个小傻子驮着满天飞。

哦，还得听那个小傻子唱着听不出调子的歌。

“我要飞我要飞，我要飞我要飞……”

晏行舟“礼貌”微笑道：“小师妹，歇歇嗓子吧，我们要快些了。”

虞阙道：“真女人不可以太快！”

晏行舟心想，完了，没救了。

晴空之上，只见一扫帚呼啸而过，扫帚之上一男一女，一个一脸兴奋，一个面无表情，看得过往的修士目瞪口呆。

不远处，不久前刚在玄铁令上被谷佑箴说成骗子的修士怒发冲冠。他挥舞着玄铁令，怒气冲冲地道：“我绝对没有看错！那个谷佑箴简直岂有此理！”

他的同伴无奈地道：“好了，说不定就是咱们眼花了呢，这修真界怎么可能有人御扫帚飞行。”

话音刚落，身后突然有人喊道：“前面的兄弟麻烦让开一下，新手上路！”

这修真界确实有不少御剑还没学透就出来飞的修士，万一撞上了简直就是灾难，两个人下意识地一左一右让开，就见一把扫帚飞快地从二人中间穿过，扫帚上两个人，一男一女，一站一坐。

两人齐齐目瞪口呆。修士大兄弟反应飞快，立刻打开玄铁令，对着他们的背影“咔嚓”留影。他兴奋地道：“我就说我绝对没有看错，这修真界绝对有人御扫帚飞行，还能带人呢！我这次要让谷佑箴哑口无言！”

他说着，立刻就想把这张留影分享出去。

分享之前，修士大兄弟略微犹豫了一下。不知道为什么，他留影的时候那站在扫帚上的男人似乎看了他一眼，看得他莫名感到背后发凉，心里有点儿发毛。

嘿！管他呢，现在是一雪前耻的时候了！

修士大兄弟将留影分享了出去，并且“隔空喊话”谷佑箴。

“谷佑箴！你给老子出来看看这是什么！老子等着你表演吞剑！

“谷佑箴呢？出来！

“当缩头乌龟是吧？我看不起你！”

终于有人看不下去，好心回复他说：“别喊了，谷佑箴回复不了你了。”

修士大兄弟疑惑地问道：“为何？他怕了？”

那人唏嘘道：“他被绑架了，据说绑匪砍了他的一只手挑衅他所有的联系人，还狮子大张口索要六百万灵石，药王谷老谷主正含泪凑赎金呢，你不知道吗？这都热闻第一了！”

修士大兄弟愣愣地打开玄铁令首页看，就见首页第一明晃晃几个红色大字——惊！药王谷少谷主性命垂危，谷主为凑赎金挥泪大甩卖！

点开标题看，里面全是药王谷开头的账号挥泪贱卖各种丹药。

“挥泪大甩卖！跳楼价大甩卖！为救少谷主，只要成本价！仅此一天，不要错过！满三十灵石包邮！满三百送一百！”

修士大兄弟顿时心动。他一边唏嘘：“还真是世事无常。”一边飞快地加入了抢购狂潮，“虽然我和那个少谷主有龃龉，但也让我为解救谷佑箴尽一份力吧！”

药王谷收入半个时辰内剧增一百万。

虞阙在小师兄的帮助下成功降下了扫帚。她不着痕迹地摸了摸硌得发麻的屁股，真诚地对小师兄说：“小师兄，我一定想办法解决光轮2000卡裆的问题，你下次再坐的时候就不用担心卡裆了。”

晏行舟沉默片刻，微笑道：“小师妹，不会有下次了。”

虞阙表示遗憾。

另一边，师尊已经把那十一个黑衣人给卸了下来，正问莫寒苼借空房间做审讯室。莫寒苼二话不说提供了房间，还贴心地问要不要借用她打铁用的炉子打个烙铁之类的东西。

师尊一点儿也不觉得这样的莫寒苼很凶残，一脸“我的心上人”真可爱的模样，柔声道：“需要的时候，一定会找你借的。”

莫寒苼略有些不自在地移开了视线。

虞阙见状也想过去凑凑热闹，被师姐和莫寒苼联手给挡了回来。师姐道：“小师妹，你认识的那两个朋友我都已经安顿好了，小师妹不妨替我去照看他们一下？”

莫寒苼顺势接道：“来，我带你去。”

于是虞阙只能眼睁睁地看着小师兄和师尊一起走进了审讯室。

虞阙不解：“为什么小师兄就可以去？”

师姐淡淡地看了她一眼，像是开玩笑，又像是认真地道：“因为你小师兄才是那个最能让人求生不得求死不能的人。”

莫寒茔在送虞阙去休息的路上，细细问了她被绑架的过程。

问完之后，她沉吟道："按理说你是被长音宗的那小丫头牵连了，但他们抓到你之后连打听都没打听就索要赎金，又几次加价……他们可能根本就不是为了要赎金，而是为了杀人灭口。"

虞阙闻言整个人一惊。莫寒茔的表情则是已经冷了下来："如此说来，他们绑架长音宗的小丫头是为了什么，也值得深思了。"

冒险绑架了长音宗宗主的长女，却一直不曾联系长音宗宗主索要赎金，虞阙和谷佑箴落到他们手上之后借索要赎金杀人灭口，这怎么看都不像是普通绑匪能做的事情。

虞阙正顺着她的思路想下去，沈七七却突然从路的另一边走了出来。她脸色苍白，神情却坚毅又坦然，缓缓道："这个，我大概知道。"

虞阙看过去，惊讶地道："七七，你怎么出来了？不多休息一会儿吗？"

沈七七露出了一丝微笑："小师妹睡着了，我便出来了。"

莫寒茔在一旁神情温和地看着她，道："小姑娘，有些事情你不想说的话，不必告诉我们。"

沈七七却坚持道："不，虞姑娘为了救我遭此无妄之灾，于情于理虞姑娘都应该知道。"

她深吸了一口气，道："虞姑娘，中元节之前，我父亲意外得到了已经陷入沉睡的鬼王的一件信物，这件事长音宗诸位长老都知道，但因为事关重大，没有对外声张。可不知被谁透露出去，中元节结界生变那一次，父亲猜测他们或许就是为了挟持修士逼父亲交出鬼王信物。那次虽然有惊无险，但谁知道刚出了苍荡山，我便在周围都是同门长老的情况下无声无息地被人给带走了！"

沈七七说完，虞阙脑内系统便感叹道："宿主啊，你运气可真好，离男女主角这么远都能被你搭上主线。"

虞阙问道："什么意思？"

系统解释："意思就是这个信物就是后期鬼王苏醒的关键，小说里没仔细描写这个信物是怎么到那群黑衣人手里的，但根据剧情发展……如果不是你意外出现，沈七七这次必死无疑！"

虞阙的脸色猛然冷了下来。

系统还在说："我建议你最好把这个信物拿到手里，这叫掌握主动权……"

虞阙打断了它："系统，打开商城。"

系统卡壳，一脸蒙地打开了商城，虞阙飞快翻页，然后指着商城里的一本书，笃定地道："我就要这个！"

系统迟疑了："可是这个价值五积分，对你而言还没什么用……"

虞阙坚持："我就要这个！"

系统不解地给她兑换了。

此时，莫寒芏正一脸严肃地拉着沈七七追问细节，估计是事关重大，拉着她的手就要去找师尊。

虞阙叫住她们，将一本书递了过去："这个，我想你们应该用得着。"

莫寒芏不明所以地接了过来，毫无防备地翻开，然后沉默了。她抬起头，神情复杂地看着虞阙，迟疑道："你要把这个，用到他们身上？"

虞阙微笑道："他们值得。"

莫寒芏说："我知道了。"

她又看了一眼书页，合上书——《清朝十大酷刑》。

虞阙一身轻松地回了自己房间，甚至还哼着歌。

系统沉默良久，真诚地感叹道："宿主，你小子还真是个人才。"

虞阙谦虚地回应："你小子也不赖。"

一人一系统互相吹嘘一番，虞阙自觉她能做的都做了，反正她不可能凭借一己之力把幕后黑手给揪出来，信她自己还不如信自己师门，毕竟能让男女主角都差点死了的人物怎么可能让自己吃亏。于是她心安理得地玩起了玄铁令。

突然，她想起了谷佑箴"网红"的身份，下意识先搜索了一下谷佑箴，没承想蹦出来的一行大字差点儿让她玄铁令都没拿稳——惊！药王谷少谷主性命垂危，谷主为凑赎金挥泪大甩卖！

虞阙大惊："怎么回事！谷佑箴不是被咱们救出来了吗？这又是什么玩意。"

系统随意看了一眼，满不在乎地道："哦，没关系，这是谷佑箴他爹自己买的热搜。"

虞阙更是满脑袋问号，什么样的亲爹会给亲儿子买这样的热搜。她满脸疑惑地点进去，然后就被满屏的"大促销"闪瞎了眼。

偏偏看到那满屏幕的"跳楼价""挥泪大甩卖"，她还就管不住自己的手一般一个一个点开来看看。止血药，修士打架必备，原价十个灵石一瓶现在二十灵石三瓶，满三十灵石包邮，买了不亏，买！

月痕草，许多丹药的基础融合药材，原价二十灵石一两，现在按斤卖，买了之后就算用不到之后转手卖给其他人也不亏，买！

回春丹，修士必备，买！辟谷丹，买！买买买！

虞阙沉迷促销，一不留神，发现自己的灵石花光了。她摸着空荡荡的储物袋，沉默良久，再看满屏的“为救儿子含泪促销”，虞阙突然长叹一声：“真是个营销鬼才！”把儿子被绑架变成大促销，谁能想得到！

但虞阙还是很疑惑：“要是别人都以为他儿子真被绑架了还没救回来，他准备怎么解释自己儿子还活得好好的？”

随即虞阙就发现，那位谷主其实根本不用解释。这个热搜之下就是谷佑箴的账号，虞阙下意识地点击，刚点进去就看到谷佑箴在被绑之前和一个修士的对骂记录。

“这修真界若是真有人御扫帚飞行，我谷佑箴直播表演吞剑！”

这一瞬间，她想起了谷佑箴刚醒来时看到她欲言又止的模样。

破案了，她明白这货是怎么被抓起来的了。

她好歹是因为救人才被绑，这货是因为看热闹被绑的！虞阙看得满脸神情复杂。正在这时，玄铁令给她提示，说号主开了直播，是否观看。

虞阙飞快地点了进去。刚点进去，她就见玄铁令上谷佑箴一张大脸凑了上来，背景正是莫寒茎的客房。

谷佑箴在玄铁令前挥舞着拳头，满脸激情道：“我再说一遍！我谷佑箴活得好好的！没有被砍掉一只手，也没有被卖去挖灵矿！”

玄铁令上有人问道：“可是你被绑架的信息都发到所有宗门了啊，我一个不到一百人的小宗门，我师伯的二弟子的未婚妻的朋友都收到你被绑信息了！”

“所以，有没有一种可能，谷佑箴其实已经死了，这个谷佑箴是假的！”

“我不信你是谷佑箴！除非你再表演一次吃一整头牛给我们看！”

“请问你怎么看待你父亲趁你被绑发‘儿难财’的促销行为？”

“今天和你对骂的那个修士拍到了有人御扫帚飞行的清晰留影，请问你有没有什么想说的？”

虞阙看到这个，心里突然一紧。紧接着她就看到网红谷佑箴一脸沉重地道：“关于这个，我决定履行我的承诺。”

下一刻，他“唰”的一下，掏出了一把长剑。

“接下来，我将为大家表演生吞铁剑！喜欢的道友们请点个关注！”说着他拿起铁剑就往自己嘴里塞！

虞阙猛然起身，惊慌失措道：“师尊、师姐、师兄，不好了！谷佑箴他脑子进水不活啦！”

虞阙抓着玄铁令就往谷佑箴房间跑。她一边跑，玄铁令上还一边给她实时直播着。

谷佑箴拿着一把不知为何她看起来十分眼熟的剑往嘴里塞着，她一不留神，这货已经把整个剑尖给塞了进去，噎得自己直翻白眼。

看直播的人数飞速上涨，从虞阙刚进直播时的两千多人飞速飙升到了两万。要知道整个修真界能修炼且有能力买玄铁令的，差不多也就几万人。这相当于谷佑箴这一塞，直接把半个修真界给拉进了自己的直播间。

好家伙，什么叫“顶流”啊！

而且玄铁令上的小窗口还一直提醒她，“凌霄宗掌门前来拜访谷佑箴仙君”“万剑山剑圣前来拜访谷佑箴仙君”“沧海宗长老前来拜访谷佑箴仙君”……全是修真界耳熟能详的大能。仿佛整个修真界都有毛病，一个个闲着没事不闭门苦修，全都挤进了谷佑箴的直播间看他吞剑。

这个时候，谷佑箴还在持续翻白眼，那把剑吞得十分艰难。

虞阙摸了把脖子，只觉得喉咙疼。她知道这修真界有体修能把身体修炼得铜皮铁骨刀枪不入，但她不知道一个丹修是不是长了一副铁肠子加铁胃，能够刀剑穿肚仍面不改色。反正她看得挺疼的，虽然认识不到一个时辰，但她敬谷佑箴是个人才。

此时，讨论区两极分化。

一拨人鼓掌叫好，表示真男人就该生吞铁剑，谷佑箴实乃吾辈楷模。

另一拨人觉得谷佑箴纯粹是在博人眼球，这种浮夸又不劳而获的作风容易带坏未成年修士，叫嚣着要以“血腥暴力”为由举报封了他的玄铁令。

而更加戏剧性的是，这个时候玄铁令底端突然弹出了一则广告。

——药王谷出品万能保命丹，不管您是战斗厮杀、寻仇血战还是跟人打赌生吞铁剑，我们都致力于将您的生命留给宝贵的明天！

——不要九九八，九十八块灵石带回家！

啊，这，她刚刚那话果然还是说早了，要说花样多果然还是当爹的玩得多！

这“儿难财”发的，果然一山更比一山高。

虞阙简直难以置信：“这修真界居然有人比我还会玩？”

系统呵呵一笑：“……您也知道您平时挺会玩的啊？”

虞阙摇头：“不，此时此刻，我觉得我还不够格。”

被一个修真界本土人士比下去了算什么！

系统提醒她：“快别说了，你再不去阻止，谷佑箴就要嗝屁了。”

此时此刻，虞阙已经跑到了谷佑箴门口，她二话不说，飞起一脚把门踹开，扑进去大喊道：“谷佑箴，你不要想不开啊！快住手！”

脆弱的门板被她一脚给踹碎了。

此时，谷佑箴正和那把不知为何格外难搞的剑做着斗争。

他私下里不是没玩过吞剑，每次都吞得很顺畅，而这次不知道为什么，这把剑仿佛有自己的意识一般，幅度微弱地挣扎着，让他这次的吞剑表演格外困难。

左捅右捅刺得嗓子疼，谷佑箴几乎生了退意。

而正在此时，门板的碎裂声和虞阙悲痛的喊声一齐传进来，谷佑箴一激灵，双手一抖，那把剑就这么无比顺畅地被他捅进了自己嗓子眼里！

这一瞬间，谷佑箴愣住了，剑也不挣扎了，仿佛一切都安静了下来。

谷佑箴眼角余光看到玄铁令上沉寂片刻之后，转瞬间满屏都是叫好。

他甚至看到了那个在玄铁令上和他互呛以至于他发下吞剑毒誓的人在玄铁令上惭愧地说：“谷仙君言出必行，响当当的汉子！我自愧不如！”

若是以往，他哪怕快死了也要挣扎着站起来，说一句这就是我谷佑箴，响当当的汉子！然而此时此刻，他却只能在地上疯狂抽搐挣扎，无助地扒着自己的嘴。这把剑不对！

此时，虞阙已经冲了进来。她一看谷佑箴倒地抽搐的模样，顿时大惊，大声道：“谷佑箴，你坚持住！我来帮你！”说着就冲了上去，双手握住剑柄。

她冲过来的力道没控制住，剑柄顿时又往里戳了一截。谷佑箴白眼直翻，这一刻，只觉得自己离死就差最后一点了。

虞阙握着剑柄就开始往外拔，谷佑箴挣扎，剑也挣扎。

这一幕幕，全都被玄铁令记下，又反馈给数万修士，此时观看直播的修士已经突破了三万，三万修士隔空看着那把剑到底能不能完整地从谷佑箴嘴里出来。最终，还是千机阁里主管玄铁令的高层看不下去了，觉得这一幕不管对谁来说都太过血腥，亲自出手把直播间给封了。

远在药王谷的谷佑箴的亲爹抓住最后一个观看人数爆满的机会，在这个直播被封之前推出了本次主打的最后一个产品。

点击即看谷佑箴生吞铁剑的秘密——铁胃丹。

最终，在直播间被封之前，有近一万五千人点了进去。药王谷谷主的大弟子欣喜道："师尊！大喜啊！截至现在，药王谷所有产品已经卖了四百万，仓库里少谷主做的那些滞销的铁胃丹库存也已经全部清零了！"

谷主悠然笑道："足够了，收手吧，我也该去看看我那个好儿子了。"

而另一边，虞阙累得满身汗，终于把剑从谷佑箴嘴里给拔了出来。

谷佑箴捂着嘴疯狂咳嗽，等他缓得差不多了，一抬头，就看到虞阙正一脸敬仰地看着他。谷佑箴此时此刻对虞阙的感情非常复杂。

一方面他自己作死要吞剑，从某种角度上来说虞阙救了他一命。

另一方面，没有虞阙，他可能还没那么惨——不管是他碰见她御扫帚飞行，还是她冲进门时给他捅的那一下。

谷佑箴神情复杂地道："虞……"

然后就听见虞阙崇敬地道："我万万没想到，修真修到一定程度，居然真的能生吞铁剑不在话下，果然还是我见识浅薄了！"

谷佑箴觉得自己有必要解释一下。

"其实——"谷佑箴解释道，"不知道姑娘有没有听说过铁骨丹？"

虞阙点头："有所耳闻，据说吃了铁骨丹之后，一段时间内能让人拥有铜皮铁骨，肉身和体修对打不在话下。"

谷佑箴憨笑道："这就没错了，其实，我在吞剑之前，吃了铁骨丹的改良版，铁胃丹！"

虞阙结巴了："铁、铁胃丹？"

谷佑箴自信地道："正是，这是我有一次参加饕餮庄的食辣大赛的时候，从铁骨丹中得来的灵感。铁骨丹吃下之后肉身可变成铜皮铁骨，在下反其道而行之，做出的铁胃丹吃下之后口腔乃至肠胃便可化作铜皮铁骨，在下私下里试过，吞剑顺畅无比！"

虞阙一时间不知道是该吐槽这铁胃丹，还是吐槽他谷佑箴为了参加个吃辣比赛就弄出个铁胃丹，这能卖出去吗？

虞阙沉默片刻，真诚地感叹道：“你好‘骚’啊。”

谷佑箴疑惑地问道：“‘骚’是何意？”

虞阙笑道：“就是夸你很棒的意思。”

谷佑箴展颜，礼尚往来道：“那姑娘也很‘骚’。”

虞阙无语，大意了！

虞阙的视线落在了剑上，转移话题：“但是你不是说私下里吞剑都很顺畅吗，这次为什么……”可不像是很顺畅的样子。

谷佑箴终于想起来这把剑不对劲，猛然看了过去，他拿起剑，皱眉端详。

虞阙不着痕迹地离远了一些。

系统轻轻问：“怎么了？”

虞阙说道：“都是口水，有点儿恶心。”

这时，谷佑箴端详那把剑半晌，突然道：“这好像不是我的剑，长得不像啊。”

虞阙随口道：“这当然不是你的剑，你的剑咱俩被抓的时候不是已经被黑衣人扔了吗……”

话没说话，两个人猛然对视了一眼。对啊，他的剑都没了，这又是谁的剑？

虞阙的视线落在了剑上，不自觉地吞了下口水。这剑……有点儿眼熟。

谷佑箴也吞了一下口水。两个人盯着剑，一言不发。半晌，虞阙开口了：“我想起来了，你御剑回来的时候，用的是我小师兄的剑。”

也就是说，现在这把沾满了口水的剑，是她小师兄的。

哦豁，完蛋了！虞阙心想。

临时改造而成的审讯室里，晏行舟拿着那本自己师姐送来的《清朝十大酷刑》，看得津津有味。

十一个黑衣人整整齐齐地被吊起来，身上一丝血痕都没有，看晏行舟的目光却饱含着恐惧，像是在看魔鬼一般。

晏行舟耐心十足地一页一页翻完，他的手轻轻叩着书页，意味不明地道：“我这个小师妹倒真是让我……意想不到。”

他抬头看着面前的黑衣人们，问道：“你们想试试吗。”

没等他们回答，他直接挥手将一个黑衣人放了下来，并给了他一把刀。他眼睛里带着笑意，轻声道：“凡人中有一种刑讯，叫剥皮。”

“会灌进水银，十分残忍。”他跃跃欲试道，“你来选一个人试试看？”

那人浑身颤抖，仿佛握不住刀一般。

晏行舟提醒他：“你若是不做的话，那我就只能让你当那个被剥皮的喽。”

黑衣人闭了闭眼睛，哑声道：“我……做。”

他握紧了刀，下一刻，那把刀猛然向晏行舟挥来！

晏行舟笑容不变，甚至连动都不曾动弹。那人挥刀到他身前，却猛然吐出一口血来，转瞬间经脉尽碎。但他仍没死，只是躺在地上，睁大了眼睛看着晏行舟一点一点抽出了自己的元婴。

晏行舟轻声道：“我能让你清醒地看着自己的元婴泯灭，你信不信？”

黑衣人缓缓睁大了眼睛。晏行舟握着那人的元婴起身，打量着剩下的黑衣人，若有所思道：“让我想想，下一个该谁了。”

不过一炷香的工夫，晏行舟就出了刑讯室。

刑讯室里干干净净，什么都没剩下。

会客厅里，沈七七正坐立不安地等着他。晏行舟擦着手走了进去，沈七七立刻起身。

晏行舟微微点头，道：“沈姑娘，坐。”

沈七七忐忑地坐下，晏行舟在她对面坐下，她立刻浑身紧绷。

不知道为什么，这人明明面露笑意，总是一副和蔼可亲的样子，甚至有时候还一副拿她那个朋友虞阙没办法的样子，可她总觉得眼前这个人十分可怕，她甚至不明白，虞阙是怎么敢在这样一个人面前毫无顾忌地。

晏行舟仿佛看出了她的坐立不安，开门见山道：“那些人抓你，确实是为了你父亲手里的鬼王信物。”

沈七七缓缓皱起了眉头。晏行舟不紧不慢地继续道：“他们背后之人，是鬼王一个旧部，可据说这个旧部背后仍有人指使，但这就是他们接触不到的机密了。”

沈七七渐渐感到不安。晏行舟没看到一般，缓缓道：“而按照计划，明晚就会有化形鬼假扮成你和你师妹的样子，被长音宗里寻找你们的人找到，里应外合夺了信物，然后灭口。”

沈七七猛地站起了身，厉声道：“不行，我要回去！”

晏行舟淡淡地道：“坐下。”

他的声音明明不高，甚至不严厉，沈七七却觉得自己周身的血液仿佛都冷了下来，她僵硬地坐回去。

晏行舟平静地道："我现在给你两个选择，其一，现在回去，解一时之危，但从今以后，只要那个信物在你父亲手里一天，你父亲就会一天不得安宁，哪怕你们是音修第一大宗长音宗。"

"第二，明晚之前启程，在鬼王旧部潜入你父亲身边之前，配合我斩草除根。

"你只需做出选择，我不会拦你。"

沈七七面上浮现出挣扎之色。良久，她闭了闭眼，坚定地道："我选第二个。"

"我可以配合你，但你要保证，明晚，我父亲不会有事。"

晏行舟轻笑道："当然。"

晏行舟离开会客厅，去取自己的剑，他记得自己的剑现在应当是在谷佑箴身边。从会客厅到客房的一路上，安安静静的。他走到谷佑箴门外，听到里面似乎有动静，他敲了敲门，里面的动静立刻就停了，一片安静。

晏行舟挑了挑眉："谷公子，在里面吗？"

片刻之后，谷佑箴颤抖的声音传来："晏公子，在的，门没锁，你请进。"

晏行舟推门就走了进去，然后一愣。

他的小师妹也在里面，和谷佑箴肩膀挨着肩膀站着，十分亲密的样子。

晏行舟莫名看这一幕不顺眼，他轻笑道："小师妹也在这里，是找谷公子有什么事吗？"

谷佑箴支支吾吾道："没、没，没有！"

虞阙却是一脸严肃地说："没错，我们有一笔大生意要谈，是正事！"

晏行舟挑了挑眉，压下了心里莫名的不舒服，不忘自己的正事。他淡淡地问道："谷公子，我来拿我的剑。"

谷佑箴面色一僵："这……"

晏行舟问道："怎么？"

谷佑箴抓耳挠腮，一副有难言之隐的模样。最终，他看向了虞阙，沉重地道："我既然出钱了，还是你来说吧。"

虞阙深吸一口气，道："我来！"

晏行舟这时候突然感觉不妙，只见他小师妹抬头，沉重地道："师兄，我告诉你一件事，你千万不要害怕。"

晏行舟沉默片刻，道："你说。"

虞阙缓缓伸出背在身后的两只手，手上……

晏行舟脑海中霎时间一片空白，他看到了什么?

他看到了前后两个世界里跟着他从生到死的佩剑，此刻浑身贴满花瓣，剑柄上绑着一朵巨大的蝴蝶结，花里胡哨地躺在虞阙手上。

晏行舟从未想过自己的剑能这般令人不忍直视。而比那朵蝴蝶结更让人无法忽视的是，那剑身上大概是撒上了香粉，一股混合香粉的怪味幽幽飘来，仿佛谁的呕吐物拌上了香料。

半晌，他缓缓地开口问道："虞阙，你给我解释解释，这是什么?"

虞阙严肃地答道："师兄，这是您的佩剑熬过了铁胃摧残的勋章!"

晏行舟沉默不语。

"虞阙。"他叫她的名字。

"欸!"

晏行舟平静地道："矿场上缺个矿工，你要是闲的话就去挖十车矿吧。"

晏行舟勉强伸出两根手指拎着剑，面色铁青地从谷佑箴房间里走了出来。

虞阙垂头丧气地跟在他身后。

晏行舟走出两步，想起来什么似的，突然转头，微笑道："谷公子。"

谷佑箴心惊胆战地应了一声。

晏行舟微笑道："听闻谷公子十年前离家出走，至今未归，起因是您父亲误食了你炼制的丹药，以至于头发尽数变绿，整整五年不曾消退。"

其实是谷佑箴故意给他爹吃的，但既然别人都以为是误食了……

谷佑箴肯定地点头："没错，是误食!"

晏行舟闻言语重心长道："父子之间没有什么误会是解不开的。"

谷佑箴叹息道："我也想和父亲解开误会。"可是他爹大概只想拿鞋底打他以替自己五年的绿头发出气。

晏行舟道："谷公子孝心可嘉。"

谷佑箴又道："哪里哪里。"

晏行舟言辞恳切，让谷佑箴很快陷入了父慈子孝的想象中，丝毫没有发现什么不对。

此刻，虞阙正站在自家小师兄背后，怜悯地看着他。她亲眼看到了自家小师兄将方才那番话用玄铁令留音之后，发送给了药王谷谷主。

药王谷谷主回得飞快。

“一万灵石，请阁下留下那小崽子。”

一万灵石！她突然觉得和谷佑箴做的那笔交易亏大了！

她眼睁睁地看着自家小师兄满意地收起玄铁令。

此时，谷佑箴尚且不知道自己将要面对什么，直到晏行舟开口。

“谷公子。”晏行舟言辞恳切地道，“在下感动于你二人的父子之情，为了解开你们之间的误会，特意将方才的话留音，发送给了你父亲。”

谷佑箴的笑脸一点点僵了。

晏行舟继续发力：“你父亲听了之后，表示非常感动。”

谷佑箴浑身一抖。

晏行舟致命一击：“他说，他马上就会来找你，全了这段父子之情。”

谷佑箴拔腿就跑！

晏行舟轻松地按住他，笑道：“这可不行，谷主可是千叮万嘱，一定要让我把你留下呢。”

谷佑箴疯狂挣扎，嘶吼道：“我不！我不要见他！让我走！”

“真是让人感动的父子之情。”说着，晏行舟毫不犹豫地把谷佑箴扔进房间里，四下还布下禁制。

虞阙全程敬畏地看着自己师兄。

谷佑箴救助般看向了曾和自己“狼狈为奸”的虞阙。虞阙于心不忍，正想说什么，晏行舟突然把唯一的窗户一关，隔绝了两人的视线。

窗户一关，小师兄狐狸似的笑容立马消失，面无表情地给自己的剑使了一个除尘术。剑身之上花里胡哨的配饰和香粉转瞬消逝，但空气中那股混合着香料和呕吐物的奇异味道久久不能消散。

虞阙不着痕迹地屏住呼吸。都说佩剑就是剑修的老婆，那她和谷佑箴这算什么？把人家老婆给折腾了！想起谷佑箴的凄惨形象，虞阙顿时觉得还是挖矿比较适合自己。她动了动脚，准备跑路。

晏行舟面无表情地看着自己的剑良久，突然道：“你收了谷佑箴多少钱，这么帮他收拾烂摊子？”

虞阙下意识道：“一千灵石！”

晏行舟似笑非笑地看了过来：“所以，一千灵石，就值得你把我的剑折腾成这样？”

虞阙惭愧地低下了头。想起小师兄轻易就将一万灵石就拿到手，她确实觉得自己比不了。但是没办法，她也是有一只兔子要养的人，养家的重担沉甸甸地压在虞阙肩膀上，她消沉地道：“那师兄，我去挖矿了。”

她脚步沉重，准备离开。

晏行舟在背后面无表情地道：“站住。”

虞阙一脸不解地回头。晏行舟看了她半晌，突然道：“等下你直接去炼器室，让莫姑娘先把你的法器炼制出来。明日，你和我一起去一趟绝音谷。”

虞阙挠头：“去绝音谷干什么？”

晏行舟淡淡地道：“有人准备在绝音谷设伏沈七七的父亲，我们去救人。”

虞阙顿时倒吸一口冷气：“设伏？我们两个去救吗？”

晏行舟平静地道：“足够了，跳梁小丑，不入流的货色，正好给你练练手。”

这、这难不成就是大佬的自信吗？

虞阙立刻道：“那我挖完矿就去找莫姐姐！”

晏行舟看了她一眼：“时间紧，不用挖了，你又能挖多少矿。”

虞阙一愣，反应过来，粲然一笑。

“谢谢小师兄！”她大声说，“那师兄是不是原谅我啦！”

晏行舟看了她一眼，不自觉地轻轻笑了出来：“得寸进尺。”

洗剑池里，晏行舟一遍又一遍地擦拭着自己的剑。明明他已经用了除尘术，又擦拭了很多遍，他却仍然感觉这把剑不干净似的，总有一股怪味在鼻端萦绕。

师尊走了过来，看了他片刻后，轻笑道：“他们居然真动了你的剑。”

晏行舟问道：“师尊也知道了？”

师尊淡淡点头：“谷佑箴的那个直播如今修真界已经无人不知了。”

晏行舟冷笑一声：“无聊之人。”

师尊轻笑道：“你罚了阙儿吗？”

晏行舟继续冷笑：“她那细胳膊细腿的，我怎么罚她？我准备带她出去一趟，也免得她天天闲着没事干。”

师尊挑了挑眉：“可是也不见你有多生气。”

晏行舟抬眼：“我看起来像是不生气的样子吗？”

师尊平静地点头：“行舟，我很多年未曾看到你笑得这么开心了。”

晏行舟手一顿，片刻之后，他缓缓收起嘴角不自觉的弧度，平静地道：“大概是师尊看错了吧。”

师尊缓缓摇了摇头：“你慢慢擦剑吧，我走了。”

晏行舟随口问道：“师尊去哪儿？”

师尊沉默了片刻，认真地道：“书上说，要抓住女人的心，必须先抓住女人的胃，我最近学了新菜谱，准备试一试。”

师尊走了，晏行舟心中升起一股近似于无奈的情绪，他面无表情地想，他本以为全师门历经预知梦后，他接下来看到的会是师门掀起腥风血雨。

谁知道……他抬头看了一眼师尊，师尊正在默念着菜单。

没救了，彻底没救了，他面无表情地继续擦拭着自己的剑。片刻之后，他突然停了下来，伸手摸了摸自己的唇角。

此时，炼器室内，莫寒芏正站在虞阙面前，问道：“你对你的二胡，可还有什么要求？”

虞阙举手：“有。”

“你说。”

“我想要结实的。”

莫寒芏做记录的手一顿，片刻之后，她斟酌着问道：“要多结实？”

“最好是一抡下去能把人脑壳敲碎的。”

所以你这是要做乐器还是要做锤子？莫寒芏深吸了一口气：“那弓杆呢？弓杆必须要细，不可能结实到那种程度。”

虞阙立刻道：“那就要锋利的，弓杆最好锋利如剑，一弓杆下去把人捅个对穿不在话下！”

莫寒芏认真问道：“你是要做音修，还是要做锤修或者体修？”

虞阙的声音弱了下来：“音修。”

莫寒芏沉默片刻，点头：“好的，我明白了。”

所以，虞姑娘是想制作一把既能当锤使，也能当乐器用，关键时刻最好还能捅人一剑的二胡。她心里有了大概的模型，开工。

因为她要时刻测量虞阙的灵力以及身体状况，虞阙就一直待在她的炼器室内。其间，莫寒芏的玄铁令亮了五次，通信玉简响起两回，但她一次都没打开过。

虞阙以为她没看到，便提醒道："莫姐姐，你的玄铁令亮了。"

莫寒芏只看了一眼便淡淡地道："不用管它。"顿了顿，补充道，"宋家的。"

虞阙一愣。宋家，就是未来师娘的那个假未婚夫家。

虞阙忍了忍，没忍住，小心翼翼地问道："莫姐姐，你其实不喜欢宋家吧。"

莫寒芏看了她一眼，轻笑道："傻丫头，这世上有些事情，不是你不喜欢，就可以不做的。"

虞阙当然知道，但她觉得，她好歹是救赎文的女主角，若是连这点儿事都改变不了，那还做什么救赎文的女主角。

系统："你是'炮灰逆袭系统'的女主角！"

虞阙不理它，一边随手翻看着玄铁令，一边默默地想，莫姐姐和宋家结盟，是因为家族危机。为什么会有家族危机呢？因为被其他家族联手断了货源。

若是能打破这个僵局……她看着看着，手突然一停。

玄铁令上，只见一个一身腱子肉的修士手拿一把长剑，笑对镜头道："接下来，我给大家表演生吞铁剑，道友们请点个关注！"

这不是谷佑箴的台词吗！

然后那人拿着剑缓缓伸到了自己嘴边……虞阙缓缓睁大了眼睛。

等等！谷佑箴那是有铁胃丹！但是你们就算买了铁胃丹，那也不该这么快就到货的吧！难不成你还长了个铁胃?！

然后虞阙就看到那人侧过身，借了个位，剑从脸侧颊划过，从另一侧看起来就像吞了剑一样。

虞阙想，借位啊，那没事了。

她觉得这个留影是在模仿谷佑箴，一脸莫名其妙地划了过去。

然后又是一个。阳光的帅气小哥笑道："接下来，我给大家表演生吞铁剑！"然后同样是借位。

虞阙一连刷到了五六个差不多的留影，终于后知后觉了一件事。

谷佑箴生吞铁剑这个"梗"，在修真界火了。生吞铁剑这四个字一时之间成了流量密码，想要在短时间内迅速获得大量关注，现在只需要在玄铁令上来一段模仿秀，“生吞铁剑”四个字一出，关注度暴涨。

谷佑箴也许想不到，生吞铁剑这四个字有可能要跟着他一辈子了。

她心生怜悯，正准备关掉玄铁令，莫寒茬看了一眼，随口道：“这也太假了，若是能做个可以伸缩的假剑，估计比这个真得多。”

虞阙关玄铁令的手一顿。电光石火间，她突然想到了什么。

虞阙立刻问：“莫姐姐，这样的剑，你会做吗？”

莫寒茬随口应道：“很简单，小把戏罢了。”

虞阙的笑容逐渐灿烂，她找到了！她救赎文女主角的流量密码！

虞阙二话不说，打开玄铁令就找到了药王谷谷主的公共账号，发送了一条留言：“谷主，我这里有一单大生意，不知道谷主有没有兴趣详谈？”

虞阙本以为自己要等上一会儿的，谁知道老谷主回复得飞快。

他问道：“你是我儿子直播里那个救了他一命的女孩？”

虞阙回复：“是我。”

老谷主接着道：“你要和我做生意？什么生意，说说看。”

虞阙二话不说，立刻让师娘给自己找一把可伸缩的假剑。

莫寒茬：“不用找，我做着玩过。”

虞阙当即给那把剑留影，连同玄铁令上最火的模仿秀一起发给了老谷主。

老谷主不愧是生意人，闻玄歌而知雅意，问道：“你想卖这种伸缩剑？”

“谷主意下如何？”

生意人眼光毒辣地看出了弊端：“这个卖不了多久，很快就会被人模仿的。”

虞阙正绞尽脑汁地想招儿，那边突然又道：“除非我们能把留影里那把剑一比一还原，搭配铁胃丹，全方位模仿之下他们的兴趣应该会大一些，等伸缩剑卖上一段时间后，打出了名气，我们大可以模仿留影里的剑，再顺势推出其他趣味道具。药王谷说不定还能开辟一条新产业，姑娘意下如何？”

虞阙懂了，她只是想卖个伸缩剑，但人家大佬想卖一比一的周边，还想顺势推出其他周边，佩服佩服。

但是，这个构想的前提是，晏行舟愿不愿意自己的宝贝剑被人模仿，还要在玄铁令上一次又一次地被人表演吞剑。虞阙只能慢吞吞回道：“啊，这……”

药王谷谷主懂了，自信地道：“是剑主人不同意？没关系，我后日就到，我来说服他，而这两天里，我们需要尽快做出大量没有装饰的伸缩剑。”

虞阙立刻自荐："我这里有一个会做伸缩剑的炼器师……"

谷主二话不说："先做五千把试试水，报上我的名号，定金从我名下任意一个药庄取！"

老板大气！虞阙兴奋地跳了起来。

莫寒茎在一旁看她脸色变来变去的，不由自主地问道："怎么了？"

虞阙一脸深沉地把玄铁令给她看。莫寒茎看着看着，脸色都变了。

五千把剑。她家族遭遇危机，不得不和宋家联手，正是因为被人夹击，入不敷出，但是有这五千把剑的订单就不一样了。

不，可能不止这五千把剑，接下来，还有药王谷的合作。

师娘深吸了一口气，却把玄铁令递给了虞阙。她看着虞阙高兴的神情，摇头道："虞姑娘，这样的事情，你不该找我的，这世上有这么多炼器师……"

"可我只认识你一个啊。"虞阙打断了她的话，"我只认识莫姐姐一个，我不找你，又该找谁？"

师娘沉默了下来。她很难拒绝这样的诱惑，但她也不能利用这样赤诚的女孩。她说："那我只要成本价……"

"利润分三份，药王谷占四成，剩下六成，因为你要全权负责生产，你四成，我只出了个点子，我两成。"

虞阙高兴地道："就这样定了！"一个点子就拿两成利润，她血赚！

虞阙正兴高采烈，莫寒茎突然毫无预兆地抱住了她。

高大帅气的莫寒茎将娇小的虞阙一把抱住。虞阙怔住了。

未来师娘的胳膊好硬，怀抱好暖。妈呀！这是天堂吗？！虞阙的鼻子热了。

而此时此刻，师尊和晏行舟正一左一右从炼器室两边走过来。

师尊手里端着一盘河虾，是他抓住师娘胃的武器。

晏行舟手里提着自己的剑，他想问问虞阙到底用的是什么香粉，为什么他洗了半天，除尘术用了无数个，剑上的那股怪味都洗掉了，那股香粉味却依旧顽固。

目的不同的两个人在炼器室门口相遇。师尊看着晏行舟的剑，晏行舟看着师尊的河虾，下一秒两个人不约而同地往里看。

室内，高大帅气的女人抱着娇小可爱的女孩，夕阳余晖洒进房间里，落在两人身上，此情此景……

师尊的河虾"啪"地落在了地上。晏行舟缓缓地问道："你们在干什么？"

两个女孩同时转过头。不知道是不是夕阳映衬，两个人一个脸红红的，一个眼红红的。

下一刻，虞阙的鼻子缓缓流下两行血来。

莫寒芏顿时焦急地道：“虞姑娘，你怎么了！”

师尊看着从未这样焦急过自己的心上人，缓缓道：“或许我来得不是时候。”

虞阙按着鼻子，顺口接话道：“不，你来得正是时候！”

当着师尊和小师兄的面，师娘一脸担忧地给虞阙处理干净鼻血。

晏行舟和师尊师徒二人全程旁观，死寂一般沉默。莫寒芏担忧地道：“虞姑娘，是不是炼器室里温度太高了，你不适应？你的脸都红了。”

虞阙视线飘忽，道：“对……是有点儿热。”

莫寒芏体贴地道：“那虞姑娘就先回去吧，我该记的也记得差不多了，等我把东西做好了，你再过来。”

“好、好的。”虞阙说完深一脚浅一脚飘飘忽忽地往外走，走过自己师兄和师尊身前，礼貌地道，“麻烦让让。”

师徒二人对视一眼，沉默地往旁边让了一下，虞阙恍恍惚惚地从两人之间穿过。走出了两步，她突然恍然大悟：对啊，刚刚来的那个人是不是师尊！不行，莫姐姐这般好的女子，她必须要让师尊知道她有多棒！

虞阙顿时一个猛虎回头，视线落在一脸呆滞的师尊身上：“师尊！”

师尊顿了片刻，干巴巴地问道：“哦，阙儿，你还有什么事吗？”

虞阙当着他的面猛地竖起大拇指，赞叹道：“师尊，莫姐姐真棒！”说完，她自觉完成了使命，一身轻松地转身离开，只留下师尊耳边一遍遍回荡着那句话。

师尊，莫姐姐真棒。

莫姐姐真棒……

姐姐真棒……

真棒……

师尊闭了闭眼，突然看向了晏行舟，冷静地问道：“你是来找莫姑娘的，还是来找你小师妹的？”

晏行舟看了看那个背影都透着一股得意的小师妹，又看了看自己貌似冷静的师尊，他抱着剑，平静地道：“我是来看热闹的。”

师尊沉默地看着他片刻，语气平平道：“你再不去追你小师妹，你剑上的香粉就更洗不掉了。”

晏行舟动作一僵，随即从抱剑换成单手拎剑，平静地道：“告辞。”

晏行舟也走了。师尊给自己做了做心理建设，抬脚跨进了炼器室。

莫寒苼听见声音惊讶地转过头：“江仙尊没有走吗？”

师尊温柔地道：“叫我江寒就好，我是来找你的。”

莫寒苼困惑道：“仙尊这时候来找我，是有什么要事吗？”

师尊轻笑道：“倒也没有，只不过方才下厨做了一盘河虾想请莫姑娘品鉴一下，谁承想刚刚在门口失手打翻了，倒是可惜。”

莫寒苼惊讶道：“江仙尊这样的人，居然也会下厨？”

师尊面不改色地道：“虽然我等都已辟谷，但下厨是我的爱好，还算是擅长，非但如此，在下洗衣、做饭都是一把好手，各种家务都不在话下。”

莫寒苼的神情顿时变得敬仰起来：“没想到仙尊还有这般朴素的爱好，我粗手粗脚的，一向不擅长这些，还真是失敬。”

“莫姑娘是炼器天才，又何须会这些。”不着痕迹地表明了自己的“贤惠”，又暗示了日后成亲之后这些东西她一律不用操劳，师尊自觉自己已经做得很好了，全部按照教科书一比一还原了。

那他跟小徒弟比到底差在哪儿？为什么他的心上人肯和自己的小徒弟靠近都不肯和自己靠近？

他不着痕迹地打探道：“对了，方才阙儿在这里，可有麻烦到你？”

此话一出，莫寒苼顿时沉默了下来，她看了看自己的玄铁令，又想起方才虞姑娘一心为她的行为，突然长叹一声。她真心实意地道：“江仙尊，你小徒弟真棒！”

江寒一愣，有没有人告诉他，他的小徒弟到底对他的心上人做了什么！虞阙，你到底还有多少惊喜是为师不知道的？

而此时，虞阙正看着自家小师兄的剑，一脸快乐地对小师兄说：“啊，你说这个香粉啊，这个香粉是谷佑箴为了自己能够不洗澡身上还没有异味特地研究出来的超长持香型香粉，绝对持久，小师兄你是想要同款香粉吗？”

晏行舟心中升起一股不妙的预感，不动声色地问道：“那这个香味到底多久能退散？”

虞阙掰着手指头算了算，最后笃定道：“两个月。”

两个月。晏行舟缓缓地道："也就是说，谷佑箴他最长两个月没有洗澡？"

虞阙倒是很理解："他们这种炼丹的，有时候闭关为了炼一炉药可能半年都不出来，炼丹房里灵力稍微不对一炉丹都会失败，又不能用除尘术，所以小师兄，你不要因为谷佑箴两个月不洗澡就歧视他，我们要学会尊重、理解。"

也就是说，那个曾经两个月不洗澡的人，不止拿着他的剑御剑飞行了，还用他的剑表演吞剑，两个月，都腌入味了。

晏行舟一时间居然不知道到底是自己的剑得带着这香味两个月让他难受一些，还是谷佑箴两个月不洗澡还碰了自己的剑更让他难受，反正他现在恨不得把自己的剑扔进洗剑池里再洗个一百来遍。

晏行舟冷笑道："呵，尊重，理解。"

虞阙不知死活地附和："啊，对对对！"

"虞阙。"

"欸？"

晏行舟面无表情地道："明天一早拿了自己的法器之后，就随我去绝音谷。"

还是别让虞阙和谷佑箴待在一起了，他怕时间长了，连他小师妹都腌入味了。

绝音谷外。

长音宗弟子宗宁皱着眉头站在师尊身边，声音低沉："师尊，最后发现大师姐的地方就是这里，有人看到大师姐抱着小师妹一路逃进了绝音谷，仿佛被什么人追着一样，我们还在绝音谷外发现了这个。"

宗宁伸出手，手里是一把有些用旧的金锁。

长音宗宗主出神了片刻，拿起了金锁。他当然认得这把金锁，这是他从七七刚出生时便亲自戴在她身上的东西，二十多年来从未离身。

看到这把金锁的那一刻，心中几日几夜绷紧的弦仿佛一下子就断了。

他冷静地道："我入绝音谷寻找七七，你带着弟子们在外面等着，没有我的命令不许踏入一步。"

宗宁惊愕地劝说："师尊不可啊！其中绝对有诈，师姐怎么可能主动进入绝音谷。"

长音宗当然知道这件事有蹊跷。绝音谷是什么地方，入谷之后万音皆寂，音修的手段也相当于废了大半，这几乎是音修的死地。

七七那么聪明，但凡有一丝生机，她又怎么会主动踏入绝音谷？

可他又忍不住去想，万一呢？万一七七是被逼到无路可走呢？万一有人胁迫她呢？绝音谷内，她一个音修连自保的手段都没有，万一她真的在里面，她又该有多害怕。

他这辈子只有这么一个女儿，他又怎么能因为这一丝忌惮而弃她不顾？

沈宗主没等弟子再劝，大步走了进去。

宗宁咬了咬牙，厉声道："守在外面，所有人不许轻举妄动！"

而此时此刻，虞阙正站在绝音谷一侧的崖壁上往下看，对身旁一脸紧张的沈七七道："七七，我小师兄说现在绝音谷外面也被他们布置了绝音阵，绝音谷里面由小师兄负责，绝音谷外面就得靠我们了，等会儿小师兄动手了你就学我，我怎么做你怎么做，明白了吗？"

沈七七还是紧张："可是……这能行吗？"

虞阙拍着胸口打包票："绝对能行，你看我的。"

沈七七紧张地点头，两个人窝在一棵树上，紧张地等待着。

也不知道等了多久，寂静的谷内突然涌来一股浩瀚的灵力。

虞阙心说来了，当即道："七七，到我们出场的时候了！"

"好！"随即，沈七七像举起一块板砖一样，举起了自己的琴。虞阙同时举起了她那把和锤子有七分相似而且无比沉重的……二胡。

虞阙喊道："三、二……"

"一！"

此时此刻，绝音谷外留守的长音宗弟子转瞬间被不知道从何而来的黑衣修士包围起来，绝音阵开启，有音修弟子想奏响乐器突围，却惊骇地发现自己的乐器发不出任何声音来。

宗宁立刻试图吹响自己的萧，却发不出任何声音。他当即就知道他们可能是被围进绝音阵了。

绝音阵，数十年前有修士根据绝音谷而研究出来的相似阵法，但若是想要施展这个阵法，耗费时间极长，所费灵石众多，而且对金丹以上的修士根本没有效果，可谓得不偿失，于是后来渐渐没有人用了。

可是这样一个绝音阵，对付他们却足够了。宗宁看着面前的黑衣人，想起只身一人进入绝音谷的师尊，心一点点沉了下来——他们入了别人的圈套。

为首的黑衣人嘲讽地看着宗宁，话音漫不经心地传进了他的耳朵：“我劝你们最好识趣一点，绝音阵下，你们和待宰的羔羊没什么区别，也别想着你们师尊能救你们，他现在自身难保，有绝音阵在，不管是什么修为的音修……”

那黑衣人话还没说完，宗宁却突然睁大了眼睛。

半空之中，一个身形娇小的少女趁那黑衣人说话之际突然从崖壁上一跃而下，举起了手中的二胡。宗宁眼睁睁地看着那少女在黑衣人一脸得意的时候，将一把二胡抡在了黑衣人头上！

那二胡浑身漆黑，看起来沉重如万钧铁石，二胡和头相撞的一瞬间，哪怕受伤的不是他们，他们也能想象出那巨大的撞击下，头一定很疼。

为首的黑衣人被砸得头昏眼花，他迅速稳住身子想反击，崖壁上突然又跳下来一个人，一脸狰狞地举起琴，照着方才那少女锤下来的地方又来了一下！

那是……师姐！宗宁猛地上前两步。然而还没完，两锤敲下来，他看着自己师姐和那少女对视一眼，两人一左一右举起乐器朝那黑衣人脸上抡了过去，两面夹击下，黑衣人白眼一翻，软软地倒在了地上。

两个拿着乐器当锤抡的少女举着乐器站在众人身前，毫无惧色地面对着剩下黑衣人。那一刻，她们的身形竟如此高大。

宗宁傻了，黑衣人也傻了，他们都没见过这样的阵仗。

随即，宗宁缓缓眯起了眼睛，原来……还能这样。

在那些黑衣人反应过来之前，宗宁和自己的同门们对视一眼。

既然大师姐行，那么……他们也行！一时间，弹琵琶的举起了沉重的琵琶，弹箜篌的扯出了锋利的琴弦，吹笛子的默默计算着哪个角度更容易捅人眼睛，敲编钟的不由自主地想试试编钟和脑壳那个声音更清脆。

一场离谱的战斗一触即发。

一刻钟之后。沈宗主和晏行舟面色如常地缓步走出绝音谷。

出谷的那一刻，沈宗主平静地道：“晏仙君，我这次险些身死，全因那个东西而起，沈某自觉保管不了它，如今把它给了晏仙君，还望晏仙君妥善保管。”

晏行舟挑了挑眉：“保管？这样的东西，不应该越早消失越好吗？”

沈宗主一愣，随即轻叹道：“是我狭隘了，那么，还望晏仙君尽快销毁它。”

晏行舟笑了笑，没有说话。

快走出绝音谷那一刻，晏行舟突然说：“等下无论看到什么，都希望宗主不要太过惊讶。”

沈宗主一头雾水，心说经过了绝音谷一事之后，还有什么能让他惊讶的事。他好歹是见过大场面的人，晏仙君属实多虑了。

沈宗主怀着自信，一脚踏出绝音谷，然后他险些退了回来！他看到了什么！

他看到自己的大弟子正拿着萧捅人眼睛，他的二弟子拽着琴弦勒人喉咙，他的三弟子一把琵琶舞得虎虎生风！

这、这……他们音修……还有他心爱的宝贝闺女……

沈七七一脚踩着一个黑衣人的头，举着琴劈头盖脸地往对方身上抡，一边抡一边骂：“老娘给你脸了，你敢动我爹！谁说音修身体娇弱不能打！老娘今天让你看看我能不能打！”

虞阙在一旁嗑着瓜子劝道：“算了算了，手下留情，差不多得了，你们好歹得留个能喘气的吧。”

这时，沈宗主缓缓走了过来，难以置信地道：“七七……”

沈七七眼睛一亮，立刻放下了琴：“爹！”她扑了过来。

沈宗主欣慰，虽然他女儿野蛮了一些，但心里还是有他这个爹的……

然后他就听见他女儿扑到他面前兴冲冲地道：“爹！我这把琴打起人来不好使啊，您看能不能给我换一把，就虞姑娘那种，有分量！打人疼，关键时刻抡下去能把人脑壳敲碎的！”

沈宗主迟疑地道：“这……”

沈七七开了头，其他弟子陆陆续续围了上来。

“师尊，我觉得我的琵琶好像不太结实……”

“师尊，我觉得我的箜篌勒起人来不太顺手……”

“师尊，我的笛子……”

“师尊，我的编钟……”

沈宗主被问得眼睛发直。

“这、这……但咱们是音修啊……”

沈七七早有准备，立刻指向虞阙，道：“但是她就能用打人打得很爽的二胡！”

沈宗主立刻看了过去。虞阙知道该自己出场了，改变音修身体娇弱的印象，从她开始！真音修就该提着乐器敲人脑壳！

虞阙拍了拍手上的瓜子壳，走上前，一脸严肃地问道：“沈宗主，您觉得音修的未来在哪里？”

整个修真界最有话语权的音修下意识回答道：“当然是追寻更深奥的乐曲。”

“不！”虞阙反驳，“音修的未来，应该是魔武双修！”

沈宗主下意识重复：“魔武双修？”

虞阙点头：“有位了不起的人说得好，身体是改革的本钱……”

沈宗主不解：“何为改革？”

虞阙咳了一声：“咯……这个你不需要知道，但是沈宗主您想想，若是下次再碰到这种情况，是一群身体娇弱的音修坐以待毙好，还是像今天一样，虽然不成体统，但是哪怕没有了乐曲也依旧有反抗之力好？”

沈宗主下意识地回想起来。哪怕不提今天，若是以后和别的音修对比，在彼此实力相近的情况下，一个灵力耗尽，一个灵力耗尽之后还能拿着乐器敲人脑壳……沈宗主动摇了。

虞阙图穷匕见：“沈宗主，我这里有一个炼器室，最擅长炼制兼顾音色和力量的乐器。”她拿出了临时自制的名片，“不要九九八，基础乐器，五百灵石带回家。”

沈宗主看向了名片——“莫氏炼器，陪伴您从出生到入土。”

沈宗主拿着那沉重的名片，沉吟道：“这……”

半个时辰之后，虞阙拿下了两百份订单。虞阙带着订单兴冲冲一路骑着扫帚飙回莫寒生的炼器室，大声道：“莫姐姐，你看我带回了什么！”她把那两百份订单往桌子上一拍，正在炼器室内给心上人剥虾的师尊手一抖，虾仁掉在了地上。

莫寒生立刻起身，看向了虞阙带回来的那两百份订单。

虞阙深沉地道：“我们的商业帝国，开始了！”

莫寒生一言不发，一把抱住了虞阙。

虞阙嘿嘿一笑。

师尊这次连筷子也掉在了地上，他眼睁睁地看着同样的事情第二次在他面前上演。师尊木然地将剥下来的虾壳塞进自己嘴里，木然地嚼着。

他的心上人和他小徒弟当着他的面紧紧拥抱，难舍难分。

心上人感动地道：“江仙尊，您小徒弟真的很棒。”

师尊深一脚浅一脚地从炼器室里走出来，整个人都是蒙的。他找了个凉快的山头，揣着手站在山头上吹冷风，开始思考到底是哪里出了问题。

他按照书上的“男德”路线走，如今已经成功掌握了这里的厨房控制权，离心上人更进一步，所以书没有问题。

心上人和自己的两个徒弟醉酒的那一夜，她曾经误亲了他，事后却并没有对他有什么厌恶排斥的倾向，所以他应当也没问题。

于是师尊得出结论，有问题的是虞阙。

她……太快了。

如果说正常人的攻略进度是先从甲到乙，再从乙到丙，最后到丁，那么虞阙的攻略进度就是直接一个大劈叉，从甲到丁。

正常人这么劈叉估计腿都能劈断，但虞阙不正常，她劈了叉还能横跨在甲和丁之间来回跳跃，然后对正辛辛苦苦往乙赶的师尊说，你看，莫姐姐真棒。

两个人都想到了要解决莫寒芷的困境，师尊的思维非常符合剑修的逻辑，就像梦里他灭人满门一样，他耿直地觉得只要解决了给她带来困境的人，那他心上人必然不会再有困境，只要提前干掉想让他老婆死的人，那他老婆就会活得好好的!

于是师尊的关注点在于让一群人在不牵连自己老婆的情况下消失。他甚至已经不着痕迹地计划着离开炼器室之后搞一个“鬼兽灭门惨案”了。

但虞阙不一样，管你什么困境，梦中那辈子被社会毒打过的虞阙笃定，先搞事业，事业稳定，资金充足就有底气去面对风暴。

所以打什么打，杀什么杀，都给我去搞事业赚钱！大后方稳定了谁还管你什么困境，有底气了谁还爱理人渣，于是虞阙选择拉着师娘赚钱。

一个是打打杀杀的修真界剑修思维，一个是被社会毒打过的打工人思维。

他们之间注定有一条无法跨越的鸿沟。

而此刻，虽然一生从未有过敌手，但对钱没有概念的师尊依旧没有意识到赚钱的魅力，他孤独地坐在山头上良久，良久。

深知赚钱重要性的虞阙在拉来了长音宗单子的第二天，迎来了他们的第一位顾客——有钱的药王谷谷主。

虞阙和莫寒芷特意在一座最高的矿山上等着，没多久就看到一个一身风尘仆仆的俊美大叔在他们面前降落。

俊美大叔三十几岁的模样，眉宇间和谷佑箴有两分相似。

就是不知道是不是这位俊美大叔赶路太久的缘故，虞阙总觉得自己似乎从他身上闻到一股莫名的臭味。

虞阙不由自主地想，难不成这位谷主和他儿子有相同的爱好，热衷于两个月不洗澡？

想到这里，虞阙的神情顿时微妙了起来，但她还是决定尊重顾客的爱好。她自动忽略了这股臭味，微笑上前，真诚地道："想必您就是药王谷谷主吧，早有耳闻，失敬失敬！"

俊美大叔看了看她，恍然大悟："你是留影里帮我那个蠢儿子拔出剑的小丫头！我替我那个蠢儿子多谢你了。"说着，他掏出两个储物戒，露出了豪爽的笑容。

"这两个储物戒里，一个是谢谢姑娘救我儿子的谢礼，还请姑娘不要推辞；另一个是我那五千把剑的定金。时间紧急，想来两位姑娘没有工夫去我的药庄取定金，我就给你们带来了。"他说着，缓缓将两个储物戒放到了虞阙手上。

虞阙的眼睛一点点亮了起来，她就喜欢这种直接给钱不磨蹭的。真男人就该直接拿钱来砸她！她捧着那两个沉甸甸的储物戒，真情实感地赞叹道："老板大气！"

俊美大叔轻笑道："小姑娘也不赖。"

于是，虞阙就和这位她碰到的最豪爽、最好说话的"甲方"一起去了莫寒苼的炼器室，去看那堆他们加班加点做出来的半成品。

去看剑之前，虞阙凭借着梦中在现代世界应付各种奇葩甲方的经历，已经深刻总结了她应对甲方的所有套路和手段，准备了三套说辞，自信只要这个甲方不让她来个"五彩斑斓的黑"，她都能游刃有余。

然而甲方看完剑之后，她就发现白准备了。

因为这个富豪大甲方看了两眼剑之后，直接大手一挥道："很好，我全都要了，按照这个规格，五千把剑一齐，尾款马上就到。"

虞阙忍不住倒吸了一口凉气，莫寒苼也难掩激动！

这就直接成了？！她宣布，这位俊美大叔就是史上最美甲方！

虞阙再次竖起大拇指："老板大气啊！"

美大叔乐得哈哈直笑："小姑娘比留影里看着还有意思。"

虞阙权当那句"有意思"是夸她了，于是一时之间气氛其乐融融。两方人随即就结下了灵力契约，避免其中任何一个人反悔。

趁着气氛正好，虞阙顺势问他那个周边推出计划，然后她就见俊美大叔突然一拍头，道："对了，还有一件事呢。我来的时候意外在一处山谷看到了一种以前从未见过的水果，那水果长相奇特，口味也颇为奇特，我觉得这种水果若是推出之后一定大有商机，这次过来，还想让两位姑娘帮我品鉴一下这个水果，看看你们认不认识。”

虞阙心说有什么水果是她在梦中现代世界没见过的，于是大手一挥，说道：“谷主尽管拿出来！”

药王谷谷主打开储物戒，那股奇异的臭味顿时更加浓烈了。

虞阙此时还没意识到什么，心想，难不成谷主的储物戒里有什么东西放坏了。然后，她就看见谷主拿出了一个……榴梿。

榴梿?!

而在场之人除了她之外，显然没有第二个人知道这是什么，莫寒芊甚至被那股浓烈的臭味熏得往后打了一个踉跄。

莫寒芊谨慎问道：“这就是谷主所说的那个……水果?”

谷主兴致勃勃道：“没错，这东西生长在一个因地形缘故十分炎热的山谷之中，当地人叫它榴梿，因气味不好闻，几乎没有人动它，更没有人知道它还能吃，我好奇打开尝了一下，发现这东西虽然气味怪异，口感却十分美味，莫姑娘要不要尝一尝？”

莫寒芊再次后退了一步，谨慎地道：“这……还是不了。”

她话音刚落，就见自己身旁一直一言不发的虞阙突然伸出手来，然后……徒手剥榴梿。

虞姑娘！你在干什么啊，虞姑娘！她震惊地看着虞阙毫不犹豫地伸手抓起一块黄色的果肉塞进了嘴里。她连阻止都来不及！只能眼睁睁看着虞阙嚼啊嚼，嚼啊嚼。

鼻端臭味弥散，虞阙脸上却分明是极其享受的表情。虞阙嚼着嚼着，突然感动地道：“就是这个味！”真没想到她在修真界还能吃到榴梿！

药王谷谷主闻言在一旁惊喜地道：“虞姑娘也喜欢吃这个？哈哈哈！果然是同道中人啊！我就说怎么可能有人会不喜欢吃它！”

虞阙振臂高呼：“榴梿是永远的水果之王！”

莫寒芊一时间竟无语凝噎。她很想对虞阙说，哪怕为了钱，咱们也不能委屈自己吃这么臭的东西。她一时间又想问一问这位谷主，既然当地人都没吃过这东西，他又是怎么想到这玩意儿能吃的。

怎么想怎么不对，莫寒芊思绪混乱着，而虞阙已经肯定了谷主的商业眼光！

她期待地问道："谷主，您是准备如何推广榴梿？"

谷主微微一笑，成竹在胸："我早有打算。"

虞阙"嗷呜"吞下一口榴梿，郑重地道："请讲。"

"我那个儿子不是直播过大胃王一口气吃一头牛吗？我准备让他直播一口气吃下十个榴梿。"

让谷佑箴直播吃下十个榴梿……榴梿这么贵，谷佑箴好幸福！

一时之间两个人都觉得这个主意完美极了，没有人觉得有什么不对。只有莫寒茬，她心生怜悯地想，谷佑箴到底做错了什么。

而此时，萧灼从山下跑了一圈回来，正准备去炼器室找虞阙，走进炼器室方圆一百米之内，突然脚步一顿，停了下来。

他一脸严肃地轻轻嗅了嗅，这个味道……

妖族的嗅觉无比敏锐，臭味千百倍放大。萧灼猛然后退了一步，一脸震惊地看着远处的炼器室。他知道他这个新小师妹一向不着调，但他万万没想到她居然在别人的炼器室里玩屎！

萧灼扭头跑了。

半个时辰之后，关着谷佑箴的小黑屋。

虞阙和谷主一脸严肃地站在窗户外，莫寒茬站远了几步。三个人全都盯着小黑屋里正缓缓打开玄铁令的谷佑箴看。

谷佑箴身后是成堆成堆的榴梿，而谷佑箴站在这么多榴梿之中，却没有一点儿幸福的感觉，反而像是要哭了。

但虞阙知道，今天，或许就是打开榴梿在修真界销路的关键之战，实现榴梿自由指日可待！

小黑屋里，直播打开，谷佑箴身为"网红"的职业素养立刻上线，一秒换上笑脸。虞阙在小黑屋外点开谷佑箴的直播，实时看着动态。

谷佑箴重新出现，评论区里不断有人庆幸原来谷佑箴还活着，还有人看着谷佑箴身后一堆堆黄色带尖刺的东西，好奇地问这是什么。

虞阙心说，机会来了。

果然，下一刻，留影中的谷佑箴就一脸笑容道："各位仙君、仙子们好久不见！我身后这些东西叫榴梿，是一种成长条件十分苛刻的奢侈水果，口味清香宜人，风味独特，不知道大家有没有听说过？”

评论区里出现一片问号。

“是我孤陋寡闻了吗，什么是榴梿啊？”

“哦，珍稀水果啊，我这个穷鬼肯定没见过。”

“好吃吗？怎么吃？”

玄铁令里，谷佑箴微笑着举起一个榴梿，道：“今天，我就要挑战一口气吃十个榴梿！道友们请点个关注！”

谷佑箴徒手缓缓剥开榴梿，随着他的动作，气味越加浓烈，虞阙在外面都能闻得到。慢慢地，虞阙就看到谷佑箴带着笑的脸色缓缓变了。

“哕”的一声，谷佑箴干呕，面色狰狞。但下一刻，他恢复笑容，甚至哈哈道：“味道清香宜人啊，果然很独特。”

他继续剥。

“哕！”谷佑箴再次面目狰狞。片刻后，他带着疲惫的笑容抬起头，举起手中剥下的榴梿肉，大声道，“味道好极了！”

那一瞬间，虞阙恍然看到他眼中带泪，这一刻，虞阙沉默了。

原来，这就是“带货主播”的职业素养吗？谷佑箴，对不起，原来我还是小看你了。

这是一场除了谷佑箴，所有人都很满意的直播。

直播结束后，谷主走进了小黑屋，怜爱地摸了摸自己那仿佛破布娃娃一般的儿子的头，难得温柔地道：“儿子啊，十年了，爹爹的头发重新变成黑色了，你还认得爹爹吗？”

谷佑箴想起自己离家时他家老头那满头绿油油的头发，整个人一抖。

谷主继续微笑道：“这次直播效果不错，明天继续。”

谷佑箴顿时笑得比哭还难看。

离开谷佑箴的小黑屋时，虞阙问谷主要了几个榴梿。

谷主非常欣喜这修真界居然有第二个敢于尝试还觉得它好吃的人，大手一挥，直接给了虞阙十几个。

于是当天下午，虞阙请了莫寒茎和整个师门一起品尝榴梿。剥好的黄色果肉放在白玉盘子上，各个个头都有成年男性拳头大，果肉饱满。

五个人围绕着一张桌子坐着，都很沉默，只有臭味微妙地弥漫在空气中。

半晌，师尊率先开口："这就是，你说的那个榴梿？"

虞阙点头，推荐道："你别看它闻着臭，其实吃着特别香。"说着，虞阙拿起一个一口咬住，一脸幸福地嚼个不停。

晏行舟念着闭气的法诀，面无表情地看着自家小师妹吃着散发着诡异气味的东西。有那么一瞬间，他只觉得他这个小师妹不能要了。

而此时，因为刚刚得知自家小师妹居然会玩屎而备受打击的萧灼在山下绕了一圈，终究一脸沉重地回来了。他想，人有不同爱好，但他绝不接受自己有一个热爱玩屎的小师妹。

不行，今天无论他是人形还是狼形，他都必须要阻止自家小师妹玩屎。

萧灼严肃地走上了山，不知道为什么，今天山上一片安静，他走了很久，不仅一个人都没有，仿佛连鸟叫声都消失了，而且整座山好像都散发着一股微妙的臭味。

萧灼没有多想，严肃地走向了小师妹住的院子，他必须要和小师妹好好谈谈！越走近自己小师妹的院子，那股臭味就越发浓烈。他在小师妹的院子外停了下来。院子里似乎有人说话，声音隐隐传来。

萧灼凝神听，然后他就听见自家小师妹欣喜地道："这东西闻起来臭，但是吃起来简直香喷喷！你们不要因为它的气味而歧视它，不尝一口的话，你们又怎么知道它到底是好吃还是不好吃呢？"

什么好吃？什么不好吃？

里面，莫寒垄迟疑道："那要不然，尝一尝？"

师尊立刻道："莫姑娘，我先帮你尝。"

师姐紧接着道："虽然很臭，但小师妹既然说了，我就信小师妹。"

小师弟冷漠地拒绝："我是不会吃这种东西的。"

闻起来很臭，尝一口……一瞬间，萧灼呆若木鸡，他万万没想到，平日里端庄严肃的同门们居然是这样的人，他们居然背着他聚众吃屎！

萧灼站在门外"呆若木狗"。微妙的臭味中，同门的说话声一句一句随着微风传来，每一句都在萧灼脆弱的神经上来回蹦跶。

"里面居然是黄色的，咦，这个硬度……"

"我姑且来尝一下，嗯……口感绵软，但不知道是不是太久了，嚼起来总觉得有些黏糊糊的，但是……吃起来倒是没有闻起来那么臭，别有一番风味。"

"小师弟，人生在世总要尝试一下新鲜事物，你真的不想试试吗？"

黄色的……黏糊糊……巨狼踉跄着后退了两步，一时之间，几乎不想去承认里面的人是自己的同门。所以，你们的尝试新鲜事物，就是……吃屎吗?

萧灼脑子里一片混乱。正在他想着他是现在佯装若无其事，悄悄离开，之后大家继续做同门，还是先想个办法试试自己能不能再重回他梦中那个正常世界时，虞阙推开了门，她手里举着一块黄色的不明物体。

此时此刻，萧灼觉得自己异常冷静。

好消息是那玩意不是屎。

坏消息是虞阙看到他，当即惊喜地跑过来，一边将手里那玩意往他面前递，一边大呼有好东西要一起分享!

不!不管这玩意到底是什么，他绝对不接受这么个东西进他嘴里!

妖族的嗅觉比平常人敏锐十倍，臭味越来越浓，萧灼撒腿就跑!

虞阙在他身后难过地道："小哈，你难道不想吃吗?"

他吃个屁!萧灼头也不回。

虞阙在他身后做作地道："小哈居然拒绝我，我好难过好痛苦!"

萧灼的脚步突然停了下来。

虞阙顿时惊喜："小哈!你是想通了吗!"

萧灼没听虞阙的话，他缓缓转过头，鼻尖微微翕动，神情逐渐严肃了起来。

在那浓烈的臭味之中，有一丝熟悉的味道若有若无地传来——那是哪怕他下了地狱，也绝不会忘记的味道。

萧灼下意识地顺着味道往前走，脸上的表情越来越凝重。

如果他没有闻错的话……是那个人的气味。

但是那个人又怎么会在这个时间，突然出现在这里。

属于妖皇的冷血狠辣占据了上风，狼的眸子里泛着血丝。

如果他真的出现在了这里，那么这次，自己要为他选择一个什么样的死法?

心中的杀意渐浓，萧灼仿佛是丛林中一只随时准备捕食的野兽，让人只看一眼就心惊胆战，只想逃离。

这时，一只细细瘦瘦的手臂毫无预兆地从一旁伸了过来，用力勒住他的脖子。萧灼没有防备之下被勒得白眼一翻，险些窒息，转瞬之间，那杀气顿时消散得一干二净，取而代之的，是一股浓浓的、无可奈何的情绪。

又来了是吗?

虞阙在他耳边感动地道：“小哈，我就知道你舍不得我！”

萧灼闭了闭眼，一脸严肃地转过狼头看着她，试图让她意会他现在还有正事做。虞阙果然意会，她恍然大悟，贴心地道：“对了，你想吃榴梿是吗？来！这块是我亲手剥好的，送给你了！”

散发着怪味的黄色不明物体缓缓向他靠近，萧灼猛地睁大了眼睛，随即疯狂挣扎了起来！

一时间，什么熟悉的味道，什么梦中的仇敌，全都被他抛诸脑后，萧灼满脑子都是缓缓靠近的臭味。他绝不吃！

在榴梿的威胁之下，萧灼腿一蹬挣开了虞阙的桎梏，毫不犹豫地跑了。

管他什么仇敌，他现在要离开这个可怕的地方！

虞阙看着手中的榴梿，心中满是遗憾。

而房间里，萧灼的同门们安静地看完了整场戏。

师尊不自觉地咬了一口榴梿，看着萧灼的背影，突然疑惑：“按理说，狗不都是很喜欢气味浓烈的东西吗？灼儿为什么这么抗拒？”

话音落下，两个徒弟齐刷刷地看了过来。

半晌之后，晏行舟平静地道：“师尊，您大概是忘了。”

“二师兄不是狗，是狼。”

师尊手一抖，吃惊地反问：“他居然是狼？”

半晌，他二弟子是妖皇的记忆终于冲破了他那被“男德”糊满的脑子。

师尊恍然大悟：“哦，对了，他是狼啊！但我为什么会觉得他是狗呢？”

晏行舟看着虞阙，平静地道：“大概是因为有人给他开除了‘狼籍’吧。”

看着虞阙的背影，晏行舟此刻突然有一种强烈的直觉，有这个小师妹在，他这个二师兄大概这辈子都得是“狗籍”了。

萧灼一路跑下了山，终于停了下来，他站在一块巨石上冷静了片刻，抬头再望向山上，突然有些怀疑人生。梦里那辈子从没有过的小师妹拿狼当狗，他的同门们聚众吃“屎”，到底是他出了问题，还是这个世界出了问题？

他冷静了一会儿，被榴梿味熏得发蒙的脑子清醒了。方才他绝对没有闻错，那夹杂在臭味中的那丝熟悉的味道，正是属于梦中早已被他挫骨扬灰的那个人。

但那味道十分之淡，不像是那人突然出现在了矿山，反而像是尚未消除的残留气味。如此一来，现在只有两个可能。

其一，那人曾在榴梿旁逗留过不短的时间，以至于留下了气味。

其二……将这榴梿带过来的那位药王谷谷主曾和那人待在一起，身上留下了气味，赠送小师妹榴梿的时候又沾染在了榴梿上。

萧灼觉得需要验证一下自己的猜测。如果是前者的话，那人或许只是在种榴梿的地方生活过一段时间，倒也没什么大不了；如果是后者……那人到底是为了什么，需要待在药王谷谷主身边这么长时间？

他现在是一头狼，无法开口说话，药王谷谷主他又无法轻易靠近，但是他小师妹的院子不对他设防，只能暂且从那堆榴梿入手。

萧灼当即决定入夜之后就去小师妹房间偷榴梿！

“你还记得小说里的妖皇吗？”师尊他们离开之后，系统突然问虞阙。

虞阙目光一瞬间变得犀利：“你问我这个做什么？难不成那妖皇和我有什么联系？不对啊，我又不认识妖皇。”

系统瞬间冷汗直冒，但仍旧冷静地道：“你想太多了，我只是想让你复习一下小说，以免关键时候忘了。”

虞阙先是狐疑，但想了想，又觉得合理。毕竟系统这坑货怎么可能这么好心！要是妖皇真和她有什么联系，系统不得要她几十积分才能提醒她一下！

哈哈哈，果然是她想多了！

一不小心读取了宿主想法的系统呆住了。它就不该发这个善心！宿主都这么说了，它不收个几十积分怎么对得起她！

但此时，放下了戒心的虞阙已经乖乖复习起来：“我记得啊，妖皇是一个半妖，杀了上一任妖皇吞了他的妖脉之后成了妖皇，后来谢千秋征伐妖族他不是死在了谢千秋手里嘛。”

系统循序善诱：“那你还记得他是怎么成为妖皇的吗？”

虞阙回忆道：“好像是被他同父异母的兄弟背叛了，诬陷他私通妖族，人族修士要来杀他，他就逃到了妖族，这哥们儿也是厉害，这都能成妖皇！”

系统不动声色地给她鼓掌：“你记得很清楚。”

虞阙又忍不住狐疑：“你该不会真瞒着我什么吧？”想了想，她又摇头，“不对，我应该对你的抠门有信心，你一分钱不收，怎么可能提醒我什么。”

系统心道，我谢谢你对我的信心！

虞阙安心了，起身伸了个懒腰，漫不经心道：“啊，对了，那个背叛了妖皇的人叫什么来着？我就记得死得挺惨。”

“萧什么来着？”

“什么萧什么？”

虞阙自言自语的话音刚落下，药王谷谷主就突然出现在了她院门外。

虞阙连忙摆手，随口糊弄道：“没什么，就是遇到一个姓萧的人，突然忘记他叫什么了。”

谷主走了进来，随口道：“我出药王谷之前身边倒是有一个姓萧的病人，那个人……啧啧。”谷主面露不喜地摇了摇头。

虞阙没想打探别人隐私，连忙转移话题道：“谷主这次来是做什么？”

谷主回过神来，终于说起了正事：“是关于咱们伸缩剑订单的事。”

虞阙一听事关她的小钱袋和未来师娘摆脱人渣，立刻端正了身子，严肃地道：“谷主请说。”

谷主说道：“是这样的，我来之前不是说，我想卖我儿子留影里那个一比一仿制版的伸缩剑吗。”

虞阙脸色一变：“啊，这……”

谷佑箴直播里吞的剑，等于她小师兄心爱的佩剑，等于他的心上人，她怎么敢问小师兄介不介意从今以后满大街都是你心上人的同款啊！

虞阙顿时面露难色，谷主看出了她的为难，立刻道：“你只需要为我引荐一下剑主人，我亲自和他谈！”谷主非常自信。

“引荐……倒是可以。”就是不知道你会被用什么姿势扔出去。

谷主松了口气：“那就麻烦姑娘了。”

虞阙只能神色复杂地带着谷主去找了小师兄。然而出乎意料，小师兄听完了谷主的来意之后，并没有把他扔出去，他只是一脸古怪地重复：“你想一比一仿制我的佩剑？”

谷主真诚地道：“价钱好商量。”

小师兄若有所思，在虞阙的看来，就相当于小师兄在一脸认真地思考他的心上人能卖多少钱。

等等！小师兄，你居然会卖心上人吗？

在虞阙复杂的目光注视之下，小师兄终于开口了。

他微笑道：“拿纸笔，我把剑给你画下来。”

虞阙大惊，小师兄真的要卖心上人了啊！小师兄，你清醒一点啊！你以后看着满街的仿制剑，你要如何自处啊！

在虞阙震惊又困惑的视线之中，小师兄接过了纸笔。一笔一画，不过片刻，长剑跃然纸上，栩栩如生，但虞阙和谷主都疑惑了起来。

谷主迟疑："这……似乎不太像留影里那把剑啊……"

而虞阙看得更清楚，她总觉得这把剑眼熟。等等！这不是——

"我听闻药王谷曾和沧海宗有仇？"小师兄突然问道。

谷主一顿，冷哼道："人尽皆知。"

小师兄便笑道："那谷主有没有想过赚一把沧海宗的钱？"

谷主冷笑道："他们有自己的医修，有自己的丹师，又何须我药王谷。"

小师兄便微笑着将那张画了剑的图纸推了过去："机会这不就来了？"

小师兄侃侃而谈道："谷主无须考虑这把剑像不像留影中的那把，您只需要知道，只要您按照这把剑的模样做，无论做了多少把，只要伸缩剑一进入市场，沧海宗想尽一切办法，千方百计也会把它买干净。"

谷主迟疑地抬起头。

小师兄镇定自若道："所以我建议，五千把剑的订单还是少了。要做，不如一次性做两万把！"

这一次，饶是商业鬼才谷主也忍不住震惊了，但面前这个年轻人的表情又实在不像是胡说，他忍不住问道："那我可否知道，沧海宗凭什么要把这些都买了？"

小师兄微笑着道："凭这把剑是沧海宗首徒的佩剑，更凭这把剑还是沧海宗的镇宗之剑。"

谷主的眼睛一下子就亮了！那么现在问题来了，沧海宗的这个钱，他是赚还是不赚？

谷主只思考了两秒不到："两万把哪里够！加班加点先做个四万把！"

有钱不赚王八蛋，更何况是沧海宗的钱！两个人随即就开始讨论如何让沧海宗注意到他们的镇宗宝剑马上就要烂大街了，只留下虞阙神情复杂地呆立着。

所以小师兄，你不想让自己的佩剑烂大街，就准备让别人的佩剑烂大街，是吗？

谢千秋，确实惨！

两个人一直商量到深夜，虞阙撑不住，先滚回去睡觉了。

撑着困意等着偷榴梿的萧灼悄悄地来了，等着虞阙睡熟。

这一等就等到了子夜。萧灼估摸着按照往日里虞阙的作息，现在估计该睡得人事不省了，当即忍着臭味溜进了虞阙房间。仅剩的六个榴梿摆得整整齐齐，萧灼都不知道虞阙到底是怎么在这种臭味中睡着的。

一进去，他果然从那臭味中嗅到了熟悉的味道。只不过味道太淡，他一时间无法分辨这到底是榴梿身上传来的味道，还是谷主来过这里之后留下的味道。

萧灼思索了片刻，只能选择笨方法，准备把这些榴梿都拉出去一个一个嗅。

他小心翼翼地上前，给自己做好心理准备，屏住呼吸咬住了一个榴梿。

救命！扎嘴！他一边被臭得想死，一边疼得想松口，艰难地拖着榴梿往外走。

他小心翼翼，好不容易拖着一个榴梿出了房间，他还来不及庆幸，就见身后，一条大白狗正站在不远处，一脸震惊地看着他。

也不知道自己是不是被当成狗太久了，萧灼一时间居然读懂了大白狗脸上的表情：你居然背着主人偷屎吃！

这时，大白狗上前咬住了萧灼的尾巴，用力将他往后拉！

阿郎！你在干什么！

萧灼他怕惊动虞阙，只能小幅度地挣扎，阿郎依旧不肯松口，执着地要把他从那散发着怪异臭味的东西旁拉走。

萧灼险些被它搞疯，他明白今天不摆平阿郎他是什么也干不成了，于是一发狠，转身将阿郎掀翻在地。

大白狗立刻就要挣扎，萧灼为了不让它挣扎的动静弄醒虞阙，立刻上前咬住了它的后颈，像成年野兽咬着幼崽一般，咬着它的后颈就想把它拖出去。

大白狗挣扎得愈发厉害，萧灼既不想伤害阿郎，又不想惊动虞阙，干脆将整个身体压在阿郎身上制止它挣扎，然后咬着它的后颈一步一挪地把它往门外拖……

于是，当虞阙半夜尿急起夜时，看到的就是她的小哈在夜色之下把师姐的小白压在身下，高大的身躯笼罩在柔弱的小白身上不停耸动。

虞阙下巴都要吓掉了！她惊慌失措地上前，声嘶力竭道："小哈，你在干什么！你们两只公狗是没有结果的！你快放开小白啊！"

师姐，师姐，师姐啊！我该怎么向你交代啊！我的小哈把你家小白扑倒了，你快出来啊！

一盏茶之后，寂静的院落之中，两个人，两条狗。

虞阙一手抱着小白，一手抱着榴梿，神情复杂地看着身子僵硬的“犯罪嫌疑狗”，人赃并获。她怎么也想不到，和她朝夕相处的小哈居然会做出如此丧心病狂、“人狗共愤”的事情。

听到动静匆匆赶来的师姐神色复杂地道：“你的意思是，你的小哈，它非礼了阿郎？”

虞阙深吸一口气，严肃地道：“我发现得及时，它应该还没得手，但是我觉得这种事情不能姑息。师姐，小哈全凭你处置，你想怎么做，我都绝无二话！”

虞阙拿出了一个自家狗做了坏事的主人应有的觉悟，是她没看好小哈，师姐哪怕是罚她，她也绝无怨言！

此时，被迫和虞阙共存亡的萧灼想死的心都有了，他只是想偷个榴梿而已！

他想过他动手的时候可能会被虞阙发现，计划失败；

他想过他哪怕成功了也会一无所获，空手而归；

按照虞阙的离谱程度，他甚至想过虞阙被惊醒之后要是强迫他一起吃榴梿，他该怎么应对。

然而现实告诉他，他还是思虑不周了！

一口莫须有的“大锅”，这么“哐”的一声砸在他身上，砸得他头昏眼花。

他的清白在虞阙的三言两语间就没了。

萧灼，梦中一刀一剑杀出来的实权妖皇，这辈子被人怀疑非礼了狗。

一时间，他既恨自己的妖化为什么还没有结束，让自己好好解释解释，又庆幸自己的妖化没有结束，在他们眼中做出这件事的是小哈，而不是萧灼。对，他们都不知道他的原形！小哈做的事，关他萧灼什么事！

而且……他自信地看向自己的师姐。在他记忆中，师姐一向是个聪慧冷静的女子，这么离谱的事情，他这个小师妹哪怕说出来，他师姐也不会信……吧？

而此时，师姐也觉得很离谱。她二师弟，非礼了她的契约兽。

能这么认为的小师妹真是个人才。

但是，她知道小哈是自己提前妖化了的二师弟，理所当然地觉得二师弟绝不会对自己的契约兽做什么，可一心只拿二师弟当普通狗看的虞阙不会这么觉得。狗嘛，发情期来了，做多离谱的事情都不会让人意外。

所以这样一想，她这个小师妹这么做居然还没错，而且还挺有担当。

那么问题来了，她该怎么做，才能以一个“受害者家属”的身份，在不暴露自己知道萧灼原形的情况下，委婉地让虞阙察觉她的离谱？

师姐的视线不由自主地落在了那个突兀的榴梿上。她想了想，委婉地道：“小师妹，这里为什么有一个榴梿呢？你不觉得很奇怪吗？”

师姐道：“我有一个猜测，小师妹要不要听一听？”

虞阙立刻道：“师姐请说！”

师姐微笑着道：“小师妹有没有想过，它们两个都出现在这里，其实是想偷榴梿吃呢？毕竟狗嘛，喜欢气味浓烈的东西不奇怪，这样就能解释榴梿为何会出现在院子中了。至于你说的非礼……”

师姐一顿：“也有可能是打架呢，两只狗，一个榴梿，分赃不均的话，说不定就打起来了。”

虞阙恍然大悟：“这样说也有道理。”但是她又迟疑道，“可是我白天喂小哈吃榴梿的时候，它都挣扎不肯吃，那又怎么可能晚上专门跑过来偷榴梿？”

师姐面不改色地道：“那是因为有些狗狗天生就性格腼腆，表面上不吃，其实心里是想吃的。”

虞阙愣住了：“真的吗？”

师姐继续忽悠：“当然，我可是个御兽师。”

“不信的话……”师姐看向了萧灼。

萧灼突然有一种不妙的预感。

师姐微笑道：“不信你现在就可以剥一块榴梿喂给小哈，小哈肯定特别乐意吃，我是御兽师，我是不会骗你的。”

虞阙眼睛一亮，她立刻开始剥榴梿。

萧灼听完师姐那番话之后就不着痕迹地后退着。

师姐挡住他，柔声道：“小哈，我当然知道你不是那种无礼的狗，是小师妹误会你了，所以，你应该不会让我失望吧。”

萧灼停住，所以，是就此承认自己非礼了狗，还是，吃下那该死的榴梿？

虞阙欢喜地跑了过来，手里拿着一块黄澄澄的榴梿，浓烈的气味扑鼻而来。

虞阙脸上带笑：“小哈，来，不用害羞，啊。”

萧灼终究还是屈辱地张开了嘴。

最终，萧灼被虞阙亲手喂着，吃下了一整个榴梿。

萧灼走的时候，眼睛发直，脚步都是虚浮的，虞阙和师姐目送着它离开。

一墙之隔，听得入神的师尊和晏行舟在萧灼出来时，若无其事地转身藏了起来。等萧灼离开，师尊先走了出来，看着萧灼的背影，突然若有所思道：“你小师妹到底看见了什么？”

晏行舟微笑道：“这您得问小师妹。”

今夜，整个师门无眠，唯独萧灼，还做着“小哈不是他”的春秋大梦。

他从虞阙院子里出来，只觉得整个肚子仿佛坠了千斤重，嘴里的怪味久久不散。他这辈子都不想再看到那个叫榴梿的东西。

但此时，他仍旧不能倒下，强撑着扒出了被自己藏起来的属于萧灼的玄铁令，大半夜给自己师门除了虞阙之外的所有人群发了一个自己仍旧被私事耽搁，暂时不能回来的消息。

小哈吃了榴梿关他萧灼什么事！他必须要在这种关键时候把小哈和萧灼区分开，死死藏好自己的身份。你看，吃榴梿的是小哈，发信息的是他萧灼！

他很快收到了所有人的回复。

师尊：“自己保重，回来的事情莫急。”

大师姐：“二师弟万万保重身体。”

小师弟：“近日认识了药王谷谷主，师兄若是需要的话可以推荐给你。”

都是让他保重身体的。

萧灼有些感动，他的师门真的很爱他，这么晚了，一听到他的消息居然还是“秒回”。萧灼莫名满足，师门的爱给了他勇气，他强撑着起身，想找个干净的地方看能不能吐出那些榴梿。

没走多远，他又遇到了深夜从自己儿子那里遛弯回来的药王谷谷主，谷主和他擦肩而过，萧灼却突然顿住，转头目光死死地盯着他的背影。

他身上有很浓重的，属于那个人的气味。

萧焰，原来你在这里。

大师姐接到了一个消息，突然发笑。

虞阙好奇地问道：“谁半夜发消息啊？”

大师姐收起了玄铁令，淡淡地道：“你二师兄说暂时回不来，报个平安。”

虞阙了然，哦，那个兽耳师兄。她脑海中浮现出了一个头顶猪耳朵的八戒形象。于是她忍不住问道：“二师兄叫什么啊？”叫八戒吗？

此时，系统屏住了呼吸，在虞阙脑海里沉默不语。

大师姐毫无防备道："叫萧灼。"

哦，原来不是叫八戒，而是叫萧……萧灼？！

这、这不是小说里那个妖皇反派的名字吗？在师门全员反派的情况下，虞阙觉得自己二师兄和别人重名的概率不大，而且那个妖皇好像是半妖……

师门第三个反派就这么破案了，是妖皇！

灭门魔头、玩弄人心的魔女、妖皇。好家伙，全是王炸！

最终，虞阙连师姐什么时候走的都不知道，她幽幽地开口："系统，我谢谢你。"

系统警惕问道："怎么？"

"原来你真的有不抠的时候，你昨天提妖皇，居然真是在提醒我！"

脑海里那个猪耳形象的二师兄瞬间改变，小说里妖皇原形是狼，所以应该是狼耳。虞阙想象了一个长着狼耳的青年形象，随后又想象出一头威风凛凛的巨狼

真是恐怖如斯！虞阙心有余悸道："巨狼什么的真可怕，还是小哈好，哈士奇多活泼，还能陪我吃榴梿。"

此时此刻，系统若不是自己就住在虞阙脑子里，知道这人到底是个什么货色，它都要以为这人深不可测，扮猪吃老虎了。

你为什么就不多想想，你那个哈士奇，是不是长得也太像狼了？

身份公开了，但又不算完全公开，二师兄这个身份揭晓了，但小哈的没有。

但是现在，它一时间居然不知道到底是她这个凭借一己之力就能带偏全门派的宿主可怕一些，还是那些正儿八经扮猪吃老虎的人可怕一些。

正在此时，虞阙思索着，冷不丁又说了一句："现在二师兄的身份我也知道了，那小师兄是谁呢？"

她开玩笑道："二师兄是妖皇，小师兄总该不会是小说里那个掀起灭世之战的隐藏人物吧，哈哈哈！"

系统一惊，你真的没有在扮猪吃老虎？！

就在系统胡思乱想得都快死机了的时候，虞阙愉快地否定自己："哈哈，怎么可能，那个隐藏人物一看就是老得快入土了的怪物，小师兄这么可爱。"

系统默默闭嘴了。

萧灼回到了自己的住处，不知道什么时候睡着了。

可能是时隔多年突然又听到和萧焰相关消息的缘故，他居然又做了那个梦。

梦里的他是七岁的模样，已经被关在院子里整整七年，除了日常给他送饭的仆人之外，每隔几个月能看到那个给了他另一半血脉和姓氏的父亲一次。

仆人说，因为他是半妖，出去就会被人杀死，所以父亲关着他，是在保护他，但他从不限制自己的另一个儿子、五岁的萧焰，因为他是人。

梦里，五岁的萧焰甩掉了自己的仆人，好奇地翻墙进了他的院子，想看看自己那个素未谋面的兄长。

七岁的萧灼第一次见除仆人和父亲以外的人，那人长着和他相似的面容。

他好奇地看着他，问道："你是我哥哥吗？"

萧灼摇头："我不知道。"

小孩问："你为什么不出来啊？"

萧灼回答："我不能出去。"

小孩想了想，突然伸手递给他一块饴糖："你没出去过，那一定没吃过这个东西，给你吃，这叫糖！"

七岁的萧灼迟疑地伸手接过，下一秒，面前五岁的萧焰突然长大，手里拿着捅进他手臂的匕首，面色狰狞地看着他："你只是个半妖，你死了，我才能活得好，我的好哥哥，你再帮我最后一回！"

"就是他！勾结妖族的半妖！养不熟的白眼狼！"

萧灼突然惊醒，杀意四起。

"醒了？"有人在他耳边问。

萧灼抬头，看到了自己小师弟，小师弟负手站在他面前，面无表情道："你是吃多了还是睡蒙了？我好心替你主人看你，不是来给你当磨牙棒的。"

萧灼一愣，突然忍不住笑了，梦醒了这一世，看来也不是一无是处。

哦，他多出来的小师妹除外。

此时，几百里外的沧海宗。

程青跟在谢千秋身边喋喋不休地一定要让虞珏也参加这次会客宴。

谢千秋冷冷地等他说完，平静地道："你以为师尊说的那句再胡来就闭关十年，是玩笑话？"

程青不情不愿地闭了嘴，身后的虞珏拽了拽他的衣服，低声道："师兄，我说了，我不参加也没关系的。”

程青继续说道：“可是……”

谢千秋冷冷地道：“你回去。”

顿了顿，语气莫名冷淡地对虞珏说：“你也回去，这不是你该来的地方。”

最终，这场会客宴仍旧只有谢千秋一个小辈参加。师尊和掌门宴请几大宗门，本没他什么事，他只要陪那些年轻弟子就好。

谢千秋对这些也没什么兴趣，不怎么主动参与他们的话题，一不留神，就见这些年轻弟子们突然行起了酒令，输的人要表演一个节目。

于是陆陆续续有人表演弹琴、跳舞、吟诗、舞剑。师尊他们正事也不谈了，笑眯眯地看着他们。

拉入局的谢千秋输了，所有人顿时起哄：“请沧海宗首徒来一个！”

“来一个，来一个！”

师尊也笑眯眯地看着他。所有人都表演了，谢千秋自然也不能拒绝，于是他提着剑就上了台，准备简简单单舞个剑。此时，谢千秋还没有意识到问题的严重性。上了台，他拿起自己的剑，四下行礼。

然后他拔剑，收起了剑鞘。这时候台下不知道为什么，突然集体沉默片刻。随即有人起身鼓掌，大声道：“我就说不可能是简简单单的舞剑！沧海宗首徒果然是大手笔！有胆量！有魄力！”

众人如梦初醒一般，立刻跟着鼓掌，一个个脸色通红，十分激动的模样。

“沧海宗首徒居然也如此亲民，表演这个。”

“我好像对谢千秋印象好一点了，虽然他有痔疮又爱装清高，但人家是真敢来啊！”

谢千秋拿着剑，站在台上，满脸茫然。他们这是……怎么了？

他突然感觉到一股熟悉的、不妙的预感。

而此时，程长老正准备借着谢千秋舞剑，给所有人介绍一下他们沧海宗的镇宗宝剑，结果一下子被众人如此热烈的反应给整蒙了。

这……他徒弟不是要表演舞剑吗？难不成有什么新花样？他用眼神询问弟子。

谢千秋不作声，他确实是要表演舞剑，一时间头皮发麻，进退两难。

突然，一个修士跳上台，大笑着说：“我本来也想表演这个的，但又不敢在师尊面前这样……既然谢仙君都带头了，我也不能认怂！谢仙君请先让我来！我怕您来了之后我的表演就没人看了。”

谢千秋呆呆地说：“好的。”所以到底是表演什么！

那修士道：“请退后。”

谢千秋后退两步，然后他就见那修士掏出了……他们的镇宗宝剑！

谢千秋猛地呆住，瞪大双眼！程长老也双目圆睁！

等一等，如果这人拿的是他们的镇宗宝剑，他拿的又是什么？

一时间谢千秋各种阴谋论都出来了！然而还没等他想明白，他就见那修士大声道：“接下来，我为大家表演生吞铁剑！”

那人在谢千秋震惊的目光中，一点一点将镇宗宝剑吞了下去！

谢千秋看着他吞下去，又拿了出来，活蹦乱跳，完好无损，这人的功力……

台下众人却一副习以为常的模样，鼓掌叫好。那人在众人的掌声中上前，拿着和他同款的宝剑，意气风发道：“没想到谢仙君也买这种伸缩剑。”

谢千秋问道：“什么伸缩剑？”

那人惊讶，掏出玄铁令给他看：“这个啊，药王谷和莫氏联手推出的。”

玄铁令上，画着一把他们沧海宗同款镇宗宝剑，另一旁画着谷佑箴生吞铁剑的模样。

那修士道：“这个可火了！”

谢千秋冷静地道：“这个东西，只是药王谷和莫氏联手卖的吗？”

修士想了想，道：“据说还有一个叫虞阙的姑娘负责宣传。”

虞阙啊，破案了。他冷静地问道：“这样的剑，现在卖了多少？”

“第一批一千把，我刚抢到；据说第二批有一万把，第三批依次递增。”

“什么！”也就是说，现在已经有了一千把同款宝剑流入修真界，马上还有一万把，他们沧海宗镇宗宝剑马上就成满大街都有的货了？

此时，那修士笑道：“我表演完了，该谢仙君了，吞剑吧！”

所以，这些人之所以起哄，是要他把削铁如泥的宝剑捅进自己喉咙里？

而另一边，一个宗门长老笑着问道：“对了，不是说要展示沧海宗宝剑？剑呢？”

程长老想，不用展示了，马上满大街都是了。

虞阙数钱的时候，系统突然提醒她：“男主角‘阴暗值’百分之五。”

虞阙听得一蒙：“男主角是谁？”

系统沉默片刻，道："得痔疮那个。"

虞阙恍然大悟："哦，谢千秋！我都快忘记他是男主角了，也不知道他现在痔疮好了没。"此时，她已经完全忘记谢千秋的"痔疮"全是自己造的谣了。

想起了这个人，她忍不住挠头道："怎么突然就性情转变了？他和女主角出什么问题了？"

系统困惑道："你为什么没有想过他是因为你才变得阴暗的？"

虞阙震惊道："我居然还有做红颜祸水的潜质吗？我不是救赎文的女主角吗？"

系统它平静地道："好了，没事了，你继续数钱吧。"

系统十分平静地将感知力从沧海宗的宴席上收了回来。它想，它从今往后大概是不必担忧什么了。小说男主角虽然身世悲惨，却是个正面角色，小说里唯一一次性情大变差点崩溃是知道朝夕相处的女主角居然是灭门仇人的女儿。

而据系统估计，小说男主角那次"阴暗指"大概也就百分之十五左右。而这次，虞阙仅凭一己之力，让"伟光正"男主角"阴暗值"噌噌飙升到百分之五。

什么叫人才！它以前还担心自家宿主进了这个随便拉个人出来，都能把男女主角折腾个半死的门派会不会是羊入虎口。如今看来，这哪里叫羊入虎口啊，在折腾男女主角这方面，他们分明是不是一家人不进一家门啊！

虞阙至今仍不知道远在沧海宗的那场宴席上，谢千秋的那把剑是吞还是没吞。她只知道昨天第一批试水卖出的一千把剑一瞬间被抢光，而她光分成就拿了足足八千灵石！

八千灵石是个什么概念？这几乎相当于一个中等家族一个月的净利润了

当初绑了她和谷佑箴的劫匪要价三万灵石就算是狮子大开口了，虞阙的分成是八千灵石，那莫寒芏的分成就是一万六千灵石，若是剩下那三万多把剑的订单也能够卖掉……那就足够莫寒芏整个家族彻底摆脱危机了！

虞阙兴冲冲地就往莫寒芏的炼器室跑。

她跑过去时，正听到莫寒芏一脸忧虑地问药王谷谷主："我看到了谷主在玄铁令上说明日再售卖一万把剑，可那一千把剑已经是我日夜不休才做出来的了，一天之内再做一万把剑的话……哪怕是伸缩剑，我也没有余力了，谷主不如再找其他的炼器师？"

药王谷谷主安静地听完，十分淡定，这个商业鬼才平静地撂下一个"大雷"："剩下的订单我压根儿就没打算做出来。"

虞阙和莫寒荖顿时全都看了过去。

谷主微微一笑，道："做出那一千把剑，是卖给真正想买剑的人的，但剩下的剑是准备卖给沧海宗的。他们要的是那样的剑不在市面上流通，而不是要剑，既然如此，我们做不做又有什么区别呢？"

只要那样的伸缩剑不再出现在市面上，那就算交易达成。

虞阙听完，难以置信。好家伙！她哪怕想坑钱，想的也是先把东西做出来，然后让沧海宗不得不买。而这个药王谷谷主，是直接空手套白狼啊！

就明摆着告诉你我这里没有剑，但我挂了多少订单，你就得下多少订单，你要是不买，明天他就保证修真界人手一把沧海宗同款伸缩剑！

不费铁矿，不费人力，无本的买卖。

妙哇，和这位谷主比起来，她虞阙居然还能算是个实在商人！

虞阙抬头看莫寒荖，只见她一脸三观重塑般的震惊。

但是她也知道，这无本的买卖，只有药王谷才能这么光明正大地做。

沧海宗是第一大宗不假，但天下七成的医修、丹修都出自药王谷，他们两方哪怕不合但谁也奈何不了谁，所以才能用这样的方法恶心对方。

哪怕是几万把剑的订单，对沧海宗来说也不至于伤筋动骨，最多是被恶心了一把，要是换其他人敢这么坑沧海宗……呵，头都给你打掉。

所以，现在他们现在什么都不用做，只需要等着沧海宗主动找过来。

虞阙搬了个小板凳进来，坐等，莫寒荖恍恍惚惚地顺手给她抓了把瓜子。

虞阙一把瓜子还没磕一半，谷主突然道："来了。"

瞬间，虞阙和莫寒荖全都屏住呼吸，直勾勾地看了过去。

谷主打开了玄铁令。

谷主一脸严肃地看着上面的内容。

谷主的笑容……越来越夸张。他哈哈大笑："老东西！还想和我斗！"

沧海宗买了！虞阙兴奋得跳起来抱住莫寒荖："莫姐姐！我们成功了，哈哈哈！"

第五章 妖皇现身，另寻出路

莫寒茥被虞阙抱住，仿佛还没反应过来，一时间愣住了。她被虞阙抱住晃了两下才反应过来，迟钝地问道："成功了？"

虞阙直接捧着她的脸让她看着自己，神情难得严肃，她认真地道："莫姐姐，你看，有时候有些事情，你不想做的话，也可以不做。"

你可以不违逆本心，可以不受困于家族。你再也不必像小说里一样，在没人知道的地方孤独惨死。

莫寒茥愣了愣，突然一笑，语气仿佛一下子就柔软了下来："小丫头。"

她张了张嘴，似乎还想说什么。就在这时，她腰间的玄铁令突然响了，莫寒茥拿出玄铁令看了一眼，然后她的表情猛然冷淡了下来。

虞阙好奇道："怎么了？"

莫寒茥拍了拍她的后背，平静地道："宋家来了。"

而此时，师尊江寒正站在上山的必经之路上，漫不经心地垂首打量着自己的剑。他身前，两个修士和他说了半天话也没见他有什么反应，一时间不耐烦道："喂！你是不是聋了？我让你把莫姑娘找过来，你没听到吗？"他说着，就想上前动手，在那两人身后，一个长者带着其他修士平静地看着眼前这一幕，完全没有要制止的意思。

江寒像是完全没有反应过来一般，没有任何动作，但在那人伸手过来时，眼底却不易察觉地闪过一丝寒意。

眼前的所有人，于他而言都算得上是熟人。他记得他们，更记得梦中那辈子他们死在自己剑下时，那挣扎求生的姿态。他不由自主地握住了自己的剑。

"住手！"一道含着怒意的冷喝突然传来。

江寒握剑的手一顿，下一刻，他心心念念的那人便挡在了他面前，冷冷地道："你们是想在我的地盘，动我的人吗？"

江寒一愣，不由自主地松开了剑，这一刻，他仿佛回到了人间。

于是，等虞阙呼哧呼哧地跑过来的时候，看到的就是自家师尊"小鸟依人"地依偎在未来师娘身边，垂眸，语气平静中带着委屈："他们一来就动手，我连通知你的机会都没有，真是好不讲道理！"

虞阙看得目瞪口呆，这也太做作了！

但莫寒苼仿佛并没有觉得这番话很做作，听完给他撑腰道："你放心，有我在，他们不敢动你！"

江寒柔声道："有你在，我当然放心。"

而此时此刻，那个从头到尾没开口说过一句话的老者仿佛被震惊到了，看了眼前的情景半晌，终于开了口。

他只字不提动手的事，只云淡风轻道："误会，都是误会，我这两个子侄只不过是鲁莽了一些，这位仙君也太大惊小怪了……"

莫寒苼打断了他的话，冷淡地道："是不是误会，我自会分辨，只不过我倒是想问问宋伯，您这一声招呼不打堵上门，这是何意？"

宋伯笑意淡了一几分，但仍旧笑着道："老夫是心急了些，但这还不是因为操心你们两个的婚事啊，你和卓儿订婚也有些年了，再拖下去对谁都不好，不若今年把婚事早早办了……"

虞阙听得一愣一愣的，最后气笑了。她打断他，举手问道："可是我听说那个宋什么东西在苍荡山的时候被人给套麻袋把那玩意给打断了吗？怎么，他有再生功能，这么快就长好了？”

莫寒茬原本也想发怒的，听到虞阙这一番阴阳怪气的话，一时间乐得怒气都散了。

宋家那些人的脸上一阵红一阵白的，看着虞阙的眼神不善。

莫寒茬不着痕迹地挡在虞阙面前，皮笑肉不笑道：“正好，我也想知道。”

于是接下来，虞阙和莫寒茬就目瞪口呆地听着对方一番话把残废了找不到对象，只能让莫寒茬接盘，给美化成因情真意切而非卿不娶。

虞阙这次是真的被气笑了，好家伙，见过脸皮厚的，没见过脸皮这么厚的！人废了找不到媳妇了，想起有个未婚妻了，多大脸呢？

她站到莫寒茬身前，皮笑肉不笑地打断了那老头儿的话，道：“老头儿，我这里有一句俗话，不知道你听没听说过？”

她没等他回答，直接道：“‘男德’是男人最好的彩礼！你们家那个狗东西不说‘男德’了，连男人都不算了，已然是没救了，我建议您给送进宫里当太监比较合适，您觉得呢？”

老头气得嘴角抽搐，抽出了剑：“黄口小儿……”

虞阙二话不说也抽出了二胡，对身后目瞪口呆的莫寒茬大声道：“和这狗东西废什么话，动手，揍他！”

老头冷笑道：“莫家姑娘，你可想好，咱们两家现在……”

他话还没说完，什么东西突然重重地砸在了他的脸上，老头脸一歪，于被砸得高高肿起，转头难以置信地看着莫寒茬。

莫寒茬正收回扔锤子的手，她拍了拍手，意犹未尽道：“我觉得虞阙说得对。”

“揍他！”

一时间，两个女孩，一个拎着二胡，一个拎着锤，在老头目瞪口呆的眼神中冲了上去。

——有的时候，你不喜欢的事情，便不必忍耐。

莫寒茬想，这大概就是她认识虞阙之后，这个女孩教给她的最有用的道理了。

老头怒极反笑，冷笑道：“不自量力……”然而下一刻，他却突然浑身一颤，满脸震惊地转身看向了身后。

江寒正站在他身后，一手按着他的肩膀，让他完全不能动弹。他轻笑道：“不自量力。”下一刻，那颗躺在他丹田里的金丹，突然被一双无形的手捏碎！

老头儿目眦欲裂，吐出一口血来。

老头儿挣扎着，下意识地抓住了冲过来的虞阙的裙摆。虞阙吓了一跳，一把将二胡砸了过去："变态！年纪一大把了抓人裙子！"

而正在和两个修士缠斗的莫寒苼立刻察觉到，一锤锤飞两个人，大怒："这老头儿还敢骚扰你？！"她当即走过去，又是一锤！

江寒默不作声移至边缘处，看着两人一锤一锤地打得开心。

莫寒苼好像把什么都放下了一般，他从未见过她这样轻松愉悦的模样。

他想，或许是时候了。梦中，莫家满门死于妖兽口中。或许他该向自己的大弟子借一些妖兽。就是不知道这样的死法落在他们自己身上，他们是否满意。

师尊满脑子都是折腾宋家的方法，而虞阙和莫寒苼终于打爽了，还给老头儿留了一口气，又留下了两个还有行动能力的修士，让他们把老头儿抬回去。

莫寒苼冷笑一声，直接把老头儿踢给了那两个人："告诉你们家主，那个鬼婚约作废，虞姑娘说得没错，那个狗东西比较适合当太监！"

她呼出了一口气，看向了江寒。

白衣仙君一副柔弱无助的样子，没人知道他脑子里都是什么吓人东西。

莫寒苼声音都软了两分："那老头儿没吓到你吧。"

江寒看了一眼老头儿，道："有你在，我就不害怕。"

而此时，被他亲手捏碎了金丹的老头看他一副受害者的模样，终于忍不住昏死过去。

此时此刻，虞阙终于产生一种尘埃落定之感。

随后两天，虞阙在围观师尊演技爆发的同时，也围观了药王谷谷主和沧海宗的扯皮。然后她发现，不知道什么时候起，矿山四周突然多了许多野兽。

它们好像一夜间增多了，又一夜间消失，只出现在矿山四周短短一夜，仿佛迁徙途中休息一般，大部分离开，只留下一小部分还盘踞在周围。

虞阙猜这应该是野兽集体迁徙现象。到了第二天，她就听闻有一群迁徙的妖兽因为被宋家偷了它们的幼崽而集体袭击宋家，宋家满门死得十不存一。

虞阙听到这个消息时一愣。小说里，师娘满门正是死于妖兽之口，而现在……

那时，她正和师姐一起为小哈和小白一起裁制新衣服。师姐听到消息，漫不经心地问她："小师妹觉得，这所谓的妖兽袭击，有没有可能是人为控制的？"

小说里师娘满门被灭，可没有人追究那妖兽是不是被人为控制的。

虞阙睁大眼睛，正色道：“怎么可能是人为控制的呢？”

“妖兽迁徙，天经地义。那必然是大自然的杰作！”

大师姐做衣服的手一顿，良久，她放下了给小白做了一半的衣服，若有所思道：“你说得对。”

大自然的杰作，人力终究难胜天，所以这又关她一个柔弱的御兽师和他们同样柔弱的师尊什么事情呢？

毕竟如今的御兽师在其他修士眼中只是一个无比鸡肋的职业，御兽家族纷纷没落，正统的御兽术早已失传，谁又相信现在还有御兽师可以像千万年前一样，一个号令便可驱使千军万马？

好一个大自然的杰作，大自然有如此伟力，既然如此……

一天之后，曾经联合起来围攻莫家的几个家族，噩耗接二连三地传来。

先是最先提出围攻莫家的赵氏一门，他们靠为食修大宗食为天供应原材料起家，因为今年食为天主攻贝类膳食大受好评，所以今年整个赵家三分之二的钱都砸在了养殖扇贝上。

然而就在赵家家主偷摸着上青楼时，家族弟子哭着跑了过来，还没等赵家家主发怒，就声泪俱下地说，他们养的扇贝，跑了。

赵家家主一拍桌子站了起来，震怒道：“跑了？！”

弟子哭诉道：“家主！您可想想办法吧！整整四个岛屿所有扇贝，一夜之间跑了个干干净净啊！”

赵家家主此时还不知道这个“干干净净”是怎么个干净法，直到他上了岛，看着岛上连一片贝壳都没剩下，跑得干干净净。他的大脑一片空白，喃喃道：“跑了……怎么会跑了？”

弟子讷讷道：“大概是因为它们也是活物，扑棱着俩壳不就跑了吗……”顿了顿，弟子突然感叹，“这可能就是大自然难以捉摸之处。”

然后是主产各类珊瑚饰品的闻家。

那一夜，他们养珊瑚的岛礁上突然顺着海流飘过来一群妖化的海星。

于是第二天，闻家家主刚刚醒来，就听到他的大儿子惊恐道：“不好了！我们的珊瑚全被海星吃了！”

闻家家主觉得自己醒来的方式可能有些不太对，什么被吃了？被什么吃了？

最后损失惨重的两家一合计，觉得事情不对头。

先是宋家被妖兽灭门，紧接着他们家就出事了，这让人想不怀疑莫家都难。

两家家主齐齐找上了莫家。

莫家家主，也就是莫寒茬的父亲，是一个身高一米九五，一身腱子肉的体修。体修老大哥听着面前两个人一个口口声声扇贝跑了，一个声泪俱下说什么珊瑚被海星吃了，一脸疑惑。

什么都没做的老大哥觉得这两个人简直是胡搅蛮缠，他大怒道："你们家养的扇贝是跑我们家了，还是我们莫家亲自啃你们家的珊瑚了？你们有病吧！"

两个人还想再辩，一群身高全在一米八以上的男男女女就走了出来。莫家一个小辈抬手擦汗，亮了亮自己那比对方大腿还粗的胳膊，露出了"和善"的笑容："两位家主是有什么事吗？"

"没、没了。"

两人灰溜溜地走了之后，莫家炸了锅。

小辈们一脸兴奋道："那两个老东西的扇贝真的跑了？珊瑚真的被啃了？"

莫家家主挠了挠头："难不成这还真是因果报应不成？"

他写信给了自家女儿告知这件奇事。

莫寒茬拿着信："这……"她也困惑，"还真是因果报应？"

路过的师姐轻笑一声，温柔道："不，这都是大自然的杰作。"

而现在，这些姑且都还是后话。此时此刻，虞阙只看到自家大师姐愣了片刻，突然一笑，不知道想到了什么有趣的事情。

虞阙问道："师姐，怎么了？"

师姐重新拿起没做完的衣服，若无其事道："没什么……"然后她转移话题，随口问道，"对了，你给小哈做了什么衣服？"

她本是随口一问，虞阙却得意扬扬地将未做完的衣服展示给她看，一脸嘚瑟地求夸奖。

大师姐一看，沉默了。原本，她还以为虞阙会延续她那个越花就越好看的审美，继续做她那"惊天地泣鬼神"的花裙子，然而看到虞阙选布料的时候没选择那些花花绿绿的布料，而是选择了朴素的黑白二色，她还觉得有些欣慰，以为虞阙终于放弃她那审美了。可是现在……

半晌，她平静地问道："这是什么？"

虞阙一脸诡异地笑容，说：“这叫，女仆装。”

黑裙子，白围裙，褶皱，蝴蝶结，蕾丝。这，倒也不是说不好看，但是吧……

师姐沉默半晌，问道：“虞家的女仆，都穿这种衣服吗？”

虞阙心说美的那老东西呢，她摇头：“不，那老东西不配！”

师姐也不深究为什么这衣服非要叫女仆裙，而是盯着它看了半晌，突然恍然大悟般道：“但是，萧……小哈是条公狗啊，女仆装，怎么听都像是给女孩穿的吧。”

“也是，男孩穿女仆装……”虞阙不知道想到了什么，突然嘿嘿一笑，“那不是更好吗？”

师姐不知道说什么才好。

虞阙眼睛亮晶晶地看向了师姐：“你觉得呢？”

师姐沉默片刻，淡淡地道：“等这件衣服做好了，给小哈穿上的时候叫上我。”

虞阙一脸“我懂”的神情，当即点头。

到了晚上，虞阙和师姐各自收拾了一下，去赴莫寒芏的宴席。一是庆祝沧海宗在磨叽了两天之后终于把钱打过来了，师娘和虞阙各自发了一笔财；二是庆祝她成功解除婚约。

其实在宋家出事的消息传来之后，莫寒芏觉得趁着人家出事举行酒席什么的不太道德，还想取消来着。但虞阙不干，她可没忘记小说里莫寒芏的下场，她直接问道：“莫姐姐，你就实话实说，他们倒霉，你高不高兴吧！”

莫寒芏想到自订婚以来那些人明里暗里的行为，诚实地道：“是有点儿高兴。”

虞阙语重心长道：“所以啊，我们不仅要喝，还要大喝特喝，趁着坏人倒霉蹦迪岂不是更刺激！”

于是今晚，虞阙带头“蹦迪”，她甚至把小哈都给抱了过去。

小哈这两天一直在躲着她，被她拽过来，也有些心不在焉。

虞阙看着小哈，若有所思，小哈和小白那一夜发生的事还历历在目。虽然说大师姐解释了事情不是她想的那样，但是吧，小哈毕竟是一条成年狗，也是该成家立业了，这两天这么心不在焉，难不成到了想小母狗的年纪了？

虞阙觉得自己悟了！于是从开始喝酒一直到子夜，虞阙连酒都没碰几杯，一直在不着痕迹地观察着小哈。

萧灼被看得一阵恶寒，但他每次扭头，都看到虞阙一脸若无其事地专注着桌子上的菜，仿佛对他丝毫没有兴趣。

萧灼总觉得她想搞事，但他没有证据！别问，问就是这么长时间他被祸害出来的经验！

萧灼肯被虞阙抱过来，为的本来是同样被宴请了的药王谷谷主，但是被虞阙这么盯着，他硬是没找到靠近药王谷谷主的机会，宴席就快结束了，他不由得有些焦躁。

正在这时，他突然听到一直没怎么开口的晏行舟说，夜已经深了，他可以送小师妹回去，顺便把药王谷谷主也送回去。

师尊看了看他们，点头道："路上小心。"

于是晏行舟带着半醉半醒的药王谷谷主和小师妹离开了。

萧灼默默地跟了上去。

药王谷谷主喝醉了话多，一路上一直在说他来这一趟来值了，不仅成功坑到了沧海宗，而且他们师门个个都是人才，很对他的胃口。

晏行舟仿佛闲聊一般，随口道："谷主还没见我一个师兄，他姓萧。"

谷主想了想："萧啊……唔，我前段时间治了个病人，也姓萧。"

晏行舟讶异地道："那也是有缘，说不定是我那个师兄的熟识之人呢。谷主，您那个病人叫什么？"

萧灼下意识地竖起了耳朵。

谷主却懒洋洋道："我只治病，谁还记他叫什么。"

晏行舟微笑着道："那想必是他得的病难不倒您，否则的话，要是您遇见个能让您也无能为力的病的话，您就不怕记不住病人名字了。"

谷主听到这里，突然嗤笑一声，毫不客气地说："他那个病，老夫也治不了，但他得的倒不是难病，而是蠢病，他哪怕死，也是被自己蠢死的！"

谷主也不卖关子，说道："那个蠢货，好好一个人，偏偏作死去学妖族功法，学了一半发现不对劲，这才知道自己学的东西是妖族的，如今离废人只有一步之遥，想让我治，哼！"

晏行舟皱眉道："人族学妖族功法，那能治吗？"

谷主面无表情道："能治，但我不能治。"

"毕竟他这个情况，要么等死，要么彻底变成妖，人变妖……呵，我上哪儿给他找足够强大还能契合他的妖脉去。"人类用了妖族的妖脉，是能变成妖的，但药王谷谷主怎么可能赔上一世清名，去做这种事。

晏行舟和谷主还在闲聊什么，萧灼却觉得自己什么都听不到了。

他如遭雷击。梦中，他一直到杀了萧焰也没想通，他和他无冤无仇，那人为何要污蔑他。如今，真相就这么毫无预兆地摆在了他的面前。

妖族功法，妖脉。他一直都知道，他是父亲和一个妖族女人一夜风流的产物，他们或许相爱过，但这想必不足以让一个妖放下故乡，也不足以让一个修士娶一个妖，他的母亲走的时候留下了他和一本妖族功法。

萧灼可以选择当妖，去学那本功法。但梦中他想当人，于是后来他再也没有见过那本功法。所以萧焰误学了那本功法？

不，或许不是误学，他本就资质平庸，若是他想成为妖的话……那他想找一个契合他的妖脉还有什么比萧灼身上的妖脉更合适的。

只是萧焰大概没想到，萧灼哪怕“私通妖族”，那么多修士也没能抓住他。他更想不到，萧灼敢孤身一人闯入妖族。

真相解开，萧灼却突然觉得索然无味。只是不知道，他这个小师弟，是无意间这么问的，还是……他若有所思地看向了前方的小师弟。

而此时，虞阙也若有所思地看着萧灼，不知道在想什么。

她神情莫测，系统不由自主地多想，难道虞阙猜出了什么？

它试探道：“宿主，你在看什么？”

虞阙沉吟，系统提心吊胆地等她开口。结果它听虞阙突然道：“你看小哈的腰，我总觉得他瘦了，那女仆装的腰围要不要改小一点？”

系统顿时冷漠下来：“哦。”

“还有。”

系统一口气没上来，又提起心。

虞阙皱着眉道：“你看小哈这一会儿工夫变了多少表情，果然是青春期的少男情绪多变吗，我是不是该赶紧给它找条小母狗？”

它到底在期待什么？哦，它还能期待虞阙给妖皇找小母狗。

于是第二天，系统就眼睁睁地看着虞阙背着所有人，偷偷摸摸地下山去了狗市。虞阙在狗市一番挑选。系统一脸麻木地看着她评价这条母狗体型太小，那条母狗不会埋粪便。

它难以置信地道：“难道你真的要给小哈找条小母狗？”

虞阙一脸严肃：“我反对包办婚姻！”

系统松了口气。

“所以我决定还是直接把小哈带过来，让它自己相亲！”

系统只想大喊，你住手啊！你知不知道你在干什么！

虞阙不知道，她兴冲冲地又往回跑，跑到山脚下时，虞阙在一个树林外突然看到一条通体纯白的大狗。虞阙本来以为是小白，正想上去打招呼，靠近才发现它的体型比小白小了一圈，还是条小母狗，还是蓝眼睛！相当漂亮！

虞阙一下子就被这双眼睛征服了！这里什么时候有了这么一条好看的狗！

虞阙看了看这条白狗，又想了想小哈的颜值，突然想将这俩凑成一对。她立刻对那小母狗道：“你等着，我给你找个帅哥让你看看！”她兴冲冲地往回跑。

“宿主……”

“你等等再说。”

系统倒也想等，但你找的这个，它是你师姐的契约兽啊！

虞阙不听，她回去之后，把刚做好的衣服拿了出来。女仆装，她敢肯定，小哈穿这身衣服相亲，绝对震惊全场！

萧灼的思绪还停留在突然得知的真相上，虞阙毫无预兆地抱起他，三下五除二往他身上套衣服。

萧灼一脸茫然，虞阙动作太快，他根本不知道她套的是什么，他以为，还是以往的那种花花绿绿的衣服，而他在虞阙不断的摧残下，早已经习惯了那种衣服，所以他这次甚至连挣扎都没挣扎。

虞阙很顺畅地穿好了，抱着他就往外走，萧灼开始觉得不对，这是要去哪儿？他迷茫地看着虞阙把他带到了山下一个小树林，突然停下，语重心长道：“小哈，我给你找了个美丽端庄的相亲对象，你可一定要把握住机会啊！”

美丽端庄的什么？什么相亲对象！等等！他在虞阙眼里不是狗吗，狗的相亲对象……

虞阙一脚踏进了树林，于是萧灼就看到了……一条美丽端庄的狗。

这、这不是师姐的契约兽吗？等等，你搞错了啊！萧灼疯狂挣扎了起来。

虞阙按住他，满脸笑容道：“这个是小哈，我给你找来的帅狗，你看看它怎么样，你要是觉得好的话，你们不妨相个亲，再约个会。”

小白狗不知道听懂没听懂，歪头看着她。

“嗷！”一头足有一人高的黑色巨兽不知从何处跳了出来，冷冷地看着虞阙。小白狗娇俏地叫了一声，开心地靠在它腿边，巨兽温柔地舔了舔她，又冷冷地看着虞阙和萧灼。

虞阙惊呆了，手一松，萧灼掉了下来。萧灼麻木地和面前的巨兽对视着，片刻之后，他突然长叹一声，扛起虞阙就跑！一路飞奔，甩掉巨兽，险之又险地跑回了山里，他直接跑回了虞阙的院子，又把她给放了下来，默默地看着她。

虞阙惊呆了，她怎么也想不到，她只是想相个亲，怎么就变成了生死追逐战。

哦，是了，那只美貌狗它有对象。

可恶！她不是故意要棒打鸳鸯的！

萧灼此时跑得肺都快炸了，他一脸无语地看着虞阙。他想，他大概这辈子都不想要孩子了。他着实不想再体验一把养"熊孩子"的滋味。

然而看虞阙一副吓呆了的样子，他又不由得有些心软。

他正想着要不要安慰安慰她，虞阙突然回过神来一般，道："小哈！这种情况下你都能把我救出来！我们果然主仆情深！"

萧灼瞬间就后悔救她了。

"所以——"虞阙放下了捂着眼睛的手，跃跃欲试地看着萧灼，满脸期待。

萧灼莫名感到头皮发麻。

虞阙说道："你一定不是普通的哈士奇，给我变！"

萧灼心想，啥玩意？什么变？变什么？

他有什么好变……下一刻，萧灼突然一愣，然后转身疯狂往外跑！

虞阙反应飞快，扑上去抓住了他的尾巴："快快快！快给我变！"

萧灼快疯了，放开他！变你个大头鬼啊！他妖化快结束了！他是真的要变了！下一刻，虞阙眼前白光一闪，刺得她闭上了眼睛。等她再睁开眼睛时，面前小哈站着的地方突然出现了一个一米八几的大帅哥。

"啊！"虞阙缓缓张大了嘴巴。

虞阙震惊地看着帅哥，帅哥绝望地看着她。

最后，虞阙的目光不由自主地落在了帅哥的胸口上。

帅哥穿着一身破破烂烂的黑衣，一副落拓的模样，唯独胸口上……虞阙亲手制作的那条缩小版女仆装正紧紧地卡在对方的胸肌上。

虞阙凭借着女仆装，认出了眼前的人，她不可思议，难以置信！

对方欲言又止，虞阙喃喃道："真的变了啊！"

萧灼绝望地想，让他死吧！

你养的大狗狗有朝一日变成了人，是一个一米八几的大帅哥，还是一个穿着缩小版女仆装的帅哥。

你会怎么办？

那当然是……更兴奋了啊！

虞阙压抑着自己激动的心、颤抖的手，颤颤巍巍地上前两步，伸出自己的手，深情地道：“小哈——”

小哈一脸惊恐地后退两步，脸上的表情不是见到主人的欣喜，而是一脸天崩地裂的绝望。

虞阙觉得自己十分理解他此刻的心情。以她梦里看过诸多兽耳变装动漫的经验以及她对一系列变装作品的熟知，她笃定现在刚化成人形的小哈必然是处在对自己新身体的无所适从以及对外界排斥的自我保护阶段。

她包容又怜悯地看着小哈无所适从的表情、脸上若隐若现的两道红色妖纹以及那勒在胸肌上的女仆装。唯一遗憾的就是化形的小哈变化得太彻底，头上既没有长狗的耳朵，身后也没有尾巴。

可惜，可惜。她对系统感慨道：“刚从狗变成人，他现在一定很害怕！你看他多可怜啊，弱小、可怜，又无助。”

系统看了眼对方一米八几的身高、哪怕被女仆装勒着也有着相当可观的胸肌和那一拳下去能把自家宿主捶死的手臂，沉默了。

原来宿主她年纪轻轻眼睛就瞎了，可怜。

虞阙丝毫不觉得自己眼瞎，她宛如配置了手机拍照滤镜一般，感动地道：“小哈，你是听到了我的召唤，所以才变成人的吗？”

面前的小哈僵着脸：“不、不，我不是，我没有……”

虞阙温柔地道：“不，你是！”

想起不久前从那头黑色巨兽的口中逃生，虞阙瞬间觉得自己悟了！

一定是小哈经历了在实力相差悬殊的巨兽面前无法保护主人的绝望、尝过了只能带着主人逃跑的耻辱，他不想在今后的日子里再经历这种无能为力的挫败，想保护主人的意愿打败了他兽类的本能，于是在虞阙的一声“给我变”的呼唤之下，小哈从狗变成了人！这到底是什么主仆情深的剧本，她都快感动哭了！

虞阙感动道："小哈！我懂的！"

不，你不懂！萧灼快疯了，他不知道这个世界到底是怎么了，为什么？为什么他偏偏在这个时候恢复了人形？而且他这个小师妹到现在还以为他是由小哈变成了人，而不是由他这个人变成了狗。

但若是小师妹知道了自己就是二师兄……

妖化以来的日子在萧灼眼前飞快地闪过，仿若濒死前的走马灯。

萧灼顿时感到一阵窒息，觉得自己离死也不远了。

若是被人知道了他是萧灼……

若是被人知道了他穿过花花绿绿的小裙子……

若是被人知道了他不仅扎过蝴蝶结，还和灵猫互殴，还没打过……

若是被人知道了他一度"吃屎"……

这一瞬间，萧灼突然觉得这个修真界也没有什么值得留恋的了。此时此刻，他心里只有一个念头：他、绝对、不能、让人知道他都做了什么！

萧灼转身拔腿就跑！

再见了师尊，再见了同门，再见了修真界。你们就当我死了吧！只要他死了，就没人知道他都做了什么，他萧灼还是顶天立地的一条汉子！

光明就在不远处，萧灼欣喜地一脚跨出去——

"小哈！"虞阙一个猛虎扑食，从身后拽住了萧灼女仆装后面的蝴蝶结。

"你！"他挣扎，虞阙拽。

虞阙以为他接受不了自己身体的变化，一脸焦急苦口婆心地道："小哈！你不要害怕！你要勇敢接受自己身体的变化！"

"你放手！"

"我不放！"

"我不是你想象中的那样！我不是你的小哈啊！"

"不，在我心中不管你变成了什么样子！你永远都是小哈！"

萧灼快哭了："你放我走吧！"

虞阙也快哭了："你不要离开我……"

一时间空气中充满了苦情剧的氛围。

"你们在干什么？"一个声音突然响起，苦情剧瞬间被打断。

虞阙和萧灼同时抬头。晏行舟站在不远处，正面无表情地看着他们。

萧灼愣住了，小师弟若是发现了小哈就是他怎么办？不行！他现在是人形，只要糊弄糊弄，他就还有救！

虞阙在想小师兄要是不知道这个人是小哈变的，直接动手了怎么办？不行！不能让小师兄以为小哈是什么图谋不轨的外人！

于是两个人同时开口。

"你误会了！"

"你别误会！"

语毕，两个人对视，一脸惊恐。

萧灼想，你在干什么！我在自救啊！

虞阙想，你在干什么！我在救你啊！

晏行舟缓缓地露出笑容："什么误会？"

这时候，师姐抱着小白走了进来："发生什么了？什么误会？"她的目光一下子落在了萧灼身上，看着师弟胸肌上的女仆裙，冷静地道，"哇哦。"

萧灼感到一阵窒息。

随后师尊系着围裙，走了进来："你们怎么都……"

目光一下子落在了萧灼身上，片刻后，他冷静地点头："你回来了。"

萧灼眼前一黑，完了，他的一世英名。

这时候虞阙也觉得不对，看看这个，看看那个，纳闷儿道："小哈这是第一次化形吧，你们都能认出来吗？"

其他人还没说话，晏行舟就微笑道："师妹，你误会了，这可不是小哈。"

虞阙不解："啊？"

萧灼忙道："你等等！"

晏行舟却不给他机会："这是你那个未曾谋面的二师兄，萧灼。"

虞阙震惊道："啊？！"

萧灼闭上了眼，他的一世英名全毁了。

虞阙难以置信。这是谁？谁是萧灼？

虞阙手一抖，那女仆装背后的蝴蝶结被她给拽开了。女仆装飘飘然从萧灼身上落下，他感觉不对，下意识睁开了眼睛，就看到正从自己身上掉落的那黑白相间的古怪裙子。萧灼这才想起来，他身上还穿着属于小哈的裙子！

萧灼感到一阵窒息。

沉默之中，师姐冷静地走了过来。萧灼正想说什么，却见师姐从地上捡起了那古怪的裙子，平静地道："小师妹说得不错。"

萧灼恍惚地"啊"了一声。

师姐冷静地道："这女仆装，确实很配你。"

这玩意儿，叫女仆装。有那么一瞬间，萧灼仿佛听到了什么东西碎掉了声音，但他已经无所谓了。他想，这辈子，还是毁灭吧。

虞阙觉得自己产生幻觉了。小哈等于她的二师兄，等于小说里的妖皇。

小说里的妖皇，杀伐果断，可以说是除了那个隐藏人物之外，最让小说男女主角头疼的人物，而小哈……

他和灵猫互挠，还挠输了；

他穿着花花绿绿的小裙子；

他热爱榴梿，甚至不惜半夜偷榴梿；

他学狗叫。

最后的最后，浮现在虞阙脑海中的，是条大狗穿着女仆裙的样子。

他被她穿女仆裙的时候，毫不反抗。

这……虞阙神色复杂地对系统说："我没想到妖皇的爱好……还挺奇特。"

系统心道，妖皇，你保重吧。

这时，师尊正准备把萧灼带走，说是有要事相谈。萧灼根本不敢看虞阙那复杂的神色，虽然知道哪怕跟着师尊走也是入虎口，但还是松了口气。

但他这口气松早了，他刚转身，就听见小师妹道："等等。"

萧灼背影一僵。随后，他听到小师妹缓缓道："我房间里的榴梿，就都送给二师兄吧。"

萧灼震惊地回头！我只不过是没告诉你我是谁，你为什么要这么害我！

然而榴梿狂热人士虞阙却觉得自己付出了良多，她与萧灼对视，语重心长道："二师兄，虽说原形可能会影响心智，但是你下次想吃榴梿，直接找我要就好，不要再鬼鬼祟祟地半夜跑来偷了，还闹出了这样的误会，挺那个的。"

萧灼闭了闭眼，他觉得这件事，自己可能永远都解释不清了。半晌，他只能道："我是狼。"

虞阙震惊了："你不是狗吗？"

师尊也震惊了："你居然是狼？"

师姐若有所思："我记得好像是狼……"

晏行舟微笑不作声。

萧灼看着众人的反应，沉默良久，平静地道："好的，我是狗。"

他觉得，只要有小师妹在一天，他可能这辈子都回不到"狼籍"了。

萧灼平静地跟着师尊离开了。

虞阙若有所思对系统道："我是不是记错了什么？"

系统提示道："你想想，小说里的萧灼原形是什么？"

小说里妖皇原形是什么？理智告诉她是狼，然后她脑海里随之浮现出一只哈士奇。她沉默片刻，道："哈士奇和狼长得这么像，说不定小师兄妖族的那一半血脉其实是出自哈士奇呢！"说服自己之后，她抬起头，却看到小师兄还没走。

虞阙疑惑问道："小师兄，怎么了？"

小师兄言简意赅道："我给你的一线牵，还在吗？"

虞阙晃了晃手，接着她就看到小师兄上前，解开了她的一线牵，拿着走了。等等，这不是送给她当狗绳了吗？小师兄居然这么抠，送出去的东西还能要回去！

而此时，晏行舟拿着一线牵走在回去的路上，面无表情地想，他当初为什么要把这个送出去。一线牵，一根线牵住两个人，彼此知道对方的位置。挺不错的法器，但莫名让人觉得不爽。

而此时，刚随着师尊跨进书房的萧灼却突然听到师尊冷不丁地问道："你从梦境中醒来，有多久了。"

萧灼悚然回头，一瞬间汗毛倒立，这是他这辈子最大的秘密……

看到他的反应，师尊露出了一个笑容："看来我猜得没错。"

他看着萧灼警惕的表情，平静地问道："梦中我死之后，你过得怎么样？"梦中，师尊死于萧灼之前。

萧灼张了张嘴，一时间不知道该如何反应。最终他只问道："难不成，师尊也……"

师尊点头："幸得上天垂怜。"

这一瞬间，萧灼不知道自己是该哭还是该笑，他回来了，师尊也回来了。

他突然想起什么，艰难地问道："那师姐和师弟……"

"多半和你一样。"

萧灼疑惑道："多半？"

"我没问过他们，但我不是傻子，一开始我也不相信梦境中发生的一切是真的，但你师姐和师弟没有刻意遮掩，或许刚开始不清楚，但后来我不至于看不出来。"顿了顿，师尊他补充道，"你师弟其实才是最早知道这件事的人，但是他那个性格，你也知道。"

"总之，醒来后，都不一样了。"

对，不一样了，他们有了重来一次的机会。这一瞬间，萧灼悲喜交加。

师尊叹息一声，问他："灼儿，梦醒了，如果是你的话，你想怎么活呢？"

他想怎么活？像梦中一样，重新当妖皇？他梦中那辈子进入妖族是逼不得已，所以他现在要离开师门主动进入妖族吗？

萧灼觉得，他不想。

但留在修真界，他已经连半妖都算不上了，妖化之后，他就是一个完完全全的妖。况且，当过妖皇，手握权力，谁又能甘心平庸。

师尊看了他片刻，突然道："要是你无法选择的话，不妨找你师妹聊一聊吧。"

萧灼这才想起这辈子突然出现的师妹，他一惊："难不成师妹也是……"

师尊面无表情："不，她身上或许有秘密，但不妨碍她是一个纯粹的小傻子。"

萧灼："……"

师尊语气缓和了一些，又道："你师妹看似愚钝，但在许多时候，看问题的角度与我们不同，有时候反而能破局，走出一条新路来，你与其自困，不妨问问她。"

萧灼若有所思。是了，小师妹的想法有时候……着实超乎想象。

"去吧。"

萧灼若有所思地离开，走到一半，他突然觉得不对。

等等，如果他整个师门都是梦到同一世的话，那么……萧灼木着脸，转头问："师尊，那你们见到我的原形时，是不是早已经认了出来。"

师尊沉默片刻，平静地道："是。"

也就是说，他以为他们不认得他原形时所做的那些蠢事，其实都已经曝光在他们眼皮子底下了。

比如装狗叫的那声"汪"。

哦，他的"狗籍"原来是自己给自己安上的。

萧灼幽魂一般飘了出来，飘去了虞阙的院子。

虞阙正边晒太阳便思考人生，见到他的模样吓了一跳。他连忙道：“师妹，我这次来，是想和你道歉，我不是故意隐瞒。”

虞阙善解人意道：“我明白，我都懂的。”说着，眼里满是真诚。

萧灼鼓起勇气开口：“多谢师妹不怪我，其实我这次来……”

虞阙一本正经地看着他，萧灼一阵心累，又来了，这股熟悉的、无能为力的感觉。他本以为他变成人之后，他可能要和小师妹生分了，但是……

小师妹真挚地道：“师兄，你不要客气，不论你做了什么我都能理解。”

萧灼咬牙微笑，就是这种感觉，这种无奈的，是人是狗一视同仁的感觉。

他压下心头无奈，微笑：“师妹，其实我有事问你。”

虞阙正襟危坐：“你问。”

萧灼斟酌片刻，缓缓道：“是这样的，我有一个朋友……”

“噗！”

“嗯？”

虞阙连忙道：“没什么，你继续你继续，你这个……朋友，怎么了？”

萧灼总感觉怪怪的，但也没多想，继续道：“我那个朋友，身世有些难言……”他缓缓将自己面临的困境道出。

半妖，不论在人族还是妖族，都不受人待见。他十岁之后逃离家族，颠沛流离了五年才遇到师尊，他爱屋及乌偏向人族，人族修士不信他，受尽冷落，情义难全。

最终他问道：“在这种情况下，他是否还要争做那个妖皇的位置？”

萧灼眉头紧皱。虞阙看着萧灼，微微一笑：“你那个朋友，格局小了。”

萧灼猛地一抬头，格局小了，成为妖皇，在师妹眼中是格局小了？

师妹的笑容神秘莫测：“为什么要选择呢？成年人当然是全都要，从此以后人族、妖族一家亲不好吗？到时候谁管你是人是妖还是半妖！”

这，人族、妖族一家亲！萧灼觉得自己抓住了什么，他忍不住热血沸腾。他缓缓道：“师妹的意思是……”

虞阙高深莫测地点头，两人同时开口。

“两地为皇。”

“做中间商！”

“什么？”

“嗯？”

做什么中间商！什么做中间商！难道他不是要走上称霸人族和妖族之路吗？

虞阙比他还震惊："你……你那个朋友难不成真想当妖皇？当妖皇那是什么？全年无休打工人啊！痛苦之源啊！这么辛苦下去他就真不怕猝死？而且当皇帝那是给自己当吗？那分明是给天下人打工，最痛苦的打工人啊！"

萧灼不知道什么是"打工人"，但他不由自主地想，他在梦中确实很累。

他不能因为出身让人诟病，那就要付出数倍努力。饶是如此，他仍要面临数不尽的暗杀，随时都有人想推他下台。

"但当中间商就不一样了。"她肃然道，"人妖混血是优点啊！利用好这个身份，人族和妖族你都能结交。妖珠在人族多贵，但在妖族遍地都是。人族炼丹师是大众职业，妖族有吗？你利用这个优势当个中间商赚差价多好。

"当什么高级打工人！当然是自己赚钱最香！有钱就是甲方！我们先定个小目标，赚它一个亿灵石！等你成了有钱的甲方，你看妖族和人族谁不捧着你！"

"他们哪怕装！也得给你装得一家亲！"她继续说道，"所以，史上最强中间商！你值得拥有！"

萧灼被震撼到了，是、是这样吗？争霸的尽头是当中间商？

萧灼被虞阙的一番话冲击得一愣一愣的，他感觉自己的三观仿佛都被洗礼了一遍。

现如今，放眼整个修真界，谁不是在追求权和力？而这两者，往往是不可分割的。只要不是道心足够坚定的人，有了足够的实力之后，谁不想再握住同等的权力。一言可定生死，生杀予夺。

萧灼甚至不否认，在他刚刚成为妖皇后，他也沉浸在这种仿佛可以掌控所有人的权力之中无法自拔。但他很快就发现，在他掌控别人的同时，别人其实也在掌控他。

他不可能杀尽所有有二心的人，他也不可能改变自己的出身，那么他就得时时刻刻提防着别人的恶意，随时做好只要他失势，就会被他们一拥而上撕个粉碎的准备。

萧灼最开始是为了活命当的妖皇，后来他也是为了活命不得不继续当妖皇，然而扪心自问，他真的喜欢这个位置吗？可他一个半妖，不管在人族还是在妖族都是处于最底层的位置，他不往上爬，又能怎么办？

梦醒之后的萧灼同样迷茫。他如今妖化成功，成了完完整整的妖，已经不可能再成为人了，没了半妖身份的束缚，他还再去争那个妖皇，只会比梦中更顺利。

他还要再争吗？没听虞阙那番话之前，萧灼纠结的只有争与不争，或者怎么争。

然而虞阙的一番话突然就把他搞混乱了。在整个修真界，在所有人都在疯狂争名夺利的情况下，只有虞阙信誓旦旦地告诉他，所谓妖皇就是一个全年无休的高级打工人，真男人就该赚钱。

乍一听无比离谱，仔细一想也挺离谱，但又诡异地有那么一些道理。

妖皇累吗？累！有钱爽吗？爽！

萧灼一个修真传统人士的三观受到了巨大的冲击，于是他开始顺着这个思路一路往下想。

要是论有钱的话……萧灼第一个想到的就是药王谷谷主，他可能是现如今整个修真界最有钱的修士了，没有之一。

哪怕是在梦中，萧灼他再当个两百年的妖皇，都不见得能比药王谷有钱。

他记得梦里曾有人戏称，说身为丹修的药王谷谷主可能压根儿都不是以丹入道，而是以钱入道，足见他的有钱程度。

萧灼不由自主地开始对比起了有钱的谷主和有权的妖皇到底谁过得好。

他做妖皇时，一年三百六十五天，工作加修炼时间就有三百六十天，平均每天工作和修炼时间九个时辰。

而梦境中的药王谷谷主酷爱在玄铁令上发出游感想，今天在戈壁滩吃从修真界最南端飞剑送过来的西瓜，明天在深山幽谷叫上两个食为天的食修给他精心烹饪野餐。

萧灼不想还好，这么一想，他突然就发现自己当妖皇时怎么就过得这么苦！

等等，这还只是物质的享受而已。

说来说去，他一路爬上妖皇的位置，归根结底还是想堂堂正正站在人前，想不管是在人族还是妖族都不受歧视……然后他想，他哪怕成了妖皇，诟病自己出身的人依旧没少过，而他还不能全都处理了他们。

他记得他已是妖皇后，有一个大家族的家主曾酒后嘲笑药王谷谷主的儿子谷佑箴是废物一个，只会哗众取宠。第二天药王谷谷主就断了那个家族和药王谷的全部生意，用钱硬生生挖走他现有的生意，结果不到两个月，那个家族就落败成了三流家族。

萧灼突然就无言以对，他梦里当妖皇累死累活跟狗一样，只想改变自己的命运，结果发现啥也没有改变，难不成这就是他这现实中频频被人当成狗的原因？萧灼怀疑人生，他为什么没想到这些？

能看破这些的小师妹……有大智慧啊！

而此时，有大智慧的虞阙小嘴依旧在叭叭地说个不停。她不由自主地想起了自己的打工生涯，一时间居然还说动情了。

她颤声道："什么叫打工人！起得比鸡早，睡得比狗晚，老板屁事一堆，辛辛苦苦赚点窝囊费；而妖皇是什么，那不就是一个高级打工人吗！普通打工人好歹是挣了钱给自己花，高级打工人那是累死累活挣了钱结果全给别人花！"

萧灼的胸口仿佛中了一箭。

"但是搞钱就不一样了。"虞阙继续，严肃地道，"现如今人族和妖族互相看不起，两族也基本上不来往不通商，这是商机啊！人族有的，在妖族稀少；妖族有的，在人族珍贵。你低价买入再高价卖出，等到时候两边都依赖你从对方那里通商，你看谁敢给你气受！到时候看谁不顺眼，搞他也只是一句话的事儿……"

"你说得对！"虞阙一番激情发言还没说完，萧灼突然一脸严肃地说。

虞阙愣了愣，抬起头，就看到萧灼一脸"我悟了"的表情。萧灼深吸一口气，看向她，真诚地道："小师妹，我多谢……我替我那个朋友多谢你。"

"不、不客气！"

萧灼一脸看破红尘的模样："我明白了，人生在世，果然还是不能被世俗所累，否则追求权力，一生终究是碌碌无为，可惜我痴长小师妹这么多岁，居然还看不破这个道理。"

萧灼感慨道："师尊对你的评价，果然不无道理。"

虞阙支棱了起来："师尊怎么评价我的？"

萧灼顿时卡壳，怎么评价的？他难道要直说师尊说你是脑回路清奇的小傻子吗？他顿了顿，委婉地道："师尊说，小师妹天真烂漫，大智若愚。"

虞阙总觉得这不是什么好词。

而此时，萧灼已经一副顿悟了的模样，沉声道："小师妹，我已经明白了。"

虞阙茫然问道："所以呢？"

"我要去做属于我自己的事情了。"二师兄转身离开，背影坚定又潇洒。

虞阙看着他的背影半天，突然恍然大悟道："他居然真的听了？堂堂妖皇居然这么好忽悠的吗？所以我果然还是有救赎文女主角的光环的吧！"

你还真是时时刻刻不忘强调自己救赎文女主角的身份，然而系统看着未来妖皇的背影，沉吟。妖皇去当中间商……那一定是史上最强中间商吧。

此时，想通了当妖皇都是虚无的，只有搞钱才是真理的萧灼正带着满腔热血走向药王谷谷主住处。他路过了师尊门外，师尊正好穿着围裙出来，看到自己二弟子短短一段时间去而复返，困惑道："你没有去找你师妹吗？"

萧灼回道："我找了。"

师尊困惑，这么快回来？是他和虞阙没说到一块去，还是虞阙的建议对他而言不具有建设性？

他问道："那你现在……"

"我要去搞钱了！"

"搞钱？"

"我决定去当中间商！"当妖皇，是没有前途的。

师尊他看着自家弟子远去的背影，此时，他无比想知道，自己那个小徒弟到底说了什么。

萧灼找到谷主的时候，谷主正在训儿子。

一阵寒暄，药王谷谷主知道了眼前这个人是从未见过的虞阙的二师兄，他先赞了一声人才，然后他就听见这位第一次见面的二弟子自来熟地对他说："谷主，我想要您一枚避雷丹。"

谷主心道，这怕不是个傻子。他微笑道："我的避雷丹只换不卖，公子想要的话，怕是要给我足够让我心动的东西。"

萧灼当然知道，药王谷当年突然扬名，正是因为那吃下足以避开一道雷劫的避雷丹。但避雷丹单方从不外泄，谷主放言，想要避雷丹，除非给他足够他心动的条件，药王谷从成立到现在，总共只给出了七枚避雷丹，每次都足以轰动整个修真界。

在梦中，萧灼妖化不久就迎来了人生中第一次雷劫，他为求稳妥，上药王谷求避雷丹。到最后他也没能拿出足以让谷主心动的条件。

但这次，他想再试试。萧灼笑了笑，道："我给出的条件，是一条能将药王谷丹药卖往妖族的商道。"

药王谷谷主闻言一下子眯起了眼睛。他知道虞阙有个半妖师兄，但是人族和妖族互相歧视，可从未通商过。两族之间倒有二道贩子之类的人物，都是些走投无路的人，那些人或妖可都是拿命去换东西，一旦被发现，便绝无活路。

这人半妖的身份或许是个助力，但要说开通一条商道？他笑道：“这可绝不轻松啊。”

萧灼轻声一笑，再怎么难，还能有他在梦中杀上妖皇之位难吗。现在，或许真该换一个活法了，他平静地说：“那就请谷主，先为我备上一颗避雷丹吧。”

谷主看了他片刻，突然意识到他不是不自量力，或者在开玩笑。他沉默片刻，缓缓笑道：“好，那我就等着仙君。”

这一刻，萧灼心下一松，像是放下了重担一般。

师尊说得没错，在很多时候，小师妹看问题比他们任何人都清醒。

梦中，他因为萧焰的一己私利，被诬陷私通妖族，被整个修真界驱逐。那时候师尊早已成了灭门魔头，小师弟失踪，整个师门只剩下他和师姐孤立无援。

他为了不连累师姐，逃入了妖族，但没想到师姐最终还是落得那样的下场。

萧灼这次想看看，在他整个师门都已知未来的情况下，他以妖的身份成了整个修真界唯一联通两族来往的人，在他们都尝过了以更低廉的价格获得平时根本拿不到或要昂贵几倍才能拿到的东西之后，萧焰的那句“私通妖族”，还会有多少人相信。

他已经迫不及待了。

当天下午，药王谷谷主就带着自己离家十年的儿子离开了，走得匆匆忙忙的，不知道在筹备什么。谷佑箴走的时候对着来送他的虞阙声泪俱下，口口声声道这辈子没遇到过像虞阙这么对胃口的朋友，让她以后万万记得要和他联系，有空的时候可以看看他的直播。虞阙一时竟然不知道他到底是为了朋友，还是为了直播。

送完谷家父子，她原本想去找师尊的，却意外碰见了小师兄。

小师兄站在最高的山上，目光空洞，不知道在看什么地方。

虞阙总觉得小师兄有些冷，察觉到虞阙想法的系统心说废话，眼前这个大佬冷起来的时候，雪山可能都没他冷。

然后它就看到自家宿主看了一会儿，突然转身跑了。系统心想，不至于吧？

只见虞阙将零食、饮料一股脑地往储物袋里塞，走了两步，她想了想，又回去拿了两床厚厚的被子塞进了储物袋里。

她回到山巅上，此时，山顶的风飕飕地刮，吹得虞阙忍不住搓手。

小师兄已经从站姿变成了坐姿，他漫不经心地盘腿坐在石头上，一手托着下巴，冷风猎猎地吹着衣裳，他仿佛随时都能凌空而去，周身是拒人于千里之外的气势，让人不敢靠近。虞阙看了一会儿，走了过去，以迅雷不及掩耳之势抽出了一床棉被，往小师兄身上一披。

小师兄浑身一僵，随即像含着冰碴子一般，问道："虞阙，你在干什么？"

虞阙摆手，一脸做了好事的满足感，说道："小师兄，不用谢！关爱同门人人有责，不过下次小师兄最好还是别这么吹冷风，给你补充一个小知识，吹冷风可能会导致面瘫，小师兄一定要小心啊！"

小师兄皮笑肉不笑地道："那我多谢小师妹。"

"不用谢。"虞阙又抽出一床被子，把小师兄身前也裹上了。

前后一裹，晏行舟顿时只露出一颗头。哪怕这颗英俊的头冷着脸，那拒人于千里之外的气势也消散得一干二净。

虞阙舒心地坐下，开始摆弄吃的。而小师兄不知道为什么，居然没掸开那两床被子。虞阙也没在意，刚把东西摆好，远远地突然传来一阵巨大石门开启的响声，虞阙还没反应过来，周围的风一瞬间猛烈了起来。

虞阙被吹得一脸蒙，刚摆好的零食全沾上了土，小师兄这才把被子扔在她身上，替她挡住风，十分愉悦的模样。虞阙一脸蒙地抱着被子，等了好一会儿，那开门的动静连带着那风声才停下来。

虞阙总觉得古怪，这声音……像是一瞬间灌入了所有人耳朵中一般。虞阙困惑问道："小师兄，这是什么？"

晏行舟看了她一眼，平静地道："魔界开启了。"

虞阙一瞬间想起这是什么了！小说背景里，设定的是人间和魔界分隔于两个世界，两界之间有巨门阻隔，那巨门两百年会出现一次，一次出现二十年，这二十年里，人间和魔界可以短暂互通，现在应当就是那巨门出现的时间了。

虞阙还在回忆小说，就听小师兄说道："走了，我们该回去了。"

"啊？回哪儿？"

"回师门。"

与此同时，炼器室内，江寒面色凝重地看着窗外，突然道：“莫姑娘，我可能要回去了。”

莫寒茔动作一顿，随即她若无其事地道：“嗯，你们过来本来也是为了虞姑娘的法器，如今法器已成，你们已经耽搁很久了。”

江寒却转过头，看了她半晌。莫寒茔在他的视线中越来越不自在，然后她就听见面前的男子道：“莫姑娘，我想邀请你当我们门派的客卿长老……”

莫寒茔一愣，江寒有些不自在地道：“我们虽然是小门小派，但地方还算大，莫姑娘若是肯来的话，我一定……”

“我来！”莫寒茔突然打断了他的话，她深吸一口气，说道，“我来。”

“你只需要给我准备一间炼器室就可以了，我不要其他的。”

两人对视着，江寒不知道从何而来的冲动，突然上前，迟疑地抱住了她。

他哑声道：“莫姑娘，我……”

“莫姐姐！”门“砰”的一声被推开了，莫寒茔飞快地推开了他。

师尊保持着拥抱的姿势，僵在原地良久，良久。

他听到身后的人干巴巴地道：“对不起，也许我来得不是时候。”

师尊笑容瞬间变得狰狞起来：“不，你来得正是时候。”

是时候给刚入门的小弟子补习了！

第六章 入住门派，七念宗齐

从莫寒茥的矿山启程之前，江寒歉意地对她说："我的师门不过是小门小派，蛮荒偏僻，比不上你这里富裕，我贸然邀请你当客卿，可能要让你受委屈了。"

莫寒茥了然，其实早在她开口说要当客卿长老之前，她就已经做好了她要去的那个门派绝对不会富裕的准备。

毕竟这个门派满门上下连人带狗也就只有六个，没有历代的财富积累，他们又能富裕到那里去？

哪怕江寒仙尊实力非凡，但也架不住他是个剑修。

众所周知，整个修真界里，如果说最富裕的修士是丹修和炼器师，那么最穷的修士就当数丝毫没有赚钱技能的剑修和时时刻刻都得往里贴钱的御兽师。

而不巧，这整个师门里，光剑修就有俩，御兽师这个自没落之后不占修真界百分之一的职业这里居然还有一个，属实是凑齐了。

这样的配置下来，这个门派能攒下钱来才有鬼了。

但莫寒茎并没有介意，毕竟她自己就是坐拥一整座矿山的女人。

既然当了门派的客卿，就得与门派荣辱与共。做掌门师尊的不会赚钱没问题，底下的徒弟个个都能花钱也不成问题，她不信一座矿山还养不了五个人一条狗。莫寒茎自觉担负起了养家重任。

而这时，师尊又对虞阙道："阙儿，我们师门的住处有限，略好一些的住处都已经被你师兄师姐挑走了，莫姑娘是门派客卿，我们不能亏待她，等回到门派之后，怕是要暂时委屈你了。不过你别担心，等时机合适了，为师为你另寻一个好住处。"

闻言，虞阙脑海中立刻浮现出了深山老林之中破旧又狭小的门派。

她一时间十分同情。果然，不管是在修真界还是在现代世界，没有钱都是不行的。没有钱的话，哪怕是未来能把修真界搅和得天翻地覆的大佬们，不还是连个像样的住处都找不出来，简直是血淋淋的教训。

虞阙顿时更坚定了搞钱的决心，没关系，她相信凭借着自己聪明的大脑，一定能很快带领师门脱贫致富！十天搬出"破小旧"，一月搬进大别墅！

从没见过师门是什么样的莫寒茎和虞阙对视了一眼，一起在心里定下了赚钱致富的决心。

带着这样的决心，她们走了。

然后，两个人站在高耸入云的，一连二十几个山峰前，傻了眼。

虞阙沉默良久，开始怀疑自己是不是对"狭小"这个词产生了什么误解。

莫寒茎僵硬地问道："你的意思是，眼前这条山脉，就是你们师门所在？"

江寒一脸严肃地摇了摇头。

莫寒茎顿时松了一口气。吓死了，她还以为……

然后她就听见江寒平静地道："当然不是，这条山脉只有其中十座山峰是属于我们的，另外十几座山峰，是别人的。"

虞阙和莫寒茎随着他的手指看向了山脉。

这座东西走向的山脉，东西两边大不相同。

东边的一半被打理得井井有条，十几座山峰秩序井然，时不时能看到御剑修士飞来飞去，护山大阵笼罩，带着凛然杀意，明显是有一个大宗门坐落其中。

而西边的一半……说句野性美都是好听的，那一眼望过去荒凉的十座山峰，明摆着昭示着它根本没怎么住人！

江寒平静地道："我们住在这一半山脉上。"

虞阙"哦"了一声，原来只是一半啊，她还以为这一整座山脉都是他们的呢。还好，还好个鬼啊！有没有人给她解释一下为什么他们小门小派的区区几个人，能住整整半座山脉！

虞阙和莫寒芷同时沉默了下来，看着眼前高耸入云的整整半个山脉的地盘，两个人耳边不约而同地响起了江寒那句"我们小门小派"。

小门小派。

良久，莫寒芷梦游一般问道："你不是说，你们门派蛮荒偏僻，并不富裕？"

六个人占了半个山脉，这像是不富裕的样子吗？

江寒却十分真诚地回答道："莫姑娘，我并没有诓骗你，实在是我们宗门除地多了一些之外，几乎可称得上一无所有了。"

虞阙沉默地听着她的师尊类似土地主的发言。

除了地什么都没有，这和世界首富说"我除了钱一无所有"有什么区别？

虞阙被震惊到了，她沉默片刻，问道："师尊，您来时说师门住处有限，现在没有什么好住处……"

那整整十座山峰，盖上十个临山别墅都绰绰有余，这叫没有什么好住处？

师尊却面不改色道："确实没有什么好住处了。"他抬手一指那十座山峰，平静地道，"如今，你师兄师姐和为师已然各住了一座山峰，剩下的几座山峰里，不是山峰太小，就是朝向不太好，着实不是什么好去处……"

"等等！"虞阙突然察觉到不对，她迟疑道，"师尊的意思是，咱们师门，是一个人占一座山头。"

师尊挑了挑眉，一副"难道不应该这样吗"的模样。

虞阙缓缓睁大眼睛，幸福得险些昏了过去。也就是说，她，虞阙，从来没正儿八经地拥有过一处属于自己住宅的人，这辈子直接坐拥一整座山头了！

师姐在一旁温柔地道："小师妹，你现在不妨先挑一个自己喜欢的山峰。"

虞阙激动地搓手手："啊，这……可以吗？"

师姐笑道："当然可以，而且如果剩下的这几座山峰你都不怎么满意的话，我们也可以和隔壁宗门商量一下，看能不能和他们换一座山峰，所以，小师妹尽管挑吧。"

她一提隔壁宗门，虞阙就顺口问了一句："隔壁是个什么宗门啊？"

和他们分享一整座山脉，看起来关系匪浅。

然后她就听见师姐用无比淡然的语气道：“哦，隔壁啊，是沧海宗。”

“原来是沧……”虞阙猛然卡壳，瞬间睁大了眼睛。沧、沧海宗?！也就是说，她现在正和修真界第一大宗，和小说的男女主角……做邻居?

虞阙到现在才知道他们宗门的名字——七念宗。

据说，七念宗的开山祖师曾和沧海宗的开山祖师是师兄弟。两人师出同门，两人的师尊去世之后，给他们留下了一条山脉，也就是现在这条山脉。

师尊的本意是让这师兄弟二人齐心协力开宗立派，却没想到两兄弟在收徒的过程中理念诸多不合，最终不得不分道扬镳，将整座山脉一分为二，师兄占据一半山脉广收门徒，最终发展成了沧海宗。

而师弟相比于开宗立派，更注重钻研修炼，只收了几个徒弟，在他的十几座山峰上悠悠地过日子。

其后许多年，沧海宗发展得越来越大，人越来越多，而七念宗仿佛每一代都继承了开山祖师的意志一般，个个都对收徒没什么兴趣，十几座山峰从来没住满过。

于是，沧海宗是越住越挤，上一代的时候还出钱买下了他们宗门的几座山峰；而他们宗门是越住越宽松。

所以，他们不仅和沧海宗是邻居，严格意义上来说，他们还算沧海宗的半个同门了。怪不得在苍荡山的时候，男主角会管师尊叫师叔。

这时，虞阙正站在自己刚选好的小山峰上，一边听师姐讲过去的故事，一边和众人一起收拾着多年没住过人的小茅草屋。

对，没错，她虞阙坐拥一整座山峰，住小茅草屋。

她站在山峰之上，往沧海宗的方向看。

沧海宗整个宗门都被施以遮蔽窥探的术法，虞阙只能看到穿着各色弟子服的人飞来飞去，看起来十分繁忙。

师姐站在她身边，漫不经心地说：“魔界时隔这么多年又出现了，魔门开启，他们这段时间怕是要有的忙了。”

虞阙好奇地问道：“魔门开启，对修真界有什么影响吗？”

师姐笑了笑，道：“一道魔门撑不住整个魔界倾巢而出，最多不过是这二十年中魔修多了些罢了。只不过，他们怕的不只是魔门。”

她说得云里雾里的，虞阙正想追问，小师兄却突然出现在了二人之间，平静地道："师妹，师尊找你过去。"

"哦哦，好的好的。"她来不及多问，跟着小师兄离开。

师姐看着他们的背影，若有所思。片刻后，她问自己的二师弟："师弟，你有没有想过小师弟的身世？"

萧灼从自己的"中间商大计"中抬起头，茫然地道："师姐，你说什么？"

大师姐重复道："我在说小师弟，你有没有想过，小师弟的身世或许和魔界有关。"

她从来都不知道自己这个小师弟究竟是什么身世，哪怕是师尊也讳莫如深。但是在梦中，小师弟是在魔门第一次发生动荡的时候失踪的。他失踪的第二天，自己和二师弟焦头烂额，沧海宗却突然来了人，沧海宗宗主亲自问他们，晏行舟在哪里。得知晏行舟已经失踪时，他面色难看地离开了。

她那时就猜测，他们这个小师弟的失踪怕是和魔界脱不了关系，而现在这种猜测更甚。那么小师弟和魔界……她转头看向萧灼："二师弟，你觉得呢？"

萧灼沉思片刻。师姐心中莫名有些期待，然后她就看到自己二师弟猛地一挥拳头，恍然大悟道："对啊，小师弟要是和魔界有什么关系的话，那我能不能顺势把中间商做到魔界去？届时我们师兄弟联手……可行！绝对可行！"

盛鸢一脸无奈地看着自己二师弟。你在干什么啊师弟！我在和你说有可能牵扯到人魔两界的秘密，你在说什么啊！

这一刻，盛鸢心里只有一个念头：这绝不是她那个阴郁、敏感、步步为营的二师弟，这是一个被小师妹传染得没救了的傻子。

另一头，虞阙一边跟着小师兄下山，一边看着周围，一副若有所思的模样。

晏行舟看了她一会儿，问道："师妹，你在看什么？"

虞阙顿时神色严肃，一脸"我要说个秘密"的表情神秘地看着晏行舟，压低声音道："小师兄，你有没有觉得咱们师门……"

晏行舟下意识地俯身靠近，表情严肃了一些。然后他就听见自己小师妹道："咱们师门这么多空地，很适合种菜啊。"

晏行舟缓缓起身。到底是什么让他觉得，自己这个小师妹真的会深藏不露说出什么惊人的话呢？是对小师妹智商的信任吗？于是，虞阙一直到了师尊的静室，都十分不解小师兄后半段路为什么一直冷着脸。

难不成是因为小师兄不习惯吃菜？

虞阙满脸疑惑地坐在了师尊跟前，老老实实唤道："师尊。"

师尊看了她片刻，点点头，开口问道："阙儿，《桥头水调》这首曲子你可听过？"

虞阙一下子没反应过来，结结巴巴道："不、不曾啊。"

师尊便微笑道："没听过也好，这是绝大部分音修用来启蒙的曲子，虽说曲调简单，但颇有深意，当年写出这首曲子的音修正值渡劫失败困顿人间之际，落笔写完这首曲子之后，那人便一举冲破瓶颈白日飞升。"

虞阙干巴巴地感叹："哇哦。"

师尊也不在意她的心不在焉，只道："我弹一遍曲子，你告诉我，你都听到了什么。"说着，师尊拿出了一把古琴，手指微微拨动，优美的乐声流出。

虞阙顿时竖起耳朵认真听，她就像一个上完电影鉴赏课，老师非让你说出个一二三来的懵懂大学生一样，只觉得好听是真好听，听不懂也是真的听不懂。

师尊一曲很快弹完，手指按住琴弦，问道："说说看，你都听到了什么？"

她听到了什么？她听到了琴声，但绝对不能这么说。

虞阙绞尽脑汁，视线落在琴上，突然灵光一现，茅塞顿开。

她坐直了身体，严肃地道："此曲，曲调悠扬，韵律活泼，看似无忧无虑，但前半段平静，后半段顿挫，透露出作曲者的悲愤困顿，以乐景衬哀情，曲调越欢快，越能表达出作者内心的困苦！"

师尊眉毛一动，半晌，他缓缓地道："这首曲子，后半段并没有顿挫。"

虞阙一顿，随即，她若无其事道："那就是全程欢快悠扬，以乐景衬乐情，表达了作者宽阔的心态。"

师尊说道："这首曲子，一直都是哀婉小调的代表。"

虞阙她开始慌了。但师尊看着她，她也只能硬着头皮胡诌道："那……以哀景衬乐情，以哀景衬哀情？"

师尊按着额头叹息一声，他问道："谁教你这些没用的废话的？"

虞阙羞愧地低下了头。师尊按了按额头，想到自己这个小徒弟身上也有秘密，顿了顿，便问："你小时候，启蒙乐曲是什么？"

虞阙想了想，道："《两只老虎》。"

什么怪名字？师尊他顿了顿，道："那这样，我们师徒二人只以乐曲对比，我只弹这首小调，你要做的，就是在这首小调之中，将我的曲意完完全全地压下去。”

虞阙点头，深吸一口气，掏出了二胡。

师尊按着琴，问道：“你准备好了吗？”

虞阙严肃地点头。

师尊手指微动，悠扬的曲调流出，如春风，如细雨，连绵不断，源源不绝。

虞阙深吸了一口气，执琴，拉动。

一声尖厉得仿佛女鬼在哭嚎，又仿佛病人呻吟的声音幽幽流出。

师尊曲调猛然一滞，虞阙抓住机会，拉得更加卖力，变了调的曲子幽幽传遍整座山峰。一瞬间，整座山峰连只鸟都没了。

师尊稳住心神，恢复了自己的节奏。然后虞阙的曲调又一变，从幽幽怨怨的鬼哭狼嚎变成尖锐刺耳的锯木头的声音。师尊手指一紧，琴弦险些崩断！

不知道过了多久，这首明明不长的曲子终于弹完，师尊从未觉得一首曲子的时间居然会如此难熬。

师尊按着琴，满脸恍惚，虞阙放下二胡，满脸忐忑地看着师尊。

虞阙满怀期待地问：“师尊，您觉得怎么样？”

师尊沉默良久，他没评价她这首曲子到底压没压住他的曲意，而是按了按额头，说：“阙儿，你以后就保持这个拉二胡的方法，绝对会有意想不到的效果。”

虞阙眼睛一亮：“那您是觉得我的曲子……”

师尊顿了顿，谨慎地评价道：“没有技巧，全是感情。”

江寒——一个精通琴棋书画，深谙“男德”的剑修；

一个博学多才，仅凭理论知识就能打败修真界百分之九十正经音修的男人；

一个教出了三个不同类型的徒弟，凭借一己之力贡献了全书一半反派的魔头；

一个认真起来能把修真界搅个底朝天的反派。

他曾以为，在经历了梦中爱人的惨死之后，在经历了一朝梦醒可以弥补的冲击之后，这世上早该没有什么东西能让他震惊了。

直到他遇到了虞阙。他一生热爱的教育事业在虞阙身上遭遇了前所未有的考验，他教出了三个反派大佬的能力在虞阙身上受到了严峻的挑战。

他曾以为他的大梦一场是命运给予他的馈赠。直到遇到了虞阙，他才明白，原来命运的馈赠，早已在暗中标好了价格。

他经历了一场自他收徒以来最为艰难的教学。

他教得身心俱疲，虞阙听得饱受摧残，两个人都觉得自己非常痛苦。

一时之间，江寒住的主峰优美的小调和嘶哑的鬼嚎齐飞，不到一盏茶的时间，整个主峰方圆百米之内所有还能喘气的东西纷纷四处奔逃。

主峰之下有一棵有了些灵智的榕树，在这里生长了几百年都无聊度日，如今，它只恨自己为什么在之前那几百年如此偷懒，以至于如今别人都能拔腿跑，它只能站在原地忍受痛苦。

师尊费解道："明明指法是对的啊，我看着你一个音一个音拉的，为什么结果却大相径庭？"

虞阙斟酌着道："可能……这就是所谓的天赋异禀？"

能把乐曲拉得十分悦耳动听是一种天赋，但能把一首曲子拉得难听成这样，这又何尝不是一种天赋呢？

师尊皱眉沉思："可是，我记得之前你拉过可以成调的曲子啊，那个叫什么来着？《我在东北玩泥巴》。"虽然曲风诡异了一些，但那首曲子委实算得上是首曲子。

虞阙没敢说那首成了调的曲子是在系统辅助下营造出的假象。

于是，最终师尊只能叹息，虞阙也跟着叹息。这样一场教学持续了半个时辰，在师徒二人的情绪都濒临崩溃之前，住得离主峰最近的莫寒茬过来了。

莫寒茬委婉地表示，她虽然算不上见多识广，但也算是见过几个音修的，虞阙与她所见过的音修都不同，委实是一个与众不同的奇才。

莫寒茬走了之后，师徒二人一起蹲在门口怀疑人生。半晌，师尊突然悟了，他看了虞阙半天，猛地起身，一脸严肃地道："你说得对！"

虞阙一惊："啊？"

师尊转了两圈，郑重地道："我明白了！"

师尊一脸"悟了"的表情，郑重地道："你说得没错，能难听成这样，也着实是一种天赋，音修归根结底只是一种攻击手段，就像剑修有的追求快，有的追求力量一样，谁规定的音修的曲子一定要好听呢？能难听得险些连为师也顶不住，这样的曲子又岂是千千万万好听的曲子能比得上的！我江寒就是要教出修真界第一个演奏难听的音修！"

她那一生不服输的师尊如是对虞阙说道："从今以后，你只需要做你自己，不需要模仿别人，其他的，为师会向整个修真界证明！”

虞阙看了一眼不知为何陷入莫名亢奋中的师尊，艰难地道：“你开心就好。”第一个演奏难听的音修，总觉得这不是什么好名头。虞阙脚步沉重地离开了主峰。

从主峰到她住的那座山峰，虞阙如果徒步走的话，估计要走上一个时辰，于是虞阙毫不犹豫地掏出了自己的宝贝光轮2000。

她骑着扫帚，起飞，飞到高空之中，顿时一览众山小。

此时，有穿着沧海宗弟子服的人抄近道匆匆从他们宗门上空路过，一抬眼看到一个骑着扫帚的人飘到半空中，惊呼了一声，险些一脚从剑上滑下去！

他不由自主道：“道友，牛啊！”

虞阙矜持地冲他点了点头，道：“兄弟，借过。”

沧海宗弟子满怀敬畏地为她让开了一条路，一路看着虞阙飞回了自己的山峰。

那弟子开始加速往沧海宗赶，刚在沧海宗山门外落剑，正想往里跑，就见宗门大师兄谢千秋从门里出来，皱眉看着他，训斥道：“急急忙忙，成何体统！”

那弟子当即兴奋道：“师兄，你不知道我看到了什么，我在七念宗上空看到……”

他还没说完，谢千秋的眉头一皱，沉声道：“七念宗的人回来了？”

弟子点头：“是呀是呀，但这不是重点。师兄，我告诉你，我今天从七念宗上空借道，居然看到有人御扫帚飞行！奇人奇事啊！”

谢千秋顿时一愣，他缓缓道：“你说，看到有人御扫帚飞行？”

弟子点头。

七念宗、御扫帚飞行，他有一种强烈的预感，这个人绝对是虞阙。毕竟，除了她，他想不到七念宗还会有其他人能想出御扫帚飞行。

这一瞬间，他仿佛回到了那个当着修真界诸多宗门的面，艰难地选择要不要吞剑的夜晚。当着那个弟子的面，谢千秋的脸色缓缓地绷不住了。

虞阙飞回自己的住处落下扫帚时，就听到系统冷不丁地提示道：“男主角‘阴暗值’上升百分之五，如今总‘阴暗值’百分之十。”

虞阙满脑袋问号，怎么好端端的又变得阴暗了？她不由自主“啧啧”道：“这男主角心态不行啊，动不动就内心阴暗，啧啧，也是可怜。”

虞阙感叹完，就把这件事抛诸脑后，开始打量起自己那三间茅草屋。

坐拥十座山峰住茅草房……虞阙觉得有些没有面子。

她一边想着什么时候给自己的房子翻修一下，一边打量着四周。虽然这只是师尊口中“被挑剩下”的山峰，但这里的环境着实是没得挑的。

她的小茅草房周围是一整片竹林，竹林外环绕着郁郁葱葱的野花野草，生机勃勃，十分可爱。一条小溪从竹林中穿过，一直流到远处一个小断崖，变成了一道小瀑布。

美是真的美，但虞阙总觉得不得劲。她看着这一整座山上大片大片的空地，看着那被溪流冲刷出来的沃土，看着这向阳的一面光照很好的阳光……她不由自主地想，这么一大片地，不种点儿什么东西简直可惜了。

若是把那满地的野花野草拔了种上小青菜、小白菜、小黄瓜……以及，这竹林里的笋子，不知道好不好吃。

虞阙蠢蠢欲动，说干就干，当即拉着自家师姐一起下山采购。

师姐问她：“小师妹要买什么呢？”说这句话的时候，她心想，小师妹一个女孩子，虽然日用品给她准备好了，但难免缺些衣裳钗裙胭脂水粉一类的。她开始回忆山下好一些的胭脂铺子有哪些。

然后她就听到自己小师妹说：“我要去买锄头、犁、肥料、种子，师姐，你喜欢吃小白菜还是小黄瓜？你喜欢吃的我可以多买一点。”

师姐恍惚间以为自己听错了：“你要做什么？”

虞阙微笑，周身散发着“神农”般的光芒：“我要种地。”

师姐没想到有人的爱好居然是……种地！

师姐心情复杂地想，小师妹，还真是与众不同。

师姐陪着虞阙下了山，到了山下凡人的城池中，沉默地看着她的小师妹熟练地买齐了一系列农具。

她的小师妹甚至会和一群一辈子面朝黄土背朝天的农人一起姿态豪放地蹲在卖种子的摊子前，动作娴熟地挑选种子，时不时还能和周围的老大爷们讨论几句种子的优劣，场面异常和谐。

买完之后，一个老大爷欣慰地拍着小师妹的肩膀，感慨道：“是个种地的好手啊！”她小师妹闻言十分骄傲地挺起了胸膛。

从卖种子的摊子里出来，半路上又遇到了有人卖打折鸡蛋，她小师妹耳朵一动，盛鸢还来不及阻拦，就眼睁睁地看着小师妹急匆匆地和一群挎着篮子的大爷大妈们一起奔着鸡蛋去了，那小小的摊子霎时间被挤成了战场！

盛鸢堂堂一名御兽师，能统率千军万马的妖兽，今日却硬生生被一群凡人挤得无下脚之地。她徒劳无功地伸着手："小师妹……"

她小师妹在人群中如鱼得水。

盛鸢："……"

半晌，小师妹挎着一篮子鸡蛋，快乐地从人群中挤了出来。

盛鸢无力地问道："小师妹，我们可以走了吗？"

虞阙郑重地将鸡蛋放进储物袋里，道："可以了。"

一路无言。半晌，盛鸢终于忍不住，问道："小师妹，你为何对农事如此热衷且熟练？"而且明明不算困顿，却对打折的鸡蛋这么情有独钟。

虞阙闻言，一时间心酸道："因现实所迫啊！不想办法自己搞点新鲜蔬菜吃，我连菜都吃不起了！"

盛鸢顿时想起自己这个小师妹前十七年在虞家过得相当凄惨，她的脸色顿时难看起来，她只知道小师妹过得不太好，却没想到虞家居然连饭都不给她吃！

虞家着实欺人太甚！盛鸢一时间心中充满了对小师妹的怜爱。下一秒她就听到小师妹说："对了师姐，我还想去书店里买两本农书学学，师姐和我一起去吗？"

抢鸡蛋的场景还历历在目，盛鸢那满腔的怜爱顿时影子都没了，她微笑道："小师妹自己去吧，师姐另有东西要买，一会儿在外面等你。"

虞阙只能遗憾地自己进了书店，她先是一本正经地挑本农书，然后鬼鬼祟祟地摸进了一个小角落里，左右飞快地看了看，迅速看中一本平平无奇只有一个蓝色封面，连书名都没有的书，伸手拿了下来。

她略微翻了一下，很好，画工细腻，内容劲爆，是她要找的书。

虞阙拿着那两本书，鬼鬼祟祟地结了账。

店主目光扫过那本书，了然地看了她一眼，贴心地帮她包了起来。虞阙一本正经地拿着两本书出了门，她在门外没看到师姐，想了想，便站在原地等待。

而此时，相隔百米的另一家书店里，虞珏像是被什么吸引了一般，鬼使神差地走进了书店。她陷入了一种如梦游般的状态，仿佛有什么人在不断地呼唤着她，让她不由自主地去做些什么。

虞珏一步一步走向了书店一个角落，她的视线落在了书架角落里，一本平平无奇的，连书名都没有的书上，心里的声音告诉她，就是它。

虞珏颤抖着手，下意识地伸手，握住了它。那一瞬间，种种感觉都消失了。

虞珏猛然清醒，她深吸了一口气，挣扎了片刻，还是打开了书，在看到书上栩栩如生的图画时，虞珏一下子睁大了眼睛。

图画之上，一男一女对坐，周身经脉线条若有似无。

这是一本需要两个人一起修炼的功法！

这一刻，虞珏莫名觉得，这或许就是自己等待已久的机缘。

她迅速拿起书起身，心神不宁地结账。老板了然地看了她一眼，心说现在的女孩脸皮真薄，但他还是贴心地给她包好。

虞珏拿着到手的功法迅速离开，她太过慌张，心神激荡之下没怎么留意路，走过一个拐角，结结实实地和一个人撞在了一起。两个人拿着的东西掉了一地。

虞珏第一反应是看自己的书，她看到自己面前落了一本被包得整整齐齐的书，想也没想，甚至都没看眼前的人是谁，捡起书就走。只剩虞阙站在原地揉着胳膊，目瞪口呆地看着走得飞快的虞珏，困惑道："那是虞珏吗？"

系统沉默片刻，回答："是。"

虞阙大怒："她有毛病啊！撞了人都不道歉！"

系统这时候十分冷静："宿主，先把东西捡起来吧。"

它冷静地看着自己宿主嘟嘟囔囔地捡起了落了一地的东西，又随手把那本被包好的书往怀里一塞。

系统不着痕迹地把那本书扫描了一遍，不信邪地又扫描了一遍。

好的，它没看错，这本从女主角身上掉下来又被自己宿主捡了的书，正是小说里女主角意外得到之后又和男主角一起修炼的双人高深功法。其地位相当于《神雕侠侣》里的《玉女心经》，不是双修功法，但练起来的修炼速度比双修还快。而今，它被宿主当成她买的那本春宫图揣了起来。

系统一时间怀疑自家宿主是不是中了傻人有傻福的幸运加成。

不久之后，沧海宗，虞珏紧张地拿着手里的书回了宗门，碰到了下了晚课的谢千秋，她上前拦住了他："师兄！"

谢千秋脚步一顿，看着她，却没说话。

虞珏鼓起勇气，告诉自己，这次一定可以。她渐渐冷静下来，闭了闭眼睛，迅速掏出了怀里的书，道："师兄，这个东西，我想让你看看。"

谢千秋看了她一眼，没有接。虞珏眼泪都快掉下来了，不由自主道："师兄，你就信我一回怎么样呢？我没你想象的那么坏。”

谢千秋沉默片刻，眼前闪过她的眼睛，终究接过了书，缓缓拆开包装。

虞珏破涕而笑，开心地道：“师兄，这是一本我意外发现的功法，需要两个人一起练，我有预感，这绝对不是普通功法。所以，我想邀请师兄……”

此时，谢千秋已经打开了包装，他缓缓掀开书页……画工细腻，内容劲爆。谢千秋一愣。虞珏仍道：“邀请师兄，一起修炼。”

谢千秋难以置信地道：“你邀请我，修炼这个？”

另一边，虞阙在桌前正襟危坐，拆开了包装。

她嘿嘿一笑：“我来了！”她把手伸向书。

系统一言难尽道：“宿主，其实……”它还没说完，远处突然传来响动，虞阙手一缩，她问系统：“怎么了？”

系统扫描了一下，道：“不好！有浣熊在偷你泡好的种子！”

虞阙顿时拍案而起，出去找浣熊，然后她撵了浣熊三里地。而这时，晏行舟听闻她要种地的事情，兴致勃勃地找了过来。

门开着，但小师妹不在，晏行舟进门看了一圈，正准备离开，微风轻轻一吹，桌子上的书突然翻了页。晏行舟的视线一顿，这是……他迅速走了过去，等虞阙回来的时候，看到的就是小师兄抱着自己刚买的书，一页一页翻看。

虞阙先是大惊，后是害臊：“小师兄！住手！”啊，要死了！

晏行舟却面色如常，只平静地问道：“这本书，你在哪里找的？”

虞阙一瞬间仿佛回想起了学生时代被班主任抓到看言情小说的经历，低头羞愧地道：“在书店。”

晏行舟沉默片刻，意味不明地轻笑一声，淡淡地道：“既然它已经是你的了，那你准备和谁一起修炼它。”

“嗯？”修炼？不是吧，她只是好奇而已，不代表她想实践一把啊！

晏行舟却已经开始分析了，他道：“师尊实力最强，但他已经有了心上人，并不合适。”

虞阙心想，难道小师兄以为她会“以下犯上”？

“师姐呢？这本书只说两人，却并没有严格区分男女。”

虞阙就差没说，小师兄比我还思想开放了！她艰难地道：“不行……”

“你二师兄……”

虞阙连连摇头，那更不行！

接连排除三人，晏行舟顿了顿，意味不明地道：“那就只剩下……我。”

虞阙眼睛逐渐睁大，晏行舟却面色如常道：“你的意思是，想和我一起修炼这本功法吗？那我要提前告诉你一下，这本功法，也许并不像你想象的那样。”

“虞阙，你想试试吗？”

你的小师兄拿着你的春宫图，问你想不想试试。

虞阙想起了自己之前瞥的那一眼，啊，这……不、不了吧！

虞阙噔噔后退了两步，神色复杂地看着晏行舟。

这一瞬间，她险些以为自己所在的世界不是什么正经修真界，不然她的小师兄为什么会说出这种令人遐想的话！小师兄，你在干什么啊！小师兄，你在说什么瞎话！你就不怕被人批评你说些少儿不宜的话吗？

晏行舟非但不怕，他甚至还在虞阙看过去的时候扬起了一抹意味不明的微笑，一双黑曜石般的眼睛里是三分凉薄三分冷傲四分漫不经心的情绪。

他微微偏头，用能让人酥麻的声音轻轻“嗯”了一声，似乎是在疑惑。

虞阙顶不住，她觉得眼前的一切对于她这个梦中、现实加起来单身了四十多年的人来说过于刺激了。

她无论如何也没想到，看起来浓眉大眼的小师兄他……居然是这样的人。

半晌，虞阙神情复杂地道：“小师兄，没想到你居然是这样的人。”

什么叫“这样的人”？晏行舟试图理解，片刻之后，他了然了。

小师妹也许是没想到他这般孤僻的人也对双人功法感兴趣吧。

于是晏行舟便回答道：“没什么可奇怪的，毕竟，我也是……人。”

这句话到了虞阙耳中，自动给翻译成了“毕竟我也是个男人”。

这……也对！毕竟小师兄哪怕看起来再怎么不食人间烟火，他也是一个男人。食色，性也，小师兄怎么不可以有想法了呢。

只不过有想法的对象是她……不行，她不接受，叶公好龙没听说啊！

不可以！绝对不可以！虞阙沉默半晌，委婉拒绝道：“小师兄，我怕是不合适。”

晏行舟顿了片刻，突然笑道：“为什么会这么想？”

虞阙委婉道：“可能是因为我还没有做好准备吧。”

晏行舟看了她片刻，下意识重复道：“没有做好准备……”

一时间，他觉得自己居然小看了这位师妹。这世上，很少有人能拒绝一本既不伤及修炼者的原有功法，又能将自己的修炼速度提升倍数的功法。但他的小师妹，在得到它的情况下，居然能冷静地审视己身，并且说出“还没做好准备”这样的话。

也许师尊说得对，小师妹看似快快乐乐的，像个小傻子一样，其实在有些时候，她看得比谁都明白。

晏行舟语气莫名温和了一些，他道：“师妹，你若是做好了准备，身边又没有合适的人选的话，随时可以找我，我随时恭候。”

随时找我，随时恭候！

闻言虞阙的表情逐渐惊恐了起来，这句话落在虞阙耳边，无异于她那个平日里高深莫测的小师兄如今正风骚地说，你要是有想法了，又找不到其他人的话，我随时都可以等你！这是什么执着不舍，不求回报的精神啊！

有一瞬间，虞阙险些以为她这个小师兄对她情深似海了。

虞阙惊恐地道：“不必了！我怎么能让小师兄等我，小师兄，你值得更好的！”

晏行舟：“我无所谓有没有更好的（功法），我也不缺那些，我愿意等，仅仅是因为，现在只有你和这本书能让我感兴趣。小师妹，你明白吗？”

虞阙心想，这到底是什么霸道发言！

虞阙看着眼前一意孤行的小师兄，突然忍不住了，鬼哭狼嚎：“可是小师兄，我还是个孩子啊！”

晏行舟莫名其妙：“你是个孩子又怎么，这本书又不是……”又不是孩子练不了这本功法。

等等！晏行舟回忆了一下方才的对话，突然感觉虞阙的反应不对劲。他猛然间像是明白了什么，睁大眼睛，神情顿时难看起来。

虞、阙！

晏行舟看着和他不在一个频道的虞阙半晌，突然冷笑一声，平静地问道：“虞阙，你以为，这是一本什么书？”

虞阙心想，还能是什么书，她亲自买回来的她能不知道是什么书？

她低头羞愧地道：“是……是一本春宫图。”

春宫图。那么他刚刚说的那些话在虞阙耳中……

晏行舟被气笑了，合着半天鸡同鸭讲，这小傻子一直以为他在和她聊恋爱关系？而且聊了半天，他们两个居然都没有发现不对劲！

这话题，为何能这么顺畅地进行下去？晏行舟抬手按着额头，此时此刻，他似乎体会到了二师兄和师尊被虞阙坑了之后是什么感受。

那小傻子还在一旁小心翼翼地道："小师兄……"

见晏行舟不理她，虞阙顿时有些惊慌道："小师兄，你别伤心啊！那个什么……天涯何处无芳草啊，你不必在我这棵歪脖子树上吊死……"

晏行舟深吸了一口气："闭嘴！"

虞阙顿时沉默不语。

晏行舟揉了揉额头，将书丢给了她，平静地道："你看看这是什么。"

虞阙接烫手山芋一样接过。这……在其他人面前看这种书，不太好吧？

她一边想着，一边诚实地翻开，自从买回来，她还没看过呢。

她怀着莫名激动的心情，翻开了第一页。

第一张图，一男一女两个人相对而坐，画工粗糙抽象，和虞阙最开始看到的细腻画工大相径庭。

虞阙的脸色顿时就变了，买本书还能碰见内容诈骗？

等等！虞阙看到了那两个小人身上的经脉线条，这是……

小师兄幽幽地道："你明白了吧。"

虞阙默默地合上了书页。这一瞬间，虞阙第一次感受到了什么是真正的尴尬。这个修真界，已经没有她的容身之地了。

半个时辰之后，两个人终于把一切都解释清楚。虞阙喃喃自语，若有所思："也就是说，我这本书，其实是虞珏的，而虞珏拿走了我的书……"

双人修炼的高深功法，小说里，这是虞珏的机缘，最终虞珏选择了和谢千秋一起修炼这本功法，这也成了虞珏和谢千秋之间关系突飞猛进的契机。他们两个在朝夕相处、日久生情。

等等，虞珏的功法在她手里的话，那么虞珏现在拿的……她应该不会直接找谢千秋说要修炼功法……吧。虞阙这个念头刚闪过，一直没吭声的系统就默默道："男主角'阴暗值'增加百分之五，总'阴暗值'百分之十五。"

虞阙心想，完了，果然是这样。

一旁，晏行舟看着她的脸色变化莫测。他随意翻着手里的功法，平静地道："我刚开始和你说过，这本功法可能和你想象的不一样，你估计没注意听，那我现在再提醒你一句，这本功法，绝对不像你想象中那样。”

虞阙好奇问道：“比如？”

晏行舟似笑非笑说道：“比如，这本功法名为‘朝天引’，它所能做到的，只是让两个人一起修炼时加快修炼速度，以达到事半功倍的效果。”

虞阙了然，也就是说，这东西就相当于电脑运行时的加速球，这样的话，除了不用身体接触，它的效果其实和双修差不多。

虞阙大失所望，小说里的一个重要道具，真正的功能居然如此鸡肋。她兴致缺缺地问道：“那能加速多少？”

晏行舟平静地道：“大概……五到十倍不等吧，看一起修炼的两个人之间的契合度，契合度越高，修炼速度提升得越快。”

“五到十倍？！”也就是说，她万一是十倍的话，那么她修炼一年就相当于别人修炼十年……怪不得谢千秋日后崛起这么快！

晏行舟看她的反应，轻笑道：“所以，我才问你，要不要试一试。”

虞阙狠狠地心动了，咬了咬牙，正准备说“是”，系统突然幽幽地道：“宿主，别怪我没提醒你，这个功法很像双修，契合度越高，速度越快。也就是说，你和晏行舟的契合度要是很高的话，那就代表你们双修起来，也很……你懂我意思吧？”

系统继续说道：“还有哦，用朝天引修炼时间长了的话，契合度也会提升哦，你们要是一起修炼了一年，那以后你们双修的话……”

虞阙面无表情地道：“闭嘴！”

系统从善如流地闭嘴。虞阙深吸了一口气，抬头，微笑。不就是类似于双修的修炼方法吗？又不是真双修，有何不可！

虞阙伸出手握住了面前那人的手，晃了两下，她笑道：“合作愉快。”

晏行舟愣了一下，也笑了出来：“合作愉快。”

片刻之后，屋外的竹林之中，两个人决定实验一把。

两个人相对而坐，中间隔了大概一米的距离。这个距离让虞阙那因为系统反复提及“双修”而莫名惊慌的心安定下来。

她坐下时，晏行舟道：“开始时，你只需要按照平时的修炼方法修炼便可，其他的有我，你要做的只是有陌生灵力围绕着你时，不要抗拒。”

虞阙紧张地点了点头，然后她想起了什么，抬头问道：“小师兄，你为什么愿意和我一起修炼呢？”

虞阙搞不懂，小师兄不像是很急迫地想提升实力的人，他也不像谢千秋那样背负血海深仇，用尽手段变强。虞阙甚至感觉，有时候对他来说，不能让他高兴的事，都是无所谓的。

虞阙清澈的目光看向了他，晏行舟动作一顿，他此时才想，是啊，他为什么会和这丫头一起修炼呢？

为了看谢千秋的笑话，还是好奇梦中那能让谢千秋崛起的功法？

或者是……因为虞阙？

晏行舟久久没有回答，心中翻江倒海，面色却依旧平静。

虞阙忍不住嘟囔道："好吧，不想说我就不问，这么凶干吗？"

晏行舟斜眼看过去："你看出我凶了？"

虞阙反问道："很难看出来吗？"

晏行舟顿了顿，突然笑了，他道："开始吧。"

话音落下，两个人同时闭上了眼睛。相似但又不同的功法在同一时间运行，空气中的灵力缓缓流动，无风的竹林之中，地面上的竹叶打着旋儿。

晏行舟控制着自己的灵力缓缓将它们释放，他的灵力如触手一般在空气中摸索着。某一刻，他突然碰到了虞阙的灵力，弱小，却像火苗一样生机勃勃。

这一刻，晏行舟心中突然升起一股摧毁一切的冲动，他顿了顿，立刻就想收回自己的灵力。她……太弱小了。

然而下一刻，那火苗般的灵力仿佛突然察觉到了什么一般，无所顾忌、毫无防备地朝他的灵力扑过来。两种灵力相撞，然后完完全全地融合。

晏行舟一怔，然而还没等他反应过来，身体里的灵力却仿佛受到了引导一般迅速地运转了起来，前所未有的修炼速度让庞大的灵气涤荡着晏行舟整个经脉。

朝天引最高能将修炼者的修炼速度提升十倍。在梦境中，谢千秋和虞珏是天作之合，两个人的修炼速度提升了七倍，而如今，晏行舟感受到了不止十倍的修炼速度。这只能说明，他和虞阙完全契合。

晏行舟睁开了眼睛，面前的虞阙仍旧什么都不知道，只是随着灵力越来越顺畅，脸上露出了满足的笑。

晏行舟却突然站了起来，打断了这场刚开始没多久的修炼。

"欸？"虞阙一脸茫然地睁开眼睛。

晏行舟深吸了一口气，道："师妹，我身体突然不太舒服，就先回去了。"

他转身离开，顿了顿，突然又道，“下次，我再来找你……”

虞阙全程一脸发蒙，她看着晏行舟的背影，这才缓缓回过神来。

虞阙忍不住陷入了沉思，她能感觉到，修炼并没有问题，甚至很顺畅，那师兄为什么突然走了呢？难道说……虞阙突然倒吸了一口冷气。

系统顿时支棱了起来，期待地道：“宿主，你发现了什么？”

虞阙顿了顿，神色复杂地道：“我真的没想到。”

系统竖起了耳朵，紧接着它就听到自家宿主道：“我没想到，小师兄他相貌堂堂，浓眉大眼的，他居然……不行！”

系统不想回应她了。

此时，竹林之外，察觉到了竹林里的动静的师尊和师姐结伴而来，正好听到了虞阙的话，“不行”二字出来的时候，两个人齐齐打了个踉跄，惊愕难言。

小师妹、小徒弟说，晏行舟不行？那么问题来了，晏行舟到底是哪里不行呢？而他们这个语出惊人的小师妹、小徒弟又是怎么知道他不行的呢？

师姐沉默片刻，突然语气复杂地道：“我没想到小师弟居然是这样的人。”

师尊叹道：“阙儿……她才十七啊。”

两个人对视一眼，目光中满是对晏行舟的谴责。

师尊和师姐对于虞阙是怎么知道晏行舟“不行”的这件事，充满了猜测。

而系统也同样困惑，它百思不得其解道：“你是怎么得出晏行舟不行这个结论的？”

双人功法修炼到一半，人跑了，正常人的反应不外乎是怀疑这个功法有什么问题，或者小师兄有什么隐情之类的。但虞阙……她到底是怎么从一开始就绕开了一切正常逻辑，直接给出了一个相当离谱的答案的？系统虚心求教。

虞阙却觉得自己的逻辑非常之缜密且合理，她振振有词：“你看，你自己说过，这本双人功法的运行原理很像双修功法，对不对。”

它确实说过，这是事实，系统便认真地点头。

虞阙一脸认真地继续给它分析：“也就是说，从理论上来讲，我们可以得出一个等式，双人功法约等于双修功法。”

她甚至还十分严谨地用了一个“约等于”。

这……似乎没什么毛病，系统迟疑地点头。

虞阙顿时一脸“重头戏来了”的表情，严肃地道：“众所周知，双修虽然更看重质量，但时长也必不可少，时间要是太短的话，质量再高也发挥不出来。所以，双修时间太短的男修被说上一句‘不行’，这应当没什么毛病吧。”

这……听起来似乎很有道理，但又总感觉有些怪。

系统困惑得不知道该如何反应。

虞阙却没有给系统反应时间，右手握拳在左手掌心一捶，立刻下结论：“小师兄从我们双人功法开始到结束总共就一分钟左右，所以，在上述等式成立的情况下，得出小师兄他不行这个结论，合情合理吧！”

这一瞬间，系统它那来自科技位面最先进的逻辑程序开始疯狂运算了起来。然后，系统死机了。

逻辑程序承认虞阙的等式成立，告诉它合理；拟人模块哀号离谱。

所以，合理，但不完全合理。

虞阙觉得自己的猜测十分合理，而且逻辑严谨，简直是个小天才，忍不住给自己点了个赞。小天才十分自信地道：“所以，我们现在有必要采取行动了。”

系统恍恍惚惚地道：“什么行动？”

虞阙深沉地道：“当然是能让我们更好地履行‘炮灰逆袭’文女主角的使命，高效使用功法，从此逆袭大女主角的行动！”开玩笑，好不容易来了这么个绝妙功法，却因为合作对象“不行”而作废了，这像话吗？

可系统丝毫没能理解她的雄心壮志，它大惊道：“什么？‘炮灰逆袭’文女主角？你不是救赎文女主角吗？”话音落下，一阵令人尴尬的沉默。

半晌，系统终于反应了过来。哦，原来它是“炮灰逆袭系统”。

它在虞阙怜悯的目光中绷紧了身体，干巴巴地道：“我想起来了，你是‘炮灰逆袭’文女主角，希望你以后可以继续保持这个认知，加油！”

说完，身为“炮灰逆袭系统”的它终于想起了自己的使命，时隔多日，终于捡起了自己的职责，发布了又一道任务。

“身为将要逆袭的炮灰，绝妙功法当然必不可少！成长任务二：请合理利用功法，与晏行舟一次性修炼一个时辰，任务奖励，十积分！”

这……虞阙不由自主地想起了小师兄那半途而废的一分钟，小师兄“不行”成这样，一个时辰，他真的行吗？虞阙迟疑地按下了“接受任务”的按钮，忧心忡忡地下山了，看来，她要拿出最终方案了！

于是，竹林之中，七念宗年纪最小的小师妹严肃地自言自语道：“为了我日后的幸福，小师兄，我必须要这么做了啊！”

竹林外，听到这句话的大师姐和师尊面色凝重地对视了一眼。看来，他们也要采取行动了，为了小师妹，也为了那看起来就很“刑”的晏行舟。

而此时，发现自己第一次能和一个人完全契合的晏行舟正心情复杂，完全不知道那个让他心情复杂的对象将会给他带来什么。

虞阙骑着扫帚飞到山脚下，正好碰见了大师姐。

大师姐看到她，露出惊喜的表情，温柔地道：“小师妹要下山吗？正好呢，我也要一起，不妨我们结伴吧。”

虞阙总觉得这一幕似曾相识，但她仍旧接受了大师姐的邀约。

大师姐不知道为什么，这次格外健谈，一路上，从诗词歌赋谈到了人生哲学。而女孩子的聊天中当然少不了男人，师姐这次对“男人”这个话题似乎特别感兴趣，一口气给她讲了七八个痴男怨女的故事，无一例外都是年纪尚小、天真烂漫的女孩子被年纪大、不负责任的老男人辜负的故事。

虞阙丝毫没有意识到这样的故事在映射什么、暗示什么，她的思维还停留在“打工人”时期，对修真界的年龄完全没有概念，一听故事里的男主角各个年龄不是好几十岁就是一百多岁，脑海里顿时就浮现出油腻的中年男人和胡子花白的老爷爷形象。

她纳闷儿：“为什么十几岁的少女会看上快一百岁的老头？这不合理吧，老头有什么好的？”

而师姐听虞阙一口一个老头，一怔，片刻之后，她露出了谜之微笑。她问：“师妹，你今年多大？”

虞阙答道：“十七岁半快十八了。”

师姐又问：“那你知道，你小师兄多大了吗？”

虞阙再答：“小师兄青春年少的，二十几岁应该有吧？”毕竟是“小”师兄，虞阙下意识地把他的年龄往低了估。

然后她就听见师姐道：“你小师兄前段时间，刚过完他的七十大寿。”

虞阙听完，这一瞬间，“老头”的形象与青春俊美的小师兄逐渐重合。

虞阙沉默了，半晌，她神情复杂道：“那小师兄还真是……”

“老当益壮！”

“老当益壮”的晏行舟被师尊一个传讯，叫到了主峰的书房里。

他以为师尊有什么要事，并没有多想，径直就过来了。可他来到师尊书房时却发现，师尊并未在书房里。

晏行舟也并没有在意，漫不经心地在师尊书房里转了起来。

师尊的书房里多了不少新书。晏行舟翻了翻，发现大多是一些男子欺骗少女感情之后下场凄惨的话本，不知道是师尊为了迎合未来师娘的口味特地买的，还是师尊的口味突然变了。

晏行舟丝毫没往自己身上联想，他等得无聊了，甚至随手抽出一本漫不经心地翻看起来。

可他一页一页地翻着话本，却一个字都没读进去，与另一个人灵力完全相容给他带来的震撼至今不曾散去。

在竹林里时，他惊愕难言，几乎是逃一般的离开。他都不记得自己多少年未曾这样失态过了，他甚至开始后悔自己为什么会一时兴起，答应和那个小丫头修炼什么双人功法。

两个人灵力完全相容意味着什么呢？

意味着那个人几乎是另一个你，任何双人功法，甚至两个人在同一空间中修炼，他们之间的灵力都会毫无阻碍地相融，彼此毫无防备。

对另一个人全无防备？这几乎是一件只说出来就能让晏行舟发笑的事。这世上有谁值得他毫无防备？他既觉得可笑，又下意识地焦躁。

晏行舟不信任任何人。对晏行舟而言，对另一个人毫无防备，相当于将自己的性命放在了另一个人手上，从此无论是生是死，他都不能完全掌控自己。

这是悬在他头顶的一把刀，这是他递给别人的一把利剑，而那剑尖，随时都有可能对准他。

但真正让晏行舟失态的还不是突然发现这世上多了一个随时都能让他毫无防备的人，而是他发现了这世上有这么一个人之后，居然有那么一瞬间，觉得如果这个人是小师妹的话，似乎也不错。

这个念头涌上心头时，晏行舟甚至比突然发现虞阙和他灵力完全相融时还要惊愕。前者意味着他失去了完全掌控自己的权力，而后者……

晏行舟的眉眼沉了下来，突然露出了一抹嘲讽的笑。

于是，藏匿在某处观察着自己徒弟反应的师尊就看到自己那个非常不对劲的三弟子，在看着自己为他精心挑选的讲述诱拐无知少女的凄惨下场的故事时，不仅毫无波动，甚至冷笑了一声。

师尊视力极好，哪怕离得这么远，他也能看到，徒弟冷笑时看着的那一页，正是书里的男子被人拆穿，下场凄惨的情节。

师尊见他的徒弟看到了那男子的下场，不仅没有感同身受，引以为戒，甚至还不屑一顾，毫无反思！师尊瞬间变得面无表情，他觉得自己的徒弟没救了。

他知道他这个徒弟从来都不是什么好人，如果说他别的弟子在梦中都是被迫为恶的话，他这个徒弟便是那生来的坏坯，天生的魔种。

他还是看错他了，他本以为晏行舟的恶好歹是高高在上的，对万事万物不屑一顾的，却没想到，他连小师妹都敢动！

师尊转身离开，没有一丝停顿地去找了自家二徒弟。

萧灼正在整理自己在梦境中的人脉，选出能为自己现在所用的人。

师尊心平气和地问道："萧灼，听说你这次想当中间商？"

萧灼知道师尊对自己想当中间商的念头一直有些不理解，听到他主动提起顿时有些忐忑，更想抓住这个机会向师尊好好解释。

然而下一刻，他就听到自家师尊道："我准了，以后随你怎么做。"

"欸？"他迟疑着，正想说多谢师尊，突然听到师尊又若无其事地开口："对了，中间商人脉广，我想拜托你帮我弄一种药。"

为师尊帮忙当然义不容辞，萧灼顿时正色。然后他就听到自家师尊平静地道："帮我弄到一份能让男人这辈子再也不举的药！"

萧灼突然觉得腿间一凉，他惊恐地看向师尊，便听师尊冷笑道："呵！既然不想守'男德'，那为师就帮你一把，下辈子好好做人吧！"

虞阙在集市上大肆采购。

师姐在一旁看得欲言又止，终于忍不住问道："师妹，你买这些东西……"

"师姐，你不懂，我也不想买的，但谁让……"虞阙叹息着，摇了摇头。

师姐她此刻莫名充满了同情，也不知道对谁。

虞阙灵石花了一大把，眼看着采购得差不多了，立刻跟着师姐回去。临走前，她似乎又看到了虞珏，她急匆匆地跑到书店门外，似乎在找什么。

虞阙只看了两眼，便转过了头，两人回到了七念宗。

虞阙抱着东西急匆匆离去，师姐只能眼睁睁看着她离开。她想了想，为了小师妹，干脆守在了小师妹的山下，谁知碰到了同样守在山下的师尊。

师尊手里拿着一瓶不知名的药粉。

师姐莫名觉得有些怪异，忍不住问道："师尊，这个……"

师尊面不改色道："哦，这是能让男人从此清心寡欲的药。"

师姐震惊地道："您是准备……"

师尊微笑道："他若执迷不悟，我就帮他一把，想必清心寡欲之后，他应当会明白，何为'男德'。"

师姐沉默了。片刻之后，她迟疑地问道："师尊……为何会有这个？"

"哦，我没有，我本来想找你二师弟买的……"

师姐倒吸一口冷气："二师弟有？"

"他也没有，所以最后，我从莫姑娘哪里拿到了这个。"他说着，还挺起了胸膛，仿佛十分骄傲自家心上人会有这种东西。

师姐识趣地没有问莫寒笙拿这些药准备做什么。

两个人等了一个时辰，天黑下来之后，他们便看到虞阙提着一个精美的礼物盒出来了，两人迅速跟上。

虞阙一路去了晏行舟的住处，她敲了敲门，下一刻门开了，只不过不知为何，他的面色有些古怪。

虞阙也没在意，笑容灿烂道："小师兄！"

晏行舟看了她片刻，最终道："你进来吧。"

虞阙立刻走了进去，晏行舟不知道为什么，没有关门。

在院子里的石桌上坐下，晏行舟看向她手里的礼盒，问道："拿的是什么？"

虞阙深吸了一口气，有些紧张，然后她四下看了看，突然走过去，鬼鬼祟祟地关住了院门。

门外的两人不敢耽搁，对视一眼，纷纷走了出来。

而此时，虞阙正严肃地道："小师兄，我有一个不情之请。"

晏行舟道："你说。"

虞阙深吸一口气，猛然打开了礼物盒，大声道："小师兄，我知道你力不从心！但是我还是想请你和我一起修炼一个时辰，拜托了！这对我真的很重要！"

盒子里，是满满当当的人参、鹿茸、冬虫夏草，还有一瓶不知名的小药丸，全是大补之物。

此时，门哐当一声被人撞开了，撞开门的那两人，正赶上虞阙最后的“宣言”，视线下移，便看到了礼物盒里的东西，一时间，三人都惊呆了。

虞阙千算万算没想到她能在功法上再次遭遇尴尬，师尊和师姐千算万算没想到这两个人里，主动的人居然是她。三个人都感到一阵窒息。

只有晏行舟，面无表情地坐在石凳上，动都没动，他平静地道：“所以，小师妹，你觉得我不靠这些撑不到一个时辰？”

虞阙迟疑：“欸？你能吗？”

最终，晏行舟用了另一种方法证明自己很行。

——他单手提溜着虞阙把她给丢了出去。

虞阙落地的姿势活像是一条咸鱼。

虞阙揉着屁股惊愕地看向晏行舟，就见晏行舟抱着手臂看着她，压迫感极强地问道：“我现在是行，还是不行？”

虞阙赔笑道：“行，您可太行了。”

晏行舟皮笑肉不笑道：“小师妹过奖。”说完，他转身就想回去。

虞阙却不能这么让他走了，她当即上前两步拉住晏行舟的衣袖，小声道：“那、那个……修炼。”

晏行舟一顿，他有心想像对付其他人一样不着痕迹地施压，但是张开嘴，他却又词穷了一般，只面无表情地道：“没空。”

“欸？”虞阙大失所望。

没空？那可不行啊！这功法是世界的珍宝，岂能就这么浪费了！

她下意识喃喃道：“那我要不要找别人试试……”反正都是双人修炼，看小师兄这么游刃有余的样子，那别人想必也是行的吧。

谁知道话音刚落，方才还背对着虞阙一副郎心似铁绝不回头模样的晏行舟却猛然转过了头，定定地看着虞阙，一字一句道：“你刚才，说什么？”

虞阙莫名其妙，道：“我在想要不要找其他人试试啊。”

要不要找其他人试试……师尊和师姐追出来的时候，就见小师妹一副懵懂可爱的模样，却说出这般能惊掉人下巴的话来。

两个人看着小师妹一副理所应当的模样，突然意识到自己的格局还是小了！

最开始的时候，他们都以为是晏行舟诱骗无知少女，还被无知少女说不行。

后来，他们目睹无知少女居然是主动方，为了“不行”的晏行舟不惜重金采购大补药。现在……他们眼看着虞阙当着晏行舟的面，开口就要去找别人。

这一波三折反转再反转的发展，看得师徒二人目瞪口呆，三观受到了极大的冲击。二人心神恍惚，怀着敬仰的心沉默地看着虞阙。

三个人集体沉默，虞阙左看看右看看，忐忑地道：“我是不是说错了？”

晏行舟沉默片刻，突然一笑，他温柔地道：“没错，你继续。”

虞阙便又自信了起来，她条理清晰地道：“小师兄，你放心，我哪怕找了其他人也绝不会抛弃你的，但我觉得我们有必要分配一下时间，比如双数日子我和你一起，单数日子我找别人，小师兄，你觉得怎么样！”

虞阙说完，双眼亮晶晶地看着面前的三人。

师尊和师姐没想到小师妹如此奔放，两个人齐齐看向了晏行舟。

晏行舟在三人齐刷刷地注视中，面不改色地微微一笑：“我觉得不怎么样。”

虞阙顿时睁大了眼睛，费解道：“为什么？难不成我找别人……”

“不准。”晏行舟微笑着打断了她的话。

虞阙讷讷道：“那，岂不是十分浪费这段时间？”

晏行舟面不改色地道：“你可以安心地等我闲下来。”

虞阙终于意识到自己碰到了强买强卖，她看着小师兄，小师兄看着她。

师尊和师姐怀着莫名兴奋的心情，屏住呼吸不敢说话，当起了好奇的围观群众。然后他们便看到小师妹忍无可忍一般，破罐子破摔道：“那小师兄你就给我一个准话吧！你到底行不行！不行的话我是一定要找其他人的，毕竟你今年都已经七十了……”

晏行舟二话没说，抬手一挥，直接用法诀把虞阙从他这里送回了她自己的山上，终于结束了这仿佛永远都说不完的“行与不行”的话题。

他觉得自己终于松了一口气，转过头，却看到自己师尊和师姐正一脸复杂地看着他，晏行舟一顿。两个人的眼神复杂又熟悉。

这一刻，晏行舟突然意识到了一件一直被自己忽略了的事情。

他一直以为，虞阙再怎么离谱，他面对的也不过是一个傻乎乎的小师妹而已。如今，他猛然发现，只要有这么一个小傻子在，整个师门集体变傻也不过是早晚的事。

某一刻，梦中差点就灭世的反派只觉得眼前一黑，他觉得自己梦中灭世灭得果然还是太晚了，现在或许有必要提前一下。

最终，晏行舟直接说了双人功法的事，免得两人在他“行不行”的事上继续猜下去。他毫无隐瞒，因为他知道哪怕他不说，等虞阙那个小傻子从兴奋的情绪之中缓过来之后，她也会兴致勃勃地对师门所有人说的。

“说不定还会把那本功法批量印刷之后一人一份发给我们。”师姐听完晏行舟的话后面无表情地补充道，“然后再按照抽签的方式把咱们宗门六个人两两配对，进行集体修炼，每逢节假日再来个互换修炼对象，以保持新鲜感。”

晏行舟觉得有些过于离谱，然而更离谱的是，他仔细一想，居然发觉这还真是虞阙能做出来的事情，万幸的是，他好歹把事情给解释清楚了。

晏行舟一边这么想着，一边松了口气，然后他就听到自己身边的师尊突然道：“所以行舟，你到底是行，还是不行？”

晏行舟闻言彻底无语了。

在接下来的几天之中，虞阙几度尝试找晏行舟修炼双人功法，均以失败告终。至此，晏行舟到底是行还是不行，在虞阙看来早已经盖棺论定了。

她莫名有些怜悯自己那个看起来芝兰玉树的小师兄，看着系统给她的任务，她劝系统换一个，因为她觉得这几乎是个不可能完成的任务。但系统执迷不悟，它用一种莫名疲惫的语气说道：“我不会布置不可能完成的任务的。”

虞阙对这句话不置可否。系统为了转移她的注意力，扫描了整座山峰一遍，突然道：“对了，你买的种子已经泡好可以用了！”

虞阙这才想起自己那伟大的种菜计划，她兴冲冲地跑去看，看到了生机勃勃的种子，这才想起自己这几天光顾着忙小师兄的事情，开垦荒地的计划都被她给放在一边了。

大半夜的，虞阙当即拎着锄头，跑到了小溪旁。小溪旁的土壤最为肥沃，也好灌溉，所以，这里长满了各式各样的野花，争奇斗艳。但养花又不能吃，于是虞阙毫不怜香惜玉，抬手就挖。按照自己的设想，她应该开垦出小半亩地，从此实现蔬菜自由。

挖了几锄头之后，她突然觉得山下卖的蔬菜既又干净又好吃，何苦自己挖坑自己种。她看着那一片片的空地干瞪眼，可是这一片片的空地不种点儿什么又手痒。

虞阙抱着锄头沉思。想着有没有什么办法，能让她既不用出力，又能感受到种菜的快乐？虞阙想着想着，突然眼睛一亮。

而此时，晏行舟刚提着剑回来，剑上有刚擦拭过的痕迹，白衣一角沾染上了黑红色的血液。他看着那片血迹，皱了皱眉，反手削去了那片衣角，但他犹觉得肮脏，收拾出一桶水，开始沐浴。精壮的身体浸入水中，他这才松开了眉头。

魔门已经打开，那些魔修已经按捺不住了，居然有人找到了这里，那他现在该如何做？是该像梦中一样在他们眼里"失踪"，还是……

晏行舟脸色渐冷，面无表情。门外突然传来轻轻的叩门声，小姑娘的声音压得低低的："小师兄，你睡了吗？"

晏行舟深吸一口气，起身随手将一身新衣穿在身上。此时，他已经完全想不起自己刚刚在想什么了，满心只有一个念头。

又来了。

他冷着脸开了门，下一刻，他差点儿反手把门关上！他深吸一口气，后退一步，强装冷静地道："虞阙，你解释解释你现在在干什么！"

此刻的虞阙，一身小泥点，肩上扛着一把锄头，和刚洗干净的小师兄形成了鲜明的对比。但虞阙丝毫没注意到自己现在是个什么形象，她看着晏行舟，严肃又深沉地道："小师兄，你想证明自己很行吗？"

晏行舟冷静问道："你想我怎么证明自己很行？"

虞阙上前抓住他干干净净的手："现在，机会来了！"

晏行舟强忍着没有后退，他看着她拉着自己的手有些心不在焉，没注意她说什么，正想说话，面前的人突然冷不丁地将一把锄头塞进了他的手里。

虞阙"深情"地道："现在，就是证明自己的时候，它，就是证明你的工具！"

晏行舟："……"

一刻钟后，两个人来到了虞阙那座山峰的小溪旁。

七念宗的山峰按月份别称取名，从一月到十月，师尊的主峰是一月首阳，晏行舟的山峰是四月槐序，虞阙的山峰是六月季夏。

季夏峰，多么诗情画意的名字，而这座山峰也像它的名字一样，一年四季花开不败，生机勃勃。而此时，虞阙站在一条小溪旁，对着满山的花挥斥方遒道："小师兄！证明你的时候到了！只要你能在这里挖出一亩地，我就承认你是个真英雄，真汉子！"

晏行舟低头看着自己手里的锄头。在这里挖出一亩地？

他冷静地问道：“我能不能问一问，你挖地准备做什么。”

“种菜！”

晏行舟心想，把一年四季花开不败的美景挖了去种菜？很好，这很“虞阙”。

虞阙催促道：“小师兄，你想证明自己吗？我告诉你，拿着这个锄头，只需要一晚上……”

面无表情的晏行舟突然一笑：“不必。”

还没等虞阙反应过来，他直接抽出了自己的剑，抬手一挥，在虞阙目瞪口呆的视线中，剑锋所到之处，开得正好的夏花瞬间化作粉末，泥土翻起又落下，变成松软的土壤。不多不少，刚好一亩地。

晏行舟把锄头塞进她手里：“我能证明自己了吗？”

虞阙目瞪口呆，突然抓住他的手道：“小师兄，你要是能把整座季夏峰都给开垦了，更能证明自己！”

都开垦了干吗，都种菜吗？从此季夏峰改名菜峰？

晏行舟严词拒绝，但最终，他又帮虞阙开垦了两亩地。

从那以后，虞阙完全忘了她的秘密武器和那没完成的任务，一心把晏行舟当工具人使用。

该育种了，虞阙耐心育了几棵，转头就找晏行舟，道：“小师兄，你想证明自己很行吗？只要你把这些种子成功培苗……”

该种苗了，虞阙耐心种了两垄，转头找了晏行舟：“小师兄，你想证明自己很行吗？只要你把那两亩地都种上……”

虞阙的菜田，在晏行舟的辛苦拉扯下成形了。虞阙看着两亩地的菜田，一时间分外满足。她就知道，没有一个男人可以拒绝“你很行”的夸赞。

菜种好之后，虞阙也把自己买回来的农书给翻完了。

修真界的农书和虞阙在现代世界看过的果然不一样，修真界的各类作物都可以几天就成熟，虞阙本以为是修真界的种子特殊，谁知道看了农书之后才发现修真界有一种阵法叫聚灵阵，像虞阙这种规模的菜地，布下小型聚灵阵，三天之内就能成熟。但聚灵阵基本上都是用来种灵药的，一个小型聚灵阵差不多要耗费十几个灵石。十几个灵石买回来的菜都能够她吃三年了。

于是虞阙想了想，决定发挥老祖宗的智慧，上肥。

修真界当然没有化肥，所以虞阙决定上人肥。

找遍了七念宗，除了虞阙自己的山峰，没有发现一个厕所。

系统震惊道："你找厕所做什么！"

虞阙理所应当道："上肥啊。"

系统快疯了："聚灵阵不好吗！"

虞阙冷酷地道："有那个灵石我不如喂喂兔子。"

系统同样冷酷地道："你别做梦了，辟谷的修士是不用上厕所的！"

晴天霹雳！

系统疑惑了："但是你不是没辟谷……"

虞阙立马急眼："小仙女是不用上厕所的！"

系统心想，你开心就好。

一人一统开始冥思苦想七念宗还有没有需要上厕所的东西。

虞阙若有所思："要是我去找小师兄……"

系统忙道："那你这辈子可能就到头了。"

虞阙歇下了念头，在她冥思苦想时，自从回到七念宗之后就被她散养了的吞金兽蹦蹦跳跳地经过她的面前。

系统突然道："它要去上厕所！"

虞阙猛然站了起来！然后一人一统，鬼鬼祟祟地跟在兔子身后，找到了兔子上厕所的地方。它上厕所的地方居然是固定的，那里面的存货足够她用！

虞阙喃喃自语："我找到了……"

系统异常兴奋："宿主！吞金兽吃的是灵石，它的粪便也有灵力啊！效果完全不比聚灵阵差！"

虞阙也很兴奋，反正吞金兽自从醒来之后哪怕不打架也得靠灵石养着，这叫回收利用！随即她一脸严肃地宣布："从此以后，我要向全世界宣布，你的粪便都被我承包了！"

兔子一脸懵懂地看着她，虞阙拎着兔子就准备走，走了两步，她突然想起什么，道："系统，你说我要是以比以聚灵阵低的价格长期卖它的粪便……"

虞阙顿时热情地看向兔兔，啊，又一个创收门路。但她得试验一下。

一刻钟后，虞阙找到了晏行舟。

晏行舟莫名觉得，今天的虞阙仿佛有什么不一样了，她身上的味道……

在晏行舟古怪的视线中，虞阙继续忽悠："小师兄，你要是想……"

晏行舟直接打断了她的话：“你直接带路。”

虞阙露出了舒心的笑。然后，她把他带到了一堆粪便前。

虞阙豪气地道：“小师兄！别害怕！请上吧！”

晏行舟他在梦中无恶不作，现在，他的报应终于来了。

晏行舟是无论如何也想不到，他会沦落到今天这步田地。

他可以让整个修真界人神共愤，那时，他以为自己最终的结局不过是一个死罢了，如今看来，果然还是他想简单了，死算什么啊，一闭眼一睁眼的事。他该死的，而不是像现在这样，傻乎乎地站在田埂上，和一堆粪便面面相觑。

他曾以为他们师门大梦一场不过是天道和他们开的一个玩笑，但此时他才明白，这原来是天道给他的报应。

身后的虞阙还在说个不停，试图让他淘粪，鼻端一股诡异的味道幽幽传来，让刀剑加身都不曾退让的晏行舟恨不得逃出十里之外。

虞阙却还从身后按住他的肩膀，激情地道：“去吧，小师兄！证明你行的时候到了！”

这一刻，一根名为“理智”的弦，“铮”的一声断了。

晏行舟听到自己冷静地道：“我不行。”

虞阙的激情演讲顿时卡壳，她不敢相信地看着他，晏行舟冷静地看了回去。

虞阙立刻踮起脚尖按住他的肩膀，郑重地道：“不！小师兄，你要相信自己！你行！所以……”

晏行舟微笑着将虞阙的手从自己肩膀上拿了下来，轻柔道：“小师妹说得对，我果然还是不行。”说完，他转身就想离开这个他一刻都待不下去的地方。

虞阙大惊，立刻上前抓住他的衣摆，可怜兮兮道：“小师兄……”

晏行舟一顿，他不用转头都知道虞阙现在是什么样的表情，一定是可怜巴巴的模样，仿佛受了天大的委屈一般。他同样知道，只要他答应了她，下一刻她眼睛里就会流露出狡猾得像狐狸一样的光。

晏行舟不知道这段时间脑子是不是抽风了，在她那个幼稚至极的激将法下，他一次又一次上钩。他一时间居然分不清自己到底是真的被她的激将法给激到了，还是想看看她眼睛里那狡黠又灵动的光。

晏行舟一时间有些心烦意乱，他深吸了一口气。

吸到一半，他顿住了，他忘记了这是个什么地方，而他吸到是……浓郁的臭味。

晏行舟一时间脸色更臭了，不再犹豫，他直接从自己的储物戒中拿出了一个东西塞进虞阙怀里，语速飞快："给你挖粪用。"说完，他面色铁青地转身就走，恨不得立马逃离这片地。

虞阙突然被一个一人多高的东西塞了满怀。她踉跄着后退了两步，一个没抱稳，东西咣当一声掉在了地上，虞阙定睛一看，这是一个……人形的木偶？

"是傀儡。"一直没吭声的系统突然开口。

虞阙恍然大悟，她试探性地上前两步，敲了敲傀儡胸口亮晶晶的宝石，礼貌地道："你好，傀儡公子，你能不能起来帮我施一下肥？"

此时，还没走远的晏行舟脚步一顿，险些笑了出来。这小傻子，他想了想，亲自给傀儡下了命令。于是，虞阙就看到她的话音刚落，傀儡胸前的宝石闪了两下，傀儡缓缓站了起来。

虞阙张大嘴巴后退了两步，傀儡在她面前起身，冲她欠了欠身，礼貌地接过了她手里的铲子，然后一言不发地开始挖粪。

"好智能！"她开心道，"太好了！我终于有能挖粪的东西了！"

系统不信邪地上下扫描了傀儡几遍，沉默了。

它没敢告诉自家宿主，这个在她眼里十分智能的用来挖粪的傀儡，在小说里曾跟着她的小师兄毁灭了一整座魔城。

晏行舟，天生魔种，并不是说他有多坏。他出生在连通着魔界与人间的魔门关闭的时代，那时候人间无魔，也没有一丝魔气，晏行舟是凝聚了人间所有怨念而诞生的天生魔种。

成年之后，晏行舟曾亲自将自己身体里所有的魔气抽了出来，灌注到了一个傀儡体内。从那之后，那个傀儡几乎成了他灌注魔气的容器，作为他的分身。

如今……系统眼睁睁看着那能手撕元婴期、动辄灭一座城池的傀儡乖乖地拿起铲子铲屎。它的宿主还在一旁感叹："这傀儡真好用！"

系统越来越看不懂了。

在傀儡公子的辛勤劳作之下，肥施好了。

于是这整整一亩地的蔬菜，在虞阙连手都没沾湿的情况下种好了。

而虞阙选中的肥料果然威力巨大。几乎是肥料刚下去，还不到半个时辰，那绿色的小芽就长高了。

一直在一旁观察的虞阙当即倒吸了一口冷气，这肥料，果真不比聚灵阵差啊！

于是这几天下来，虞阙几乎住在了田头，观察着蔬菜的变化。她观察到第四天，亲眼看着蔬菜以几乎不可思议的速度迅速成熟了。

这……虞阙现在开始认真考虑卖肥料的可行性了。她以比聚灵阵低三分之一的价格卖与聚灵阵效果差不多的东西，她就不信没人心动！虞阙看向一旁无知无觉啃灵石的傻兔子，目光顿时慈爱了起来。

真棒，你马上就能靠自己的本事赚灵石吃了！

虞阙一手拎起兔子，一手拎起傀儡，兴冲冲地往小师兄的槐序峰跑。她要把这个天大的好消息告诉小师兄！

而此时，槐序峰上的一个冷潭上，晏行舟正面无表情地看着自己赤裸的上半身上那若隐若现的魔纹。天生魔种，魔门一开，人间的魔气越来越浓郁，他便越来越像魔。他终究，只能是魔。

晏行舟将一半的身体泡在寒潭里，忍受着魔气对这具修炼了灵力的身体的反噬。到了这个时候，他甚至嘴角还带着笑，越是疼痛，他的笑容便越发灿烂，看上去整个人有些癫狂。

晏行舟在这疼痛中渐渐失去了意识。

而此时，虞阙在小师兄的院子里一无所获。她挠着头，纳闷儿道："小师兄出去了吗？"

这时，系统冷不丁地开腔了："主线任务四，拯救因不明原因陷入昏迷的小师兄，任务奖励，十积分。"

虞阙闻言大惊，面色一变："小师兄昏迷了？在哪儿！"

系统二话不说，当即给她指路。

系统的指路越走越偏，虞阙甚至不知道槐序峰上还有如此偏僻的地方。终于，穿过一片灌木林，虞阙在林后的一处寒潭里发现了自己的小师兄。

晏行舟半边身体落进水里，半边身体伏在岸边，赤裸着上半身，浑身苍白没有血色，不知名的黑色纹路在他身上若隐若现。

虞阙大惊，当即扑了过去唤道："小师兄！"

虞阙抓住他的手先摸了摸脉搏，还好，还活着。但虞阙并没有放下心来，她反而莫名有一种，她今天若是不做些什么，一定会后悔终身的预感。

她将晏行舟翻过来，看到了晏行舟紧抿的嘴唇。虞阙莫名觉得，晏行舟现在一定很痛。

虞阙冷静地道："系统，我想你把我叫过来是有办法救他！"

系统当即明白这个时候不能惹宿主，二话不说，立刻道："朝天引，你可以用朝天引。"

那个双人功法，虞阙眉毛一扬："这有用？"

系统笃定地道："有用！若是这点儿过人之处都没有，它怎么配做男女主角的双人功法。"

十倍的修炼速度之下，晏行舟体内四溢的魔气不被压得结结实实才有鬼了！

虞阙闻言二话不说，费力地从水潭之中把人给拖出来。

晏行舟浑身湿透，虞阙触碰到他的时候，青年下意识地皱了皱眉头，抗拒的表情十分明显。

虞阙将他仰躺着放在地面上，轻声问道："系统，我该怎么做？"

系统声音沉肃："上一次你们两个人之间，是他在控制修炼进程，而这次，需要你来控制了。我再问你一遍，宿主，你确定你可以吗？"

虞阙没有回答它，而是俯身看向那个眉头微蹙的青年，伸手抚开了他皱紧的眉头。她低声道："小师兄，相信我，我会救你的。"

晏行舟的眉头随着她的动作，缓缓松开。虞阙直起身，淡淡地道："开始。"

此时，土峰首阳峰上，师尊正带着萧灼和大师姐接待食为天的掌门和少门主。

第七章 另类修真之食为天

这二人一大早上门，连拜帖都未奉上，着实打了师尊一个措手不及。

师尊很疑惑，在梦中，他从未和食为天的那群食修有过交集，如今他们突然上门是为了什么。

双方一边喝茶一边不咸不淡地说着话，一轮茶喝完，萧灼趁着重新上茶的工夫走了进来，微微冲师尊摇了摇头，同时传音：“师尊，并没有查到他们为何上门，在此之前，他们二人只是在附近游历。”

师尊喝茶的动作一顿，突发奇想吗？还是……

而此时，不请自来的父子二人对视了一眼，也都觉得这天聊得不尴不尬的，着实不能再拖下去了，于是当父亲的咳了一声，先从进来奉茶的这个青年身上下手，套套近乎。

于是他赞叹道：“这便是您二弟子吧，着实是一表人才。”

师尊放下了茶盏，语气平平地道：“多谢夸赞。”

食为天掌门笑着正想再说两句，视线突然一顿，迟疑地落在萧灼身上，犹疑半晌，终于道："您这二弟子，似乎……不是人族？"

师徒二人对视了一眼。

七念宗有一个半妖弟子不是什么秘密，而这位食为天掌门似乎刚刚才发现的模样，看来在此之前，他是真的不曾听说过七念宗。

师尊便笑了笑，平淡地道："他是个半妖……"

师尊还没说完，对方便热情地问道："请问他是什么妖啊？"

这话问得着实有些突兀又无礼，但这父子二人看向他时目光热情得简直让人招架不住，便又让人不觉得突兀。

师尊顿了顿，下意识回答道："他是……"咦，二弟子是什么妖来着？他不由自主地想起二弟子跟在小弟子身边当狗的那段日子。

哦，犬妖，想起来了！于是师尊笃定地道："犬妖！"

那父子二人顿时更加热情。少门主热情地道："我们最近正在研究妖族口味，针对犬科妖类研究了一批犬粮，有空的话可以请萧灼仙君尝一尝！"

萧灼心想，谢谢，但我其实是狼妖！

但此时，已经没有人在意萧灼说什么了。一番话说下来，食为天父子自觉已经走完了和这个宗门套近乎的流程，于是就说到了这次的主要来意。

当父亲的有些不好意思："其实是这样的，我父子二人路过贵宗山下时，因为犬子嗅觉自幼灵敏，便嗅到了一些奇特的味道……"

少门主接话道："是一些奇怪的臭味，但是这臭味之中又夹杂了水果的清香，我觉得这可能是一些我从未见过的水果，着实好奇，便冒昧上门……"

师尊和萧灼对视一眼，听这人的描述，两人几乎都想到了什么东西。

榴梿。

萧灼深受其害，脸色顿时就变了。

师尊顿了顿，看向那神情热切的父子二人。

当父亲的立刻道："半个月之后是食为天的御食节，不知道贵宗有没有空赏光啊，届时大家互相交流，品尝美食……"

师尊又是一顿。

御食节……食为天的御食节几乎是整个修真界的盛会，毕竟能做出增加人的灵力甚至助人突破心境的美食的人，可都在御食节上。

御食节可谓一票难求，上一届御食节，沧海宗第一大宗也不过得了十几个名额，如今看这位门主的意思，大有他们宗门有多少人就给多少门票的架势。

那门主继续道：“只求，让我们一尝那从未听说过的水果。”

师尊沉默片刻，缓缓笑道：“二位口中那个水果，名为榴梿。”

二人眼睛一亮！师尊继续道：“此物乃是我小弟子从他人手中偶然得到的，你们在山下闻到的，应该就是它的味道。”

门主热切道：“那您小弟子……”

师尊看向萧灼：“去将你小师妹叫来。”

萧灼正准备出去，那位少门主立刻跳起来，热情地开口道：“我和你一起去请小师妹！”

于是二人一起去了季夏峰。

但萧灼当然不可能让一个陌生男人进小师妹的闺房，于是只将他带到竹林外，便客气地道：“请少门主在此等候，我去叫小师妹。”

“当然，当然！”

萧灼走进了竹林，少门主四下看着，目光突然顿住。

横贯竹林的那条小溪旁，野花包围的地方，突兀地出现一亩菜地。少门主不由自主地走了过去，在虞阙指使傀儡搬过来的屎堆前站定，他仿佛没闻到臭味一般，若有所思道：“这个屎……”

此刻，虞阙正陷入自己不行的忧郁之中。

小师兄主导二人修炼时，坚持了不到一分钟；而轮到她主导二人修炼时，她也不过坚持了区区一刻钟。

系统安慰她：“但你小师兄的伤势已经控制下来了……”

虞阙不听，当即背起昏迷的小师兄。

系统大惊：“住手！你要做什么！”

虞阙面色阴沉道：“一定是我和槐序峰不合，在季夏峰一定可以！今天，我一定要带着小师兄一次性修满一个时辰！”

虞阙歪嘴笑道：“小师兄！今天你是逃不掉的！”

系统看着愈发变态的宿主，心中狂呼：强扭的瓜不甜啊！

虞阙带着小师兄一路飞回季夏峰，在竹林外降落，然后一眼就看到她精心培养的菜地旁，一个穿得花里胡哨的陌生人正蹲在她的宝贝肥料前，一脸若有所思地伸手，似乎想拿起一块。

虞阙立马出声：“你在干什么！”

那人听到了动静，抬起头，同样一眼看到了正以挟持的姿势抱着一个半身赤裸且昏迷不醒的美男的虞阙。那人同样震惊，两个人同时开口——

虞阙满脸震惊：“你居然偷屎！”

那人裹紧衣服：“你难道就是传说中的采花大盗？！”

虞阙和那人大眼瞪小眼，话音落下，四下静寂，两人都难以置信。

少门主伸向那堆屎的手还没收回来，人赃并获；

虞阙怀里的半裸美男衣衫不整、楚楚可怜，铁证如山。

于是两个人都觉得自己一眼看破了真相，并不约而同地觉得对方对自己的控诉全是为了脱身，两个人顿时更为警惕了。

虞阙暗暗地打量着他，只见这偷屎的贼长得居然还算一表人才，穿得倒也人模狗样，一身衣衫花里胡哨，闪得虞阙眼睛疼，十个手指上戴了六个宝石戒指，也不知道到底有几个是真货。这一身暴发户的打扮别管是真是假，一般人肯定是撑不起来的，而眼前的人不仅撑起来了，居然还有几分风流倜傥。

虞阙不着痕迹地将她那弱小可怜又无助的小师兄往怀里塞了塞，同时暗暗心惊。她不知道修真界的竞争居然已经如此激烈了，这般人物居然需要偷屎为生吗？虞阙心情复杂。

而少门主同样在打量虞阙。这女修看起来年纪不大的样子，可她怀里那个明显实力不弱的修士现在却昏迷不醒毫无反抗之力，可见这女修多半是个看起来年轻实则是老怪物般的人物，他若是对上她的话，不知道有几分逃脱的把握。

少门主一边警惕，一边怜悯地看向“老怪物”怀里的年轻修士。

那修士正是年轻俊美的时候，如今却半裸着，光天化日之下被带出来，不知道是遭受了怎样的屈辱！

不好！他也正是年轻俊美的时候，若那老怪物觉得一个年轻俊美的仙君不够，想把他也抓回去，那他到底是该宁死不屈，还是该暂时忍耐？

少门主纠结地裹了裹自己的衣服，谨慎地后退了一步。

两个人一番胡乱猜测，在无声中斗智斗勇之后，都觉得今天这事情不得了了，都决定先发制人，于是两个人又同时开了口。

“你看起来也算仪表堂堂，没想到私底下居然做偷屎的勾当……”

“前辈请冷静冷静，晚辈今天身上带来的所有财物都可给您，只求你劫财不劫色！”

然后两个人都沉默了下来。片刻之后，虞阙先跳脚来：“我一个青春靓丽的美少女，我闲着没事才会劫你的色！”

少门主更加不可思议：“我怎会做偷、偷屎的勾当！成何体统！”

说完，两个人又都不约而同地看向对方手里的物证，又顺着对方的视线看着自己手里的“物证”，慢慢地，两个人似乎都悟了，这……

少门主飞快地收回伸向屎堆的手：“你别误会，我不是……不，其实在下是食为天少门主，今日偶然和父亲一起在山下嗅到一股奇特的臭味才上山看看，本想看看那臭味能不能做出另类的美食……”

少门情急之下一番解释前言不搭后语，虞阙听了表情更加难看。

奇特的臭味……虞阙看向那堆粪便。是，兔子的粪便总是格外臭，养过兔子的都知道，这臭味奇特是奇特，但是人不能，至少不应该……虞阙沉默半晌，一言难尽道：“我没想到你们食为天居然还有将、将这五谷轮回之物变成美食的能耐，还真是变废为宝，自产自销，失敬失敬！”她决心这辈子再也不吃食为天的东西。

少门主听得一愣，随后反应过来她理解成了什么。完了，这次误会更大了！他食为天百年的声名……还不如就让她以为自己是偷屎的算了！

少门主急赤白脸地解释：“不是，你听我解释，我说的不是这个臭味……”

解释到一半，他突然意识到不对。不对劲啊！他好歹是让人堂堂正正带进来的，这女采花贼不仅人赃并获，她怀里的受害者还昏迷着呢！他凭什么向她解释！少门主立刻硬气了起来，挺直了腰杆，大声道：“快放下你手里的仙君，我可告诉你！我父亲现在就在主峰，七念宗宗主现如今也在主峰，等他们都来了，你插翅难飞！”

虞阙低头看了看自己怀里的小师兄，面不改色地把人搂得更紧了。她理直气壮地说：“我抱的是我师兄，我为什么要放！”

少门主闻言更加震惊，指着她的手指抖啊抖。

她师兄……这女贼，她居然连自己的师兄都不放过！

少门主觉得不能再这样下去了，他必须要把这可怜的师兄给救出来！

柔弱的食修立刻扑了上去，抓住了晏行舟的一条腿，大声道：“你快把人给我放下！”

虞阙一看居然有人敢光天化日之下抢人，顿时大为震惊，抱紧了师兄赤裸的上半身，惊恐地道：“你快放下我师兄！”

两个人，一个人抱着身子，一个人抱着腿，在那毁天灭地的魔王身上上演了“极致的拉扯”。

昏迷中的晏行舟似有所觉般地皱了皱眉。他梦见自己再也压制不住身上的魔气，彻底成魔，灼烧般的痛苦席卷全身，身体仿佛经历了极致的撕扯、撕扯、撕扯……

不对，撕扯？晏行舟的理智清醒了片刻，睫毛微颤，挣扎着就要醒来。

而此时，在竹林里没有找到自家小师妹的萧灼摸着脑袋一头雾水地走了出来。刚踏出竹林，他就看到自家小师妹和食为天的少门主对峙着，两个人寸步不让，似乎在争抢着什么东西，而那东西……

萧灼手里的剑“啪嗒”一声掉了，听见动静的两个人同时回过头来。

虞阙大喜！少门主也大喜！两个人都觉得帮自己的人来了！

虞阙急忙道：“二师兄快来！有人要抢小师兄！”

少门主更急：“萧仙君帮我！有人要偷人了啊！”

萧灼什么也没听见，他看着自家小师弟半身赤裸的模样，头皮发麻。他奔向前去，惊恐地道：“小师弟！”然后毫不犹豫地抱住了晏行舟的另一条腿。

早已在方才的拉扯之下已经岌岌可危的裤子发出一声不妙的“刺啦”。

三个人同时顿住，面面相觑。而这时，晏行舟仿佛明白自己将要经历什么一般，从昏迷之中硬生生地醒了过来。

他睁开眼睛，寒光如剑，萧灼的手下意识地一紧，又是一声“刺啦”。

晏行舟冷静地看了看自己目前所处的状态，又看了看面前的三人，他面无表情地道：“放开我！”

三个人同时撒手，晏行舟的身体瞬间自由落下。但是幸而他反应飞快，瞬间从储物戒里抽出了自己的佩剑，在身体落地之前剑尖猛然点地，借力跃起，身体在半空中一旋，稳稳当当地站在了地上，他收回剑。

萧灼下意识地鼓掌：“不愧是小师弟，剑法又精进了呢！”

晏行舟冷静地道：“或许你们可以先给我解释解释到底发生了什么！”

这一次，该虞阙说话了，她猛然发觉，自己的小师兄还半裸着。

这、这也太不守礼节了！虞阙当即从自己的储物袋里扒拉出了一套二师兄还是狼形的时候给他做的女仆装。这……聊胜于无吧。

虞阙小心翼翼地抽出来，小心翼翼递给他，捂着眼睛道："小师兄，或许你可以先穿件衣服。"

"虞！阙！"晏行舟看着自己赤裸的上半身，看着面前三人震惊的表情，梦中曾毁天灭地的魔王沉默了半晌，这一刻，突然产生了和萧灼如出一辙的想法。

他还不如死在梦里的好！

一刻钟之后，晏行舟穿戴整齐后，占据了虞阙的房间。他大马金刀地坐着，三个人垂头站着。

现在，一切误会都已经搞清了，而唯一搞不清的就是，衣衫不整的晏行舟为什么会出现在小师妹的山头上，还被小师妹这样抱着。

萧灼偷偷地看他们俩。难不成……但小师妹她还是个孩子啊！

萧灼看晏行舟的眼光顿时复杂极了，心中产生了一种微妙的、自家白菜被自家猪拱了，他想谴责都没处谴责的憋屈感。

而晏行舟仿佛知道他在想什么，突然冷冷地道："停住！"

萧灼一顿。晏行舟沉默片刻，冷静地道："虞阙，你们两个先出去。二师兄，你留下。"

三个人不知道为什么，不由自主地就听他的了。虞阙乖乖地走了出去。她走到门口还转头关切道："小师兄，你要是不舒服就喊我啊，我就在外面的。"

晏行舟的神情缓和了下来，然后虞阙又道："想上厕所的话就在房间后面，我看你昏迷的时候喝了不少水。"

晏行舟深吸一口气，冷静地道："出去。"

虞阙快速地溜了，很快，整个房间就只剩下了晏行舟和萧灼二人。

萧灼直勾勾地看着他。晏行舟自诩不在意别人的目光，此刻却抽风，突然道："你别误会，不是你想的那样。"

萧灼看他的眼神顿时更不对劲了。晏行舟深吸一口气，强行将话题扯到了正事上："二师兄，方才，我感觉到了魔气。"

萧灼的注意力果然被拉了回来，他神色严肃道："魔门才开了几天，魔气居然已经蔓延到了这里吗？"

晏行舟不动声色道："对，我感受到了魔气，身体里的魔气也被引动了。"

萧灼大惊："小师弟，你……"

"我没事。"晏行舟迅速说道，"小师妹发现得及时。"

萧灼看了看晏行舟，又想了想方才的情景，恍然大悟。他愧疚地道："原来小师妹是在救你……师弟，是我想歪了！"

晏行舟不由自主地松了口气："没关系。"

说完他突然一僵，他为何要解释这些？他向来最不耐烦和别人解释什么，因为他不在意。而如今，只不过是一个微不足道的误会，他何须这样拐弯抹角费尽周折地解释？晏行舟陷入了沉思。

而门外，虞阙和少门主沉默着，鉴于方才的误会，两个人都觉得挺对不起对方的。随后少门主先打破了尴尬，他主动道："在下食为天少门主景明。"

虞阙连忙介绍："我是寒月仙尊的小弟子，虞阙。"

两个人介绍完，相视一笑。

虞阙心道，景明，精明，取这个名字，但看起来着实不怎么精明。

景明也在想，原来她不是采花大盗！可恶，不是说好了美男子出门都会被采花大盗觊觎吗？

两个人心里想了什么彼此都不得而知，但虞阙见气氛正好，觉得自己作为东道主，应当主动待客，于是她热情问道："少门主这次来所为何事啊！"

景明回答道："我和父亲在山下闻到一股微妙的臭味……"

他一说臭味，虞阙的表情顿时就微妙了起来，他们食为天难不成真用……

景明一见，连忙解释道："不是那个臭味，是夹杂了水果清香的臭味，寒月仙尊说那叫榴梿，我跟着萧仙君过来，正是想找那叫榴梿的东西呢！"

虞阙一愣，突然意识到自己的机会来了。

药王谷谷主发现了榴梿，并且想通过谷佑箴的直播推广出去。但由于谷佑箴的直播效果太差，榴梿到现在都是冷门水果，只有猎奇的人才会买来尝尝，这让榴梿爱好者虞阙怎么能忍！

但是如今，食为天的少门主慧眼识珠，对榴梿感兴趣。食为天可是修真界饮食风向标啊！若是食为天大力推广榴梿的话，属于榴梿的盛世指日可待！

虞阙顿时精神了起来，热情问道："不知道少门主找这榴梿是为了什么？"

少门主顿时蔫了，他丧气地道："别提了，半个月之后就是御食节，宗门金丹以上的弟子都必须拿出一道新菜品待客，可在下却觉得仿佛到了瓶颈，迟迟没有灵感，这才和父亲游历，没想到意外碰见了榴梿……”

瓶颈？那更好啊！

虞阙当即从储物戒里掏出两个榴梿来，神秘道：“少门主请看，这就是榴梿。”

景明看着那尖尖的刺，闻着熟悉的臭味，大喜：“没错，就是这个味道！”然后他又沉思，“可我该怎么把这臭味做成大家可以接受的味道……”

虞阙心说这有何难，她立刻道：“少门主可曾听说过榴梿酥？”

景明疑惑地问道：“榴梿酥为何物？”

虞阙立刻把榴梿酥的做法给他说了一遍。

景明听完若有所思，他摸着下巴道：“这倒是一个办法，但御食节上，一道甜品显然不够，可我的瓶颈……”

虞阙听着，冷不丁道：“少门主可是想要一鸣惊人！”

景明闻言看了过去，迟疑地道：“姑娘的意思是……”

虞阙露出神秘的微笑：“我有一个办法，能让你另辟蹊径，一鸣惊人！”

景明沉默片刻，说道：“姑娘……不妨说一说。”

虞阙自信笑道：“少门主请跟我来。”

然后，虞阙把他带到了另一个房间，珍惜地捧出了一个坛子。哪怕封着口，也能闻到古怪的臭味。

景明震惊：“这是何物？”

虞阙答道：“此物为酸笋，是我用竹林里的竹笋制作而成。”

景明道：“这酸笋……”

虞阙又问：“少门主可曾听说过螺蛳粉？”

景明一脸困惑地摇头，虞阙见状，当即就用酸笋给他做了一碗正宗螺蛳粉。

厨房里，弥漫着浓烈的臭味。

景明离得老远看着那个碗，大受震撼：“这、这怎么能上御食节！”

虞阙捧起螺蛳粉，吸溜一口，镇定地道：“怎么不能！”

她理智地分析：“少门主，你想想，御食节上，那必然都是美食，铁定是一个比一个香，少门主的菜再怎么香，想从这么多菜中脱颖而出，何其困难！”

景明渐渐遗忘了鼻端的臭味，一脸赞同地点了点头。

虞阙放下筷子，严肃地道：“所以，我们要反其道而行之。”

景明重复道："反其道而行之？"

虞阙点头："对！他们不是香吗？那我们就做臭的！御食节上的人可能闻不出繁复的香味，但你那臭味一出必然压过百香，何愁出不了头！"

景明不由自主地想到了御食节上，师兄师姐们各个端着香喷喷的美食，而自己一掀开锅，浓烈的臭味倾巢而出……那想必是挺一鸣惊人的。

虞阙还在继续说："所以，我们不只要臭的，还要臭得别出心裁！除了榴梿和螺蛳粉，不知道少门主有没有听说过臭豆腐……"

门外，闻着臭味而来的晏行舟和萧灼对视一眼，不约而同地转身离开。

景明沉默良久。他想到了自己那久久不能突破的瓶颈，想到了近在眼前的御食节。他虽是食为天的少门主，可在食为天里都是凭本事说话，本就谁也不服谁，他处在瓶颈期这么多年，大家本就颇有微词了，若是他不能在御食节上拿出足够一鸣惊人的东西，那他又怎能服众！

到底是中规中矩，还是该剑走偏锋？

景明看了一眼面前的少女，少女容貌尚且稚嫩，但神情却格外笃定，仿佛确信她拿出来的东西必然会一鸣惊人。

她何来这样的自信？明明她拿出的那些东西……常人多半接受不了。

景明沉默良久，最终说道："还请姑娘教我！"

虞阙露出了一个会心的笑容。最终，虞阙不仅贡献了自己一大半的榴梿，还帮助这位少门主拟订了他全部的菜单。

主食螺蛳粉，小食臭豆腐，饮品豆汁儿，甜点榴梿酥，餐后水果榴梿。

虞阙写完菜单，仍旧意犹未尽，她觉得还是怪修真界好多材料找不到，没有留给她发挥的余地，不然的话，这菜单还能再丰富一些。

豆汁儿和酸笋她勉强还能做出来，其他的她是真的无能为力了，否则她还准备上个鲱鱼罐头或者蓝纹奶酪之类的，想必更加一鸣惊人。

虞阙将自己的想法对少门主说了说，少门主越听越惊恐，最后连连摆手道："不必了，不必了！"现在的菜单他都怕被他爹打死了，要是再加上别的……

最终，少门主斥巨资五千灵石买下了她给出的全部菜单，并且诚恳地邀请她在御食节那天一定要去。

这必然是开创修真界饮食新纪元的时刻，虞阙当然要去！

少门主收起了虞阙写好的菜单，想了想，又有些不好意思地问道：“虞姑娘，我见你菜地里堆了不少的……咯！粪肥，不知可否匀给我一些？”

虞阙这次是真的惊讶了，她想过自己能把那些兔子粪便卖出去，但没想过食为天居然会买。等等！他们食为天不会真的用粪便……

少门主一见虞阙的表情不对劲，连忙解释道：“不不不！我的意思是，那些粪肥似乎比聚灵阵还好用一些，所以在下准备买一些来施肥用！”

虞阙闻言，顿时松了口气，少门主也松了口气。

于是虞阙把滞销的兔子粪便也卖了出去，以比市面上的聚灵阵低三分之一的价格。她还和这位少门主签订了长期供应合同，以后吞金兽所产出的每一块肥料，全都属于食为天。

从此，吞金兽正式自产自销，大大减轻了她这个主人的压力。

又是几百灵石到手之后，虞阙笑眯眯地对他道：“少门主，合作愉快。”

少门主愣了一下，随即笑着道：“合作愉快。”说完，少门主擦着汗离开了，背影匆匆，活像背后有人在撵他。

少门主走后，虞阙抱起了吞金兽，顺手撸了两把兔子毛后，突然若有所思道：“系统，你说的没错。”

系统问道：“怎么说？”

虞阙感叹道：“吞金兽果然全身都是宝！”

但它说的全身都是宝也不是指这个，曾被小说女主角养成顶尖神兽的吞金兽如今沦落到靠自己的排泄物赚吃饭钱，它已经很没有面子了好吗？

而此时，虞阙看在对方好歹给了自己一大笔灵石的份儿上，掏出了玄铁令，准备试试能不能搜到对方。没想到还真的搜到了，不仅如此，她还看到了对方刚刚更新的一条动态。虞阙下意识地就点进去看。

景明：今日有幸碰见一小友，给了我不少灵感，半个月后的御食节在下决定上新菜式挑战自己，大家敬请期待！

他这人名气还不小，动态刚更新，评论区里就有不少人讨论新菜式的事情，各个充满了期待。

——我已经许久未曾见过食为天出什么合我心意的新菜式了，希望这次御食节不然让我失望。

——少门主既然敢在这里说新菜式，必然是胜券在握了，诸位只需等待便好。

——御食节能不能多放几张门票，那仨瓜俩枣的，大门派都不够分的啊。

一片其乐融融。

虞阙看着众人满怀期待地一口一个“新菜式”，沉默了一下，第一次感觉良心有点儿痛。转念一想，又觉得自己这明明是在帮忙丰富修真界的口味，什么香的你们都吃过了，也是时候让你们感受一下螺蛳粉和臭豆腐的魅力了！

虞阙信心十足地放下了玄铁令，走出了房间。她出来的时候，院子里静悄悄的，似乎他们都已经离开了。

虞阙想了想，准备去师尊的主峰看看热闹，然而她还没出院子，身后就突然传来一个声音：“你去哪儿？”

虞阙惊讶地转过头，就看到小师兄正站在自己身后。

虞阙惊喜地道：“小师兄，你没走啊！”

晏行舟看了她一眼，言简意赅道：“等你。”

虞阙困惑地问道：“等我做什么？”

晏行舟不答，转头向其中一个房间走去，那是虞阙用的练功房。虞阙满头雾水地跟了过去。

练功房里空荡荡的，只有两个蒲团面对面放着，虞阙进去的时候，晏行舟已经坐在了其中一个蒲团上。他冲虞阙点了点头，指着另一个蒲团，道：“坐。”

虞阙迟疑地坐在了另一个蒲团上，晏行舟就这么看着她。

虞阙正想问什么，晏行舟突然道：“双人功法。”

虞阙：“嗯？”

晏行舟神色如常道：“你不是一直想修满一个时辰的双人功法吗？这时候愣着干什么？”

小师兄要和她修双人功法！虞阙先是惊讶，然后又忍不住迟疑，她犹豫了片刻，斟酌着道：“可是，小师兄你……”

晏行舟面无表情地道：“我能行。”

“哦。”怎么听她不怎么信任的样子。

晏行舟被气笑了，面无表情道：“闭眼。”

虞阙犹犹豫豫地闭上了眼，闭上眼睛之前，神情里还是狐疑。然后她感觉似乎有谁碰了碰她的眼睑，她正想睁开眼睛，耳边突然传来小师兄的话：“凝神，聚气。”

虞阙下意识地照做。灵力缓缓流淌，两种完全不同的灵力萦绕在两人之间，又迅速融合在一起。

这是一种让人沉迷的感觉，虞阙很快就沉浸其中，晏行舟却在此时，突然睁开了眼睛。面前，虞阙的表情懵懂又放松，她对他全然信任，仿佛丝毫不害怕他会对她做什么。

晏行舟不由自主地想到了那个梦。梦里同样是魔门大开，魔种的身体接触到魔气，他不可避免地被魔气侵蚀。

同样是在那个寒潭，没有人找他，也没有人可以帮他，魔气被唤醒的那一刻，魔纹便永远地留在了他身上。和由他自己的身体产生的魔气不一样，前者他尚且可以抽出喂给傀儡，而后者……魔纹一旦烙下，他便没有了回头的机会。梦中他没有机会，而此时，朝天引压制了魔纹，虞阙给了他这个机会。

晏行舟看着虞阙，某一刻，仿佛被蛊惑了一般，突然低下了头，额头轻轻触碰对方的额头。虞阙似有所觉，睫毛微颤。

晏行舟猛然惊醒，迅速抬起了头，神情惊疑不定。他这是在干什么！

他偏过视线不去看她，神情却越发阴沉起来，似乎有几分气急败坏——对他自己。掩藏在黑发里的耳朵，在他尚未察觉到的时候，微微地红了。

虞阙醒来时，外面天都黑了，她没有在自己的练功房，而是舒舒服服地躺进了自己的被窝。她看了看身上的被子，还有些发蒙。

系统在她耳边幽幽地道："你醒了？"

虞阙抓着被子，沉默良久。就在系统以为她猜出了点儿什么时，就听见虞阙突然感叹："小师兄就算没修炼够一个时辰，也犯不着把我打晕吧！"

系统震惊地道："你觉得你小师兄是把你打晕的？"

虞阙振振有词："否则，我再怎么差劲，也不能在修炼中睡着吧。"

系统沉默半晌，它给她看了看主线任务双人修炼一个时辰完成的截图。

虞阙不敢相信，系统又给她看了段录像。

录像里，她睡得十分香甜，被小师兄从练功房抱到了卧室。她甚至还流口水了，短短几步路程，哈喇子流了小师兄一袖子。而向来洁癖的小师兄这次不知道为什么，居然只看了她一眼，没有把她扔出去，而是把她放在床上。

录像里的虞阙一把拉住小师兄的袖子，嘿嘿一笑："杀生丸……"

晏行舟一顿，仿佛带着冰碴的声音从录像里传来："杀生丸是谁？"

录像里的虞阙不回答，而是张嘴一口咬在了小师兄手上。

然后，没了。虞阙看得目瞪口呆，不由自主地问道：“后面呢？”

系统冷静地道：“没了。”

没了？看着宿主困惑的眼神，系统没敢说，当自家宿主一口咬住大魔王的手的时候，它差点儿被吓得死机，当然顾不上继续录了。

而晏行舟……系统忍不住困惑起来，这个洁癖到杀人后都要换身衣服的魔王，居然就这么看着虞阙咬了他半天，最后只是轻轻捏了捏她的下巴让她松开嘴，这才转身离开。

晏行舟，他是被人夺舍了吗？

晏行舟有没有被夺舍系统不知道，它只知道在接下来几天里，难得被自己的行为吓到了的虞阙，开始费尽心机地躲自家小师兄。

幸而小师兄也不知道在忙什么，虞阙都没怎么见到他，每次见到，也只是他的身影匆匆闪过。

就这样，到了御食节前三天。

虞阙在准备御食节那天要拿的东西，等清点完之后，躺在床上就睡了。睡到半夜，她突然惊醒。漆黑的夜里，虞阙看着头顶的床帐，困惑地道：“我好像忘记了什么。”

而此时，萧灼正匆匆往大师姐的山峰赶。他来晚了一步，闯进师姐房间时，师姐手里的一张纸条正烧了一半，萧灼眼尖，清楚地看到那剩下一半的字迹。

子时来见。

萧灼只觉得胸中仿佛有一团火在烧，当即上前一把抓住师姐的手，压低声音道：“师姐，你不能去！”

师姐没有挣扎。萧灼压抑着怒火问道：“师姐，是那个小人对不对！我，梦中若不是我疏忽……”

在梦中，也是在这一天，他的大师姐突然深夜离开了七念宗，他疯了一般找了她两天，两天之后，她才又突然回来。

萧灼着急地问她去了哪儿，师姐只淡淡地道，觊觎盛家正统御兽功法的人绑架了她青梅竹马的兄长，她去救人了。萧灼一直不知道她为了救那个小人，到底付出了什么。直到几年之后，师姐被那个小人害得经脉寸断，那人，用的正是本该只有盛家独女盛鸢才知道的盛家正统御兽法诀。

他压抑着怒火问道："师姐，梦境中，你把盛家的功法交了出去，对不对？"

盛鸢没有回答，她只问道："二师弟，当妖皇和当中间商，哪个更开心？"

萧灼愣住了。

盛鸢便笑了笑，道："看来是当中间商更开心对吗？小师妹给你指了条明路。"

萧灼说道："师姐，我……"

盛鸢却摇了摇头，道："所以，我也准备去找我的明路了。"

"难不成师姐还要去见那人渣？梦境中你用来换那人渣的功法为何最后被那人渣学会了，若是说那人渣和觊觎你功法的人没有私通，师姐扪心自问，你信吗！"萧灼焦急地道。

盛鸢当然不信，梦中，盛家家破人亡之后，整个盛家只剩下了她，还有自小父母双亡寄居在盛家的霍长风。

盛家功法的传人，只有她一人，而觊觎盛家功法的人，永远躲藏在暗处。

她和霍长风相依为命十几年，直到她拜入师尊门下，霍长风修为有成，试图重振霍家。她从未想过觊觎盛家功法的人中会有霍长风。

梦境之中霍长风被绑，那些人威逼她交出功法，那时候她以为是她连累了他。后来那人便用她交出去的盛家功法，控制数千鬼兽将她撕咬得经脉寸断。幸而她当初交出功法的时候留了个心眼，只交了功法，没有交配套的心法。

没有心法被反噬的滋味……她想起了梦中她从地狱里爬出来，找到霍长风时，那人不人鬼不鬼的模样，想必很不好受吧。

盛鸢笑了笑，看着满腔怒火的二师兄，问道："二师弟可愿意你的仇人死在别人手中？"

萧灼愣了愣，他当然不愿意，他到现在还监视着萧焰，只等着有朝一日，他亲手报仇。

盛鸢便笑了笑，漫不经心道："所以，我的仇，也该我来报。"

话音落下，萧灼就看着自家大师姐，一步一步走了出去。

而此时，虞阙一个鲤鱼打挺，惊恐地道："我想起来了！剧情拐点！师姐她要拿功法去救那霍长风了！"

她惊恐地问道："系统，师姐现在在哪儿？"

系统回答道："已经离开七念宗了！"

完了完了，阻止不了了！

虞阙立马道："花两积分开导航，直接给我定位到霍长风的所在位置。"

系统麻利地给她开了导航。

虞阙当即骑着扫帚风驰电掣，她甚至给自己的扫帚贴了一张极速符。偶尔飞过的修士，只能看到一个黑影一闪而过。

虞阙紧赶慢赶，赶到了霍长风所在的地方，却发现自己还是来晚了！她原本准备提前赶到，神不知鬼不觉地杀了霍长风的，谁知道师姐已经到了！而小说里和霍长风合作，假装绑架他的人，正一刀横在他的脖子上喋喋不休。

"你若是不交出功法，我现在就杀了他，你要记住，他可是被你连累的！"

虞阙顿时头皮发麻，她看不清师姐的脸色，怕师姐犯傻，当即从半空中降落下来，大吼道："且慢！"

几个人顿时都看了过去，原本面无表情的盛鸾失声道："小师妹！"

虞阙降落在了师姐身边，没等师姐开口就一把抓住了师姐的手。她将师姐往后一推挡住了师姐的视线，冷冷地看着那被人挟持的负心男子，面无表情地道："师姐你别慌，我有办法！"

她身后，师姐表情古怪："你有……办法？"

虞阙面无表情地掏出了二胡，将尖利得能把人捅穿的弓弦对准了那男子。她想着小说里的结局，面色狰狞，冷笑着道："不就是挟持人质吗？简单！"

"我们只要把人质击毙，就不用担心他们威胁人质了，师姐，你说对不对。"

师姐沉默良久后，真心实意地道："小师妹说得对。"

话音落下，虞阙惊愕地转过头，险些以为自己听错了。

她知道小说里在霍长风背叛师姐之前，师姐和他青梅竹马，感情深厚，她来之前都已经做好哪怕师姐怨恨她，甚至以后和师姐反目成仇，她也要把师姐带回去的准备。

可现在……难不成师姐是听错了，还是说有意为之，让那些绑匪放松警惕？虞阙越想越觉得后者的可能性大一些，不禁在心里感慨，不愧是大师姐，反应就是快。

但她觉得自己反应也不赖，因为她在想通了大师姐可能想以不在意的态度麻痹绑匪之后，立刻意识到这是给自己的一个机会。

她大可以借着师姐佯装不在意让劫匪放松警惕的时候，不着痕迹地消灭人质！她可真是个小机灵鬼！虞阙心中狂喜，表情不变，举着尖利的弓弦稳稳地对着霍长风，狐假虎威道：“听见没，你们再不放人我可要动手了！”同时在心里大喊，打起来，快打起来！

那几个绑匪万万没想到如此缜密的计划之下，居然突然蹦出来这样一个人。眼看着那小丫头的弓弦真的对准了霍长风，大有一言不合她就要消灭人质，然后再将他们灭口的架势，劫匪们心里一慌，下意识地伸手护了一下人质。

于是场上形势瞬间逆转，虞阙一心想让人质死，劫匪却怕人质真死了。

这到底是哪来的野丫头！

但幸好劫匪反应还算快，短暂地慌乱了一下之后，意识到这可能是某种计谋。其中一个劫匪当即冷笑道：“我劝你们别耍花招，我的忍耐有限，你们要是乖乖地把东西给我，我还能全须全尾把人还给你；你们要是执迷不悟……我可真的会对人质动手！”

虞阙心说你快动手，你再不动手我就动手了！

那劫匪一番话说完，自信地看着她们，仿佛笃定靠着这个在虞阙眼里已经必死的人质就能让她们乖乖听话投降了。

虞阙沉默了片刻，转过头，沉痛地对师姐说：“师姐，看来我们谈不拢了，为了人质的安全，我建议咱们立刻开战！毕竟人质在他们手里多一分钟，就多一分危险啊！”

师姐沉默片刻，柔声问道：“可是小师妹，若是打的时候伤到了人质呢？”

正提心吊胆目瞪口呆地听着虞阙的话的劫匪们一听师姐开口，立刻松了一口气。这才是正常反应！这才是一个少女被劫了心上人之后的正常反应！那野丫头到底哪儿来的野路子！

然而下一刻，他们就听虞阙义正词严道：“师姐，我们身为正道人士，斩妖除魔乃是己任，怎可因为区区人质就退缩！师姐，你想想，若是他们走了之后又作恶呢？那岂不是我们也有罪过！”

她顿了顿，不情不愿地补充道：“我看被绑之人相貌堂堂、一身正气，想必他若是醒了，也不愿我们因他一人就放任坏人继续为恶的，哪怕是自裁也不愿意留在恶人手中受辱。师姐，我们应当尊重人质的意愿啊！”

她说着，举着手中尖利的弓弦往前走了一步，哀痛道：“所以，为了人质的尊严，我们哪怕动手杀了他，也万万不可把他留在劫匪手中啊！”

几个劫匪惊恐地往后退了一步，满脸不可思议。

不是，你们正道人士这么可怕的吗？一言不合杀人质？他们自认邪魔外道都没这么鲁莽！他们不过是几十年没在修真界里待了，修真界什么时候恐怖到了这种程度！

而另一边，师姐脸上露出了犹豫挣扎的神情，似乎就快被虞阙说服了。

虞阙见状心说有门，再接再厉，大声道："师姐！他们既然能绑了这人威胁你，想必这人是师姐的亲近之人。师姐，你想想，他若是醒着的话，愿意留在绑匪手中受辱吗？他若是醒着的话，愿意你因为他受制于人吗？"

她说这些话的时候恶心得都快吐了，说完转头看向了人质，眼睛里流露出凶狠的光，语气却格外沉痛："你若是愿意的话，你便睁开眼告诉师姐一声，我们必然竭尽全力去救你；你若是不愿意……我们只好尊重你的意愿了！"

霍长风的手指不着痕迹地动了动，差点儿清醒，但按照原计划，他还不能醒。那么问题来了，那野丫头一言不合就要杀人，他到底是该醒，还是不该醒？霍长风陷入了两难之中。

而此时，师姐听了虞阙的一番话之后，突然低下了头，然后肩膀疯狂耸动，似乎在哭泣。虞阙一愣，于心不忍。果然，师姐什么都不知道，在师姐心中，霍长风还是从小一起长大的青梅竹马吧。如此两难抉择，对青梅竹马动手……

虞阙顿时更加痛恨霍长风。

而另一边，看到师姐反应的劫匪们顿时一喜。那霍长风说得果然没错，他们从小一起长大，这盛家长女不可能无动于衷！

虞阙上前犹豫着拍了拍师姐的肩膀，师姐的肩膀耸动得顿时更加厉害了。

绑匪大喜，没错！就是这样！在他们喜悦的目光之中，他们心中的弱女子柔柔弱弱地抬起了头，伸手擦拭着眼角不存在的泪水，顺手挡住因为笑疯了而抽搐的嘴角。

"弱女子"用柔弱的声音哀戚地说道："小师妹……说的有道理。"

劫匪和人质都不敢相信自己的耳朵。

"弱女子"继续语气柔弱地说道："霍家兄长若是醒过来的话，想必也是不愿意我妥协的，小师妹说的没错，是我想岔了，我们就按小师妹说的来。"

说着，她施动法诀，顿时，四周一片野兽嘶吼声传来。师姐沉痛说道："小师妹说的没错，我应该尊重霍家兄长的意愿，若是这些劫匪执意要动手的话……"她眼中闪过一丝寒芒，不紧不慢道，"那我只好亲自动手了，霍家兄长死在我手上，总比死在他们手上好。"

劫匪目瞪口呆，四面八方的野兽飞驰而来。

霍长风这时候突然意识到不对，他这时候才想睁开眼睛佯装自己突然醒了，然而，已经来不及了，因为虞阙突然兴奋了起来。

太好了！她成功劝说了大师姐，她可真是太棒了！她果然是救赎文女主角！

虞阙兴冲冲地抱起了二胡，兴奋地道："大师姐你等着，我来给你掠阵！"

虞阙话音刚落，大师姐当即面色一变。她来不及想，出于对虞阙二胡的"信任"，当即捏了个法诀封闭了自己的听觉，又通过契约封闭了自己所有契约兽的听觉。

下一刻，虞阙那不分敌我的乐声幽幽响起。

而那些劫匪显然是不知道虞阙二胡的威力的，眼前这两个不按常理出牌，他们正准备使出手段吓一吓那个女孩子，那如同生锈的铁锯锯木头的声音就穿过耳膜强势地钻进了他们的脑子里。

那乐曲声中饱含着强烈的、幽怨的情感。

所有人都面色一变，他们立刻就想先把那拉二胡的野丫头给弄死，然而已经来不及了，盛鸢的契约兽蜂拥而上，狂暴地撕咬着他们。

如果其他绑匪听见虞阙的二胡声感受到的只有精神攻击的话，那么霍长风听到虞阙的二胡声，就活像有人拿着一把尖利的斧子劈进他的脑子里。这整首曲子所有强烈的情感全都冲他来了。

霍长风不知道自己到底怎么得罪了这个素未谋面的野丫头，但当他反应过来时，他甚至连睁眼都已经来不及了。

在虞阙敌我不分的二胡声中和四面八方的契约兽的攻击之下，场上形势顿时一边倒。劫匪们抵抗了一会儿，见抵抗无用，扯过如今已经真的失去了行动能力的霍长风，厉声道："你们再不住手，我现在就杀了他！"

虞阙大喜，立刻道："师姐你看，他们要杀人灭口了！为了不让这位英雄惨死劫匪手中，我们动手吧！"

那劫匪被她激得气血上涌，当场就想真的弄死霍长风，然而劫匪的首领还有几分理智，他知道他们要是还想得到盛家的功法，必须得靠霍长风，于是只能拼死在妖兽嘴下救下霍长风。

他知道今天这次是彻底搞砸了，只能厉声道："快撤！"

他的话音刚落，虞阙的乐曲声一变，幽怨的鬼嚎声传来，阴森又恐怖。

精神暴击之下，所有人的脚步都打了一个踉跄，于是他们失去了逃跑的最好机会。一边是虞阙那能磨死人的二胡声，一边是虎视眈眈的妖兽，劫匪们险些被搞疯。

但虞阙没那么容易放过他们，她在混乱的人群之中，瞄准了霍长风。

而这时，小白突然路过了她身边，她看着小白，小白看着她。

一人一狗没有交流，却心有灵犀般共同做了决定。

下一刻，小白突然扑了上去，目标是霍长风。

劫匪面色一变，当即上前救人。于是战场形势又是一转，刚开始他们拿霍长风威胁盛鸢，现在他们被迫从盛鸢手中救霍长风。

劫匪救人质，千古奇闻！

虞阙趁着他们那边正混乱，不动声色地靠近。小白和她心有灵犀，直接把救霍长风的那个劫匪逼到了虞阙脚边，虞阙立刻抓住机会，抬脚一踹，稳准狠地朝霍长风的两腿之间来了一脚。

霎时间，剧痛袭来，霍长风脑袋一空，连叫都没叫出来，当场昏死过去。

四周霎时间一片死寂，所有人都看着虞阙。

虞阙仿佛没发觉自己做了什么一般，皱眉道："打啊！怎么不打了！"

劫匪们对视了一眼，下一刻，为首的劫匪突然撕了一张符，虞阙察觉不好，上前想拦人，那张符转瞬间就带着他们所有人消失得无影无踪了。

气死了！让他们跑了！虞阙一时间非常懊恼，师姐却一副早有预料的模样，神情没有一丝变化。她看着虞阙，突然叫道："小师妹。"

虞阙懊恼地转过头："师姐。"

师姐看了她半晌，突然上前摸了摸她的头，笑道："没什么。"

虞阙着急地道："师姐，可是他们……"

师姐平静地道："不用想他们，只要我还在这里，他们……还会再来找我的。"而那时候，便不是你插手的时候了。

师姐看着一脸懊恼的虞阙，这样想着。她看得出来，她的小师妹知道她将要经历什么，并且想救她，而她来救人，或者说替她报复对方的方法，直白得可爱。

虞阙觉得，霍长风死了，她的师姐就没事了。

若是她没有梦中的那些经历作为警示，这或许确实是一个办法；然而，该经历的，盛鸢其实早已经历过了，而她要的，可不只是霍长风死，和她梦中的经历相比，死了多痛快。

她满怀期待地等着霍长风再来找她，而这些，就不用告诉还是个孩子的小师妹了。

而此刻，虞阙正满心懊恼地想着失去了这个机会，下一次她该怎么办。

她欲言又止地抬头看向师姐："师姐……"

师姐笑得温柔："小师妹，不用想太多。"

"接下来，就是师姐的事情了。"

虞阙愣愣地看着她。完了，师姐心里还有那个霍长风！师姐还没放弃！虞阙急得想哭，不行，她得好好想想办法，不能让师姐被负心汉给骗了！

虞阙摸着下巴，若有所思。

而此刻，一群劫匪带着霍长风逃到了深山。

劫匪中懂医的正救治着霍长风，霍长风一醒，其中一个脾气火爆的劫匪当即就抓住他的领子，恶狠狠地问道："你不是说她一定会把东西交出来吗？这就是你的'一定'？"

霍长风的伤口被扯动，痛得眼前一黑。

旁边的人赶紧拦住他，道："你别激动！咱们现在是一条绳上的蚂蚱……"

那人放开了霍长风。霍长风喘了口气，声音嘶哑着道："这次是出了意外，突然冒出来一个野丫头，但是你们既然带着我逃了，盛鸢肯定会亲自来找我，我们只需要跑到一个合适的地方，耐心等待便可。"

那人看着他，嗤笑一声，道："幸好那丫头力气不足，不然等盛家长女把你换回去，换的也是一个废人，但是她那一脚估计也是不好受的，就是不知道你如今废了几成。"

闻言，霍长风的眼里闪过一丝阴霾。

于是，几个人就等在一处不大的城镇里，等着盛鸢查过来。

第一天，盛鸢没来。

第二天，盛鸢没动静。

到了第三天，前去打探的人传来消息，说七念宗准备出发去御食节了。

霍长风终于坐不住了，在众人怀疑又忌惮的视线之中，决定自己亲自去查。

而此时，盛鸢正看着自己房间里的一张纸，困惑地皱起了眉头。

纸条上是虞阙的字迹，约她子时在城镇里的子乐楼相见。

明天就要去食为天了，她大半夜地往城里跑干什么？那子乐楼又是个什么地方？盛鸢皱起了眉头，她推测就是这两天，霍长风怕是就要主动找她，小师妹这时候单独外出，若是碰上那霍长风……

盛鸢二话不说，当即跑去了城里。

她一路打听子乐楼是什么地方，而不知道是不是她的错觉，她每问一个人，那人就会用怪异的眼光看她一眼，一副唯恐避之不及的模样。

在她耐心快耗尽的时候，她碰见了谢千秋。

她干脆走过去，径直问道："谢师弟，你可知道子乐楼是什么地方？"

谢千秋看着她，沉默半晌，问道："盛师姐想去子乐楼？"

盛鸢点头："师妹约我相聚。"

谢千秋又沉默半晌，最终，在盛鸢耐心耗尽之前，他给她指了个方向。

看着盛鸢匆匆离去的背影，谢千秋沉默良久。他万万没想到，七念宗的女修们居然如此放荡不羁，那子乐楼分明是……

片刻之后，盛鸢来到了子乐楼外，被几个打扮得颇为"花枝招展"的男子带进了子乐楼，心里的古怪感越发重了。这里好像是个酒楼，但工作人员都是容貌俊秀的男子，而来来往往的客人全都是女子。

这……盛鸢怀着疑虑，被一个容貌几乎称得上艳丽的男子带着上了二楼。那男子在一个包厢门外停下，柔声道："仙子，您找的人，就在里面等你。"

盛鸢没多想，径直推开了门，然后她全身一僵。她看到了什么？

她看到她那小师妹，跷着二郎腿坐在一把太师椅上，左手拿着鸡腿，右手端着杯子。

她看到整个房间里，人头攒动。左边柔美如兰的男子轻柔地给她捶着肩膀；右边俊秀如竹的男子笑着接过虞阙的杯子，给她倒茶；一步之隔的酒桌后，气质清冷的男子垂首弹琴；虞阙对面，有男子一边逗她笑，一边给她夹菜。

她终于知道子乐楼是什么地方了。

此时，小师妹听到动静抬起头，她看到盛鸢，眼睛一亮，下一刻，她左手把鸡腿递给夹菜的男子，右边接过俊雅如竹的男子递过的茶。

她抬手敬了盛鸢一杯，了不得的小师妹振声道："'男德男德'，非常了得！"

盛鸢站在门外，整个人像被雷击一般，惊呆了。

她，在梦境中玩弄人心的魔女，自认什么大风大浪都见过了，但是这阵仗她真没见过。搞出这阵仗的还是自己的小师妹。

盛鸢沉默片刻，觉得大概是自己开门的方式不对。她冷静地道："打扰了。"随手关上了门。片刻之后，她猛地又推开门。还是那张桌子，还是那个小师妹。

小师妹冲她举着杯子，豪气地道："'男德男德'，非常了得！大师姐，进来！今晚咱们玩个尽兴！"

盛鸢看着她心想，你怕不是已经兴奋得连自己叫什么都不知道了。

她冷静地环顾整个房间，很好，这房间还算干净，没什么乱七八糟惑人心智的东西，饭菜茶饮也还算干净，几个公子气质清正，小师妹都闹成这样了，除了捶肩之外，没见他们对小师妹动手动脚。

小师妹胡闹是一回事，但若是被她发现这些人真的敢对小师妹做些什么的话……盛鸢眼里闪过一丝寒芒，然后她就看见小师妹抬手将一整壶茶一饮而下，随即歪头对着身边的公子嘿嘿笑了起来。

盛鸢发觉，哦，原来动手动脚的人是自己的小师妹。对不起，是她想岔了，她现在应该做的大概是好好看看自家小师妹有没有对别人做过分的事情。

那公子可能是看出了盛鸢在想什么，淡定地道："这位姑娘不用担心，我等都是正经经营的，只是喝茶吃饭听曲子。"

盛鸢深吸了一口气，觉得自己在梦中还是活得不够放肆，否则她堂堂一代魔女，又怎么会被这点儿小阵仗给吓到……

然后她就看见自己那玩疯了的小师妹突然又想起了什么一般，猛地坐直，冲着她身后大喊道："来啊！把我给师姐准备的人都请上来！"

身后突然传来一阵奇怪的声音。盛鸢猛然察觉不对，当即转过身，就看见一楼那个不知道是何用处的舞台之上，二十个年轻公子一字排开，面对着她，有的阴柔，有的俊美，有的阳刚，各有千秋。

他们动作一致地冲盛鸢行了一礼："姑娘请。"

盛鸢感到一阵窒息。然而这阵仗着实吸引了不少人，来来往往的女修纷纷停下看向台上，又顺着台上众人的目光仰头看向二楼的盛鸢，纷纷猜测着她的身份。

此时此刻，盛鸢意识到，她的见识果然还是少了。

她居然没比过她的小师妹！

此时，小师妹从身后走了过来，搭着盛鸢的肩膀，露出一个邪魅的笑容。

“大师姐！看，这就是我为你打下的江山！这是我精心挑选出来的整个子乐楼里长得最好看的乐师和舞者！大师姐不用客气！今天的费用我全包了！”

盛鸢沉默了，理智告诉她，她现在最应该做的就是直接把这个小鬼头打晕扛走，第二天，她就还是冷静的大师姐，小师妹就还是那个胡闹的小师妹。

可是……她转头看了看放肆的小师妹，又看看楼下兴致勃勃地讨论着，丝毫不把这阵仗当回事的女修们。她知道，像这种对修士，尤其是对为女修开放的酒楼，放在修真界里也说得上荒诞不经。

世人多半觉得，名门正派，不管是男是女，都不该来这种地方。可她还算是名门正派吗？盛鸢突然嗤笑一声。

身后，小师妹搭着她的肩膀问：“师姐，要不要挑一个？你看啊师姐，这世上的男人这么多，在一棵歪脖子树上吊死多亏啊！而且，那男人不守‘男德’！但他们就不一样了，他们不仅技艺非凡，还特别守礼！”

师姐听了，挑了挑眉。然后虞阙就听见师姐淡淡地道：“挑？我为什么要挑？”

“小孩子才做选择，成年人我当然全都要！”

大师姐斜倚在护栏上，似笑非笑，漫不经心道：“都上来吧，我全都要了。”

一直关注着这边的修士们欢呼叫好，旁边立刻有人说：“还不快去给仙子换一个大点儿的房间！”霎时间，整个子乐楼都开始围着大师姐转了。

虞阙目瞪口呆地看着被美男包围的师姐。

另一边，大师姐似笑非笑地看着她，伸出手：“小师妹，要一起欣赏歌舞吗？”

虞阙看了看被美男环绕的师姐，沉默了，然后她笑道：“那当然！”

于是今夜，师姐妹二人听曲观舞赏花。

此时此刻，虞阙脑子里只闪过一句话：此间乐不思蜀，阿斗竟是我自己！

而这时，不知有哪个好事者留了影，将盛鸢斜倚栏杆之上大手一挥说“我全都要了”的情景传到了玄铁令上。

而另一边，因为霍长风的事情再次来找大师姐的萧灼惊愕地发现这大半夜的，大师姐居然没在山上。

他想了想，觉得这个时间，大师姐大概是去找小师妹了。

然后他就发现，小师妹居然也不在！

萧灼这次是真的慌了，大师姐和小师妹大半夜的一起不见了，而且连个音信都没留下来，这不得不让他多想。

梦中大师姐那经脉寸断的模样仿佛又出现在了他面前，萧灼一时间心中既恐惧又愤怒。于是片刻之后，七念宗所有人就都聚集在了师尊的山峰上，一脸严肃地讨论着大师姐和小师妹半夜失踪的事情。萧灼和师尊表情都很凝重，连晏行舟都皱起了眉头。

唯一在状况之外的莫寒茔有些不解，因为她年轻的时候也经常大半夜跑出去玩，在她看来这是很正常的一件事。

师尊给她解释道："若是平常，我不会如此，但是……前几日鸢儿刚见过她青梅竹马的那个兄长。"

莫寒茔试探地问道："她那个兄长有问题吗？"

师尊言简意赅回道："他觊觎盛家功法。"

莫寒茔的脸色当即沉了下来。他们还在商量着大师姐她们会去哪儿，是主动离开还是被迫离开，晏行舟沉默片刻之后，掏出了玄铁令。他熟练地找到了虞阙的账号，直接问："你人呢？"

没人回他。晏行舟难得心烦意乱，他不认为大师姐会突然带着小师妹一起失踪，但这不影响他心中升起无法抑制的焦虑。

虞阙她……去了哪儿？原来，突然消失之后，留下的人心中是这种滋味吗？

晏行舟沉默地退出了玄铁令，退出的那一刻，玄铁令上突然弹出来一个留影，而上面的人……晏行舟眼疾手快地点开了那个留影。

留影上，他的大师姐斜倚栏杆，似笑非笑，大手一挥道："我全都要了。"

全都要什么？什么全都要？晏行舟看了看这个留影发出的时间——就在刚刚。

晏行舟迟疑着，将留影给其他人看了看。于是，三个大男人面色严肃地对着一个留影研究起来。

师尊说道："她们应该还在城里，鸢儿身后的牌匾上写的是子乐楼，我似乎对这个地方有些印象。"

萧灼皱眉道："大师姐是遇到什么麻烦了吗？这里面人好多的样子，'全都要'是什么意思？大师姐要什么？"

晏行舟看着画面中一个角落里露出来的一只手，笃定地道："这是虞阙的手，她和大师姐在一起。"

于是师尊拍板道："所以说只要我们找到了子乐楼，就能找到她们。"

可是这子乐楼到底在什么地方？三个人又愁了起来。这时，一直没吭声的莫寒苲突然神情复杂地道："我想，我大概知道这是什么地方。"

三个人齐齐看了过来。

莫寒苲艰难地挤出一个微笑："走吧，我带你们去。"

三个男人毫无所觉，唯有莫寒苲心情复杂。她万万没想到，平日里不显山不露水的盛鸢居然去了那个地方。她又想起了留影里那句"全都要了"，还真是玩得好放肆啊。

片刻之后，四个人齐齐站在了子乐楼前，仰头看着灯红酒绿的楼。

师尊讷讷道："子乐楼，就是这里。"

萧灼看着四周来往的游人，道："为什么来来往往的都是女人，这是什么女修聚会吗？"

晏行舟猜测："不应该，那个留影里，男修也不少，许是交流修炼心得的地方？"

莫寒苲沉默片刻，问道："你们就不觉得这地方不正经吗？"

三个人齐齐看了过来，满脸疑惑："有什么不正经的？"

莫寒苲："……没什么。"

师尊点了点头，负手道："你们去将鸢儿和阙儿带回来吧，此时乃非常时刻，还是不要乱跑为好。"

二人齐齐应是，莫寒苲试图挽留："还是我去吧，这地方……"

师尊立刻摇头，深情地道："莫姑娘，区区小事，何至于让你受累。"

莫寒苲眼睁睁地看着两个出色的男子羊入虎口。

而走进子乐楼的两个人，在刚进去的时候就发觉了不对劲。因为他们刚踏进来，几乎所有人都盯住了他们，两个人脚步一顿。

萧灼小声道："师弟，这里是不是有什么不对劲。"

晏行舟不说话，他心里已经隐隐有了一些猜测。

下一刻，一个男修突然迎了上来，笑道："两位来这里，是要……"

萧灼耿直地道："我们找人。"

"找两个女修，一个叫盛鸢，一个虞阙。"

所有人都齐刷刷地看了过来。男修沉默片刻，笑道："两位跟我来。"

他们踏上了二楼。上楼之前，萧灼隐隐听到有人说："没想到她们居然是有对象的，这是对象跑到子乐楼来捉……"

嗯？捉什么？萧灼满头雾水，他看向晏行舟，却见晏行舟的神情十分平静。

平静得有些可怕。

这时，那男修已经将他们带到了一个包厢外，说道："她们……就在里面。"

萧灼道谢，那男修欲言又止："其实……我们都是正经做买卖的人，你们之间的事情我不掺和，但只求你们动手的时候……轻一点。"说完他就走了。

萧灼听得满头雾水，动什么手？他们不是来找人的吗？

他看向晏行舟，晏行舟却平静地道："师兄，开门吧。"

萧灼毫无所觉地推开了门，一室歌舞声霎时间扑面而来。

男人，男人，男人，还是男人，各种各样的男人。

在男人之中，两个女人正不知天地为何物，笑得好不快活。

他小师妹正大声道："就是这个理！这才是真女人该过的日子！来！再喝！"

萧灼险些吓出原形，他哪怕再傻，此刻也意识到这是什么地方了。

他师姐和小师妹居然来这种地方！他下意识地看向晏行舟。

晏行舟面色平静，淡淡地问道："哦？真女人该过什么日子？"

声音传到虞阙耳中，虞阙还以为是哪个美男子在说话，毫无所觉地道："自然是不拘一格，潇洒快活，累了有人捶腿，渴了有人倒茶，饿了有人做饭，我想要谁干啥就要谁干啥！"

说完她突然察觉不对劲，扭头看了过去，正好和晏行舟对视。

虞阙一愣，这人……好像她小师兄啊！但玩疯了的她已经失去思考能力了，她眯着眼睛看了片刻，突然道："你这人怎么长得这么像我小师兄。"

晏行舟皮笑肉不笑地看着她："是吗？"

虞阙却拍案道："就是他了！我今天就让他跳舞！"

晏行舟平静地道："虞阙，你再说一遍。"

虞阙不答，摇摇晃晃地走上前，伸手摸了摸他的下巴。

虞阙："嘿嘿。"

萧灼魂都快被吓飞了，连忙上前拉虞阙，急忙道："师姐别看戏了！你快来帮忙啊！"

师姐已经喝得半醉，迷迷糊糊地道："哦，尊重，祝福。"然后她一挥手，

“接着奏乐，接着舞！”转瞬间，整个房间乱成一团。

晏行舟深吸了一口气，把趴在自己身上的虞阙给揪了下来。虞阙不服，拿出了二胡……子乐楼不知道什么时候乱了起来。

楼外的师尊皱眉道：“我让他们把人带出来，怎么回事……”

莫寒芏赶紧拉他回来，连忙道：“这不是我们好人家的男修该知道的事，走吧走吧。”

师尊沉默片刻，乖乖地跟着莫寒芏走了。莫寒芏走了两步，突然回头看。

子乐楼——也许过了今夜之后，这子乐楼可以改名成乐子楼了。

虞阙盘腿坐在床上，一脸凝重。现在是早上八点，距离她昨夜邀请师姐上子乐楼刚过六个小时，虞阙从梦中醒了过来。

她昨夜去子乐楼就是为了师姐，因为她想让师姐的视线从那个没良心的霍长风身上移开，看看这个世界上究竟有多少不同的好男人。

她一直觉得，师姐在小说里那么信任霍长风，甚至产生了男女之情，和师姐没见过几个男人脱不了干系。

师姐自小和霍长风一起长大，所接触的最熟悉的男人就是他，长大后忙于修炼盛家功法，交际更加少，再加上霍长风颇会伪装，长此以往，日久生情并不奇怪。那么她要做的，就是带着师姐脱离原来的环境，让师姐看看没有霍长风之后的世界到底多有意思。

子乐楼显然是个不错的选择，不仅有男人，还很有意思，而从昨天的结果来看……虞阙想起子乐楼中师姐大手一挥几十个美男将她团团包围的场景，不由得点了点头。

很好，师姐在这里终于没有束缚了，不枉她费尽心机花了这么多灵石在子乐楼里，值了！好了，现在唯一的问题就是……

虞阙面色凝重地拿出了自己的玄铁令，无视了昨夜小师兄给她发的那句“你人呢”，郑重地在搜索框里输入：除了修真界之外，这个世界上还有什么地方适合人族移民。

一觉醒来，她觉得这个修真界没有什么东西值得她留恋的了。

想想她昨天晚上都干了些什么吧！

原本只想找几个美男聊天看歌舞表演，结果自己玩疯了……

这也就算了，最让她无法理解的是，在按时辰收费的昂贵标准之下，她没有吃遍好吃的、观赏精彩绝伦的歌舞表演，却和几个美男玩斗地主。

她第一次去酒楼，做的第一件事是找人玩斗地主……

还有小师兄……

虞阙深吸了一口气，想起昨夜她捏着小师兄的下巴，跟小傻子一般大声嚷嚷着今晚一定要他跳舞的模样，面色越发凝重了。

她若是现在去向小师兄解释，说她不是想让他跳舞，而是想和他一起玩斗地主的话，小师兄会不会信？

但她昨晚真的就是这么想的啊！她一见小师兄就觉得特别亲切，特别适合拉来一起玩斗地主。她绝对不是故意向他掏出二胡的！

对了，还有二胡！

虞阙的表情顿时更加痛苦，她觉得她可能这辈子都无法忘记，当她的二胡拉出第一个音的时候，整个子乐楼里那一刹那的寂静。下一刻，众人都开始往外跑，歌舞升平的子乐楼，转瞬间成为鬼哭狼嚎的修罗场。

这是虞阙第一次清晰地意识到，她演奏的二胡杀伤力究竟有多大，但她一点儿都不觉得开心。

虞阙陷入对自己演奏的二胡是不是真就这么难听的自我怀疑之中时，敲门声突然响起，虞阙霎时间浑身一僵，警惕地看向了门外。

小师兄晏行舟的声音不紧不慢地传来："小师妹，醒了吗？"

虞阙不吭声。

门外的人沉默了一会儿，小师兄冷静地道："哦，看来是醒了。"

虞阙还是不吭声。

她想起自己捏着小师兄的下巴叫嚣着要他跳舞的一幕，觉得自己没脸吭声。

晏行舟也不在意她说没说话，自顾自道："我们要启程去食为天参加御食节了，你再不起来就迟了。"

虞阙这时候才终于开口，她警惕地道："那你先走吧，我马上就起来。"

晏行舟平静地道："行，那我先走了，你赶紧起来吧。"

门外的脚步声渐行渐远，虞阙谨慎地没有动，又听了一会儿，良久，还没有动静，虞阙这才松了一口气，随便收拾了一下，跑出去开门。

卧室门打开，抬眼就是小师兄结实的胸口。这胸口让虞阙印象深刻，因为在昨天虞阙闹着要他跳舞的时候，鬼使神差地趁他不注意碰了一下。但现在不是想这些的时候，昨晚刚被自己闹过的小师兄守在门口堵她怎么办？

虞阙拔腿就想跑，但已经晚了，晏行舟提着她的后衣领把她给提溜了起来。

晏行舟皮笑肉不笑：“师妹，怎么样，睡醒了吗？”

虞阙试图挣扎：“小师兄！你听我解释！”

晏行舟一边提溜着她往外走，一边镇定地道：“你解释，我听着。”

虞阙解释道：“我昨天说要你跳舞，其实是想找你斗地主！真的，我觉得你特别亲切，但除了找你斗地主之外，我没想干别的啊！”

晏行舟闻言脚步一顿。沉默片刻之后，他意味不明地问道：“是吗，那你的意思是，你看其他人跳舞的时候，除了斗地主，还有别的意思？”

莫名地，虞阙背后一寒。于是她义正词严道：“怎么会！不过是人多热闹，大家一起玩而已，况且子乐楼……”

“没有子乐楼了。”晏行舟突然说。

虞阙一惊：“难道我还忘了些什么？难不成我昨天一不小心把子乐楼给砸了？”

晏行舟淡淡地道：“不是你，是我昨晚带你出来的时候，一失手，不小心把子乐楼的牌匾给劈成了几块。”

虞阙不敢问到底是怎么个失手法，才能把牌匾给劈成几块。她谨慎地道：“只是个牌匾而已，也不算没有子乐楼了啊。”

晏行舟淡淡地应了一声，然后平静地道：“我觉得十分愧疚，当即给他们写了个牌匾，不过一时笔误，顺序写反了。”

虞阙觉得有些不妙，小声问：“怎么个写反法？”

晏行舟笑道：“我写成了乐子楼。”

虞阙惊呆了。晏行舟继续道：“而且我还一不小心用了个显形咒，这段时间不管他们再挂上什么牌匾，显示的都是乐子楼了。”

虞阙不敢作声了。可以的，乐子人，乐子楼，挺有个性的名字。

虞阙像咸鱼一般，一路被小师兄提溜进了师尊的主峰。

主峰上，七念宗所有人都到齐了，就是气氛有些怪。

盛鸢和莫寒茎正坐在一起，兴致勃勃地说着什么。

师尊和二师兄揣手站在一旁，满脸“居然还能这样”的震撼。

虞阙茫然地走了过去，就听见她那平日里不显山不露水，一心只有炼器的莫姐姐轻描淡写道:“……子乐楼还是差了些,我早些年的时候和家中姐妹去白玉京玩过,要是只是想找个好玩的地方,那里才是好去处。”

师姐兴致勃勃地问道:“哦?白玉京是什么地方?”

莫寒笙十分老到地回答道:“那是修真界最大的娱乐场所,不仅有子乐楼这样的地方,而且赌马斗兽应有尽有,只要你有足够的灵石,想要什么都不在话下。”

师姐听得大为震撼,她梦中那世叛出修真界太早,居然不知道修真界还有这么好玩的地方。她立刻道:“若是日后有空了,寒笙便邀我一起。”

莫寒笙点头,微微一笑。她们说着白玉京,相视一笑,一切尽在不言中。

师尊原本还含笑听着心上人说话,听着听着,突然沉默了下来。

寒笙。他费尽心机,到现在还只能叫心上人一声“莫姑娘”,而他的徒弟,居然已经能叫“寒笙”了。

师尊看了看自己的大弟子,又看了看自己的小弟子,突然怀疑人生。

小弟子也就算了,毕竟年纪小惹人怜爱,但是大弟子……他看着两人亲密的模样,沉默了。他想,他或许该去千机阁算上一命,看看他的女弟子们是不是生来就克他。

而且……师尊怀疑地看向了小弟子,她到底是什么秘籍还没让他看?否则要如何解释他的弟子们和他心上人的关系各个突飞猛进,只有他进展缓慢!

但虞阙没察觉到师尊的目光,她看了看莫寒笙,又看了看大师姐,也是大为震撼。她万万没想到,她那平日里不显山不露水的未来师娘,居然对修真界的娱乐场所如数家珍。她更想不到,她不过是带着师姐去子乐楼里玩了一夜,师姐却像是心中有什么东西觉醒了一般。

此时,两个人正好看到了她,齐齐回过头来。莫寒笙先温和笑道:“阙儿来得正好,我们正说到白玉京三年一次的魁首评选呢,也不知道这次我们赶不赶得上。”

虞阙脱口而出:“魁首?那有男魁首吗?”

莫寒笙温柔道:“傻孩子,有女魁首,那当然有男魁首了。”

虞阙眼睛一亮,立刻跑了过去。然后,在场的三个男修就一脸无奈地被迫听着三个女修说起了白玉京男魁首的评选机制。

三人对视一眼,弱小、可怜又无助。

在三个人将话题从评选机制转移到“男魁首与七念宗的男修孰美”之前,晏行舟谨慎地打断了话题。他微笑道:“我们差不多该启程了,不然的话,可能赶不上御食节了。”

三个女修这才恋恋不舍地停了下来。莫寒茬还决定道：“若有空的话，我便邀请你们去白玉京看看。”

两人欣然同意，男修们都沉默不语。

原来，子乐楼并不是开始，而是一把打开他们未知世界大门的钥匙。

几个人心思各异地下了山，走出了宗门。

宗门外，被虞阙在心里千刀万剐了的霍长风正守在门外，等着他们。

没料到会在这里撞见这个人的七念宗众人齐齐一顿。

虞阙的脸色霎时间就变了，而盛鸢看了他片刻，却突然笑了出来，剩下几人对视了一眼。

霍长风丝毫没有察觉有异，他被“绑架”这么久，盛鸢久久不来，他没怀疑是盛鸢“放弃”了他，因为他知道盛鸢对他的情谊。他只觉得盛鸢是被什么事情绊住了，因此得改变计划，他只能“逃”了出来。

此时的霍长风，因为逃亡奔袭，风尘仆仆。他神色疲惫，却关切地看着盛鸢，哑声道：“鸢儿，你没事吧。”

盛鸢沉默片刻，笑容灿烂地道：“我当然没事，你怎么在这里？”

霍长风咳了一声，低声道：“我逃了出来，我怕你为了找我出什么事。幸好，幸好你没事。”

盛鸢微笑道：“我当然不会有事。”

霍长风顿了片刻，微微皱起了眉头，他有些奇怪盛鸢为何没有问他的状况，但此刻，他也只能关切地道：“但你的脸色似乎有些疲惫。”

盛鸢轻笑一声，柔声道：“昨晚小师妹邀我去子乐楼玩，一不小心就玩得太晚了。”

子乐楼？霍长风猛地一顿，他当然知道子乐楼是什么地方。

盛鸢是在和他开玩笑吗？他满心狐疑，却不能露出半分，只能轻描淡写道：“鸢儿真会开玩笑。”

盛鸢笑了笑，没说话。霍长风察觉她态度不对，但他还另有计划，只能又将视线转向七念宗其他人，行了一礼，真诚地道：“我不放心鸢儿，听闻诸位此行是去参加御食节，可否允许我同行。”

几人对视了一眼，全都面无表情。虞阙看过小说，知道眼前这个人害得师姐落得什么下场；而七念宗的其他人，全在梦中知晓了未来。

在虞阙来之前，盛鸢是七念宗唯一的女弟子，是大弟子，是照顾他们良多的大师姐。之前，他们或多或少想过，他们要给这个人一个什么样的下场；如今，他们大概不用想了，人都自己送到眼前了，什么下场，他们或许都能试一下。

师尊道："那是自然。"

二师兄道："求之不得呢。"

小师兄轻声道："哦。"

看样子，几个人都同意了，但霍长风看着他们"和善"的微笑，莫名脊背发寒。他这时候仍不知道，承包了整本书男女主角一大半挫折的反派们，正在细细谋划着他的死期。

霍长风如愿以偿地获得了和七念宗同行的机会，计划似乎从一开始就非常顺利，他唯一不解的就是盛鸢的态度。

他和盛鸢青梅竹马，盛家人死绝之后，他便是盛鸢唯一的亲人。在霍长风的设想之中，得知他被绑架，盛鸢的态度……不该是这样，也不能是这样。霍长风的眼中闪过一丝阴霾。

而当他决定再去试探试探盛鸢时，又发现她似乎没什么不对劲，她仍旧笑容温柔，说话轻声细语，他所感受到的不对劲，仿佛都只是他的错觉。

霍长风开始怀疑自己的感觉。

他不由自主地想，或许真的是他想多了，自从他开始振兴霍家，盛鸢另投师门之后，他们两个之间见面的时候就少了，再相见时，难免有些生疏。

或许，她在他被绑架的时候其实找过他，只不过他们一个不超过十人的小门派又能有什么能力，他自以为很容易找到的地方，或许他们根本没有想到呢？

想到这里，他又一次质疑了盛鸢的选择。他想，他可能永远也无法忘记，当他从霍家回来时，突然得知身怀御兽正统功法的盛鸢拜入一个从未听说的师门，跟着一个寂寂无闻的师尊时，自己是怎样的心情。

他也曾和盛鸢亲密无间，他甚至不否认，他少年之时，曾对盛鸢有过朦胧的爱慕之情。

她温柔却坚韧，如此的聪明，又是如此的美丽，怎能不让人爱慕呢？而一切，都在他决定重振霍家，开玩笑一般地问盛鸢愿不愿意教他盛家功法后戛然而止。他分不清那次的玩笑到底是自己的真心还是只是个玩笑，分不清自己是不是在那个时候，就已经对盛家功法势在必得了。

可他都分不清的事，盛鸢却好似已经看得清清楚楚了，在她清澈的目光中，他无处遁形。那时她平静地问他，为了一群甚至都不姓霍的人振兴霍家，到底值不值得。那一次，他被看穿一般，匆忙逃回了霍家。再次见她时，她已经准备和刚拜的师尊离开了。她走的时候似乎十分轻松，在那次不欢而散之后，甚至她能笑着对他说，等他来年生辰，再来找他喝酒。

霍长风沉默片刻之后，笑得和往常一样，似乎已经毫无芥蒂，似乎已经放下了那一时兴起的妄想。

他知道盛鸢是怎么想的，她察觉了他的想法，她不愿教给他盛家的功法，但她也割舍不下仅剩的亲情，因此拜师，远离，让他的念头慢慢淡却，从此以后他们便还是相互扶持的亲人。

霍长风想，她可真天真，宁愿拜师籍籍无名的修士，也不愿意给他功法振兴霍家。他也如她所愿，这么多年，再也不曾提起盛家功法，仿佛当年的事真的只是随口一提。可心中的野心不知道何时壮大，在那一刻，心中涌起浓浓的不甘和势在必得。

——他一定要得到盛家功法！而她……既然宁愿找这种不能做靠山的小宗门当师门，也不愿意加入霍家，那就不要怪他不念旧情了！

霍长风的目光扫过面前所有人，眼神中闪过一丝轻蔑。

那个所谓的师尊号称“仙尊”，现在一心只围绕着一个男人婆一般的女子团团转，说话轻声细语，伏低做小，如同小白脸一般，别说没有仙尊威严，甚至没有男子气概！

呵，“冒牌”仙尊一个，不足为惧。

他的视线又落在这个师门的二弟子身上，一个半妖。世人皆知，半妖最是卑贱，算不上人也算不上妖的东西，居然也有人收来当徒弟。

还有这个小师弟……

霍长风看向他的时候，他突然转过头，看着霍长风。

霍长风微微一愣，有那么一瞬间，背后莫名升起一股寒意，但很快，这个师门的小师妹突然把自己的小师兄拉到了自己身后，狠狠地瞪了他一眼。小师兄只是轻轻笑了笑，丝毫不为小师妹的动作恼怒，看起来像是没脾气一样。

霍长风见状一愣，又失笑。他觉得自己实在太过小心了，这样一个几乎能被自己小师妹骑在头上的人，哪里值得自己忌惮。

哦，还有那个据说是刚入门的小师妹。霍长风不知道他上次伪装被绑引来盛鸢时，这个小师妹突然出现是故意为之，还是偶然。

但是破坏了自己计划的人……霍长风看着这个平平无奇的小师妹，漫不经心地在心里宣布了她的死期。

他一个一个地看过去，一时间只觉得这小门小派里简直满是废物。

不足为惧，霍长风嘴角缓缓扬起了一抹微笑。这次的计划，十拿九稳了。

反派们也觉得他们这回大概是稳了。

旅途行至一半，入夜了。霍长风突然说自己身体不适，能不能停下来歇息片刻，反派们看着下方幽深的悬崖，不约而同地对视了一眼。看来确实是稳了。

师尊微微一笑，包容地道："自然可以。"

于是，众人纷纷降落，在离那悬崖不远的地方，升起火堆稍作休息，所有人都一副很轻松的模样，除了虞阙。

她看着自己那些和霍长风有说有笑的同门们，一时间非常着急。她单纯的同门们，你们都被骗了啊！快睁大眼睛看看！这是人渣啊！

但同门们显然没有听到虞阙心里的呐喊。虞阙觉得，她大概只能靠自己了，趁着众人都在忙碌，虞阙严肃地问系统："这是什么地方？"

系统立刻给出答案："鬼见愁。"虞阙闻言一愣。

鬼见愁，这是小说里师姐被那负心汉设计险些殒身的地方！

虞阙立刻看向了师姐，师姐正抱臂站在高处，遥遥看着那幽深的山崖。

虞阙莫名心中一颤，当即走了过去，轻声道："师姐，走吧，这里挺冷的。"

师姐低下头，笑了一下，轻声问道："师妹冷吗？"

虞阙正想说她不冷，只是怕她冷，眼角余光便看到了霍长风正朝这个方向走来，目的似乎就是师姐。

虞阙当即改变主意，她当着人渣的面，娇娇柔柔地扑进了师姐怀里。

师姐一愣，不远处的人渣也是一愣。

虞阙不动声色地瞪了那人渣一眼，开口声音却更加娇弱了。她撒娇道："师姐抱着我，我就不冷了。"脑袋还在师姐怀里拱了拱。

哇！好暖！虞阙不由自主地又拱了拱。

师姐沉默片刻，犹豫地伸手摸了摸她的脑袋。她声音里带着笑：“好，师姐抱着你，你就不冷了。”然后出乎意料地，她把虞阙“公主抱”了起来。虞阙还没反应过来，师姐面色如常，轻轻松松地抱着虞阙走过霍长风的身边。他一脸大受震撼的表情，眼睁睁看着自己的青梅竹马，抱着一个女孩离开。

她怀里的那个女孩甚至伸手抱住了自己青梅竹马的脖子，对他露出了一个挑衅的表情。

霍长风想起从最开始，这位小师妹就对他露出的隐隐的敌意。他最开始以为她是不是知道些什么，而如今看来……

霍长风想到了某种可能，他微微皱起了眉头，心中有些不舒服。

但他不知道，他究竟是在为女修的挑衅不舒服，还是为盛鸢可能不再在意他而不舒服。他想了想，走了过去。

此时，火堆已经升了起来，晏行舟正揪着虞阙的衣领把她从师姐怀里拽下来，面无表情地问道：“你在干什么？”

虞阙嘿嘿一笑，如在梦中一般，轻声道：“师姐能把我抱起来……”

晏行舟嗤笑一声，心想，能抱起她来有什么大不了的。他把虞阙按坐在了火堆旁，面无表情地道：“坐好！”

幸好虞阙还算乖，但霍长风一来，她就不乖了。

霍长风也坐在了火堆旁，坐得离盛鸢很近，表情复杂，欲言又止。

虞阙心中顿时警铃大作——绝对不能让霍长风接近师姐，于是她立刻在他说话之前大声道：“良辰美景，我为诸位演奏一曲如何？”

她二话不说拿出了二胡，一时间，所有人都停了下来。

师尊停下和心上人说了一半的话，二师兄担忧的目光一顿，小师兄嘴角的笑容一滞，师姐则面色大变。下一刻，他们同时动了起来。

师尊道：“我突然想起还有炼器方面的问题想让莫姑娘指点，我们先走一步。”

莫寒茬附和道：“对对对！”

师姐道：“我去采些果子，小师妹饿了吧！”

二师兄则道：“我去捡柴。”

小师兄最利落，二话不说起身离开。转瞬间，只剩下霍长风一个人，他犹不知道发生了什么，一脸莫名其妙。虞阙看着他，笑容突然怪异了起来。她柔声问道：“霍公子想听我拉曲子吗？”

霍长风一顿，他不知道为什么转眼间这些人就都有事了，但他觉得对他而言这或许是一个能从这个涉世未深的小师妹口中了解盛鸢的好时机。于是他微笑道：“荣幸之至。”

虞阙也微微一笑：“那我就开始了。”

下一刻，幽幽的二胡声响起，霍长风突然面色大变！

这二胡……他猛地想起了他被绑架那一夜，这人来搅局时拉出的二胡声。

那时，他以为这是一种特殊的音攻手段，她是故意拉得这么难听的，如今……他瞬间就明白了七念宗的人为什么跑。她真实水平就是这么难听！霍长风转身连滚带爬。

虞阙还挽留：“霍兄，你不听了吗？”声音里满是幸灾乐祸。

霍长风咬牙，他现在可以确定，这个小师妹就是在针对他。他觉得他不能再等了，迟则生变，特别是这个小师妹……霍长风眼中寒光立现。

而此时，正堵住耳朵的几个人也觉得他们不能再等了。

师尊面色严肃地道：“阙儿很担心的样子，我们要速战速决。”

师姐和二师兄纷纷点头：“对，不能让小师妹担心。”

晏行舟一针见血，他幽幽地道：“我们再不把那个霍长风解决了，她这次拿二胡，下次说不定就会拿出那传说中的螺蛳粉。”

众人对视一眼，然后纷纷移开视线。

这一刻，不管是霍长风还是反派们，都决定速战速决。

片刻之后，师姐他们回来了，而霍长风还没有回来。

虞阙顿时觉得这是个好机会，立刻准备和师姐他们说一声，让他们一定要小心霍长风。尤其，鬼见愁这个地方，还是小说里师姐险些身陨的地方。

小说里，鬼见愁是人族和鬼界的交界之一，悬崖下生活着万千鬼兽。那时霍长风已经得到了师姐为了救他交出去的盛家功法，能够驱动鬼兽。他将师姐骗到了这里，驱动万千鬼兽，师姐在这里经脉寸断，元气大伤。

虞阙心急如焚，一见师姐立刻就道：“师姐你听我说，那个霍长风……”

她话没说完，一声惨叫突然自鬼见愁的方向响起，是霍长风的声音。一时间所有人都看了过去，沉默片刻之后，师姐突然起身，唇角带着意味不明的微笑：“我去看看怎么回事。”

众人同时起身。

师尊道："为师和你同去。"

二师兄说："师姐……"

小师兄也说："走吧。"

虞阙急了："你不能……"

师姐回身看着自己的同门们，打断了他们的话，平静地道："不，我自己去。"

她定定地看着他们，坚持道："我自己去。"

众人沉默了下来。片刻之后，萧灼上前一步，平静地道："总得有一个人陪你，总不能到现在了，还让你独自一人。"

他说完，先走向鬼见愁，这里不仅是师姐的心魔，也是他的心魔。他可能永远都无法忘记，梦中在小师弟失踪，师尊成魔之后，他是怎样失去自己最后一个同门的。

盛鸢一愣，片刻之后，她突然一笑，跟了上去。

虞阙恨不得上前拉住他们，急忙道："快拦住他们……"

晏行舟从背后按住她的肩膀，他的声音十分有力："虞阙，我们只需要等待。"

莫名地，虞阙安静了下来。

大师姐和萧灼一路沉默地走到了崖边。

萧灼想下崖，大师姐突然问道："二师弟为何非要和我一起来？"

萧灼平静地道："因为我曾没来得及和师姐一起。"

盛鸢一愣。萧灼笑了笑："师姐，走吧。"

两个人下了崖底，崖底一片寂静，有血迹顺着崖壁一路蜿蜒。

师姐看着这血迹，莫名有些想笑。梦中他也是如此，他坠崖受伤，她下去救人，但是在梦中霍长风知道她未曾修习御鬼兽的功法，而他得了功法能控制鬼兽，那现在呢？

盛鸢鼻端闻到了一股微弱的药味，那是让鬼兽避之不及的味道。她恍然大悟，想要靠草药让鬼兽避开他吗？倒不失为一个办法，放在梦中那一世，或许能行。但如今他那能驱散鬼兽的药草，在能驱使鬼兽的她面前，不知道还有没有用。

盛鸢顺着血迹往前走，走过一个拐角他们突然听到了动静。萧灼二话不说，抽出剑刺过去，一声闷哼声响起，从拐角走出一个人，被刺中的人正是霍长风。

萧灼装出一脸惊讶的表情，他看着面色苍白的霍长风，漫不经心地收回了剑，随口道："抱歉，我还以为是敌人。"

那一剑并未刺中要害，但不知为何，却血流不止，霍长风咬着牙，也未说出"无事"来，但他还记得自己的计划，正想说些什么，萧灼看着他的伤口，突然又将剑捅了进去。

霍长风一僵，咬牙道："你干什么！"

萧灼一脸抱歉："不好意思，我忘了，不抽出剑才能堵住血啊，我给你插回去。"

霍长风大怒："你！"

盛鸢脸上闪过微不可查的笑意，不紧不慢道："好了，伤势出去之后再说，我们该离开了。"

萧灼恍然大悟："师姐说得对。"然后他又抽出了剑。

血喷涌而出，霍长风眼前一黑。而这时，鬼兽的声音已经响起。他这才咬牙道："鸢儿，我连累了你，这里有鬼兽！"

盛鸢装作惊讶地道："哦？是吗？"

说话之间，他们已经被从四面八方涌来的鬼兽包围，它们嘶吼着，贪婪地看着他们。

霍长风迅速道："鸢儿，我听说盛家有御鬼兽的功法……"

"你从哪里听说的呢？"盛鸢突然打断他，她温柔地道，"我从未对你说过御鬼兽的功法，而我盛家人早已死绝，霍郎，你从哪里听说的。"

霍长风沉默片刻，随即他道："鸢儿，你怀疑我？"

盛鸢温柔道："我当然不怀疑你啊。"她笑了笑，"因为，我确实不仅会御妖兽，还会御鬼兽。"

下一刻，焦躁的鬼兽突然安静了下来，一只鬼兽越众而出，朝盛鸢低下了头。盛鸢漫不经心地抚摸着鬼兽的脑袋，平静地道："盛郎，你看，我会御鬼兽呢，所以，你身上那驱逐鬼兽的草药，大概用不着了。"

霍长风闻言面色大变，他终于意识到不对劲。他脑袋里一片混乱，不知道何处出了问题，也不知道盛鸢什么时候学会了御鬼兽。

但他知道，盛鸢真的怀疑他了，他为盛鸢设下的圈套，成了自己的坟墓。求生的本能驱使着他，他强笑道："鸢儿居然会御鬼兽了，我还担心我身上的药护不住所有人呢，幸好……"

盛鸢平静地看着他。曾经，他们一起长大，一起历经变故，相互扶持，她一直觉得，哪怕霍长风有私心，那也是为了家族迫不得已，他依旧是那个光明磊落的霍长风。

那个霍长风，会在她家破人亡的时候，用瘦弱的身躯阻挡外人瓜分盛家，告诉她，她还有他。然而，人心变得是如此之快。

她不知道梦中自己得知霍长风要杀她时，可曾后悔，但此刻做出的决定，她永远都不会后悔。盛鸢轻轻拍了拍鬼兽的脑袋，转瞬之间，所有鬼兽都像得到了指令一般，朝他们蜂拥而来。

霍长风面色大变：“鸢儿，你快控制住它们！”

盛鸢控制住了——鬼兽们绕开了她和萧灼，涌向霍长风。撕咬声传来，霍长风惨叫起来，终于道：“鸢儿，我错了，我鬼迷心窍，你饶我一命，我再也不会了！”

盛鸢歪着头，如沉思一般：“唔……”

萧灼倒是毫不客气，嗤笑道：“聒噪！”

两人冷眼看着他挣扎。片刻之后，她突然转身，跳上了一块巨石，居高临下地看着霍长风丑态百出。盛鸢想，她也这样过吗？

不，她想起来了，她没有。她战至最后一刻，阿郎为了救她自毁变成鬼兽，她都没说过一句求饶的话。她只问过他一句话——“为什么？”

霍长风依旧挣扎着哭号，只道自己鬼迷心窍。

盛鸢突然觉得没趣，梦中她没问到答案，现在依旧。她抬手，将一本书丢了过去。她缓缓地道：“想活下来吗，想要盛家功法吗？你看，这就是。”

霍长风眼睛猛地一亮，猛然抓住功法，像抓住了一根救命稻草。

盛家功法！只要他拿到了它，他就能活！

下一刻，那本书突然被一只鬼兽撕了个稀烂。霍长风猛然睁大眼睛，惨叫道：“不！！！”绝望中，成千上万的鬼兽将他淹没。

盛鸢突然哈哈大笑，萧灼沉默地看着她，突然说：“脏，不看了，师姐。”

盛鸢沉默片刻，然后她说：“好。”

结束了，一切都结束了。

虞阙坐立难安，自师姐离开之后，她打开了系统商城，面色阴沉地逐一浏览着。系统知道宿主是担心自家师姐的安危，于是它也打开了鬼见愁下面的实时图像，然后它沉默了。

这……系统看实时转播看得系统目瞪口呆。

而另一边，虞阙咬牙道："这个人面兽心的家伙！"

虞阙飞快在商城翻阅。

系统有些好奇她在找什么，悄悄地看了一眼虞阙的购物车——一个永远都不会破的麻袋、狼牙棒、见血封喉的毒药、剔骨刀、化尸粉。

系统眼睁睁地看着，随着时间的推移，虞阙加入购物车里的东西逐渐凶残起来。好家伙，系统直呼好家伙，你这么凶，你师姐她知道吗？

系统欲言又止道："宿主，你这是……"

虞阙微微一笑："你不用管。"

系统看了一眼那化尸粉，也没敢管。

虞阙问它："鬼见愁下现在是什么情况？"

系统看了一眼，无言以对，片刻之后，它实事求是道："霍长风正在引鬼兽。"

虞阙点头，面色严肃，正襟危坐，一副随时准备冲下去打架的模样，只要霍长风他……

系统又道："然后萧灼误捅了霍长风三剑。"

虞阙一愣，啊？误捅了三剑？

崖底下一片漆黑，误伤一剑她能理解，但误捅三剑……虞阙满脸茫然，觉得事情似乎有些脱离控制。

系统依旧兢兢业业地播报："鬼兽包围了他们。"

虞阙的面色又严肃了，神情凝重。现在师姐应当是不会御鬼兽的，她站起了身，心想，大概是自己出手的时候了。

然后她便听见系统冷静地道："霍长风死了。"

虞阙心道，果然不出她所料，霍长风这厮……

等等！刚刚说什么！霍长风死了？！

虞阙满脸茫然，有一种看一个电视剧结果中间漏看了几十集，直接从开头跳到了大结局的感觉。否则的话，该怎么解释前一秒霍长风引来鬼兽包围了师姐，二人危在旦夕，后一秒霍长风就直接死了？她是给天道付了费，直接开了"超前点播"吗？

虞阙一脸困惑地想追问，系统便道："你师姐回来了。"

虞阙立刻抬起头，月光下，清瘦高挑的女子逆着光，不紧不慢地朝他们走来。虞阙看得愣了愣，下一刻，她冲了出去，小炮弹一般一头扎进了盛鸢怀里。

盛鸢下意识地接住了她，无措般愣了愣，她身上还有血腥味，并不好闻，虞阙却不撒手，脑袋在她怀里蹭来蹭去。盛鸢过了好半晌才伸手拍了拍她的后背，含笑道："好了，起来吧，师姐身上脏。"

虞阙摇头："不脏！"

盛鸢失笑："就算不脏，你也不能不让师姐走路啊。"

虞阙就抬起头，可怜兮兮地看着她。反正撒娇嘛，她最擅长这一套了。

盛鸢低头和她对视，盛鸢看着她，她看着盛鸢。片刻之后，盛鸢叹了口气，一脸"拿你没办法"的模样，然后微微弯下腰……一把将虞阙抱了起来！她神情自然，缓步走向火堆。虞阙表面镇定，内心尖叫！

火堆旁，本来面色就不怎么好看的晏行舟一不小心就掰断了手里手臂粗的木柴；师尊一脸复杂地看着自己的大弟子和小弟子；莫寒茳不知为何，眼睛一亮。

莫寒茳将虞阙抱到火堆旁，放了下来。

虞阙一脸害羞，但她还不忘正事，等盛鸢把她放下来时，她立刻抓住盛鸢的手，问："那个霍长风……"

盛鸢闻言，顿了顿，随即，她露出了一脸遗憾的表情，沉痛地道："我们来晚了，我们到的时候，那里就只剩下了霍长风的半截腿，鬼见愁下面情况复杂，我们为了不让霍长风的遗体受辱，只能一把火烧了他……"

虞阙听着，嘴角疯狂上扬。无视了她师姐和系统描述现场情况不一的问题。

她师姐和系统说得有出入，那必然是系统看错了！

但虞阙也没忘了现在在她师姐看来，霍长风那厮还是她仅存的亲人，甚至是爱人。她只能抬手擦了擦并不存在的眼泪，掩盖住上扬的嘴角，悲痛地道："我很遗憾。"

盛鸢道："你不必遗憾，他罪有应得。"

"嗯？"等等，她刚刚听到了什么？

望着虞阙有些震惊的目光，盛鸢顿了顿，温柔地道："我的意思是，你不必遗憾，他走很安详呢。"

啊……是这个意思吗？虞阙略有些困惑。

而在两人身后，将她们的对话听得一清二楚的萧灼嘴角一抽。确实很安详，大师姐去烧那厮的时候那厮甚至还有一口气，一个劲嚷嚷着自己还没死，大师姐十分“悲痛”地点燃了火，并且一不小心笑出了声。

而虞阙看着师姐诚挚的目光，觉得自己大概是听错了，便小心翼翼地问道：“那师姐，那，霍长风的骨灰……”

烧了就烧了，但师姐可千万别把骨灰随身带着睹物思人，晦气啊！师姐若真的带着骨灰，那她得想个办法把那厮的骨灰给丢喽！

然后她就听见盛鸾遗憾道：“我收集他的骨灰的时候，天公不作美，一阵风吹来，一不小心把骨灰都吹进了鬼见愁下面一个臭水沟里，我想要收集也没有办法，只能遗憾地放弃了。”

虞阙听着，嘴角继续疯狂上扬！她柔声道：“师姐别担心，那个臭水沟挺配他的，倒也是他的归宿。”

盛鸾一愣：“嗯？”

虞阙立刻反应过来，改口道：“不，我的意思是，他比臭水沟可臭……可强太多了，他哪怕在臭水沟里，也一定不会不适应的！师姐，你就放心吧！”

盛鸾沉默片刻，点头：“我觉得也是。”

虞阙把她那片刻的沉默当成了师姐对于青梅竹马意外死亡的悲痛。

虞阙只能违心地说：“师姐，节哀。”

盛鸾抬手掩住了面容，遮住疯狂上扬的嘴角，肩膀耸动着，发出一个憋笑憋到声音变调的语气词：“嗯。”

于是虞阙更加笃定了，师姐果然还对霍长风有所榴梿。然后她就在心里庆幸，师姐如此长情，幸好那负心汉死了！

系统看了半晌，在脑海里幽幽地问道：“宿主，你就不觉得奇怪吗？霍长风这么简单就死了？”

虞阙想了想，小说里，霍长风得到了盛家的功法，能驱使鬼兽，师姐这才中招，而这一次，因为她闹了那么一通，霍长风没有得到盛家功法。

虞阙只能感叹道：“我这个救赎文女主角，可真是操碎了心啊。”

系统真心实意地道：“你开心就好。”

于是，七念宗整个宗门就眼睁睁看着一无所知的小师妹忙前忙后地安慰着刚刚“痛失所爱”的大师姐。大师姐要不是演技好，险些憋不住笑。

夜深了，几个人闭目养神休息，其实都没有睡意。他们之中唯一需要睡眠补充精力的，唯有虞阙。众人便眼睁睁地看着虞阙困得打哈欠，然后从储物袋里掏出了自己常用的枕头，她抱着枕头，蹭到了师姐身边。

虞阙小声道："师姐，冷，我能不能和你一起睡？"

盛鸢看了她半晌。筑基之后，寒暑不侵，不是隆冬的时节，怎么会感觉冷，她这个小师妹，不过是想安慰她罢了。

她一笑，张开怀抱："来吧。"

虞阙扑过去抱住了她的腰，睡得香甜。

盛鸢低头看着虞阙，正想伸手整理整理她散落的头发，突然感觉到一道不容忽视的目光落在她的身上。盛鸢一顿，看了过去，晏行舟正面无表情地看过来。

盛鸢低头看了看虞阙，又看了看晏行舟。然后她一把搂住虞阙，背过了身，一点都不给他看。

晏行舟："……"

虞阙毫无所觉，舒舒服服地睡到了天亮，她醒来时，同门们都已经准备走了。见她醒来，盛鸢轻轻笑道："师妹，走了。"

虞阙愣愣地看着自己的大师姐，她觉得……师姐似乎从来没有笑得这么轻松过，就好像放下了一切沉重的东西一般。

虞阙原以为出了这么个意外，他们的御食节之行怕是要作废了。但是既然大家都要去，那么虞阙巴不得所有人都忘记那个霍长风！

虞阙立刻把自己收拾好，抬脚跨上了扫帚。

"随时出发！"她精力充沛地喊道。

众人看着她的扫帚，纷纷沉默了。

御食节开始的第一天，来参加御食节的众人都看到一众气质超然的修士围绕着骑着扫帚的女修，姗姗来迟。众人看到那把扫帚，当即兴奋起来。几个月前，药王谷少谷主因御扫帚飞行一事和人打赌引发吞剑热潮，如今真的看到一个御扫帚飞行的，众人顿时大惊道："少谷主诚不我欺！这世上居然真的有人御扫帚飞行！"

然而这还不是最让人惊讶的，最让人惊讶的是，当那一行寂寂无闻的人降落之后，自御食节开始之后就一直没有露面的食为天的少主居然亲自迎接。要知道，食为天的少主自从在玄铁令上预告了今年的御食节他有颠覆众人认知的创新美食之后，就再未露过面了。

众人都对这个"颠覆认知"十分好奇，他们中有真正的食客，自然也不乏期盼着食为天的美食能助他们突破瓶颈的修士。总而言之，这次御食节备受整个修真界瞩目。

这群人到底是什么来历，居然能让食为天的少主亲自迎接？尤其那食为天的少主还和那御扫帚的女修相谈甚欢。

转瞬之间，御食节上的这一奇景传遍玄铁令。

而在围观的众人身后，虞珏手中的长剑险些掉落，愣愣地看着人群之中的虞阙。七念宗不是一个籍籍无名的小门派吗？那拜入小门派的虞阙，为何会和食为天的少主熟识？而且，他们沧海宗第一大宗也不过二十几个名额，这一个小门派，居然全都来参加御食节了？

虞珏脑海中一片混乱，总觉得有哪里错了。程青匆匆找到虞珏时，看到的就是她魂不守舍的模样。

程青顺着虞珏的目光看过去，看到人群中的虞阙，顿时勃然大怒。他冷笑道：“她这个小人居然还敢到这里来！”说着，他就要冲上去。

虞珏立刻拉住了他，勉强劝道：“师兄，别……我们不能给门派丢脸。”

程青叹道：“你就是太懂事了，才会被那个女人欺负。”

虞珏并没有说什么，而是若无其事地问道：“虞阙……长姐她，为什么会和少主那么熟悉，而且他们整个门派都有御食节的门票吗？”

程青看了一眼，厌烦地道：“这个女人惯会钻营，指不定什么时候搭上的关系。呵，当初在苍荡山时不也这样？靠着亲生母亲的恩情让我父亲高看一眼，最后还不是落到了这小门小派！”

他冷笑道：“七念宗这个门派……哼！怕不是跟着虞阙打秋风的吧！”他说得兴起，没注意到晏行舟突然往他的方向看了一眼。而这时候，食为天的少主已经亲自将他们一行人迎了进去。

程青眼珠一转，立刻道：“我们跟过去看看。”

虞珏被方才晏行舟的那一眼看得浑身发冷，几乎浑身僵硬地被程青拉了过去。她总觉得，不该是这样的，虞阙她，不该是现在众星捧月万众瞩目的模样。

而此时，众星捧月万众瞩目的虞阙正被食为天的少主景明拽着，焦急地道：“幸好你们来了啊！你可得帮我想想办法！”

虞阙一头雾水：“怎么了？”

景明苦恼道：“我钻研良久，把你给我列的菜品都做了出来，但现在有一个问题，历代御食节，在众人品尝之前，都会先邀请几个老饕先行品尝，为每道美食打分。因为我是少主，所以我的美食由最具权威的老饕专门品尝单独打分，可前几天我把东西做出来提前给那老饕品尝，那老饕一看，直接撂挑子不干了啊！”

虞阙困惑地问道：“为什么啊？”

景明：“他说他不吃屎。”

虞阙震怒：“大胆！谁人敢这么污蔑我的螺蛳粉、臭豆腐和豆汁儿！”

这时候一行人已经来到了后院，景明抬手一指：“他！”

虞阙抬起头，准备看看那个传说中的老饕，然后她就看到了药王谷少谷主谷佑箴。

谷佑箴也看到她，一副果然如此的模样，指着她，悲愤地道：“我就知道如此过分的东西肯定是你弄出来的！”

虞阙震惊：“你不是网红主播吗？什么时候成了评委老饕？”

谷佑箴回道：“什么主播，我是堂堂少谷主！”

景明在一旁听得头发昏，连忙道：“这些都不重要，现在最重要的是，我的评委撂挑子不干了，别人都有评委，我没有，像什么话！虞姑娘，你一定要帮帮我。”

虞阙迟疑：“你的意思是……”

景明正色：“我的意思是，既然谷佑箴接受不了我的美食下不了口，那就请虞姑娘您这个美食创立者一一品尝，做副评委，告诉谷佑箴味道，再让他打分，这样虽然不像话了些，但总比评委撂挑子强。”

景明说着，门外突然传来一声嗤笑：“她这样的人，她能胜任什么评委！”

众人齐齐回头，只见程青正站在门外，讽刺地看着虞阙。

景明困惑：“这位是……”

程青傲然答道：“沧海宗程青。”

“啊，原来是沧海宗的修士，失敬。”

程青便拉着虞珏走了进来。他看了一眼虞阙，昂首问道：“少主为何事为难？”

景明便愁苦地道：“我缺一个副评委，正准备请虞阙姑娘担任。”

食为天的副评委？程青顿时意识到，这是一个能把虞珏推到众人面前的好机会。他父亲对虞珏冒充恩人之女拜师一事耿耿于怀，至今也未曾收她为徒，甚至今天能来御食节都是程青硬要过来的名额，但若是让父亲看到虞珏和食为天有交情，甚至当了食为天的副评委……他立刻道：“这个副评委，我师妹更能胜任！

这个虞阙能吃过什么好东西，她也能当副评委？”

话音落下，众人齐刷刷地看向了他们，若是有人能把这些臭得各有千秋的东西一起吃下去……景明和虞阙对视了一眼，两个人的眼睛都亮了。

虞阙古怪地问道：“你真觉得，虞珏比我强？”

程青冷笑：“那是当然！”

虞阙质疑：“是吗？我不信！”

程青勃然大怒：“你敢质疑我！”

虞阙立刻道：“除非你现在就让她吃！”

程青当即道：“吃就吃！我们怕什么！”

虞阙飞快地道：“那你可不能反悔！”

程青被她一激，立刻说：“绝不反悔！”

虞珏想阻止，但已经来不及了，她看到虞阙露出一个笑容，后退了一步，而景明也兴冲冲地冲进了房间，转头端出一个托盘来。

他道：“就是它们！”

景明抬手掀开托盘盖子，虞阙和七念宗众人眼疾手快地封住了嗅觉。下一刻，一股浓郁至极的臭味传来，臭得纷繁复杂。虞珏猛然睁大了眼睛。

景明则微笑道：“这，就是你要吃的东西。”

虞珏瞪大双眼！这臭味……食为天少主，这是要让她吃什么！

景明端着托盘，一脸笑容地靠近，虞珏再也忍不住，转头吐了出来。

景明大惊：“不行！你可是说过，你们绝不反悔的！今天，你吃也得吃，不吃也得吃！”

虞珏闻言顿时吐得更加厉害了。

程青震惊地看着食为天的少主端出来的托盘，一时间连在他身旁呕吐不止的虞珏都忘了。这……这是什么！程青下意识地后退了两步。

虞珏艰难地抬手拉住了他的衣服，抬眼，泪盈盈地道：“师兄……”

程青转头看到虞珏可怜的样子，又看向景明端过来的那个托盘，一时间头皮发麻。他还不算蠢到家，当即就意识到自己是被虞阙这个狡诈的女人给坑了。想起自己方才信誓旦旦的模样，程青的脸一阵红一阵白，他恶狠狠地看着虞阙，恨不得当场把这个女人给撕了。

看着虞珏泛红的眼眶，程青怜悯极了，当即就决定绝不会让虞珏碰这样的东西。他张嘴就要拒绝。而景明则在这时候笑眯眯地上前，微笑道："道友啊，你们堂堂第一大宗弟子，该不会想食言而肥吧？"

程青拒绝的话就这么卡在了喉咙里。

虞阙知道，景明的这句话不经意间点住了程青的死穴。在小说里，程青这个男配角是个骄傲张扬的贵公子，和男主角谢千秋的苦大仇深的人设气质截然相反。

虽然在虞阙看来，他这个贵公子更像是个傻子。

程青平生最骄傲的便是自己是沧海宗的弟子，最见不得有人侮辱沧海宗，他哪怕是在脾气最暴躁的时候，也愿意为了沧海宗给别人低头。景明拿沧海宗说事，程青想说的话一下子就说不出来了。他愣愣地看着那个托盘，又低下头，有些心虚地看了一眼虞珏。

虞珏心中突然升起一股不好的预感，程青迅速转过头不看她，冷笑一声，对食为天少主大声道："我们沧海宗弟子都是一言九鼎的汉子！既然答应了，又怎么会反悔！少主未免把人看得太轻了！"

霎时间，虞珏眼前一黑。而那少主则一脸愧疚地说："抱歉，是我说错话了，你们沧海宗弟子果然是真男人！"

程青便得意地哼了哼，虞珏哪怕不抬头，也能想象得到他那志得意满的样子。

这个蠢货！此时此刻，虞珏哪怕再怎么不相信，也得承认，她想在沧海宗立足，仅剩的依靠——程青，此时被虞阙三言两语就坑了。而他坑的，居然还是她自己。

虞珏生平第一次体会到什么叫"猪一样的队友"；而偏偏，虞阙的身边全是神一样的对手！虞珏深吸了一口气，告诉自己绝对不能生气。她的处境已经很不好了，程青是唯一支持她的人，她绝对不能把他从她身边推开。她抬手拉住程青的袖子，带着哭腔道："师兄……"

程青一愣，这才转过头。他也知道自己害了虞珏，心里愧疚，难免有些心虚。但这个骄傲惯了的人，也习惯于给自己找借口。

他小声道："师妹，你听我的，这不全是坏事，少主做的东西虽然难吃了一些，但是这可是和少主攀上交情的好机会啊！食为天的少主做的东西，有时候我父亲都不一定吃得到……"

虞珏只能艰难地点了点头。而程青看到她如此体谅的模样，一时间心中更加愧疚。他咬了咬牙，道："那不如，我替师妹……"

虞珏眼睛一亮。而程青却是顿了顿，闻着那复杂的臭味，一时间连对师妹的怜惜和爱意都让他张不开口说自己替她吃了，他顿了顿，吞掉了后半句话，改口道："那不如，我替师妹吃……一半？"

他终究还有点良心。虞珏虚弱一笑："多谢师兄。"总比她全吃了强。

而程青说完这句话之后，动情地道："我们同甘共苦……"

话还没说完，一旁的景明便热情地道："不怕！你们不用分着吃，我这里准备了很多，足够吃了！仙君想和这位仙子同甘共苦的话，你们两个一起吃啊！这才叫同甘共苦！"

程青立即闭了嘴。虞阙和景明对视了一眼，同时露出了一个舒心的微笑。

不多时，食为天御食节前的评选赛开场了。评选赛公开进行，先由老饕打分，再由食为天长老复选，最后从参加御食节的修士中抽十人品尝，综合打分之后，评选出本届御食节的魁首。而在评选赛之后，才是真正的御食节。所以，评选赛开始时，大家都格外积极，虞阙靠着和景明的关系，走后门才弄了个前排座位。

参加这次比赛的食修们带着他们的评委纷纷上场，只有景明特殊，别人几个人共用一个评委，他一个人带了三个评委。

没错，三个，因为程青纠结良久之后，最终还是决定和师妹同甘共苦，"慷慨赴死"般地上场了。

众人虽然觉得奇怪，但毕竟历代御食节中，少门主或者门主单独用评委都是惯例，他们的评委都身份不低又有品鉴能力，单独为门主或少门主打分，以免其他评委因为身份不够不能给予公正的打分。

于是众人的反应都很平淡，只有带队前来的谢千秋，他震惊地睁大了眼睛。他一直找不到程青和虞珏，还以为是程青故意躲着他，如今……程青怎么突然当了评委？

他很快就知道为什么了。

评选的时间过得飞快，评选开始之后，一道道美食被抬上来，或是被人夸得天花乱坠，或是被人批得一文不值。终于到了景明，虞阙当即正襟危坐以示尊敬，景明带着他精心准备的食物，不紧不慢地走上来。

食为天的其他人也纷纷正襟危坐。少门主处在瓶颈期已经很多年了，在跟着门主出去之后就闭关了，这次出来之后说是做出了足以颠覆整个修真界饮食习惯的食物，这怎么不让人期待！

参加御食节的其他人虽然不至于像那些长老们那样激动，但也纷纷有了些兴趣。这位少门主可是亲口在玄铁令上说过，他这次准备的东西绝对超出众人想象。

前面的各种美食虽然各具特点，但吃多了看多了，难免乏味，那么少门主又有什么方法能从这各种各样的香味中脱颖而出呢？众人纷纷来了精神。

而景明很快告诉了他们，何为脱颖而出，他双手按在托盘的盖子上，顿了顿，郑重地打开。一刹那，一股难以言喻的臭味转瞬间传遍全场，强势压下了所有香味，一瞬间夺走了所有人的嗅觉！

怎样从各式各样的香味中脱颖而出？只要你能臭得别出心裁！

这一刻，食为天的长老们震惊得睁大了眼睛，被邀请来的食客们也震惊得睁大了眼睛！颠覆认知，超出想象，原来是这么个颠覆认知，这么个超出想象。

此时此刻，不管是长老们，还是食客们，都不约而同地冒出了一个念头。

难不成少门主终于被瓶颈期折磨得走火入魔，如今开始剑走偏锋了？否则，这该怎么解释堂堂少门主为何会在御食节上故意恶心人？

在众人震惊的视线中，少门主镇定笑道："第一道，主食螺蛳粉。现在，请副评委试吃。"

虞珏沉默着，颤抖地捧起了碗。众人紧张的视线落在她的身上。

世上竟有如此猛人，居然真的能当众吃这恶心玩意！

台下，谢千秋震惊地看着自己的师妹，虞珏闭眼咬牙，视死如归。

"唠——"

评选赛开始之后不久，两个穿着黑袍的人走进了食为天所在的沁城。

黑袍人周身煞气翻涌，来往的凡人们避之不及。其中一个脸上带着白色纹路的黑袍人，看着为了避开他们惊慌失措摔倒在地上后爬开的凡人，冷笑一声，嗤笑道："凡人！"

另一个脸上带着红纹黑袍人出声警告道："别忘了我们这次来是为了什么，不可多生事端！"

那人撇了撇嘴，但也没多言，自顾自走开。

他们离开之后，街上的凡人们惊魂未定。他们知道最近食为天举行御食节，城里的修士很多，可他们从未见过煞气这么重的修士。

他们是什么人？传说中的邪修吗？

评选台上，一个女修一边吃一边吐，一边吐一边哭，面色狰狞。

她身旁，一个坐在评委席位之后的男人面不改色地评价道："气味浓郁，入口刺激，灵力运行明显加快，想必气味虽不好闻，但口味还行，我评甲级中等，有哪位修士想试试吗？"

台上虞珏涕泗横流，吐得一塌糊涂；台下观众鸦雀无声，众人敬畏地看着试吃的虞珏。

"我我我！"一个长相可爱的女修蹦蹦跳跳地上了台。她端起了碗，深吸一口气，露出了陶醉的表情，她拿起筷子夹出螺蛳粉。

"吸溜。"女修竖起大拇指，笑得露出了白牙，"味道好极了！"

这时，台下有人问她："仙子，这……真的好吃吗？"

虞阙立刻露出营业员似的笑容，竖起大拇指："非常好吃！"

众人对视了一眼，蠢蠢欲动。于是在这一天，这一届的御食节真正意义上颠覆了修真界。

三天之后，御食节落幕。

受邀参加御食节的食客回去之后，难免有人好奇地询问这届御食节怎样。这个时候，不管是觉得好的还是觉得不好的，全都陷入了诡异的沉默中。

要说好，它简直闻所未闻；而要说不好，它倒也有可取之处。

这个修真界从来不缺乏敢于尝试的人，也不缺乏像虞阙这样，刚尝试第一口就对螺蛳粉、榴梿这种食物爱得要死要活的人。

当然，更不缺乏无论如何对着一碗散发着浓烈臭味的东西下不去嘴的人。

总之，这一届的御食节，口碑两极分化极其严重。

于是，食为天第二百二十二届御食节，就成了食为天自开宗立派以来争议最大的一届御食节。御食节结束，食为天变得清冷了，玄铁令上炸开锅了。

从食为天离开的食客纷纷憋不住，开始在玄铁令上发表自己的意见。

这届御食节的两极分化便在这时候初次显现。

玄铁令上表达自己感受的修士，十分明显地分成两派。

一派人一回来之后就对食为天少主这次所谓的创新大为批判，表达了浓浓的失望之情，对那以螺蛳粉为首的一众臭味美食的拒绝之情溢于言表，甚至直斥食为天把这臭到上不得台面的东西搬上御食节，就是在哗众取宠，螺蛳粉之类的全是异类！

而另一派人经过勇敢尝试之后，当即就爱上了这一口，在玄铁令上对这次的御食节大加赞赏，直言少门主这次的创新简直就是天才之举，螺蛳粉、臭豆腐就是永远的神，他们要为螺蛳粉摇旗呐喊！

两派人看了对方的评论，都大为震撼。一派人觉得能吃下这么臭的东西的人简直脑子有病，另一派人觉得对方是纯粹在找碴儿。

修士们一言不合，直接在玄铁令上对骂了起来。

修真界的人哪里见过这样的场面，骂战一起，纷纷围观。在娱乐条件相对落后的修真界，光这件事，就足以在玄铁令争吵了好几个月。

愈演愈烈的骂战之下，修真界的八卦群众也难免好奇到底是什么样的东西才能让人对它爱之欲其生，恶之欲其死。

若是在往常，御食节后半个多月，他们才有可能品尝到御食节上的美食，他们都已经做好了等半个月的准备了。

而这一次，几乎是玄铁令上的骂战一起，食为天就在自己门派的主页上架了螺蛳粉等一众食物，结果瞬间被抢购一空。随即，玄铁令上又出现了许多对螺蛳粉等食物的评价，言辞都十分极端激烈，这场骂战顿时再次升级。

没买到食物的修士们好奇得抓心挠肺，连一开始没打算买的修士们都忍不住想买回家试试。

而就在整个修真界对食为天的美食的期待达到顶峰的时候，食为天反而不再放出购买名额了，一场发生在修真界的“饥饿营销”缓缓拉开帷幕。

没地方买御食节上的食物，玄铁令上的骂战又掀起高潮，不过短短两天之内，仿佛整个修真界都开始讨论食为天的这次御食节了。

一场舆论风暴，瞬间将第二百二十二届御食节推到了顶峰位置。

而此时，一手操纵了这场舆论风暴的虞阙收起玄铁令，深藏功与名。

这场骂战从开始到达到顶峰，短短几个时辰里，少门主全程旁观，这时候惊得下巴都掉了下来。他怀着敬仰的心情问：“虞姑娘，你方才为什么要找假账号骂我们自己？”

虞阙提醒他：“这个叫‘水军’。”

少门主连忙道：“哦，‘水军’，你为什么要找‘水军’骂我们自己啊，万一真的有人信了，不买我们的东西了呢？”

曾在梦中的网络世界里畅游了二十几年，经历过大大小小各种奇葩反转，并且深谙客户心理的“老油条”嗤笑一声，心说这个少门主果然天真。

她反问：“那要是你的话，你会怎么做？”

少门主脸色有些红，但还是认真回答道：“我觉得大家还是对螺蛳粉有些误解。我的话，哪怕、哪怕用这种手段，也想告诉大家，螺蛳粉是好吃的。”

哦，那就是刷好评，但是顾客这种生物啊，都是有逆反心理的，你夸得越狠，等吃不了这种东西的修士一尝试，就反弹得越厉害。

还不如把不是他们目标用户，接受不了螺蛳粉的人当作他们的助力。

只有有夸有骂，还言辞激烈，喜欢的人受不了别人骂它，不喜欢的人不接受别人夸它，大家这才会好奇，不然为什么在现代世界，连“咸甜豆腐脑哪个更好”这种事情都能登上网络热搜，真的是因为大家都没事干了吗？不！这是大家在维护自己心中的正统啊！

而且，虞阙做的可不只是找几个“水军”骂一下，饥饿营销、引导舆论，将仅仅是少数人讨论的话题推上修真界热搜榜这些样样不少。

景明还想再问什么，旁观良久的门主突然道：“明儿，去拟个灵契来，食为天以后售卖的螺蛳粉、臭豆腐等物，分给虞姑娘半成利润。”

虞阙忍不住惊讶。她一开始替他们操纵舆论是想赚几分零花钱的，可没想到……半成利润，看似很少，可食为天的体量有多大，有了这半成利润……虞阙倒吸了一口凉气！难不成从今天起，她就要开启富豪生涯了？

虞阙看向门主，门主微微一笑：“虞姑娘，以后螺蛳粉的销量，就要靠你了。”

懂了，提成制，卖得越多她到手的钱越多，从此以后就得尽心尽力给食为天打工。虞阙沉吟片刻，她想起了自己那高冷而不通俗物的同门们，想起除几座山峰外，穷得一无所有的七念宗。一瞬间，养家的重任沉甸甸地落在了虞阙身上。

虞阙当即正色，斩钉截铁道：“成交！”拟订灵契需要时间，门主约定明天将灵契送过来，虞阙便深一脚浅一脚地离开了。

御食节已经结束，食客们都走得差不多了，虞阙回去的时候，师尊他们也收拾东西准备离开。一见虞阙回来，师尊问道：“阙儿，把你的东西收起来，我们该走了。”

虞阙大马金刀地往椅子上一坐，深沉地道：“可能暂时走不了了。”

师尊挑了挑眉。虞阙矜持地道：“门主给了我螺蛳粉的半成利润，我得等灵契出来。”

这下，可真是所有人都看了过来。众人对视一眼，小师妹那小眼睛亮晶晶的，明显就是想被夸。众人纷纷失笑，如虞阙所愿，将她好一通夸。

虞阙被夸得飘飘然，转头一看，惊讶问道：“小师兄呢？”

师尊顿了顿，道：“你小师兄有事出去了，你可以等他回来……”

虞阙这时候被夸得自信心膨胀，心说这怎么能行，她一定要让小师兄第一时间看看自己有多优秀！她撂下一句“我去找小师兄”，就跑了出去。

江寒和盛鸾对视了一眼，神情之中都不约而同地流露出了担忧。

而虞阙跑出去之后，还没找到小师兄，倒是先碰见了虞珏。她失魂落魄地走在街上，虞阙目不斜视地走了过去，走过她身边。虞珏却突然开口问道：“虞……长姐，你以前不是练剑的吗？现在怎么不练剑呢？”

虞阙停下了脚步，猛然转过头，直勾勾地看着她。虞珏本就心虚，被她看得忍不住后退了一步。

虞阙一见就笑了，她笑眯眯地道：“你看，你也不是不知道我当初为什么练剑啊，明知故问就没意思了。”

虞珏正想反驳说她不知道，虞阙便歪头问道：“所以，你是急了吗？”

虞珏脱口而出：“我急什么，我有什么可急的！”

虞阙轻笑一声，漫不经心地道：“急什么？当然是急我不练剑的话，你该怎么办。”

虞珏下意识地后退了两步，慌乱地看着她。

虞阙却直起了腰。小说里，虞阙不适合练剑，却依旧被逼着练了十年剑。因为她这个灵根的容器，要最大程度上和虞珏契合。

虞阙原本不确定这件事女主角知不知道，现在看来，不管她以前知不知道，现在，她是默认的。

虞阙常带着开朗笑容的脸冷了下来，平静地道：“我想做什么，关你什么事。”

第八章 风起云涌，暗潮涌动

“我想做什么，关你们什么事。”

晏行舟耐心地听着眼前两个前来寻他的魔修东拉西扯了半天，从人族势弱讲到魔门开启，眼见着他们一直说不到重点，耐心终于耗尽。

两个说到一半的魔修顿时愣住，脸上带着红纹的魔修和白纹魔修对视了一眼。

片刻之后，红纹人轻笑一声，不紧不慢道：“看来，你已经知道自己的身世了？”

晏行舟看了他一眼，这次是真的烦了。魔族爱装模作样这一点，始终都没什么长进。彼此都心知肚明，不装一下好像就不会说话了。

他时间宝贵，大家为什么就不能好好说话呢？

红纹人似乎又说了些什么，晏行舟苦恼地皱起眉头沉思，没怎么听清，他只觉得对方有些聒噪，于是他轻描淡写地挥挥手。

刹那间，红纹人仿佛被重逾千斤的锤子当胸一捶，整个人飞了出去。剩下的白纹人一惊，当即拔出了剑。

晏行舟看了他一眼，没见他动作，白纹人的剑却断成了两截。

白纹人顿时后退了两步，警惕地道："你和我们才是一类，魔坯，你在人族是待不下去的，难不成你魔坯也学会了人族那一套，要对自己的同类下手？"

晏行舟笑了，已经很多年没有人叫他魔坯了，他听着还颇为新鲜。

他轻笑道："你是不是没搞清楚一件事？"

白纹人警惕地看了过去。

晏行舟更加愉悦了，漫不经心地道："你也说了，我是魔坯啊，天生的魔种，那么你们在我面前，和人族在我面前，又有什么区别？"

他眼神中是毫不掩饰地轻蔑："你们，也配当我的同类？"

他抬起手，似乎还想动手。而这时，远处隐隐约约地传来声音。

"小师兄！你到底跑哪儿去了！"

晏行舟脸色一变，不知为何，他心中有一瞬间的慌乱。这慌乱让他只来得及将那白纹人击飞，转身大步流星地走了出去。

白纹人趴在地上痛苦地喘息，良久，他才起身，扶起伤得更重的红纹人。他眼中带着恐惧，喃喃道："魔种，原来，这才是魔种……"

没有良知，无所谓正义，所有人在他眼里，都是蝼蚁。

红纹人缓缓起身，咳了一声，道："我们小看了他。"

白纹人回过神来，顿了片刻，道："那我们现在……"

红纹人深吸一口气，道："实行第二个计划，逼他在人族待不下去。他，必须去魔族！"

可是……如今能进入人界的魔修有限，他们若是搞小动作被那人发现，估计偷鸡不成蚀把米。他们得找一个既能实现计划，又不会被对方轻易发现的方法。两个人互相搀扶，冥思苦想，正在这时，一个修士"刷"着玄铁令，从他们身前路过。霎时间，两个人的目光都集中在了玄铁令上。

有了！

到了下午，玄铁令上突然出现一个刚注册不到一个时辰的新账号在玄铁令上发布内容诡异的帖子。什么魔门大开，魔种现世之类的，说得着实有些玄乎，若是没有御食节上香臭之争的话，指不定有人凑凑热闹看上两眼，评论个几句。但是现在大家的目光全盯着如火如荼的香臭之争，没人理他。

两个魔修发出措辞严谨的帖子，不到一刻钟便石沉大海。

其间只有一个人评论了。

——兄弟，这年代不时兴这么骗人的。

两个魔修看着那唯一的回复，顿时气结。

白纹人翻了翻玄铁令上热门的帖子，全是御食节。

他震惊了："这么臭的东西，在修真界居然还有这么多人讨论！"

红纹人稳重一些，立刻道："发在讨论度高的帖子下面，会有人看的。"

于是乎，不到一刻钟，玄铁令上的热门帖子里全都出现了同一个账号发的一通莫名其妙的文字。

文字太长，不想看，但与帖子无关，可能是小广告，举报。

不到半个时辰，他们费尽心机发的东西被举报了个干净。两个人坐在一起，大眼瞪小眼。

半晌，白纹人慎重地道："这修真界，委实太可怕了。"

红纹人闭目不语。折戟沉沙，不是他所愿。

他立刻睁开眼睛，道："方才来找魔种的那个女修，是不是跟在魔种身边的那个小师妹。"

白纹人回忆了一下，点头："声音像。"

红纹人当即冷笑道："那我们就从他身边的人入手，他身边的人都不信任他了，我看他怎么在修真界待下去！"他不信，这群正道修士能忍受一个魔种！

白纹人眼睛一亮，立刻道："你的意思是……"

两个人对视一眼，点头。

半个时辰后。

虞阙的玄铁令突然振动，虞阙打开，发现收到了一个陌生账号的私信。

她打开看了看，那段话半文不白的，看起来十分费劲，好像在说什么她的师兄不是好人，要想知道更多的话，就去某个地方联系他们。

虞阙脸色顿时变了。

系统吓了一跳，以为她猜到了，谨慎地道："宿主……"

虞阙面色凝重，严肃地道："系统，你还记得诈骗短信是怎么写的吗？"

系统满头雾水地调出数据库。

——你的儿子在我手上，想要活命交出××万……

——你的儿子进监狱了，保释金××万……

——你的车险……

——你的银行卡……

系统呆呆地看向了对方发来的信息——你的师兄不是好人，想要知道的话如何如何。

格式一模一样。

虞阙痛心疾首道："果然是诈骗！真是世风日下、人心不古！修真界居然也有诈骗犯。"

虞阙的正义感当即爆棚，伸出小手，点了举报。举报理由：诈骗。

系统心想，真有你的。

一刻钟后，紧张等待的魔修收到了消息，两个人迫不及待地打开。

——您涉嫌诈骗，账号封禁五十年。

红纹人、白纹人："……"

他们冷静地放下了玄铁令，开始考虑怎么回去。这修真界委实太可怕！

举报成功的信息反馈过来之后，虞阙心满意足。为了奖励自己，抱着自己的蒲团去找小师兄。

系统眼睁睁地看着她一举剿灭了两个魔修的计划，心中百感交集，而见她转身就要去找小师兄，它心中又是一凛。

有那么一瞬间，它怀疑自己宿主在扮猪吃老虎，否则的话，怎么就能这么巧、这么一针见血就破了两个魔族的阴谋，幸运值加满也不见得能这么巧吧！

系统谨慎地问道："宿主，你要去干什么？"

系统想入非非，满脑子都是自家宿主扮猪吃老虎后那别有深意又充满智慧的眼神。然后它就听见自家宿主美滋滋地道："我要去找小师兄双修啊！"

嗯？双修？

接着它又听见宿主心有戚戚焉道："对啊，小师兄也太不主动了，明明双人功法这么好用。没办法，他不主动，我就只能主动一些了！"

哦，原来是双人功法，那没事了。一瞬间，系统只觉得索然无味，它就不该对宿主的智商抱有期待。

虞阙一路小跑，飞奔到了晏行舟的住所。她推开门，大声道："小师兄！我来找你双修啦！"

房间里，正对着烛火沉思的晏行舟闻言身躯一震！

房间外，只是偶然路过的少门主闻言也是身躯一震！

他抬起头，惊愕地看着虞阙的背影，怀疑自己是不是听错了。虞姑娘的小师兄，是那个看着就很吓人的晏公子吧，晏公子和虞姑娘居然是这种关系吗？而且，一个女孩子主动找对方双修……

少门主神情复杂，感叹晏公子真是好福气。

正在这时，少门主又听到虞姑娘抱怨道："小师兄，你都不主动找我双修了，虽然我说过你不行，但是……"

"啪"的一声，门关上了，掩盖住了后面的话。

少门主瞪大眼睛看着那扇无情关上的门，他听到了什么？

那个一表人才清风朗月的晏公子，他不行？

少门主想到了虞姑娘主动的态度，有那么一瞬间，单身至今的少门主心里有些发酸。

世道是如此的不公，那位晏公子不行，都有一个如此可爱的小师妹不离不还这么主动，他堂堂食为天少门主，居然至今也找不到一个两情相悦的女修。

他不求对方像虞姑娘一样哪怕不行也不离不弃，他只求对方能够在他做完螺蛳粉之后毫不嫌弃地给他一个拥抱，这个要求很过分吗？

少门主满身落寞，他又看向了那扇门。

这世上有情人是如此的稀少，虽然晏公子不行，但是……他尊重，祝福。

少门主神情复杂地离开了，没走两步，无比平整的路上，突然有一颗石头悄无声息地滚到了他的脚下，少门主毫无所觉，结结实实地摔了个狗吃屎。

门内，晏行舟若无其事地收回捏法诀的手，平静地看着一脸欣喜的小师妹，面无表情地道："虞阙，我再给你一次机会重新组织语言。"

虞阙立刻站好，老老实实道："小师兄，我们一起修炼双人功法吧。"

虞阙说出这句话的时候，心里有些没底，不知道对方会不会拒绝。

虞阙都想好被拒绝之后她要怎么说服他了，晏行舟沉默片刻之后，却平静地点了点头，道："好。"

咦？虞阙惊讶地抬起了头。

晏行舟难得失笑，看了她一眼，仿佛漫不经心一般道："我同意的时候，你就好好修炼，别想些乱七八糟的，否则说不定哪天你想修炼都找不到我了。"

虞阙听了，随口问道：“小师兄要出远门吗？”

晏行舟不置可否：“大概吧。”

虞阙点头：“那你就带上我呗。”

晏行舟摇头：“不带。”

虞阙瞪了他一眼，又勉强道：“那行，大不了我就等你回来。”

说完她就低头整理蒲团，哪怕是修炼，她也想找一个舒适的姿势坐着。

晏行舟闻言有一瞬间的失神，他觉得自己一向是排斥双人修炼的，如今天不知道为什么，心中居然一丝排斥也无。

他只是突然想到，他若是有一天仍旧要回魔界，小师妹怕是找不到更合适的人一起修炼双人功法了。她资质很不错，但在虞家被耽误了那么多年，要是没有双人功法十倍的修炼速度，她怕是要吃很多苦头才能赶上别人。

有那么一瞬间，他居然非常排斥回到魔界这个念头。梦境中，他不觉得自己是人，也不觉得自己是魔，没有人是他的同类，也没有人配当他的同类，他没有归属，不管去哪里都可有可无。这一次，想到要去魔界，他的第一反应居然是，虞阙这丫头怎么办。她居然说要等他，真蠢！

晏行舟面色有些冷，而这个时候，虞阙已经抬起头，正色道：“小师兄，我准备好啦！”

晏行舟一愣，收起了所有情绪。两人相对而坐，灵力交融。这一瞬间，哪怕是最敏锐的修士，也只能在这里察觉到一个人的气息，他们仿佛已经变成了一个人。

这次双修，持续了一个半时辰，不是晏行舟不行了，而是虞阙睡着了，修炼没法再进行下去。

晏行舟收起灵力，托着下巴盯着四仰八叉地倒在蒲团上的虞阙看了一会儿。

系统沉默不语，哪怕知道晏行舟不可能发现它，它也下意识地不敢吭声。

晏行舟突然伸出了手，系统提起了心。

晏行舟的手伸向了虞阙的脸颊，在即将触及她的面庞时，却突然停住。片刻之后，晏行舟抱起虞阙，送她回房。系统松了口气。

月色之下，晏行舟抱着虞阙走到一半，遇到了鼻青脸肿一瘸一拐的少门主。

晏行舟挑了挑眉，问道：“少门主，这是怎么了？”

少门主讷讷道：“我被石子绊倒，跌了一跤。”

晏行舟轻笑道：“那这一跤跌得着实严重。”

少门主神情郁郁。

跌一跤自然不会这样，但问题是今天邪门了，不知道从哪里来的小石子，把他绊倒之后，他刚起来又被绊倒，再起来再被绊，就这么一连跌了五六跤，现在他才从谷佑箴那里拿药回来。他有心想转移话题，看着晏行舟怀里的虞阙，顿了顿，真心实意道："虞姑娘对你可真不错。"

晏行舟一顿，轻笑道："不耽误少门主了，在下先行一步。"

他抱着虞阙就走，身后，少门主不胜唏嘘，然后他抬脚准备回去。"啪"，又是一跤。

另一边，晏行舟把虞阙抱回了她自己的房间。他定定地看了她一会儿，转身准备离开，然而下一刻，他的目光定住了。

此时此刻，城外，两个初入人族的魔修陷入了争执。

红纹魔修年纪大些，为人老成，觉得这次试探失利，几百年不见，修真界如今已经相当可怕，连那个魔种身边那么年轻的小师妹都不是好相与的，他们再试探下去恐怕对自己不利，应该先回去再做决定。

而白纹魔修年轻气盛，不以为然，他觉得那魔种本性为恶，终究不可能在人族待得长久，特别是在如今魔门大开的时候，魔种会吸引魔气，他最终的结局只能是成魔。他们若是现在不先下手为强的话，盯着魔种的可不只是魔族呢。

两个人一番争执，最后达成一致，他们决定再试探一次。至于怎么试探，两个人又陷入了争执，最终两个人决定分开试探。

红纹魔修是见过玄铁令上的盛况的，他还是觉得玄铁令大有可为，于是他决定再买一个老账号——不容易被封的那种。

然后他就遇到了骗子。

骗子花言巧语，让他笃定他买的账号绝对不会被封。魔修将信将疑，最终一咬牙，花了大半身家，买下了一个价值三十灵石的"水军"账号。

魔修一边心疼，一边开始了自己计划。

他在浩瀚的玄铁令上翻了翻，盯上了沧海宗首徒谢千秋。像这种名门正派的弟子，他若是知道修真界里藏着一个魔种，他会怎么做呢?

红纹魔修当即着手收集谢千秋的所有信息，然后他查到了谢千秋有痔疮。

啊，这……红纹魔修放下玄铁令，沉默了。

总觉得这个修真界稀奇古怪的。但他很快又安慰自己，没关系，这个痔疮，说不定是突破口呢。他沉吟片刻，找到了谢千秋的账号。

谢千秋有玄铁令账号，但他几乎没用过，账号上一片空白。

红纹魔修给他发了私信。从魔种的小师妹那里吸取了教训，他这次没有一开口就说正题，免得再被人当作骗子，他一番思索，灵光一闪，当即编辑好内容，自信地点击发送。

——亲亲，你还在为那挥之不去的痔疮困扰吗？你还痛苦于那无法对人言的难言之隐吗？只要六百六十六灵石，包去痔疮！

这，就是他的策略，伪装成医修，利用对方的难言之隐，把握病人心理，徐徐图之。

而不知道怎么就这么巧，往日里从来不怎么看玄铁令的谢千秋，今日突发奇想看了一眼玄铁令，于是那封私信就这么闯到了他的眼前。

谢千秋闭了闭眼，感觉自己梦回苍荡山被鬼新娘逼着成亲的时候。

他不是在网络世界中经历过大浪淘沙的虞阙，但也觉得自己是遇到了骗子。不过他没有虞阙那种立即举报的自觉，他只回复道："滚！"

收到这个字的魔修当时就感觉不好了。他想到被举报封号的过往，有些慌，怕这个花了他大半身家的账号也被封。他立刻切入主题。

——对痔疮不感兴趣，那应该对魔种感兴趣吧？听闻你是第一大宗首席弟子，那你可知道，你们修真界藏着一个天生的魔种？

谢千秋准备拉黑的手一顿，面色冷了下来。

另一边，白纹魔修和红纹魔修分道扬镳之后，找到了附近一个无人的山洞。

他毕竟年轻气盛，所思所想更加极端，他准备用夺魂引。

夺魂引，会磨灭人的灵魂，抢夺人的身体，中了夺魂引的人，身体便成了施咒者的傀儡。他想夺了那个小师妹的魂魄从而埋伏在魔种身边，想必那个魔种不会提防自己身边的小师妹吧。

他是元婴期高手，用夺魂引对付一个刚筑基的小丫头，他十分有自信。他点燃了摄魂香，一缕悠长的烟雾飘出，被他指引着，飘入了食为天。

天助他也，那个小师妹正在睡觉。他用摄魂香编造了一个幻境，引那个小师妹的灵魂进去。在幻境之中，她可以得到任何她想要的，而只要她沉迷那个幻境不愿清醒，他就有机会将她永远困在幻境之中。

计划进行得很顺利，那个小师妹的灵魂探头探脑犹犹豫豫地走进了幻境。他嘴角露出了一丝微笑，他没注意到，另一个神识，也跟进了幻境。

幻境开始跟着小师妹的所思所想变化。一片空白逐渐染上颜色，雕梁画栋平地而起，人群来往穿梭。那些人，一个个都长着绝色容颜，有男有女。小师妹站在他们中间，露出了一副迷醉的表情，转眼间，这些俊男美女纷纷上前，将小师妹围在中间。

魔修这时候开始觉得不对劲，等等，这是……他猛地抬起头，那栋画楼在他面前露出了原貌——

子乐楼。

下一刻，他再转过头，小师妹已然欢天喜地，身边诸多容貌出色的男男女女对着她温言细语，好不快活。

没见识过这场面的白纹魔修愣愣地看着，一时之间大为震撼。

而此时，站在幻境熙熙攘攘的人群之中的晏行舟面色铁青。

他的好师妹，在幻境里都不忘了找乐子。有那么一瞬间，他觉得自己不是养了个师妹，而是养了个流氓。

看来他上次没把子乐楼劈了是一个错误的决定，劈牌匾算什么，他应该直接把那地方给烧了，否则他的小师妹怎么能在幻境里还对子乐楼念念不忘。

他深吸了一口气，告诉自己，小师妹毕竟还小，一时忍受不住诱惑很正常。然而下一刻，他却面色大变，什么矜持淡定全都抛之脑后。

他看到从楼外走进了一个人，那人长着和他一模一样的脸！

这一瞬间，晏行舟震惊到说不出话。而他小师妹一看到那张脸，当即兴奋了起来。她把所有美人抛之脑后，上前两步，当即指着那个幻境里的假人深情地道："我就要选他！"

晏行舟噔噔后退了两步，难以置信，难不成小师妹居然对他……

然而，下一刻，他便听见自己小师妹满足地笑道："我要他给我跳一支舞！"

瞬间，景色变换，幻境中的子乐楼凭空多了个灯光闪烁的舞台，舞台上一根钢管闪烁着冷光。一束光打在钢管上，在晏行舟震惊的目光之下，那个和晏行舟长得一模一样的人走上了舞台。他扭着腰，快速地缠绕在了钢管上，下腰，抬腿，诱惑满满。

晏行舟的大脑当场死机，魔修则在一旁喃喃道："魔种，居然玩得这么与众不同吗？”

而这时，小师妹在一旁振臂欢呼：“钢管舞，永远的神！”

台上，“晏行舟”不停扭动；台下，小师妹振臂高呼。

晏行舟面色铁青，他眼睁睁地看着那个和自己长着同一张脸的人抛着媚眼，做出种种妖娆的动作，露出种种诱惑的表情。

他无论如何也想不到，有那么一天，他居然会觉得自己的长相十分刺眼。

他更想撬开虞阙的脑袋看看，她脑袋里究竟装了些什么。

师尊曾说过，小师妹看上去不着调，但学东西很快。此前晏行舟不信，因为他亲耳听过虞阙拉二胡。现在他信了，因为他着实没想到他的小师妹只被带着去了一次子乐楼，就无师自通学了这么多东西！

晏行舟深吸一口气，在心里告诉自己那个满脑子不正经的小师妹还小。他不去看自己那糟心的小师妹和糟心的“自己”，目光如电地看向了幻境之外那闭眼施法的魔修。这一刻，凶光毕露。他清楚地意识到，这个魔修，现在是不能留了，他必须得死！

而魔修仍没意识到自己的处境，他震惊地看着台上扭动的“魔种”，先是目瞪口呆，随后，居然还有些如痴如醉，直到一阵让人血液都冻结的寒意袭来。

魔修反应飞快，立刻护住自己，飞快地顺着那寒意寻了过去，看到了一个不应该出现在他这幻境中的人。

晏行舟铁青的脸映入他的眼帘。

本来，他是应该恐惧的，因为这世上没有几人能直面魔种的杀意而不恐惧，而现在，看着晏行舟的脸，他却只想到了幻境之中的舞台上那个扭动的身形。

一时间，魔修神色复杂。

魔种的小师妹还是个小丫头，他当然不会觉得她能懂这么多，更何况台上的幻境假人跳的所谓钢管舞他虽然未曾看过，但一眼看过去，也是成体系的舞蹈，不是随意臆想出来的。

那么问题就来了，一个尚且稚嫩的小丫头，为何能在幻境里幻想出一支惟妙惟肖的舞蹈？答案呼之欲出——这个魔种曾经当着他小师妹的面亲自跳过。

这个答案震撼了魔修。

魔修看不懂，但魔修大为震撼。一时之间，魔修的三观在修真界遭遇了严峻的挑战。

他想起了他在魔界里学过的知识：魔种，自人间共业中诞生的天生魔坯，没有善恶之分，喜怒无常，随心所欲。

在来到修真界之前，魔修勾勒出来的是一个强大而邪恶的形象；来到修真界之后……魔种的小师妹却给他树立了一个妖娆的形象。

魔修神色复杂地想，这修真界果真是一个神奇的地方，邪恶的魔坯在这里生活了若干年之后，居然能变成舞郎。

这一瞬间，小师妹带来的震撼打破了来自魔种的恐惧。

魔修真心实意地道："不愧是魔种。"

话音落下，魔种的脸色更加可怕了。他怒极反笑，下一刻，魔修只觉得一股气浪当胸袭来，他的神识居然被别人从自己构建的幻境之中拍了出去。

魔修在山洞中睁开了眼睛，剧痛袭来，他当场就吐出了一口血，他没来得及疗伤，而是立刻看向了摄魂香，那炷香已然拦腰而断。

魔修那被震惊到的大脑瞬间清醒了一些，他立刻就意识到，自己今天怕是要殒命于此了。想想也知道，他看到了魔种那不为人知的秘密，魔种怎么可能还给他留活口。

他在幻境中时就已经被魔种重创了神识，此时头疼欲裂，知道自己是逃不出去了，但他的所见所闻，一定得传到魔界！

魔修当即用密法，将自己的所见所闻通过特殊渠道送到了魔界。他刚把信息传过去，下一刻，洞口外起了一阵微风，晏行舟的身影悄然而至。魔修轻叹一声，知道自己是躲不过了，他冷笑一声，道："能看到堂堂魔种跳舞，我也算是不虚此行！"

晏行舟面无表情地一剑刺穿了他的魔核。那魔修终究还是有些求生欲的，魔核被刺穿的那一瞬间，魔修的元婴飞快逃出，下一刻，那淡灰色的元婴却被人握在了手中。

元婴大喊："魔种，你以为修真界会接纳你吗？不说你天生魔坯，只说你喜欢那种舞，那些道貌岸然的修士又有几个会欣赏你……"他还没来得及晓之以理动之以情，晏行舟猛然握拳，手中的元婴瞬间灰飞烟灭。

这是晏行舟杀人最快的一次，从前来杀他的人，不管是正道还是魔界，总有一套滔滔不绝的理由说辞，仿佛有了这套说辞，谁人都能取他性命。

晏行舟穷极无聊的时候，很爱听他们说这些，往往他都会等他们把话说完，或是劝说，或是痛骂之后，再给他们一个痛快。这是第一次，他一句话都不想听这个魔修说。

晏行舟站在山洞里闭了闭眼，转身走了出去，他还得去看看他那个小傻子一样的小师妹。

而另一边，魔族如今的魔君，终于收到了他们派出的第一批探子所传来的情报——魔种性格诡异，喜跳艳舞！

魔君拿着情报的手猛地一抖。最后那一行字，笔触颤抖，几乎能看得出写信人那震撼的心情，就如此刻的魔君一样。

魔君盯着“喜跳艳舞”四个字，脑海中不由自主地勾勒出了一个衣衫不整、面容阴柔、体态妖娆，媚眼如丝地跳舞的男子。

这一届魔种，居然是这个样子吗？

魔君神色复杂地放下了情报，他想，有些计划可能需要改一改了。

坐在魔君下首的人看着面色几经变换的魔君，轻笑道：“君上是遇到什么难题了吗？”

魔君不动声色地收起了脸上的表情，平静地道：“难题倒算不上。”

“只不过……”他轻笑一声，“有些意料之外罢了。”

下首之人立刻道：“愿为君上分忧。”

魔君看了他一眼，似笑非笑道：“你是想为我分忧呢，还是想让你的主子醒来呢？”

幽微的烛火之下，那人赫然是一个鬼修。

鬼修轻笑一声，面不改色道：“在下，自然是都想的。”

晏行舟回到了食为天，在他的预想之中，他回到虞阙的房间之后，会看到醒来的虞阙。摄魂香这种东西，有的人中招之后再醒来，只会觉得自己是大梦一场，梦中的一切全都不记得了；而有些人，却记得一清二楚。

他一时间不知道自己是该期待记得一切的虞阙，还是期待只当自己大梦一场的虞阙。复杂的心情之下，他去虞阙房间的脚步顿住了，他一转头，先去了师尊的房间。

师尊对他的深夜来访十分惊讶。

晏行舟面不改色地向他要了虞阙未来一整年的修炼课程。

师尊困惑地道："你要这些做什么？"他十分了解这个徒弟，他不是一个爱管闲事的人。

晏行舟平静地道："我觉得师尊说得十分对。"

"小师妹着实聪慧，所以我觉得，她现在还是太闲了，难免浪费她的天资。"

师尊若有所思道："那你的意思是……"

晏行舟继续说道："我决定辅助师尊，一块儿教导她，这未来一年的课程，就是她将来一个月要学会的东西。"

师尊震惊地看着他，沉默片刻后，一针见血道："你小师妹怎么得罪你了？"

晏行舟轻笑道："怎么会呢？小师妹天真可爱，我不过是怕美玉被埋没罢了。师尊不必担忧小师妹的进度，小师妹如此聪慧，又有双人功法在，我觉得这一个月的课程还少了些呢，只可惜师尊没把下一年的课程也一起安排上。"

师尊信他的鬼，看来，他那个小弟子确实把晏行舟得罪得不轻。

师尊沉默片刻，终究道："别太过分了，她年纪还小。"

晏行舟微笑道："那是自然。"

小师妹确实年纪还小，年纪轻轻的天天胡思乱想，想来还是课业少了，他一定会让小师妹从今以后连胡思乱想的机会都没有。

晏行舟拿着虞阙一整年的课业，信步去了虞阙的房间。

推开门之前，他想，若是虞阙在他刚进来时就给他道歉，或者完全不记得梦里的事，他或许还能给她减负，比如把一年的课程换成三百六十天之类的。

推开门，他就看到躺在床上睡得四仰八叉的师妹。

她轻轻的呼吸声回荡在寂静的房间里。晏行舟脚步一顿，她根本就没醒！

这一瞬间，晏行舟以为她仍被摄魂香影响，灵魂仍然飘荡在外没有回到身体。

他一时间有些懊恼自己和小师妹置气，没有第一时间回来看看小师妹的情况，反而找师尊要什么课业。他面色阴沉，大步走了过去，一个又一个治疗和检测的法诀落在虞阙身上。

一切正常，她的灵魂已经回到了身体，摄魂香的影响已经结束了，晏行舟松了口气。

那么问题来了，没了摄魂香的影响，小师妹为何还不醒呢？

晏行舟面色凝重地伸手按住了小师妹的脉搏，脉搏平稳，正常。

晏行舟还想试试另一只手的脉搏，下一刻，轻轻的鼾声突然响起。

晏行舟伸出的手一顿，他缓缓地看向了小师妹，小师妹面色红润，嘴唇微张，一呼一吸中，嘴角有晶莹的液体流出，小师妹抬手一擦嘴唇，翻了个身，鼾声顿时更加响亮了。晏行舟甚至听见她喃喃呓语："嘿嘿。"

晏行舟缓缓地，缓缓地直起了身，面无表情地看向虞阙。

他终于意识到了一件事：什么见鬼的魂魄离体没有回来，她根本就是睡着了，摄魂香的幻境崩溃之后，她不仅没醒，甚至就这么睡了过去。

这一刻，晏行舟觉得自己给她布置的那一年的课业还是少了。

这个年纪，她怎么能睡得着！

晏行舟面无表情地坐在一旁，等着虞阙醒来，不为其他的，就为有人能在摄魂香结束后睡过去也挺有意思的。

等来等去，虞阙依旧没有要醒的意思，晏行舟沉默片刻，终究还是有些怕她的灵魂出了什么问题，他想了想，决定入梦。

入梦不是什么光彩的手段，入别人的梦更是千难万难，但晏行舟却发现，他入虞阙的梦，太过轻而易举了，仿佛虞阙根本就没对他设防一般。

晏行舟顿了顿，在虞阙乱七八糟的识海之中找到了她的梦境。

他进入了梦境，神识落入梦境中，一瞬间，无数灯光照了过来。

晏行舟眯了眯眼，眼前的情景非常眼熟，还是那个熟悉的舞台，还是那个熟悉的子乐楼，舞台上，那个熟悉的身影依旧在围绕着钢管扭动，而唯一不同的是，那个假人身上的衣服越来越少了，而他，正巧地落在了舞台上。

他缓缓转头，面无表情地看向台下那被美人围绕的虞阙。要不是这里没有摄魂香的气息，他险些以为他还在幻境之中，然而事实是，他把幻境打碎了之后，虞阙舍不得醒来，接着把那个梦做了下去。

而此刻，虞阙甚至指着进入梦境的晏行舟，惊呼道："居然有两个小师兄吗？我这梦做得也太大胆了吧！"

晏行舟一愣，他疑惑问道："你知道你这是在做梦？"

虞阙得意扬扬地道："当然知道啊，我还能控制梦境呢。"她当即给他展示，舞台上的"晏行舟"身上立刻换上了一套短款女仆装。

晏行舟闭了闭眼，强行忽视了这个"晏行舟"，告诉自己还有更重要的事情。他顿了一会儿，问："你从什么时候开始做梦的？"

虞阙思索片刻，道："不久吧，在这之前好像进了别人的梦一般，我虽然还能控制，但好像不是我的梦。"

晏行舟看着一无所知的虞阙，突然意识到一件事。

他这个小师妹好像对她自己的神识有格外强大的控制力，她能轻易分清梦境与现实，能控制梦境，甚至能察觉到幻境的不对劲，假如没有他插手的话，或许也用不了多久，虞阙就能意识到那个幻境根本不是梦，甚至能反客为主控制幻境。

晏行舟沉思着，然后他就发觉一束光突然落在了他的身上，他面前也出现了一根钢管。台下的虞阙催促道："跳！两个一起跳！"

晏行舟深吸一口气，冷冷问道："知道是梦，为什么不醒？"

然后他就听见小师妹理直气壮道："此间乐，不思蜀！"

晏行舟无言以对。

第二天，虞阙从美梦中清醒，得到了小师兄的"课业大礼包"。他温柔地道："小师妹，这是你两年的课业，你要在一个半月内学会它。"

虞阙做了个美梦，内容妙不可言。虞阙美滋滋地醒来，一眼就看到那个在她梦里妙不可言的人，此刻正坐在她的床头，微笑地看着她。

虞阙身躯一震，险些以为自己还在梦里没有醒来。并且……她看了看身下的床，认真思索着自己是不是不该梦得太荒唐。

"虞阙。"晏行舟冷不丁地开口，"你在想什么？"

虞阙险些把实话脱口而出，但幸好她足够机智，话到了嘴边刹住车，乖巧地道："没什么，我只是在想小师兄为什么在这里呢。"

晏行舟一听她的话，就知道她还真以为自己做的那个梦就只是个梦。他不答，微笑道："小师妹是做了什么美梦吗？你没醒来的时候，我见你一直发笑。"

霎时间，虞阙脑海中跳钢管舞的小师兄和眼前这个衣衫完整正襟危坐的小师兄形象逐渐重合。虞阙暗暗地有些佩服自己，居然敢肖想两个小师兄。不愧是她，她既骄傲又心虚，说道："没什么……"

晏行舟歪了歪头："你笑得很开心呢。"

顿了顿，他突然道："你是这么笑的。"他面无表情地演示，"嘿嘿。"

虞阙闻言感到一阵窒息。

嘿嘿。

他到底是怎么用两个字，把她那不可言说的气质表现得淋漓尽致的！

虞阙立刻转移话题：“小师兄一大早找我，是有什么要紧事吗？”

晏行舟看了她一眼，平静地道：“有两件事。”

虞阙点头。

晏行舟：“第一，我们该走了。”

虞阙继续点头，今天食为天应该就会把灵契给她了，今天走也没关系。

晏行舟又道：“第二，你该开始学习了。”

这次虞阙一愣。但仔细想想，她现在已经拜师好几个月了，最开始师尊企图教她的时候被她那“特殊”的乐声折磨得不轻，以至于原本的教学计划全盘作废。但如今几个月下来，师尊那里想必有了新的教学计划，她也差不多是时候学习了，小师兄说得没毛病。

虞阙郑重地点头。

晏行舟见自家小师妹这么乖，脸上的笑容更显灿烂。

他温和地道：“师尊最近有许多事要忙，所以师尊就把教你的任务给了我，现在，你暂时由我教导。”

虞阙一顿，然后恍然。对了，未来师娘如今正在七念宗当客卿长老，近水楼台先得月，师尊肯定要先紧着自己的终身大事。

虞阙理解，追老婆，不丢脸。她大度地点头。

而晏行舟有些苦恼地道：“师妹，我教导别人可是很严格的，我怕你接受不了，万一你不学了怎么办？”晏行舟皱着眉头，苦恼得很真实。

虞阙却嗤之以鼻。笑话，她一个梦里从高考中千军万马杀出来的人，一个高中平均每天学习十三个小时的人，一个大学毕业之后就开始了“九九六”打工生涯的人，什么教学难度能让她接受不了？

没有了，但凡小师兄经历过她梦中的学习生涯，他都说不出这样的话。

修真界的学习再难，还能难得过“九九六”？她拍着胸脯，自信地道：“小师兄，我不是轻言放弃的人！你尽管来吧！”

晏行舟的笑容更加温和了。下一刻，他突然伸出手，从储物戒里掏出了虞阙的课业大礼包。

一瞬间，虞阙半个房间被堆得满满当当，几乎连下脚的地方都没了。

虞阙自信的表情霎时间崩塌，目瞪口呆地看着自己面前一捆又一捆的书。

小师兄是拿错了吗？这是她未来十年要学的东西吧？毕竟修士们对时间的感知都挺迟钝的，小师兄说不定觉得十年很短，第一个学习周期就给她定了十年。

虞阙觉得这个猜测没毛病，有些慌张的心安定了下来。

她顺势问出来，然后她便看到，小师兄格外温和地笑了。

他温柔地道："小师妹想什么呢。"

"这是你两年的课业，你需要在一个半月内学会它。"

话音落下，死一般的沉寂后，虞阙难以置信地道："你说什么？！"

意识到小师兄究竟在说什么之后，虞阙一脸惊恐地看着晏行舟。这怎么可能！十年她觉得是正常速度，两年努努力也勉勉强强，但一个半月？究竟是你在做梦还是我在做梦！

晏行舟却觉得十分可行，他冷静地计算道："你若是一直和我修炼双人功法的话，修炼的速度是别人的十倍，你的一个半月相当于别人的一年多，那么相应地，你的学习速度也得跟上来。否则学识跟不上修为，容易入魔的。"

虞阙立刻道："那咱们就不修炼双人功法了，修炼得这么快干什么？做人做事不可以这么快，平平淡淡才是真！"

晏行舟温和笑道："想什么呢小师妹，你以前费尽心思要和我一起修炼，如今小师兄同意了，你怎么能轻言放弃呢？"

虞阙欲哭无泪："可是这么多东西，一个半月怎么可能学得完！"

晏行舟闻言，理智地分析道："小师妹有了十倍的修炼速度，相应地，你怎么能没有十倍的学习能力。"

他在一个根本不可能的前提下假设道："十倍的学习能力之下，你一个半月相当于别人的四百五十天，他人总有休息懈怠的时候，但小师妹你已经筑基，不用吃饭，睡眠也不是必需的，这样我们每天就有了十二个时辰，我们充分利用十二个时辰，一天又相当于别人的两天。如此一来，你一个半月就相当于别人整整九百天。小师妹，九百天学习两年的课业，岂不是绰绰有余？"

在晏行舟口中，虞阙一个半月学习两年的东西已然轻轻松松，甚至还能挑战第三年的教学计划。

虞阙一脸惊恐地看着信誓旦旦的晏行舟。她在梦中的现代世界再怎么拼，也只是拼到了"九九六"，你们修真界是魔鬼吗？一上来就给我搞"零零七"？

在现代世界杀出重围的虞阙，被小师兄一个浪头拍死在了沙滩上。

木已成舟，晏行舟伸手，一本厚厚的大部头被他拿在手中。

他微笑道："小师妹，咱们时间紧迫，现在就开始学习吧。"

虞阙心如死灰。

当天，景明把食为天的灵契送过来的时候，前来接灵契的是晏行舟。

景明好奇地道："怎么不见虞姑娘？"

晏行舟温和笑道："她在学习呢。"

景明一时间肃然起敬，钦佩地道："不愧是能想出螺蛳粉这种妙物的人，出门在外也不忘学习，在下佩服！"景明怀着惊叹的心情离开了。

晏行舟想了想，把灵契放在了虞阙书房外，温和地道："小师妹，我去一趟师尊哪里，你自己好好学习。"

虞阙的声音里霎时间充满了掩饰不住的欣喜："小师兄，你要走了啊？"说完，她连忙一本正经地补充道，"你放心，我一定会好好学习！"

晏行舟神情自若地点头，道："我去师尊那里，让他把第三年的学习计划整理出来。小师妹你放心，有师兄在，不会让你没有东西学的。"

虞阙心道，你是魔鬼吗!

在虞阙心中已经晋升成魔鬼的晏行舟走了，虞阙想了想，果断放下书本，跑了出去。

而另一边，谢千秋在山洞中发现了一个魔修的尸体。那个魔修应该刚死不久，脸上有着白色魔纹，神情充满痛苦和恐惧。

一击毙命，干净利索，手段老练，和他一起进来的一个内门师弟脸色发白，道："大师兄，没有发现这个魔修的元婴。"

这个魔修明显到了元婴期，但被人一击致命，连元婴都没有逃出。

谢千秋面色凝重，相较在修真界发现了魔修更可怕的，是发现魔修高手已经被杀，而对方手段狠辣，这明显不是正道修士所为。

魔门已经打开，魔修潜入修真界，所有人都有预料，但是这个杀了魔修的人是敌是友……谢千秋揉了揉额头，不知道为何，他下意识地想到了晏行舟。

昨日，他收到了一个不知名信息，那信息上的内容让他很在意。

魔种。

那人只说修真界出了个魔种，但等谢千秋追问时，发出的信息却石沉大海一般，没有回应。

对方并没有说谁是魔种，什么是魔种，但谢千秋莫名地就想到了晏行舟。

晏行舟……

自从他拜师起，就知道七念宗与他们沧海宗毗邻，明明只是个几个人的小宗门，可不管是师尊还是掌门，都仿佛对那个宗门颇为忌惮。

谢千秋只知道，那是他见过的最不像样的宗门。

师尊是个剑修，收了个御兽师做大弟子，一个半妖做二弟子。

谢千秋入门第三年，那位寒月仙尊又出门半年，突然领回来一个阴郁寡言的少年，那是他的小弟子。

谢千秋不知道那个小弟子的来历，但他曾偶然看到掌门亲自去七念宗，为了那个少年，险些和寒月仙尊拔剑相向。他偶然听见过掌门和寒月仙尊谈话。

掌门说："我不可能让一个不人不魔的孩子……"

只这只言片语，谢千秋意识到，那少年和魔有关。

从那之后，掌门相比于忌惮寒月仙尊，仿佛更忌惮那个叫晏行舟的少年。

晏行舟和魔有关。谢千秋几乎有一种强烈的直觉，那个信息中说的魔种，就是晏行舟。还有今天这个暴虎的魔修……

谢千秋抬脚走出了山洞，内门师弟连忙追了上来。

山洞外，虞珏脸色发白，程青轻言细语地安慰着她。

虞珏看到他们出来了，连忙后退了两步，仿佛有意要和程青保持距离一般。她那双秋水般的眼睛看了过来。

往常，看到这双和自己记忆中一般无二的眼睛，谢千秋总会不忍心，而这次，他却莫名觉得有些厌倦。虞珏想要说什么，谢千秋平静地打断了她："你们自己回沧海宗，把事情禀报给掌门。"

虞珏立刻问道："那师兄你呢？"

谢千秋头也不回："我再去一趟食为天。"

虞珏看着他的背影，下意识地咬了咬唇。

谢千秋走得飞快，很快进了内城。然而他的脚步突然一顿，视线落在了街边一个卖书封的小摊子上。七念宗的小弟子虞阙正站在那里探头探脑，片刻之后，仿佛下定了决心一般，做贼一样走了过去，悄声和摊主说了些什么。

谢千秋听力很好，清楚地听见她让摊主给她模仿几个书封，那摊主打包票说自己一定能模仿得惟妙惟肖。

他一愣，然后忍不住一笑。他知道这个小师妹是在干什么，弄个假封皮套在杂书上伪装自己在看正经东西，他手底下的小师弟小师妹经常如此。

他笑着看了一会儿，片刻之后，不知道想到了什么，笑容又缓缓隐去。

他沉默片刻，走了过去，把虞阙给吓了一跳。

她飞快地把假书封往储物戒里塞，转头就道："小师兄，我没有……"

一看到是他，猛然松了口气，说道："原来是谢仙君，失礼失礼。"态度十分地敷衍。

谢千秋也没在意，看了她片刻，问道："你口中的小师兄，是晏行舟吗？"

虞阙纳闷儿："我除了这个小师兄，还有哪个小师兄？"

谢千秋顿了顿，正色问道："虞阙，你真的知道，你小师兄是个什么人吗？"

虞阙听到这句话，突然沉默了，一脸沉痛。

谢千秋继续道："你可知道，你那个小师兄，他其实是一个魔……"

"我知道！"虞阙飞快地打断了他，她一脸绝望道，"小师兄他……是一个魔鬼。"

谢千秋一愣，随即大为震撼，魔鬼，虞阙她……居然真的知道？

他有点儿不明白了，迟疑着道："你既然知道，那……"

虞阙举起手中的书封，道："他若不是一个魔鬼，我又怎么会买这些东西。"

谢千秋看了看书封，又看了看她。他一时间思维发散，难不成晏行舟他还会干涉虞阙的修炼，所以不得已，她才买假书封掩人耳目？

很有可能！谢千秋当即严肃道："你知道的话，为何不和其他人说。"

虞阙面色惨淡："我师门中，谁人不知道晏行舟是个魔鬼！"

谢千秋一时间哑口无言，是了，当年掌门和寒月仙尊争执，寒月仙尊必然是在知道晏行舟是魔种的情况下收徒的，如此说来，七念宗又怎会不知道。

他顿了顿，七念宗知道，但晏行舟依旧是七念宗的小师兄。

现在不是插手的好时机，他最终只能道："你若是害怕了，可以来沧海宗找我。"说完，他转身便匆匆离开。

只留下虞阙一头雾水地摸着脑袋，她纳闷儿地道："小师兄是魔鬼不假，他布置这么多课业我当然害怕，但我找他谢千秋有什么用？他还能帮我学习吗？"

全程目睹了虞阙和谢千秋鸡同鸭讲的系统不敢吭声。

虞阙莫名其妙地拿着自己的假书封回去，准备套在话本上趁机偷懒。

她回去之后，师门一行人便准备离开了。

虞阙从未如此期待过赶路，因为这样她就不用学习啦！

虞阙二话不说地就骑着扫帚，一马当先飞驰而去。

然而事实证明，虞阙想多了，只要思想不滑坡，办法总比困难多。晏行舟坚信这个道理，赶路的时候也没忘了督促虞阙学习。

虞阙骑着扫帚赶路，突然被小师兄考乐理知识，一脸惊恐地看过去，只觉得前途一片黑暗。

七念宗众人叹为观止。

虞阙本以为赶路还要学习已经够痛苦了，然而回到七念宗之后，她发现还有更痛苦的，她开始被迫闭关学习。

一天二十四小时，晏行舟恨不得给她掰成四十八小时。

一天两天，她勉强忍得住，第三天，虞阙彻底不行了。

她突然问晏行舟："小师兄，我是不是哪里得罪过你？"

晏行舟沉默片刻，微笑道："当然没有，我只不过是想让小师妹上进罢了。"

哦，那就是有了。

她沉默片刻，真诚地道："小师兄，学无止境，你难道就不想和我一起学习吗？"

晏行舟遗憾地道："很可惜，这些我都会了。"

虞阙想了想，诚恳问道："这修真界，有什么是你不会的吗？"

晏行舟闻言，嗤笑一声，他到这个时候，脸上才流露出几分傲然。

他平静地道："这世间万事万物，在我眼中一眼都能看得到底，一眼能看得到头的东西，哪里值得我去学？"

他此时目光中流露出的，是属于魔种那将整个世界都看作尘埃的漠然。

系统看得胆战心惊，谁能想到他在小说里一心灭世，只是对这个世界厌倦了呢？它有心想提醒宿主两句，却看到了宿主露出了诡异微笑，它突然有了一种不好的预感。

它看到自家宿主神秘地说道："那小师兄，你想不想玩点儿有挑战性的东西？"

晏行舟挑眉，看了过去："有挑战性的东西？"

虞阙自信微笑，她打开系统商城，不紧不慢地从中取出了一本书，下一刻，那本书被虞阙一把拍到了晏行舟面前。

虞阙冷笑道："呵，没什么挑战吗？"

晏行舟低头看了过去。

《高等数学》第七版上册。

同济大学数学系编。

《高等数学》——晏行舟盯着那四个字，短短一瞬间，心中闪过了无数解释。他从未听说过数学，如果只按字面意思理解的话，数学可以理解为算数之学。

凡人之中也曾有过算数之学，晏行舟略有了解，但那在凡人之中应该被称为算学。在修真界中，主修命理的卦师和能将一手炼金术使得出神入化的炼器师也都接触过算学，但是修真界的算学，和凡人的算学不一样。

所以，晏行舟谨慎猜测，小师妹给他的这本所谓的《高等数学》，极有可能是一种卦师功法或者是炼器基础之类的。

晏行舟按照修真界的逻辑大胆假设、谨慎求证，逻辑不可谓不严谨。他说这世间万物在他眼中一眼就能看穿，小师妹便想给他一本命理的功法为难他吗？

这个解释看似合理，但晏行舟想起自己小师妹那异于常人的举动，一时之间又觉得没那么简单，他斟酌片刻，直接问道："何为《高等数学》？"

虞阙仿佛就等着他问一般，露出了同情又慈悲的微笑。

她缓缓道："高等数学，就是一棵很高的树，上面挂了好多秃头人。"

晏行舟无语，每一个字他都能听懂，但是为什么连起来就让人无法理解？

晏行舟面无表情地道："说人话。"

虞阙看着小师兄凶巴巴的脸，十分委屈。她明明说的都是人话，且每一个字都是实话，她甚至敢说，这世上再也找不到第二句话能那么适合形容高数了！

这晏行舟知道什么，他什么都不知道！

在这个人均只会算加减，甚至连乘除都费劲的时代，虞阙对高数的恐惧无人理解。入目所及之，遍地数学盲。

虞阙像看文盲一样看着晏行舟。她包容地重新解释道："所谓数学，是探寻世界之基础，是万物运行之根基。你，不懂。"

你，不懂。

很好，他承认，他那无处发泄的胜负欲当时就上来了，他倒要看看，这世上到底有什么事情，是他那个傻子一样的小师妹都能懂，而他却不懂的！

这一刻两人心意相通，在不同的优越感之下，都觉得对方才是那个小傻子。

晏行舟不动声色，平静地道："这本《高等数学》，可否借我一观？"

虞阙心说，来了。

她怀着某种隐秘的心情，缓缓地、郑重地把书递给了他。

他接过了虞阙手中的书，漫不经心地随意翻开一页，然后他的目光陡然凝固。

洛必达法则？

洛什么达？什么必达？

为什么这里的每一个字他都认识，但是结合在一起，他却好像不认识字了？洛必达法则是什么？那满页歪歪扭扭圈圈叉叉的符号又是什么？

晏行舟愣了愣，觉得这一页可能不适合自己，他慎重地又翻开了另一页——欧拉方程。这……晏行舟沉默着，缓缓合上了书本。

此时此刻，在小师妹那看文盲一样的眼神之中，晏行舟恍然以为自己不是那智多近妖翻云覆雨的魔种，而是一个大字不识的文盲。

否则他该怎么解释这厚厚的一本书中明明每一个字他都认识，但是合起来之后他却觉得自己一个词都看不懂。

这时，他终于意识到，他那傻傻的小师妹这次居然没诓他。

这不是什么修真功法，反倒更像是凡人的东西，现如今他不得不承认，他居然连凡人的东西都看不懂了。

晏行舟不动声色地问道："这本《高等数学》，小师妹也会吗？"

虞阙惨笑出声："会，怎么能不会呢。"毕竟，她也是那被挂在高数上的秃头人之一，小师兄手中随意翻过的每一页，全是她低分飘过的血和泪啊！

呵呵，小师兄这么厉害，两年的东西一个半月学会不在话下，想必一个高等数学也不在话下吧；都能说出"万事万物于我而言一眼看到底"这种话了，想必高数于他而言，也能一眼看到底吧。

他让她在这个世界还得吃学习的苦，那么今天，他也来尝尝高数的苦吧！

呵呵，慢慢学，不着急，毕竟线性代数和大学物理的内容可全都在她这里呢，只要有她在，她敢保证，从今以后，小师兄下半生的日子，绝对充满挑战。

学啊！都学起来！大家一起学！互相伤害啊！

不在沉默中爆发，就在沉默中变态。

已然完全变态的虞阙扬起一抹甜美的笑，怪里怪气道："小师兄这么聪明，想必这本《高等数学》对小师兄没什么挑战难度吧。"

晏行舟张了张嘴，似乎想说什么。

虞阙继续道："我当初学的时候学了好久没学会，但是换成小师兄的话，这么薄一本书，想必半个月绰绰有余吧！"

虞阙郑重地道："学海无涯，学无止境，小师兄能抽出宝贵的时间把两年的东西一个半月全教给我，我又怎么忍心让小师兄的日子过得无聊！小师兄你放心，今后的日子大家一起学，我绝对会让你的生活，充满挑战！"

她要把大学四年的苦，让他一个半月全吃了！

一时之间，整个书房充满了学习的光芒。

晏行舟心想，好像玩脱了。他看着手里的书，沉默不语。

而虞阙则偏头看着他，说道："不会吧不会吧，小师兄这么聪明，我都能学会的东西，小师兄不会不行吧。毕竟人家可是很想和小师兄一起学习呢，没有小师兄陪着学习，我觉得我连书都看不下去了。"

说出这番话的时候，特别是说出"人家"的时候，虞阙想，她可能真的完全变态了。因为此刻她心里想的居然不是小师兄若是拒绝了她就可以顺势不学了，而是想，她今天哪怕是学"死"在这里，她也要凭一己之力拉小师兄下水！

而此刻的晏行舟，明知道他这个小师妹是在激他，但他不得不承认，他的好奇心和好胜心都被激起来了。

他看了看手里的书，不由自主地想，凡人的学说，再怎么难，又能难到哪里去呢？学一学而已，就这么一本书，总不能耽误他灭世。

晏行舟就这么在虞阙的三言两语中给带入了大坑，从此之后再也没能从坑里爬出来。他放下书本，自信从容道："有《高等数学》，必然也有'低等数学'吧？小师妹想让我学，不妨全拿出来吧。"

这本书看起来十分难，想必是因为没有基础。小师妹既然自己学不下去了也想为难为难他，那不妨如她所愿。

虞阙看着自信的小师兄，嘴角露出了迷之微笑。

她从容不迫地道："系统，兑换。"

系统欲言又止："宿主，真的要这样吗？"

虞阙轻声道："我怎么能让小师兄失望呢。"

系统顿了顿，沉默无言地把东西兑换进了虞阙的储物戒，虞阙立刻取出，霎时间，厚厚的书堆满了整张桌子。

晏行舟一愣，开始觉得有点儿不对头。

而此时，虞阙已经热情地分门别类把书推荐给他了。

虞阙道："这是小学数学，对小师兄来说肯定易如反掌！"

小学数学十二本，一摞。

虞阙又道："这是初中数学，有些难度，但对小师兄来说也是小意思！"

又是六本。

然后她郑重地道："这是高中数学，难是难了些，但对小师兄来说，肯定不在话下！"

高中数学人教版，从必修一到必修五，从选修一到选修三。

虞阙按着这些书，正色道："这些，全都是你口中的初等数学，等学完它们，你就可以开始学'高数'了，小师兄，你开不开心？"

不等晏行舟说话，虞阙又不知道从什么地方掏出一本又厚又大的书，正色道："而它，就是你学高数的通行证，只要你把它从头到尾答对，你就有了学高数的资格！"

晏行舟下意识地看向了那本书，书本上明晃晃的几个字刺得人眼睛疼。

《五年高考三年模拟》。

晏行舟缓缓地看向那一堆数量惊人的书，终于意识到一件事：他好像把事情想简单了。

而此时，虞阙已经雷厉风行地安排好了他接下来的生活。

她握拳道："小师兄既然相信我有十倍的学习能力，那聪慧的小师兄肯定十倍不止！我们这样，三天学完小学数学，十天学完初中数学！半个月学完高中数学！剩下半个月，我们把高数融会贯通！那么一个半月之后，小师兄你就是个数学高手了啊！"

她拍了拍小师兄的肩膀，语重心长道："这一个半月，我们一起努力！"

晏行舟面无表情地看着她。

而虞阙则深情地道："小师兄，你不必担心一个半月学完了之后你该学什么，我这里还有物理化学生物，你只需要挑你下一科准备学什么。小师妹我是绝对不会让你无聊的！"她保证，小师兄的后半生都将精彩纷呈。

虞阙笑眯眯地看着晏行舟。晏行舟面无表情地和她对视着。

而一生骄傲的晏行舟，终究不允许自己反悔，特别是对方是自己的小师妹。

他缓缓地把摞起来一人高的书扫进了储物戒。

然后他想，小师妹这么不遗余力地教他，他自然也不能藏私。

于是他微笑道："小师妹费心了，明天我便把小师妹要学的东西加上一些难度，否则怎么对得起小师妹的拳拳之心。"

虞阙脸上的笑容逐渐消失，两人对视了一眼，纷纷又移开视线。

两败俱伤！

夜深了，晏行舟揣着一储物戒的书，回到了自己的房间。此时，他那发热的大脑才终于冷静了下来。然后他才意识到，自己到底做了什么蠢事。

晏行舟面无表情地想，难不成和小师妹在一起待久了之后，智商都会受到影响吗？他明明有很多办法拒绝小师妹，他为什么要和一个小傻子斗得两败俱伤？

他想了想，终究还是拿出了那厚厚一摞书，就让他看看，凡人的学说，究竟有多难。

学习自然要循序渐进，晏行舟从小学数学开始，他随意看了一眼，面无表情地迅速翻过了一二三年级的书本。

小孩子学的，不知道小师妹为什么会觉得这么简单的东西他不会。

直到他看到了四年级，遇到了方程式，晏行舟翻书的手一顿。

从未见过这样的解法，有些意思，晏行舟稍微认真了一些。

于是这一夜，晏行舟飞快学到了六年级。第二天，虞阙一见面就一脸诚恳地问："小师兄有不会的吗？需不需要我教教？"

晏行舟不动声色道："尚可。"

虞阙问："小师兄学到了哪儿？"

晏行舟答："小学已然学完。"

虞阙便诚挚地祝贺道："恭喜小师兄在七十岁这一年，成功成为一名合格的小学生。"

晏行舟心想，怎么听怎么不像好话。

于是他微笑道："小师妹乐理学得怎么样？"

虞阙温柔地道："我可以拉给小师兄听。"

两人相对而坐，笑里藏刀。

正准备找虞阙商量自己的中间商大业的萧灼见状脚步一顿，默默地退了出去。

于是从这天之后，整个七念宗都能看到虞阙和晏行舟是怎么互相伤害疯狂学习的。

有他们在的地方，学习的气氛总是格外的浓厚。

有他们在的地方，三句话离不开学习。

有他们在的地方，万物都在疯狂比拼。

盛鸢实在受不了，找到了江寒，问道："师尊您不管管他们吗？"

江寒顿了顿，说："阙儿没工夫闹腾了，行舟也没空折腾了，这不是很好吗？"

盛鸢若有所思。很好，当然很好，在他们互相伤害之后，整个七念宗从来没有这般安静过，而"唯二"觉得不好的，就是两个当事人。

虞阙强撑着和小师兄比拼了一个月。

这一个月下来，她险些不记得自己到底是姓虞，还是姓阙。

晏行舟在一个月不眠不休之后，终于通关了高中数学。

这一天，他把一本满分的《五年高考三年模拟》扔到了虞阙面前。

虞阙恍恍惚惚地抬起头，恍恍惚惚地看着他。片刻之后，她露出了一个疲惫的微笑。她真心实意道："恭喜，你终于跳进了大坑。"

晏行舟一愣："嗯？"

虞阙微笑道："我的意思是，光明的未来等着你！"

很好，她疯狂学习修真界知识，小师兄疯狂学习现代数学。

大家都有光明的未来。

小师兄，往前走吧，跳进这一个坑，还有无数个坑等着你！

当天晚上，晏行舟接触到了难度完全和那"初等数学"不可同日而语的高数。晏行舟彻夜未眠，一整夜，向来很有偶像包袱的晏行舟几次挠头。

鸡叫了几遍，外面的天色缓缓亮了起来，晏行舟再次挠头，而这一次，借着窗外微弱的亮光和室内将要燃尽的烛火，他清楚地看到了自己的指缝间，夹着数缕头发。晏行舟看着那落发，愣了愣，还没有反应过来。他下意识地又挠了几下，又是好几根头发。

一二三四五……十三，整整十三根头发。晏行舟看着自己的头发，沉默了。

虞阙不知道从那个角落里冒了出来，看着他手中的头发，欣慰道："小师兄，恭喜你，你现在才算是踏入了数学这扇大门，你开不开心？"

晏行舟沉默片刻，握紧了手中的头发，冷静地道："所以，踏入数学这扇大门，代价是脱发吗？"

虞阙怜悯地看着他，像看一只迷途的羔羊。

她温柔地道：“小师兄，你想什么呢？怎么可能是脱发，”

晏行舟不着痕迹地松了口气。

虞阙轻轻说道：“当然是秃头啊。”

晏行舟不可思议地看向她。

小师妹如魔鬼低语：“小师兄，你变秃了，也变强了！”

“这才是强者的必经之路！”

晏行舟看着手里的落发，陷入沉思，他究竟为何会落到这步田地。

他不由自主地想起了梦中自己进入魔界，弄死妄图控制、利用自己的魔君之后，在魔界里做无冕之王的那段岁月。

那时他手下，有一个极会钻营的魔修，晏行舟用得很顺手。

晏行舟来魔界的第一年，那魔修有着一头浓密的长发，意气风发。

晏行舟来魔界的第十年，那魔修已然半秃，哭着跪在他面前要告老还乡。

晏行舟现如今连那人叫什么都想不起来了，但他仍记得那头半秃的长发挽作发髻时，是怎样的碍眼，而他焦头烂额地在魔界四处找生发的偏方时，又是怎样地低声下气。

梦境中，他是能把一个意气风发的青年折磨成秃子的人。

现实里，他即将被自己的小师妹折磨成秃子。

所以他醒来的意义究竟是什么，是天道看他无恶不作，才给了他这么一个小师妹让他也尝尝做秃子的苦吗？

晏行舟下意识地把那锃光瓦亮的脑门和那秃成地中海的长发代入自己身上。他突然握紧了手，面无表情地把手里的落发捏得粉碎。

他，绝不允许！晏行舟闭了闭眼，开始回忆这一个月以来自己经历的种种。

最开始，他是怎么想的呢？

哦，最开始他觉得，不过是随便学一学而已，他连灭世的事情都能做出来，如今还能被区区凡人的学说给难住了？甚至在几天之前，他还是这么想的。

直到他在彻夜未眠，薅下了十几根头发。呵呵，抱歉，他还真能。

这是凡人的学说不假，但晏行舟从未接触过如此循序渐进又自成一派的学说。

他不是对凡人一无所知的人；相反，他可能比虞阙更了解凡人，他十分清楚，虞阙口中这套“凡人的学说”，从未在修真界的凡人之中出现过。

可虞阙这套名为“数学”的学说，显然不是胡编乱造出来的。

小师妹曾说过，所谓数学，是万物运行之根基，是世间万物之根本。

晏行舟曾以为小师妹是在开玩笑，然而，越学下去，晏行舟却越觉得，自己似乎从那冰冷冷的数字之中，窥见了法则的影子。

小师妹说，这是凡人的学说。那么，这套从未在凡间出现过，又暗藏法则的学说，是她从哪里得到的呢？很值得玩味。

刚开始，晏行舟以为小师妹拿出这东西是另有目的，想试探他或者告诉他什么，然后……晏行舟的视线落在了一脸幸灾乐祸的小师妹脸上。

他面无表情地想，她确实是另有目的。

她的目的十分明确，就是想让他掉头发。如今，虞阙得偿所愿。

他变秃了，也变强了。难道窥见世间法则的代价，是他一个魔种也要拿秃头来换吗？晏行舟沉默片刻，突然真心实意地问道：“这高等数学，显然不是一个人创立起来的，那创立起高等数学的人，诸如书上的拉格朗日和欧拉等人，也是变秃了之后，才变强的吗？”

虞阙呆住了，她想起了自己在梦中现代世界见过的，那些大佬留下来的画像。他们有的秃了，有的没秃，但总体来说，和他们学数学之前的画像对比，秃子占了一大半。

她又想起了著名物理学家普朗克。年轻时的普朗克风度翩翩，直到他学了物理……虞阙沉默片刻，带着崇敬的语气郑重地道：“现代科学的发展，得益于无数先辈的奉献与付出，区区头发又算得了什么！”

也就是说，都秃了。这所谓的“高等数学”，是由一群秃子建立起来的。

原来，凡人窥见世间法则的代价，居然如此沉重!晏行舟沉默不语地思索着“秃头”与“世间法则”的奥义时，虞阙在看他。

小师兄年轻貌美，俊朗非凡，而一旦想到小师兄学了数学之后半秃的模样……

虞阙真心实意道：“小师兄，要不要我帮你问一下药王谷有没有生发丹之类的丹药，咱们先吃一个疗程试试。或者我去找二师兄也行，现如今妖界的妖修掉毛严重，二师兄正在和药王谷一起开发防止掉毛的丹药，准备卖到妖界去。这掉毛和掉头发没什么区别，要不然咱们先试试这个？说不定有奇效呢，毕竟秃了就晚了。”

晏行舟一顿。他厉声道："不必！掉几根头发而已，我怎么可能会秃！"

说话间，又有两根头发从头上颤颤巍巍地飘落，它划过晏行舟的面庞，在两人沉默的注视之下，安详地躺在了地上。

晏行舟："……"

虞阙："……"

虞阙沉默良久，真心实意地劝道："小师兄，不要放弃治疗，你虽然今年七十了，但是万一还有希望呢？"

晏行舟闭了闭眼。他不理解，就像他不理解七十岁这个在修真界正是风华正茂甚至称得上一句"少年"的年纪，在虞阙口中为什么总像半截身子都入土了一般，他同样不理解为什么这个小傻子总是执着于他会不会秃。

他睁开眼睛，喝道："虞阙！"

虞阙应了一声，惊喜地道："小师兄，你想通了？那我现在就找二师兄要治疗掉毛的丹药！"

晏行舟忍无可忍："闭嘴！"

虞阙委委屈屈地闭上了嘴巴。

这一瞬间，晏行舟觉得整个世界都清净了不少。

日子就这样在晏行舟开始接触《高等数学》之后越掉越多的头发间缓缓流逝。两个人默契地达成了一致，一天之中，上半天，晏行舟教导虞阙修炼；下半天，虞阙教导晏行舟学数学。

晏行舟教导虞阙的时候，十分不客气。虞阙但凡有一个音当着他的面弹错了，晏行舟立刻便会微笑道："果然还是弹棉花更适合小师妹。"

伤害性不大，侮辱性极强。但虞阙十分包容他偶尔的阴阳怪气，因为她在大学时考高数挂科了的那段时间，她打游戏时也是这么呛队友的，甚至，虞阙听到这熟悉的阴阳怪气，还会感觉非常亲切。

啊，真好，今天也是在修真界传播知识的一天。

而到了下午，便是虞阙的主场。虞阙拿着现代世界站在巨人的肩膀上得来的知识，疯狂嘲讽晏行舟这个修真人士。

"不会吧不会吧，这么简单的题不会有人做不出来吧？你套个公式啊！什么？你没学过这个公式？哦，我忘了，这是线性代数的课程，但是小师兄，你难道不该反思反思自己吗？上战场的时候别人会按照你学的重点攻击你吗？

“不会吧不会吧，都是一个数学家的公式，你居然不会用？你真是我带过的最差的一届！”

上半天，晏行舟觉得十分满意；下半天，虞阙十分满意。

于是在这疯狂学习的日子里，诡异地，两个人的满意度居然都相当高。自己的快乐总是建立在别人的痛苦之上，只要能看到晏行舟痛苦，虞阙觉得自己万分快乐。不在沉默中爆发，就在沉默中变态。虞阙已然变态，而晏行舟正在变态。

他真正完成变态的那一天，是小师妹再一次疯狂嘲讽他的时候。

以前的晏行舟，在虞阙疯狂嘲讽的时候，最多冷着脸看着她。

而今天，晏行舟被虞阙疯狂嘲讽一通之后，居然十分的平静。

他平静地等虞阙说完，平静地抬起了手，然后开始掐算。

虞阙一脸震惊地看着晏行舟对着卷子上的超纲题，开始掐算！

片刻之后，他放下手，说出了正确答案。

虞阙一脸震撼，结结巴巴道：“这是你掐算出来的？”

这是什么操作？还能这么玩？科学问题，用玄学解答？

晏行舟看着她震惊的表情，微微一笑：“小师妹的苦心，我已经明白了。”

晏行舟自顾自道：“数学和修真，原来并不是割裂的。”

“小师妹频频给我出超纲题，就是为了能让我领悟，数学问题，应该和玄学相结合，就像现在，哪怕你出了一道物理题，我也能掐算出答案，这就是科学与玄学的结合！

“我悟了！”

“哈？”她都没悟，你悟了什么！

虞阙一脸不解地看着晏行舟郑重地起身，从她面前走出去。

走到门口，他突然转头，微笑道：“那物理之学，小师妹是否也有。”

虞阙结结巴巴道：“有、有的。”

晏行舟柔声道：“那我等小师妹继续教我。”说完，他转身离开。

虞阙愣了愣，下一刻，头皮发麻。她一个文科生，数学她还勉勉强强，物理？难不成她在学修真界知识的同时，还得跟着小师兄学物理？有这个能力她为什么要修真？她回梦中去考研考博不好吗？

而且，玄学和科学相结合？玄学和科学要怎么结合？在修真界造火箭吗？不能够吧！虞阙恍恍惚惚，猛然意识到一件事，这一回，是她输了！

她恍恍惚惚地回到卧室，迎来了前来打探情况的师姐。

盛鸢这几天连靠近季夏峰都不敢，生怕被季夏峰连空气中都散发出的学习气氛给弄到窒息，如今，她瞅着小师弟离开了，这才敢来看看小师妹。

盛鸢担忧地看着面色恍惚的小师妹，轻声道："小师妹，你没事吧？"

虞阙条件反射般回答："Fine！And you？（很好！你呢？）"

盛鸢心想，完了，小师妹已经被晏行舟那疯子折磨得彻底不正常了，连人话都不会说了！

盛鸢小心翼翼道："小师妹，你说的是什么？"

虞阙冷静地道："英语。"

盛鸢疑惑地想，鹰语？鹰的语言，那不是鸟语吗？难不成是妖界里的鹰族聚集地的什么方言？盛鸢记下了这句话的发音，想着二师弟在梦境中好歹是妖皇，他在妖族见多识广，不知道会不会鸟语，回去可以问问他。

盛鸢斟酌着道："小师妹，你和你小师兄……"

虞阙闻言，立刻用播音似的语气面无表情地道："我和小师兄相处得非常愉快！我们一起探索宇宙的奥秘，一起发掘人类的真谛！"

盛鸢像看一个傻子一般看着虞阙。

虞阙继续道："智慧树上智慧果！智慧树下他和我！"

盛鸢心想，完了，小师妹真的疯了。她忧心忡忡地离开，径直去找了莫寒笙。

盛鸢面色严肃地道："莫姑娘，不好了，虞阙傻了。"

莫寒笙一惊，随即困惑道："她不是一直都……咯！傻傻的吗？"

盛鸢丝毫没有流露出意外的表情，可见也是认同莫寒笙的话。她只郑重地道："这次不一样。"

她如此这般的说了，莫寒笙面色当即严肃："那确实有些不妙。"

盛鸢忧心忡忡道："那我们该怎么……"

莫寒笙困扰地道："这样的话，把阙儿带去白玉京，不知道阙儿还能不能享受到她在子乐楼的快乐。"

盛鸢说到一半的话顿时卡壳，她震惊地看着莫寒笙："你说什么？"

莫寒笙解释道："白玉京，就是我上一次对你们说的，那个整个修真界最大的娱乐场，白玉京最近要选魁首了，我原本还想带阙儿去看看的，没想到……"

盛鸢沉默片刻，突然道："不，我们现在就去！"

莫寒茬惊讶说道："可是阙儿现在这个状态……"

盛鸢冷静地道："就是因为她现在这个状态，所以我们才更该去。莫姑娘，是时候把小师妹从晏行舟手里解救出来了！"

于是，当天晚上，为了不打草惊蛇，两个女孩潜入了季夏峰，把正在熟睡的虞阙给"偷"了出来。

虞阙醒来的时候，正躺在半空中，时速一百六，十分刺激。

虞阙吓得一激灵："我在哪儿？"

两个大美人同时转头，她们神秘地道："我们要去能让你快乐的地方。"

虞阙霎时间清醒了！她看了看师姐，又看了看未来师娘，这一个多月以来被学习搞迷糊了的脑子逐渐清醒。

左边是美人，右边还是美人。她想起了那拼搏到感动自己的一个月，现在，她离开了数学，离开了学习。虞阙"呜"的一声，扑进莫寒茬的怀里，一边拽住师姐的衣角。她现在就好快乐。别了，高数！别了，学习！

而另一边，萧灼怀着同样的担忧，去找了晏行舟。

他找到晏行舟的时候，晏行舟正拿着一本书掐算，不知道在算什么。

萧灼瞬间严肃起来，他知道小师弟的本事，也知道小师弟生来特殊，在命理推算方面，总比他们准一些。但在梦境中，小师弟十分厌恶所谓的命运，也从来不曾掐算过。现在是出了什么大事？小师弟居然都动手掐算了！

是鬼王提前清醒了，还是魔族要大举入侵了？

萧灼忧心忡忡地抬起头，刚想说什么，看到他的样子又是一惊。他颤颤巍巍地指着晏行舟，震惊道："师弟，你的头发！"

晏行舟一顿，下意识地摸了一下自己的头发，摸下了几根落发。

晏行舟愣住。

萧灼震惊不已："师弟，你的头发比上次见时少了不少啊！"

晏行舟面色冷了下来。萧灼没有察觉，惊恐地道："难道修真界要灭亡了吗？是什么样的事，能让你殚精竭虑到掉了这么多头发！"

晏行舟想，修真界没灭亡，但快了，这一瞬间，晏行舟摸着自己剩下的头发，闭上了眼，情绪已经崩溃，萧灼还想说什么，晏行舟突然又睁开了眼睛，冷不丁道："师姐和莫姑娘带着虞阙跑了。"

萧灼先是一愣，然后更加震惊。他颤颤巍巍地指着晏行舟，神情复杂道：

“你知道得这么快，你居然……你不能这样，你不能监视控制小师妹！”

晏行舟该怎么解释，如果长时间一起修炼双人功法的话，两个修炼者之间偶尔会心意相通？

他一言不发，抽出飞剑，准备追过去。踏上飞剑的那一刻，他下意识地计算起了风速和摩擦力，然后计算自己的最快时速能达到多少。

意识到自己在算什么之后，晏行舟一顿。

这一瞬间，他恍然意识到一件事。

在科学和玄学结合的这条路上，他回不了头了。

–未完待续–

番外篇 人间乐

五月初五，粽叶飘香。

虞阙偷偷溜进厨房时，正看到大师姐盛鸢和二师兄萧灼一人拿着一片粽叶对峙，二人分毫不让，气氛十分焦灼。他们手边都是泡好的粽叶和糯米，但是现在，没人看它们一眼。

虞阙一顿，偷偷躲在一旁。

系统十分无奈：“别躲了，你师兄师姐肯定已经发现你了！”

虞阙振振有词：“但是偷听的仪式感还是要有的。”

系统无可奈何，翻了个白眼。

厨房里，盛鸢往虞阙躲藏的那个方向看了一眼，假装没有看到墙壁后自家小师妹露出来的一块碧色衣角。她缓缓开口道：“师弟，大家都是抽签决定谁来包粽子的，你我既然抽到了下签，那就是技不如人，都进厨房了，就别抱怨了。”

她不说还好，她一说，萧灼的面容一下子就扭曲了起来。

他激动地道：“那是技不如人吗？一群抽签都不忘用术法耍手段的家伙，也就是你我比较实诚，老老实实抽了签……”

“不，你又错了。”盛鸢打断他，“老老实实抽签的只有你一个人，我也用了术法，只不过是没比过那几个老狐狸罢了，要不我怎么说是技不如人，而不是运气不如人呢？”

萧灼被她说得沉默了。

盛鸢一脸怜悯地看着他：“在咱们七念宗，像你这么……实诚的人，绝迹了。”

萧灼一脸麻木，刚刚大师姐是想说他傻吧。

他深吸一口气，问道：“那小师妹呢，她总没实力作弊吧。”

盛鸢漫不经心地道：“没关系，有人会帮她作弊。”

藏在墙后的虞阙震惊了：“原来抽签是出老千大赛吗？那是谁帮我作弊的？”

系统道：“你猜？”

虞阙想了一圈，笃定道：“那一定是我的美人师娘，她人这么好。”

系统犹豫道：“对，你说得没错。”

盛鸢还在继续，她揉了揉眉头，道：“你就算再有不满，也不该在包粽子这件事上对咱们同门下此毒手啊……”

萧灼深觉冤枉，疑惑道：“下毒手？我难不成给他们下毒了不成？”

盛鸢闻言冷笑道：“是，你没下毒，但我只不过是取蜜枣的工夫，你就背着我包了这么多咸粽，你是何居心！”

萧灼蒙了，虞阙也深吸一口气，她喃喃道：“坏了，是咸粽甜粽之争！”

棘手。

厨房里，萧灼反应了过来，气得直跳脚：“什么？你刚刚居然是去取蜜枣？你要包甜粽？你才是异类！”

咸甜两党怒视彼此，分毫不让，都觉得对方过分极了。

虞阙小声道：“师兄师姐在宗门里一起生活那么长时间，居然都不知道对方的口味吗？”

“因为这些年，大家都有自己的事情要做，并不常在宗门里待着，能一起过端午的时候少之又少，就算是端午凑在一起了，咱们七念宗也没有过节的习惯。”

她身后传来晏行舟漫不经心的声音。

虞阙猛地转头，就看到自家小师兄抱臂站着，正饶有兴味地看着她。

虞阙回头看了看大师姐他们，小声问道：“所以你们都没一起吃过粽子？”

晏行舟淡淡回答道：“从未。”

虞阙小声道：“那这次为什么突然决定要过端午，还要包粽子？”

晏行舟看了她一眼。还能为什么，当然是因为一大早起来，某个小丫头相当兴奋地对他们说端午节快乐，他们这才反应过来，哦，原来又是一年端午节了。

他们本想说，七念宗没有什么过节的习惯，但是看着小姑娘脸上兴奋的神情，你看看我我看看他，愣是没有一个人忍心给她浇这一盆凉水。最终，是师尊给出了解决办法。他相当威严地道："那就抽签吧，过节总得包粽子，谁抽到了下签，谁就去包粽子。"

于是一群人稀里糊涂地过节，又绞尽脑汁地出老千。除了真正诚实的冤大头和出老千输了的大师姐，大家都很满意。

至于同样没出老千的小师妹为什么赢了……除了不想让她忙活之外，大家纷纷觉得，虞阙要是进了厨房，这个节八成是过不成了，这厨房也不用要了。

于是一得到虞阙偷溜进厨房的消息，晏行舟马不停蹄地赶了过来，要把人揪回去。其中的弯弯绕绕他没对虞阙说，只揉了揉她的脑袋，道："行了，他们吵一会儿就消停了，我们就先回……"

然而话还没说完，盛鸢突然转过头，对他们发难："咱们既然吵不出胜负，那就让小师妹来说，师妹，你喜欢吃甜粽还是咸粽？"

虞阙语塞："我……"果然，"咸甜党之争"已经白热化，他们自己吵不出结果，就开始拉路人下水了。

虞阙看看这个看看那个，皱着眉头，左右为难。晏行舟见状也不催着回去了，抱臂幸灾乐祸地看着她，一副看戏的样子。虞阙纠结了半晌，试探道："我就不能两个都喜欢吗？众所周知，我还是挺博爱的。"

盛鸢脸色一黑，咬牙道："不行，今天小师妹你必须选出来一个，有他没我，有我没他！"

"啊……"这就麻烦了，虞阙十分为难，既不想得罪二师兄，又不想大师姐伤心，纠结了半晌，她突然有了主意，猛地抬头，目光明亮，兴奋地道，"既然咸粽有人不满意，甜粽也有人不满意，那不如这样吧，咱们全都包成螺蛳粉馅儿的粽子，那就没有任何纠纷了！"

众人闻言，陷入一片死寂。半晌，晏行舟淡淡地道："既然不能让所有人都满意，那就让所有人都不满意，对吗？小师妹好计谋！"

虞阙觉得自己的品位受到了侮辱："你们不觉得螺蛳粉粽子很新奇吗？"

众人无言地看着她。新奇？猎奇的奇吗？

晏行舟看向大师姐和二师兄："你们怎么看？"

两个方才还剑拔弩张的人对视了一眼，下一秒，他们达成和解。

盛鸾道："做人还是要尊重别人的喜好，我喜欢甜粽，不代表别人不能喜欢咸粽，师弟，刚刚是我独断了。"

萧灼也道："我没问大师姐的喜好就包了这么多咸粽，是我没考虑别人。大师姐，是我不对。"

两个人对视一眼，惺惺相惜，一时之间尽显同门情谊。

晏行舟冷静地点头："那就一半甜粽一半咸粽吧，小师妹，你就别在这里掺和了，走，咱们把今天的课业做完。"

虞阙被拎走，止不住地挣扎："不行，螺蛳粉的命也是命，我申请最起码要包几个螺蛳粉粽子。"

因为虞阙的强烈抗议，最后他们还是包了螺蛳粉粽子。等粽子上桌的时候，咸粽放一块儿，甜粽放一块儿，螺蛳粉的粽子被单独放一块儿。

师尊稀奇道："这是什么味道的粽子，来让我尝尝……"他伸手就要去拿。

"不可！"霎时间，左右传来的制止声把师尊吓了一跳，他疑惑地看过去。

师姐沉默片刻，委婉地道："师尊，这是小师妹包的。"

虞阙包的啊，那没事了。师尊冷静地把手收了回去。

莫寒茎见了好奇，伸手想去拿，师尊立马捉住了她的手，在她疑惑的目光中柔声道："莫姑娘，你喜欢甜的还是咸的，我来帮你剥……"

眼看着自己的粽子被嫌弃，虞阙不服，自己剥开吃了。只一口，她就冷静地放下了螺蛳粉粽，若无其事地吃起了甜粽和咸粽。

于是吃到最后，只剩下了那几个螺蛳粉粽。

虞阙急着毁尸灭迹，慌忙想把它们扔了，晏行舟却拦住她，若有所思道："等等，它们也有它们的去处。"他拎着粽子就走了。

虞阙满脸的疑惑，难道有人好这一口？

于是当天晚上，隔壁宗门的谢千秋收到了来自七念宗的问候——两个包装得很好的粽子。谢千秋看着那两个粽子，心头一暖。他吩咐身边的小童："我今晚的晚饭，就是这两个粽子了。"

半个时辰之后，谢千秋坐在桌前，打开了热气腾腾的粽子，螺蛳粉特有的味道传来。他的笑容僵在脸上，片刻之后。

"晏行舟！今日之辱，我谢千秋和你不共戴天！"